두 번째 대본집을 내게 되었습니다.
대본 쓰는 직업을 갖기 위해 노력만
하던 불과 몇년 전에 버라면
기적 같은 일입니다.
여러분께도 이런 기적이 꼭
일어나기를 바라겠습니다.
2018. 09. 이수연 드림.

라이프

2

이수연 대본집
라이프 2

초판 1쇄 인쇄 2018년 9월 13일
초판 1쇄 발행 2018년 9월 20일

지은이 | 이수연
펴낸이 | 金滇珉
펴낸곳 | 북로그컴퍼니
편집부 | 김옥자·서진영·김현영
디자인 | 김승은·송지애
마케팅 | 이예지·김은비
경영기획 | 김형곤
주소 | 서울시 마포구 월드컵북로1길 60(서교동), 5층
전화 | 02-738-0214
팩스 | 02-738-1030
등록 | 제2010-000174호

ISBN 979-11-89166-51-9 04810
ISBN 979-11-89166-49-6 04810(세트)

2

이수연 대본집

라이프
LIFE

북로그컴퍼니

일러두기

1. 이 책의 편집은 이수연 작가의 드라마 대본 집필 형식을 최대한 따랐습니다.

2. 드라마 대사는 글말이 아닌 입말임을 감안하여, 한글맞춤법과 다른 부분이라 해
   도 그 표현을 살렸습니다.

3. 말줄임표는 두 개, 세 개, 네 개 등으로 다양하게 표현되어 있습니다. 이는 대사 시
   호흡의 양을 다양하게 표현하고자 한 작가의 의도를 반영한 결과입니다.

4. 쉼표, 느낌표, 마침표 등과 같은 구두점도 작가의 의도를 따랐습니다. 마침표가 없
   는 것 역시 작가의 의도입니다.

5. 이 책은 작가의 최종 대본으로, 방송되지 않은 부분이 포함되어 있습니다.

차례

LIFE

사람 몸의 면역은 항원 항체 반응에 의해 획득됩니다.
같은 병에 두 번씩 시달리지 않도록 몸속에서 저항력을 기르는 면역 활동 중에
엄마 뱃속에서부터 선천적으로 얻어지는 것은 극히 일부, 대부분은 우리가 살면서
여러 질병균에 공격당하고 몸 안에 들어온 항원과 싸워서 길러내야 하는 내성이죠.

면역 활동의 최전선에 있어야 할 우리의 의료기관이 바이러스의 공격을 받고 있습니다.
만성적인 인력 부족, 그들만의 폐쇄적 문화가 낳은 병폐 그리고,
'돈'이라는 바이러스.

이 드라마의 주인공은 국내 최고 사립대학병원입니다.
34개의 진료 과목과 2,000개 규모의 병상을 갖춘 상국대학병원.
60년이 넘는 시간 동안 상국대병원은 돌과 쇠로 이뤄진 딱딱한 건축물을 넘어,
수많은 환자들과 의료진을 품은 유기체로 이 땅에서 숨 쉬고 있습니다.

이 안에는 의료기관의 마지막 기치를 지키려는 원장이 있고,
이익 추구는 거스를 수 없는 대세라며 반쯤 포기한 교수진도 있고,
매일매일 환자와의 씨름이 지극히 평범한 일상인 젊은 의사들도 있습니다.

어느 날 이곳에 항원(antigen: ag)이 침범합니다.
체내에 침입해 특이반응을 유발하는 물질, 항원은 사람의 얼굴을 하고 나타났습니다.
국내 최초로 의사가 아닌 재벌그룹 출신의 전문경영인이 병원 사장으로 온 것이죠.
환자와 의료진으로만 이뤄졌던 상국대병원의 새로운 지배자입니다.

여기에 한 청년의사가 반응합니다.
지금껏 조용히 제 일만 하던 그는 자리에서 일어나 병원 사장이 던진 돌을 집습니다.
그리고 힘껏 되던집니다.
마치 평소엔 혈액 속에 잠자고 있다가 저항력이 필요한 신체 부위로 달려가는
항체(antibody: ab)처럼.

이 둘의 격렬한 면역 반응은 하루 8,000명의 환자가 드나드는 거대 의료기관을
어디로 끌고 갈까요?

항원엔 두 가지 종류가 있습니다.
유기체를 파괴하고 병마에 시달리게 할 질병균과,
앞으로 닥칠 진짜 무서운 적에 대비해 미리 맞는 면역주사 속의 이물질.
항체 역시 저항력을 갖추기 위해선 먼저 항원과 결합해야 한다고 하네요....

예진우 _____ (36세. 남. 상국대학병원 응급의료센터 전문의)

"처음 이곳에 병원을 올린 사람들과 우리는 얼마나 다를까요?"

우리나라 의료계의 현실이니 대형병원의 문제점이니 하는 걸
고민하며 살기엔 일상이 너무 바쁜 응급실 소속.
속내를 쉽게 드러내는 편도 아니고 이목 끄는 걸 좋아하지도 않아
일만 하면서 조용히 산다. 동료들하고도 진지한 얘기는 피하는 편이라
농담이나 툭툭 던지는 거 같지만 진우의 마음속에는
의사가 가야 할 길에 대한 뚜렷한 기준이 있다.
이는 모두 때론 아버지 같고 때론 친구 같았던 원장 이보훈이
진우에게 가르쳐주고 남겨준 위대한 유산인데,
이 유산에 정면으로 위배되는 사건이 발생한다.
그의 일터이자 모교이며 집이나 다름없는 상국대병원에
대기업 출신 전문경영인 구승효가 사장으로 부임해 온 것.
의료기관과 기업을 똑같이 운영하며 수익 구조에 집중하는
사장 구승효를 막지 않으면 앞으로 병원이 어찌 될지
너무나 뻔히 보이는 진우, 그가 목소리를 내기 시작한다.
아직 청년의사에 위치한 그의 목소리는 처음엔 미비하지만 끈기 있다.
걸음은 더디어도 끊이지 않으며
가라앉은 듯 보이나 늘 모색 중이고 단념하지 않고 버티어간다.
어릴 때부터 내 동생, 내 엄마, 내 집을 지켜야 한다는 압박을
스스로에게 잔뜩 부여해온지라,
지금도 사람을 신뢰하고 받아들이는 데 시간이 아주 오래 걸리는 타입이다.

구승효 ———— (39세. 남. 상국대학병원 총괄사장)

"의사라서, 병원이라서, 특별하다고요? 뭐가 그리 특별한지 내가 직접 봅시다."

저지르는 건 좋아하는데 수습에는 서투른 아버지와 이에 비례해
잔소리 많아진 엄마와 함께 산다. 화정그룹 장학금 1기 수혜자로서
졸업 후 화정그룹에 입사, 장학생 시절부터 그를 눈여겨본
1대 회장의 곁을 수행하다 그룹 최연소 CEO에까지 이른다.
그 때문에 1대 회장이 숨겨놓은 아들이니 하는 루머도 있었지만 실력과 실적으로
헛소리 나불대는 입들을 싹 다물게 했다. 강성 노조로 유명한 화물회사를
4년간 이끌다 그룹이 최근 매입한 상국대병원에 총괄사장으로 부임해 온다.
친한 동생이 그를 일개미라고 부를 정도로 일을 놓지 않는다.
손에서 떠나지 않는 휴대폰에는 늘 업무와 관련된 정보 문자가 날아들고
사무실로 향하는 걸음걸이마저 빠르다. 끊임없이 사업 방향을 구상하고
플랜B를 찾고 앞으로 불어 닥칠 상황을 예측하고 대비하려 노력한다.
기업인으로서 영업이익 추구는 너무나 당연한 것, 그러나 인간으로서 윤리와
넘지 말아야 할 것을 아는 기준점이 있다. 사람보다 물건이 먼저였던
지금까지의 사업장에선 기준점에 대해 고민할 필요가 없었던 것뿐.
목숨이 매개체인 대학병원으로 와 하루하루를 보낼수록 다른 곳에선 꺼낼 필요가
없었던 사회적 인간으로서의 기준점을 스스로 자각하고 드러내게 된다.

주경문 ———— (40대 후반. 남. 상국대학병원 흉부외과센터장)

"흉부외과를 기피하는 건 나의 젊은 후배들이 아닙니다.
적자 과에 투자를 꺼리는 병원이 원인입니다."

어느 시대에나 필요한 이상적 의사지만 다소 햄릿형이라, 좌고우면을 많이 한다.
100% 상국대 졸업생으로 이뤄진 센터장들 중에 유일한 타교 출신임을

본인도 의식하고 있어서 되도록 충돌 없이 몸을 낮추고 있지만 가슴속엔
불덩어리가 있다. 권력을 쥐고 동료들의 꼭대기에 서고 싶다는 욕망이 아니라
개선되지 않는 의료 환경에 여러 번 좌절하면서 울분이 맺힌 것.
때론 판을 다 뒤엎어버리고 싶고 때론 다 관두고 고향에 내려가 유유자적 하고 싶다.
그러나 오늘도 수술방 콜을 거절 못하고 달려간다.

김태상 _____ (50대 초반. 남. 상국대병원 부원장/정형외과센터장)

"내가 지난 30년을 어떻게 살았는지 알아? 봄이 오는지 해가 바뀌는지 모르고
메스만 잡았어. 니들이 날 평가해?!"

상국대병원의 만년 부원장. 4번 연임에 성공한 원장 이보훈 밑에서
3번이나 부원장 자리를 지켰다. 장장 11년이다. 한때는 형님 아우 할 정도로 친했던
의대 선배이자 직장 상사인 보훈과의 사이가 결정적으로 틀어지게 되자
사람 좋은 이보훈 원장 밑에서 쓴소리 싫은 소리 담당하며 뒤치다꺼리 다 했던 태상은
참을 수가 없었다. 하여 아무도 모르게 작은 함정을 파 놓았는데..

예선우 _____ (34세. 남. 건강보험심사평가원 심사실 위원/정형 전문의)

"저는 좋은 가족 만나 받을 사랑 다 받았습니다.
그러니 제 옆에 다른 사람이 없다 하여 슬퍼하지 마세요."

상국의대를 졸업하고 다른 의료기관에서 정형을 전공했다.
전문의가 됐지만 결국 현장은 포기하고
현재는 심평원에서 심사위원으로 근무 중이다.
어렸을 때 교통사고를 겪은 데다 사고 충격으로 온 실어증까지 겹치면서
오랜 시간 입원과 퇴원을 반복했으니 병원이 지긋지긋할 만하건만

클수록 차라리 병원이 편했다. 하지만 선우는 병원에 남지 못했다.
전문의까지 따는 것도 너무나 험로였다.
엄마와 형의 도움이 없었다면 처음부터 꿈도 꾸지 못했으리라.
그런데 그 고마운 가족에게 큰 빚을 져버렸으니..
선우의 심장을 더 누르는 건, 엄마한테도 형한테도
오랫동안 고백 못한 마음의 빚이다.

상국대학병원 사람들

이노을 ———— (35세. 여. 소아청소년과 전문의)

예진우와 의대 동기 동창. 진우와는 성별 구분 없는 막역한 사이.
의사들뿐 아니라 여러 스탭들과도 잘 어울리는데 정작 그녀의 신경이 쏠리는 건
믿을 수 있는 존재인지도 분간이 안 가는 신임사장 구승효다.
승효를 냉혈인간으로 보는 동료들과 달리 그가 병원을 잘 몰라서,
아픈 환자들에 대한 경험이 없어서 그럴 거란 일말의 희망을 갖고
승효에게 병원 곳곳을 보여주려 애쓴다.
노을은 차라리 지금이 기회가 아닐까 생각을 하게 되는데...

오세화 ———— (40대 중반. 여. 신경외과센터장)

여성 신경외과 전공자 자체가 드물던 20년 전부터 이 분야에서 두각을 나타낸
테크니션. 그중에서도 가장 까다로운 뇌신경계가 주 전공이다.
상국대학병원에서 여성이 신경외과 센터장이 된 건 세화가 처음.
양친 부모가 모두 본교 의대 교수다. 바쁘고 잘난 부모 밑에서

존재감을 입증하려는 의욕이 어려서부터 매우 강했는데,
그 의욕보다 더 강한 것이 수술에 대한 열정이다.
새로운 수술법이 나오면 사탕가게 들어간 어린아이보다 더 눈을 반짝인다.
다만 좀 쌀쌀맞은 성격 때문에 환자를 직접 대하는 건 별로 좋아하지 않는다.
원래 성격이 다정하지도 않지만 의사 직업에 대한 프라이드가 워낙 강해서
굳이 친절해야 할 이유를 모르겠다. 그녀가 가장 싫어하는 말이 바로
의료 행위가 서비스업이란 말이다.
도대체 어쩌다 의료가 서비스로 분류됐는지 모르겠다.

선우창 _____ (30대 중반. 남. 장기 이식 코디네이터)

차림새도 머리도 언제나 깔끔하게 유지한다. 멋에 관심이 많아서가 아니라
장기기증을 결정하는 뇌사자 보호자들에게 좋은 인상을 줘야 하기 때문.
유능하고 머리와 손 모두 빠르지만 심장은 좀 굳은 상태.
뇌사는 대부분이 사고로 인한 급작스런 죽음이라 유족 대하기가 참 쉽지 않다.
그 극한 상황에 장기 떼어달란 소리 하는 건 거기서 또 극한이다.
장기 떼어줬으니 보상해달라, 돈을 달라는 사람 없을 것 같지만 많다.
장기기증 후엔 유족이 섭섭하지 않도록 새벽이건 밤이건 장례식장까지 동행한다.
물론 눈 안 보이던 사람이 그의 코디 후에 눈이 보이고, 숨 못 쉬던 아이가
건강하게 퇴원하는 걸 보는 건 큰 보람이지만 감사 인사받고 은인 소리 듣는 건
수술해준 의사 몫이다. 경험 많은 창은 이제 이게 서운하진 않다. 그냥 그렇다는 것뿐.
병원에서 보는 의사들 행태나, 동료 간호사들이 서로를 괴롭히는 행태나,
양측에 모두 창은 염증을 느낀다. 한 마디로 지쳐가는 중이다.
원래부터 냉소적인 면이 있었는데 이게 세상에 대한 경멸로 굳어가는 중이다.
창은 뭐랄까, 일상의 답답함, 무료함을 깰 무언가를 원했다.
늘 반복되고 스트레스만 쌓이는 생활과는 색다른 뭔가를.
삶에 지친 그는 꿈도 귀찮고 의욕도 성가신, 눈 뜨면 하루를 사는 인간으로 남는다.

이동수 _____ (40대 후반. 남. 응급의학센터장)

기분파. 자주 욱하지만 금방 풀린다.
감정이 격해질 때면 사투리가 더욱 짙어지는 충청도 당진 출신.
자기 진료실에 자리 잡고 주로 회진 도는 다른 센터장들과는 달리,
늘 응급 현장에서 뛰어야 하는 과 특성상 권위적이지 않고 수수하다.
잘 표현은 안 하지만 직속 후배 진우를 많이 아낀다.
해서 진우가 자꾸 승효의 정책에 반하는 행동으로 튀는 것이 안타깝다.
튀는 사람은 튕겨 나가든가, 기가 죽든가, 둘 중에 하나라는 걸
오랜 경험으로 알기 때문이다.

故 이보훈 _____ (58세. 남. 상국대학병원 前 원장/정신과)

의사로서의 윤리의식과 신념, 그리고 온화한 성품까지 지닌 이상적인 의사.
친절하고 배려 깊은 진료로 환자뿐만 아니라 의사들이 존경하는 의사다.
병원 내에서도 긍정적인 평가로 병원장을 연임해왔다.
마지막까지 그가 놓지 않았던 건 몇 달 전 재단이 바뀌면서 불어 닥친
병원 영리화의 기세다. 승효가 병원을 기업화시키는 걸 저지하려고
혼자 고군분투하지만 보훈의 죽음 이후 영리화는 급속도로 진행된다.

이상엽 _____ (50대 초반. 남. 암센터장)

상국대학병원의 핵심이라 할 수 있는 암센터를 대표하는 데다, 나이도 제일 많아
기세등등하다. 미국에서 오랜 기간 살다 들어와 집단보단 개인,
겸손함보단 자신감 있는 표현을 강조하며 성과주의를 지향한다.
승효의 반대편에서 목소리를 높이지만 병원 속에 숨겨져온 비밀들이
드러나기 시작하자 커다란 도약을 꿈꾼다.

강경아 ——— (40대 중반, 여. 화정그룹 직원)

승효가 화정그룹 회장 비서직을 떠나 일반직으로 갔을 때부터 손발을 맞춰온 사이.
화정로지스 사장이 된 승효가 그녀를 로지스로 특채해 갔을 만큼 서로 척 하면 척이다.
그 바람에 원래 있던 자기 팀을 떠나야 해서 지금은 팀원 없는 팀장이 됐지만
승효와는 가장 스스럼없는 사이면서도 서로 가장 믿는 사이이기도 하다.
대체로 뚱하고 리액션이 크지 않은, 넉넉한 아줌마 인상이지만 인상과 달리
기민하고 상황 판단도 빠르다. 이번에도 승효를 따라서 병원으로 직종을 옮기는데,
승효와 의사들의 갈등과 충돌을 가장 가까이서 보면서 상당히 마음 불편하다.
하지만 일은 일, 병원 일에 온정적인 것 같으면서도 결정적일 땐 승효 편이다.
승효를 좀 아들같이 생각하는 면도 있어서
일만 하지 말고 연애도 좀 하지, 하는 마음이 있다.

병원 밖 사람들

최서현 ——— (29세. 여. 새글21 기자)

공중파 방송사에서 메인 뉴스를 맡았던 앵커.
방송국 파업 기간 중 퇴직하고 현재는 퇴직 기자와 아나운서들이 뭉쳐서 만든
신생미디어 업체 '새글21'에서 기자로 뛰고 있다.
부정부패와 비리 추적 르포가 전문인 새글21에서 낸 기사 중에는,
화정그룹 후계자들이 죄다 요상한 이유로 군 면제됐다는
기획기사도 있었는데. 한동안 화제가 되기도 했었다.
승효의 영리화 추진에 대해 상국대학병원 의사들이 반발을 시작하자,
이를 취재하러 왔다가 진우를 만나게 된다.
기자로서 신념이 뚜렷하고 그 신념 중에서도 가장 확고한 것은

진실보다 더 중한 것이 사람이라는 신념의 소유자인 서현,
이 신념을 지키기 위해 큰 결심을 내리게 된다.

조남형 _____ (40대 초반. 남. 화정그룹 회장)

타계한 前 회장의 둘째 아들. 선대 회장이자 창업주인 아버지가 총애한 승효를
인간적으로 좋아하진 않지만 승효의 능력은 100% 인정한다.
인수한 지 얼마 안 돼 그룹 내에서 아직 자리 못 잡은 대학병원을 확실히
복속시킬 인물은 승효뿐임을 잘 알기에 총괄사장직에 앉힌다.
일반 서비스업을 뛰어넘은 제4의 혁명을 주도해야만 거대 기업이
살아남는다는 것을 아는 조회장은 '의대-병원-제도-상품'으로 연결되는
의료산업 4박자에 초석을 다지는 중이다.
천상 비즈니스맨인 승효와 이 점에서 아주 뜻이 잘 맞지만,
끝을 모르는 조회장의 욕심은 결국 승효와의 사이를 갈라지게 만든다.

이현균 _____ (30대 후반. 남. 화정그룹 구조조정실 실장)

원래는 화정 본사 소속으로 현재는 상국대학병원에 파견 나온 상태.
겉보기에는 개인 의견 없이 구조조정실 업무에만 충실하며 승효의 지시를
효율적으로 이행하는 듯 보이지만 승효가 하는 일, 그리고 병원에서 일어나는
모든 일을 조남형 회장에게 시시콜콜 보고하는 업무를 제일 중요시 여긴다.
그룹 내에서 승효의 입지가 점점 좁아지자 회장의 위세를 업고
점점 목에 힘을 주는 호가호위의 면모를 드러낸다.

용어정리

#S	장면(Scene)을 표시하는 것으로, S 뒤에 장면 번호를 적어 표기한다.
E	대사와 음악을 제외한 효과음(Effect)을 뜻하며, 보통 등장인물은 보이지 않고 소리만 나는 경우에 사용한다.
F	필터(Filter)의 약자로 전화기 너머의(필터를 거쳐 들려오는) 목소리나 마음속으로 하는 얘기 등을 표현할 때 쓴다.
C.U	클로즈업(Close Up). 배경이나 인물의 일부를 화면에 크게 나타내는 것.
cut to.	가까운 공간 안에서의 각도 전환.
Insert	화면의 특정 동작이나 상황을 강조하기 위해 삽입한 화면. 인서트 화면이 없어도 장면을 이해하는 데에는 별다른 지장이 없으나 인서트를 삽입함으로써 상황이 명확해지는 한편 스토리가 강조된다. 인서트 화면으로는 대개 클로즈업을 사용한다.
O.L	오버랩(Overlap). 현재의 화면이 사라지면서 뒤의 화면으로 바뀌는 기법이다. 대사에서 O. L은 앞 사람의 말을 끊고 틈 없이 말을 할 때 쓰인다.
N	내레이션을 지칭하는 용어로, 장면 밖에서 들려오는 목소리를 나타낸다.
F.O	페이드아웃(Fade-Out). 화면이 점차 어두워지면서 장면이 바뀌는 것을 말한다.
F.I	페이드인(Fade-In). 어두웠던 화면이 점차 선명하게 나타나는 장면 전환 기법.
Flashcut	화면과 화면 사이에 들어가는 순간적인 장면. 극적인 인상이나 충격 효과를 주기 위해 삽입되는 매우 짧은 화면을 지칭한다.
Flashback	회상을 나타내는 장면. 지금 일어나고 있는 사건의 인과를 설명할 때 쓰이기도 하고, 인물의 성격을 설명하기 위해 쓰이기도 한다.

9

라이프

LIFE

S#1. 상국의대/1층 강의실 - 낮(14년 전. 선우의 회상)

강의가 끝났다. 칠판에 가득한 각종 신체기관 그림과 영어 단어를 지우는 강사.
의대 수업이 끝난 것이다. 학생들, 가방 싸서 나가기 바쁜데.
교실 안 사람들 거의 다 나가면 뒷문에서 1착으로 들어오는 선우.
현재와는 다른 투박한 수동 휠체어를 밀고 들어와 맨 안쪽 창가에 자리 잡는다.
다른 자리는 책상과 책상 사이가 좁아 휠체어가 들어갈 수 없고,
책상 자체도 의자랑 붙어 있는 일체형이라 그대로는 선우가 쓰기 불편하다.
선우, 무릎에 올렸던 배불뚝이 가방을 일단 휠체어 손잡이에 거는데,
책상을 옆으로 돌려주는 손. 선우, 올려다보면,
14년 전, 대학생 노을이다.
노을, 의자와 붙은 책상을 반대로 돌려 선우 바로 앞에 책상만 오게 해준다.

선우   (강아지 같은 눈으로 보기만)
노을   진우 동생이지?
선우   에? 에..
노을   (웃는. 가방과 책으로 가득한 품에서 초코우유를 끙끙 꺼내어
        선우 책상에 올려주고 간다) 안녕!

바보같이 말도 못하고 노을 나가는 걸 따라서 보기만 하는 선우,
노을이 나가고 선우 혼자 남으면, 노을이 준 우유를 물끄러미 보는...
이제 다른 아이들이 삼삼오오 들어와 자리 채운다.
누가 뺏어가기라도 할 듯 우유를 양손에 쥐는 선우, 두어 명과 인사하는데
밖에서 여학생들 째그락 소리. 선우, 창밖으로 고개 돌리면,
노을이 친구 두엇과 가고 있다. 뭘 얘기하는지 손짓 크게 하며 얼굴도 함박웃음인데,
봄이 물든 캠퍼스에 나무, 햇빛 속을 통과하며 봄보다 활짝 빛나는 노을.
선우, 그 모습 바라본다.
창밖 노을도 선우에게 시선 닿는다. 노을, 크게 손 흔드는. 씻긴 듯 그 말간 얼굴.

선우E   말하고 싶었어, 한 번은 내 마음이 전해지기를, 한 번이라도.

S#2. 상국대학병원/노을의 진료실 – 밤(현재)

말갛게 웃던 노을, 현재의 얼굴로 바라보고 있다. 더는 웃지 않는다.

선우   스쳐갈 줄 알았는데 그러질 못했어.
        아무것도 안 돼도 괜찮다 했는데.. 그게 안 돼. .. 미안해.

노을, 당황했고 곤혹감이 스친다.

선우   ... (노을을 보던 눈이 내려진다. 목도 아래를 향한다)
노을   선우야.
선우   (다시 눈을 들지만)
노을   (조금 단호해진 표정. 입술 깨물지만 드디어 말하려는데)

노을의 눈이 그만, 선우의 바짓단에 닿는다.
그저 발판에 올려졌을 뿐인 발목을 감싼 헐렁한 바지,
그 밑엔 한 번도 땅을 디디지 않아 완전 새것인 신발,
그 옆엔 조정 컨트롤러, 잃어버린 신체기능 대신 달린 많은 버튼들.

상처 입는 눈빛이 되는 선우. 그에게도 지금 노을의 눈이 헤매는 것이 보인다.
왜 노을이 하려던 말을 못하고 멈춰진 다리를 보는지 아는 것이다.
노을, 월체어에서 눈을 떼지 못하는데 돌연 움직이는 월체어.
선우가 노을 시선과 생각을 떼어내려 방향을 틀어버렸다.

선우　　.. 부탁이 있어. 내가 먼저 나갈게. 나 간 다음에 나와줘.
노을　　그러지 마.
선우　　그건 들어줄 수 있잖아, 먼저 가게 해줘.

선우, 노을의 대답 전에 방향 돌린다.
문 열고 나가는 그를 노을은 잡을 수도 없고 불러 세울 수도 없다.
선우가 나가고 문이 닫힌다.

S#3. 동/복도 - 밤

선우, 전동 월체어에 실려서 가는데 모퉁이를 돌면서 방화셔터 턱에 월체어가 걸린다.
조금 덜컹, 하는 바퀴는 금방 안정을 찾지만 조종을 멈추는 선우.
복도 중간에 선 채 그렇게 있는데...
다가오는 여자 구두소리. 구두는 선우 옆에 멈춘다.

강팀장E　(밝은) 퇴근하세요?
선우　　.. (고개 들어 올려다보는데)
강팀장　(웃음기 사라진다. 선우 얼굴에서 뭔가 일이 있었음이 느껴진다)

S#4. 동/노을의 진료실 - 밤

노을, 아무리 생각해도 이대로 보내선 안 될 것 같다. 고민하다 문을 쳐다보는.

S#5. 동/2층 복도 - 밤

2층 난간에 나타나 1층 로비를 훑는 노을. 에스컬레이터에도 로비에도 선우는 없다.

S#6. 동/1층 출입구 앞 - 밤

병원 건물에서 나오는 노을, 여기에도 선우는 보이지 않는다.

S#7. 동/지하주차장 - 밤

강팀장 차 조수석에 몸을 싣는 선우,
호의를 거절할 수 없어 타기는 하지만 편할 수는 없는 기색이다.
강팀장, 선우가 행여 어찌 될까 손짓은 부산하지만 그를 건드리지는 않는다.
선우, 하체만 조수석에 걸치고 다리를 거둬 넣기 전 남겨진 월체어를 접으려 손 뻗는데,

강팀장   (조수석에 바짝 붙인 월체어를 제 쪽으로 가져간다)
선우   그거 접어야 돼서
강팀장   알아요, 많이 해봤어. (뒷문 열고 능숙하게 월체어 접어 넣으며)
           똑 이렇게 생긴 건 아녔어도,
선우   .. (강팀장이 뒤에 있는 동안 다리 넣어 제대로 앉는)
강팀장   (운전석으로 총총 와서 타는) 우리 아버지도 말년에,
           쯧, 거기까지만.
선우   (그랬구나.. 벨트 매면)
강팀장   됐어요?
선우   네.
강팀장   출바알!

차, 출발하는데 선우 주머니 속에 전화 울린다. 선우, 꺼내지 않는다.
강팀장도 소리 때문에 짧게 쳐다보게는 되지만 말 않는다.

S#8. 찻길 / 강팀장 차 안 - 밤

강팀장 매일 출퇴근도 일이겠네, 어떻게 다녀요?

선우 제 차를 개조 중이에요, 저한테 맞게.

강팀장 아아, 원래 운전하시는구나, 잘됐네.

선우 태워주셔서 감사합니다.

강팀장 훈남이 옆에 타줘서 나야 좋죠. (헷, 웃다가)
　　　　　 가만있어봐, 요즘엔 이런 말도 실렌가?

선우 (가라앉은 미소라도 지어 보이지만)

소리E) 다시 울리는 선우 전화

강팀장 ...

선우 (창 쪽으로 고개 돌린다)

강팀장 (눈알만 굴리다 라디오 켠다)

켜자마자 상당히 옛날 노래가 악기 연주로 흘러나온다.

강팀장 어머 채널이 왜, 왜 고리짝 게, (선우 살피면)

선우 (귀와 턱선 정도만 보이는. 최대한 창밖으로 향한 고개, 이쪽 안 본다)

강팀장 ... (노래 따라 부르는, 가사를 얼버무리기도 하며)

선우 보여주면, 소리 없이 가득 고인 눈물. 눈 감았다 뜬다.
강팀장의 끊길 듯 이어지는 노래 속에 눈물 참는 선우.
눈물은 삼킬 수 있어도 상처는 고스란하다. 선우, 운다.

S#9. 새글21 사옥 앞 / 골목 - 밤

진우, 건물 입구 즈음에 주머니에 손 넣고 묵묵히 선... 돌아보지 않고 자리 뜬다.
건물에서 멀어지며 문자 보낸다. 액정 C.U. 수신자, 최서현 기자님. '낮엔'까지 적는데,

서현E　　안녕하세요?

서현, 건물 입구에서 나온다. 진우, 생각지 못한 등장에 놀라다가 엄청 반가운데.

서현　　　근처 오셨나 봐요?
진우　　　에에...
서현　　　그러셨구나.
진우　　　저기 낮엔 제가 갑자기 일이
　　　　　　(아니, 이럴 게 아니다. 거의 90도 허리 굽히는) 정말 죄송합니다.
서현　　　(눈으로 웃는...) 식사하셨어요?
진우　　　(눈 커지는) .. 그 (쳐다보면)

서현, 웃으며 먼저 간다. 어서 오라는 고갯짓도.
진우... 웃는다. 서현 옆으로 간다.
함께 가는 젊은 두 사람.

S#10. 카페 - 밤

테이블에 마주 앉아 샌드위치, 오믈렛 등 나눠 먹는 서현과 진우.
진우, 오믈렛 삼키면서 서류 한 장 읽는다.

진우　　　이게 유전자 연구용이라고요?
서현　　　의장이 신고하기론요. 그거 비용으로 청구했으니까.
진우　　　치옥트산에 푸르설타민주까지 주 1회, 두 달 동안 꼬박꼬박..
　　　　　　유전자가 아니라 이건 피부미용 쪽인데.
서현　　　으음.. 부인이나 가족인가. 의장 쪽은 우리가 뒤져보니까 그 시간
　　　　　　중에 공식 행사한 사진들이 꽤 있더라고요.

진우	(서류 서현에게 주고) 그럼 어떻게 되는 거예요?
서현	시술받은 날짜나 시간에 부인 쪽 동선을 파야죠. 맞으면 정식 보도고.
진우	그런 거 막, 상관없어요? 의장인데 겁 안 나요?
서현	(잠깐 생각) 수술 들어갈 때 겁나세요?
진우	(잠깐 생각) ER이라, 겁낼 정신이 없긴 한데.
서현	우리도요. (서류 넣고는) 정신없어요.
	(샌드위치 반을 뚝 잘라 반은 내밀고 반은 먹는다)
진우	(받는) 그래도 최기자님 회사가 유독 그렇잖아요.
	우리 재단 남자들 병역 기피도 새글21에서만 터트렸던데.
서현	화정그룹이요? (우물우물 먹으며) 그런 거 하자고 뭉친 회산데요,
	사실 윗공기 마시는 사람들한텐 우리가 눈엣가시나 되려나.
진우	눈엣가시 무시하면 안 됩니다. 안구출혈 돼요.
서현	(에?)
진우	진짜에요, 실명도 됩니다, 전방출혈로 안압 높아지면.
서현	(진지한 얼굴과 답에 빵 터진다)
진우	(얼굴 붉어지는, 괜히 샌드위치 꾸역꾸역 먹다가)
	아까 오셨죠? 병원, 1층.
서현	(끄덕)
진우	.. 화 안 내요?
서현	취재원한테 어떻게 화를 내요?
진우	.. 취재원. (그냥 취재원인 건가...) 오래 기다리셨어요?
서현	(고개 젓는) 또 무슨 일이 터졌구나, 지난번처럼, 그랬죠.

Insert〉 - 8회 S#39. 1층 베이커리 앞

진우E	**오래 기다렸겠네요.**
서현E	**아뇨, 저도 금방 자리 떴어요.**

**서현, 금방 떴어요, 라고 대답하지만 문 닫힌 베이커리 바닥에 앉아
노트북 작업한다. 꽤 오래 있는 동안 그 앞을 스치는 많은 사람들.
그러다 시계 본다. 진우가 올지 모르는 주변을 마지막으로 훑다가..**

노트북 접는다. 곧 서현도 사라지는 자리. 문 닫힌 베이커리만 남는다.

서현	저도 입사 1년 차 때 속보 들어오고 그럼 남자친구랑 약속 많이 깼어요,
진우	아 남자친구... (속상..)
서현	그니까 평소에 여자친구한테 잘하세요. 안 그럼 저처럼 차일걸요?
진우	! (얼굴 밝아지는) 없습니다, 여자친구.
서현	(웃는) 없는 게 뭐 좋은 거라고 엄청 씩씩하게 말하시네?
진우	(웃는. 하나도 안 창피하다) 그러게요. (계속 웃는)
서현	오늘은 계속 웃으시네. 뭐 좋은 일 있으셨나?
진우	... 생각해보니까.. 좋네요.. (창밖 보면서) 오래만이에요.
	이렇게 병원 밖에서.. 다른 사람이랑 밥 먹는 거.
서현	아.. 더 좋은 데로 갈걸.
진우	(얼른) 좋아요. (둘러보면 그냥 허름하고 평범한 카페지만) 여기 좋아요.
	맛있어요. (오믈렛 크게 뜨다가 용기 내는) .. 다음에

그런데, 진우가 보는 서현 옆에, 바로 뒷자리에, *방금 전엔 없던 남자 뒤통수가 있다.*
표정 서서히 굳는 진우.
서현 뒤에 붙은 카페 의자에 뒷머리 보이며 앉은 남자,
카메라 포커스, 마주 보고 있는 서현에서 그 남자로 옮겨가 선명해지면.
진우 시선을 느낀 듯 뒤통수가 서서히 서현 쪽으로 돌려진다.
선우다.
선우의 옆선. 진우를 보는 게 아니라 소파 등받이 하나만 넘으면 닿을 서현 본다.
그녀의 머리카락에서 귀, 목선을 웃음기 하나 없이 싸늘한 눈으로 천천히 훑는 선우.
서현이 진우 쳐다본다. 진우의 미묘한 변화를 눈치챘는지 서현 얼굴에 의문이 담긴다.
진우, 음료 마신다, 웃어 보인다.
미소 담은 서현과 진우, *찬 기운 내뿜는 선우,* 세 사람이 동시에 앉은 카페.

S#11. 대학병원/경문의 연구실 – 밤

여전히 복잡하고 살림살이와 연구 자료가 혼재된 연구실.

경문을 중심으로 양선생, 흉부 전문의1, 2, 모여 앉았다.
각자 차트 보면서 수술 스케줄 잡고 있는 중인데,
경문이 차트 보는 사이, 양선생, 할 말이 있어 경문을 살피고,
흉부 전문의1은 하지 말라는 눈짓, 양선생에게 보낸다.

경문　　다음은, 정예슬 환자, .. 베리코스베인이네..

양선생　제가 하겠습니다, 교수님,

경문　　(보는)

양선생　하지정맥류라고 언제까지 피하겠어요, 저 괜찮습니다.

경문　　.. (격려의 의미가 담긴) 그래. (체크. 다시 차트 보는데)

양선생　교수님,

흉부전문의1　(탁자 밑으로 양선생 살짝 친다)

양선생　(입 다물고)

경문　　?.. 크로닉 다이섹팅은 마취과랑 얘기했어?

흉부전문의2　일단 아침 11시로 잡았고요, 내일 오전에 다시 컨펌하고요.

경문　　한 시간 전에 브리핑할 거니까 스탭들한테 공지하고.

흉부전문의1, 2　예.

양선생　(결심하고) 교수님.

경문　　응? 뭐?

S#12. 동/연구실 밖 복도 - 밤

연구실에서 흉부 전문의1, 2, 나온다. 복도 따라가며,

흉부전문의1　(좀 작게) 왜 헛바람은 넣고 저래. (연구실 문 쪽 보는)

흉부전문의2　그러게, 등 떠민다고 그게 아무나 되나,
　　　　　　　욕심 안 부리고 가만있는 사람 들쑤시고 있어.

흉부전문의1　근데 사실, 우리 학교 출신만 됐었어도..

흉부전문의2　그게 어떻게만이야, 젤 크지.

S#13. 동/경문의 연구실 - 밤

경문   난 지금만으로도 충분히 벅차. 힘들어.
      양선생이 생각하는 그런 사람도 아니고 내가.

양선생 병원장이 되시면 충원도 더 쉽잖아요, 그럼 교수님 시간도 나실 거고,
      물론 저희 과에 힘 실어달라고 입후보하시라는 거 아녜요.
      저도 아예 승산이 없으면 이런 얘기 안 드려요.

경문   ...

양선생 실례되는 말씀이지만 교수님, 다른 교수들이 견제를 안 하잖아요.
      전통의 부원장이요? 그만큼 싫어하는 사람도 많아요.
      막상 선거 나가시면 결과 모르는 겁니다?

경문   왜 날 견제 안 하는지 양선생도 알잖아. 그게 가장 치명타란 것도.

양선생 교수님 제가 진짜 여쭙고 싶은 게 있는데요, 정말 마음이 없으세요?
      원장이 돼서 이 병원을 좀 잘 끌어보고 싶단 마음이, 하나도요?

경문   ... ..

양선생 (경문이 침묵하자 좀 기대를 품는데)

경문   인력 충원은 선거 끝나면 내 노력해볼게.

양선생 ... 예.

경문   짱이 힘이 있어야 소속들이 편한 법인데.

양선생 힘 있는 짱이 괜히 되나요, 아래를 달달 볶아야 되지, 저희 편합니다.

경문   (더 미안한...)

양선생, 인사하고 나간다.
경문, 그냥 다 외면하고도 싶고 동시에 처한 현실이 개탄스럽다.

S#14. 진우의 집/아파트 마당 - 밤

강팀장 차가 진우의 아파트 입구 앞에 섰다.
휠체어 꺼내 앉기 좋게 놔준 강팀장, 휠체어가 안 밀려나게 뒤에서 등받이 잡아준다.

선우, 휠체어를 양팔로 단단히 잡고 순간적으로 몸통 옮기느라 팔에 힘이 들어간다.

선우   (몸 완전히 옮기고 자리 잡으면)
강팀장   어유, 조사관님 팔뚝 짱이다.
선우   (웃어 보일 뿐)
강팀장   완전 멋져요. (양손 엄지 척!) 최고.
선우   (이번엔 진심의 미소) 덕분에 편하게 왔습니다, 강팀장님.
강팀장   들어가세요. .. 푹 자요.
선우   안녕히 가세요. (목례하고 방향 돌리는)

강팀장, 차에 타는데 출발은 않고 고개 꺾어 선우 들어가는 걸 지켜본다.
도로 굴곡에 따라 전동 휠체어 흔들리는 대로 가는 선우의 뒷모습.
두어 개의 계단만 오르면 되는 아파트 입구지만, 경사로를 빙 둘러 올라가는 선우.
선우가 안으로 들어가자 떠나는 강팀장.

S#15. 동 / 현관 – 밤

선우, 한 손으론 손잡이 잡아 허리 숙인 몸을 지탱하고 한 손으론 신발 벗는데,
오늘따라 쉽지 않다. 얼굴이 빨개지도록 애쓴 선우, 하나 벗고 잠시 쉬는데,
센서등 꺼진다. 선우, 몸을 움직여 불을 켤 생각이 없다. 어둠이 이어진다.

S#16. 서현의 차 안 – 밤

도로를 달리는 서현의 차. 운전하는 서현, 문득 미소가 스민다.

Insert〉– 새글21 빌딩 창가 – 밤
창가에 선 서현, 복사하다가 아래를 보더니 어머? 다시 자세히 본다.
사무실에서 내려다본 시점. 건물 앞 골목에, 휴대폰을 쥐고 선 진우가 보인다.

미소 짓는 서현, 부드럽게 속도 올리며 달린다.

S#17. 대학병원/노을의 진료실 – 밤

책들과 페이퍼가 어지럽게 놓인 책상에서, 두 손에 얼굴 묻은 노을.

S#18. 진우의 집/아파트 마당 – 밤

언제 도착했는지 시동 끈 차 안에 가만 앉은 진우.
그러다 아파트 1층을 바라보는. 희미한 스탠드 불빛이 커튼 사이로 흘러나오는 1층.
진우, 집에 들어가지 않고 머리를 의자에 기댄다. 눈 감는다.

S#19. 승효의 집/승효 방 – 밤

침대 헤드에 기대앉은 승효, 두꺼운 매뉴얼 읽는다. 읽던 곳에 손 끼워 잠시 접는데,
겉장에 드러난 매뉴얼 제목은 '의료사고 대법원 판례집3'이다.
승효, 천장 올려다보며 고심하는데... 낑낑대는 소리.
승효, 이불 들추면 넥컬러 한 누렁 개 저녁이가 이불 속에 몸을 말고 있었다.
승효가 쓰다듬으면 금방 다시 눈 감는 저녁이와 달리, 생각 많은 승효,
개 쓰다듬으며 다시 매뉴얼 읽는다.

S#20. 동/거실 – 아침

승효, 잠잘 때 차림 그대로 식탁으로 오는데 저녁이가 넥컬러 안 하고 승효母랑 논다.
소파에 승효母, 승효가 오자 저녁이한테 관심 없는 척, 아침 드라마 보는 척한다.
승효, 식탁에 앉는데 승효父 혼자 시리얼에 우유 부어 먹고 있다.

승효	(그릇에 시리얼과 우유 붓는다)
승효父	식빵 있는데?
승효	(괜찮다는 손짓. 그런데 식탁에 개 비타민, 개 간식이 잔뜩이다)
승효父	느이 엄마가, 어제 병원 갔다가.
승효	이따 아줌마 오시면 반찬 좀 만들어달라고 하세요.
승효母	반찬 쌓였어 냉장고에! 으이 그렇게 끄내 먹으래도,
	내가 이 나이까정 일일이 반찬 뚜껑까지 까 바쳐야겠냐?
승효	그놈은 다 낫나 보네요? 도로 갖다 줘야겠어, 인제?
승효母	.. (저녁이에게 넥컬러 주섬주섬 매어주며) 그드가?
	(중얼) 인정머리 읐는 자식, 이름도 저녁이가 뭐야, 시커머죽죽하게.
	아침이도 아니고.
승효父	어제 그 수의사 선생이 니 칭찬 엄청 하드라?
	(하며 식탁 밑으론 승효에게 하지 말라고 다리 건드린다)
승효	그 사람이 날 뭘 안다고요. 동물병원 만들어준다니까 그러겠지.
승효父	그래도 난 너 갑자기 병원으루 간다 해서 걱정했는데, 할 만한 거지?
승효母	(말랑한 떡 꺼내서 승효 앞에만 놔두고) 맨날 그 뭐냐 화물차량
	씨름하는 거보다야 백번 낫지! 우리도 무료 검진도 받고, 검사겸사.
승효父	그럼 운수회사보단 한결 수월치 그럼, 상대들도 점잖고. (떡 먹는)
승효	(남의 속도 모르고) ... 예. (아침이나 먹자)

S#21. 대학병원 외경 - 낮

S#22. 동/사장실 - 낮

소파에 승효, 거의 같은 눈높이로 휠체어 탄 선우와 마주 앉았다.

승효	내 보니까, 심평원도 꽤 융통성이 있던데요? 환자 건강 정보,
	보험사에 수수료 받고 넘기셨다고. 학술연구용 아니라도 상관없이.
선우	.. 이번엔 어떤 융통성을 기대하시고, 하시는 말씀이죠?

승효	김태상 부원장, 기사는 자제합시다.
선우	조용히 넘어갈 순 없습니다.
승효	조용히 처리할 순 있죠, 엠바고를 청하는 거지 무마해달란 거 아녜요.
선우	보고를 해야 하는데요.
승효	해요, 내 거까지 말릴 수 있나? 그런데, 본인 입으로 그랬잖아요, 돌 던지는 사람만 바뀐다고, 금방 잊혀진다고.
선우	그래도 해야 한다고도 말씀드렸죠.
승효	상국대학 정형외과가 그렇더라, 외부적으로 알려서 얻어지는 효과가 뭔데요?
선우	환자들한테 선택권이 생기죠, 수술실엔 들어와서도 안 될 사람한테 환자 무릎을 내줘버리는 의사가 있는 병원은 피할 권리요.
승효	그 의사가 더 이상 이 병원에 없다면?
선우	… 대리 수술이 근절되지 않는 이유는 대가가 혹독하지 않기 때문입니다. 자격 정지 몇 개월이 고작이죠, 그런데, 자르시게요, 부원장급을?
승효	급이 문제가 될까요?
선우	제 경험상으론 언제나요.
승효	제 발로 나가야지, 그럼.
선우	사법처리는요?
승효	상국대에서 떨어져 나간 다음에. 나한테 문젠 이 병원 간판에 또 흙탕물이 튀느냐, .. 아니냐. 아니게 합시다. (습관처럼 일어서려다 도로 앉는)
선우	(짧은 동작이지만 그 동작을 좇아서 보는 눈길)
승효	부산대도 일 벌렸다면서요? 거기 먼저 처리해요.
선우	대리 수술이 행해진 건 누가 뭐래도 여기 수술장입니다. 언제 보고되고 언제 알려져도 상국대가 거론되는 건 피할 수 없어요.
승효	우리가 자체 징계를 통해서 문제 있는 의사를 내보낸 후죠. 봐주는 것 없이 자정작용을 끝낸 후. 엠바고 부탁합시다.
선우	… 왜 쥐고 있는 카드를 안 쓰시죠?
승효	(무슨 말인지 알지만 대답 않는)
선우	저희 기관에 업무 기피 신청이 있다는 거 이미 파악하셨죠?
승효	(끄덕)

선우	심사할 병원에 가족이 일하고 있으면 제대로 심사를 안 할까 봐, 또 하나, 우리 병원에 불리한 판정을 내면 니 가족, 개고생시키겠다, 바로 이런 압박을 받을까 봐 기피 신청제가 있는 거죠. 그런데 저한테 부탁을 하시네요.
승효	부탁합시다.
선우	... 저도 부탁이 있습니다.
승효	(말해보라, 손동작)
선우	저희 기관에서 환자 정보를 팔아넘겼다고 했을 때, 직원인 저희도 충격이었습니다. 그때 절실히 느꼈어요, 이래서 윗사람의 의지가 정말 중요하구나.. 사장님도 이제 겪어서 아시겠지만 의사들, 사고든 뭐든 절대 안 나서요. 부원장 정도면 충분히 밑에 사람들 협박도 하죠, 이걸 간과하면 앞으로도 그 무슨 일이든 입도 뻥긋들 안 할 겁니다. 밀고가 아니라, 동료를 배신하는 게 아니라, 잘못을 잘못이라고 하는 게 지극히 당연한 환경을 만들어주세요. 그렇게 입증을 해나가다 보면 사고도 줄어들지 않겠습니까?
승효	... 병원의 문화를 바꿔라, 나더러.
선우	하실 수 있는 분이 아닌가, 생각이 들어서요 구사장님은.
승효	나를 모르시는데?
선우	저희 심사권이기도 하고 또 제 형도 걸려 있으니까요, 상국대병원은. 최초로 비 의사 출신 CEO가 여길 온다길래 구사장님에 대해서 저도 검색해봤습니다, 오너 가문이 아닌데 최연소 사장, 뭐 이런 내용들만 뜨길래 아 이분은 뭐 천재형인가 보다, 했었죠.
승효	근데 봤더니 천재는 영 아네요?
선우	(웃지만) 이분 많이.. 노력하는구나, 가 보였습니다.
승효	...
선우	구획증후군을 언급하셨을 때 제가 웃은 건, 사장님이 아는 척을 해서가 아니라 알고 계시구나, 그래서입니다. 일반 사람들은 있는지도 모르는 저희 기관 업무에 대해서도 파악하고 계셨고요. 이제 사장님의 그 노력이 어느 쪽을 향할 것인가, 거기에 기대를 걸면.. 헛된 걸까요?
승효	... (관자놀이를 긁적이다가) 엠바고는 그럼?
선우	제가 드릴 수 있는 시간은 드리겠습니다.

승효	오케이. 윗선은 내가 맡고 부원장은 끊어내는 대로 통보드리죠.
	그러면은.. 외근은, 내 말은 파견 조사는, 끝난 거죠?
선우	아뇨, 한창 과잉 진료를 모으던 중이었는데요.
승효	(헛!) 김태상 부원장 까죽도 안 남겠네. 저기 예선우 조사관님.
선우	예.
승효	우리 구조실로 오시죠? 우리도 의사 업무에 정통한 사람이 절실한데.
선우	.. (휠체어 토닥이며) 괜찮으시겠어요?
승효	... 뭐가요.
선우	(좀 씁쓸히 웃는다)
승효	수고 많았습니다. (일어선다)
선우	(목례. 방향 빙 돌려 나간다)
승효	(그 모습 쳐다보는)

S#23. 동/사장실 앞 복도 - 낮

선우, 나오는데 강팀장이 서류 들고 오고 있다. 스치며 반갑게 인사하는 두 사람.

강팀장	(사장실로 들어가려) 아참 저기 구조실장이 그러던데..
	왜 점심 혼자 드세요?
선우	현지 조사 나가면 다 그래요. 병원 사람들이 워낙 우릴 싫어해서.
강팀장	옘병! (하다 조신하게 입 가리는) 같이 먹을래요? 내가 쏠게.
선우	(웃는) 병원 사람한테 얻어먹음 안 되는데.
강팀장	난 병원 사람 아니니까, 이따 구조실로 갈게요!
선우	네. (웃으며 목례하고 가면)
강팀장	... 오늘은 좀 웃네. (사장실로 들어간다)

S#24. 동/사장실 - 낮

강팀장, 들어오는데 승효, 책상에서 일하다가,

승효	강팀장님.
강팀장	네.
승효	수습 간호사들 초봉 삭감, 지금 발표합시다.
강팀장	바로요?
승효	병원이 중구난방일 때, 윗대가리들이 딴 데 정신 팔렸을 때.
	다른 병원은 초봉이 어떻다고요?
강팀장	간호쌤들은 보통 교육기간 4주, 수습기간 3개월이 기본이고요.
	봉급은 4주 동안은 무상, 수습 동안엔 최저 시급으로 맞추고요.
승효	그럼 우리 수습을 따로 두지 말고 교육기간을 3개월로 늘려서 월급
	42만원에 맞추고, MRI 기사 같은 엔지니어들도 동일하게 적용.
강팀장	네. 이거는, (서류 한 장 주는) 방금 행정실에서 나온 겁니다.
승효	(보다가 풋 웃는) 얘네들도 얄짤 없네? 일반 회사랑 똑같아?
강팀장	인제 보니까 부원장이 뭐 대단한 지지를 얻어서 단일후보였던 게
	아니라 전부 기회만 노리고 있었나 봐요.
승효	틈 보이자마자 밑에서 치고 올라온다...
	.. 전체 공지 하나 띄웁시다.
강팀장	네! (적을 준비)
승효	먼저 김태상 부원장. 무기정직 처분, 외래와 수술 등 진료 업무에서
	무기한 배제, 직접 환자 찾아가서 사과하고 진료비 전액 환불.
강팀장	이걸 할까요, 그 성격에? 직접 사과를?
승효	안 해야죠, 버티다 부러져야죠. (강팀장이 줬던 서류 보며) 다음.

S#25. 동/부원장실 - 낮

컴퓨터 켜져 있고 태상은 진정이 안 돼서 일어나 있다. 고개 드는데,
얼굴은 창백하고 눈엔 얼음이 서렸다.

| 승효E | **다음, 신경외과장 오세화 교수, 암센터장 이상엽 교수의 병원장 선거** |
| | **입후보 신규 등록으로 단일후보, 철회.** |

분노가 끓어오르는 태상, 부원장실을 나간다.

S#26. 동/응급실 - 낮

응급대원, 의식 없는 환자 데리고 들어오고 급히 침상에 옮기고.
진우, 침상에 달라붙어 몸이 축 처져 있는 환자 살핀다.
방선생은 IV라인 잡고 심전도를 환자 몸에 붙이는 사이,
안선생은 계속해서 앰부를 짠다.
진우, 동공 반사와 발바닥에 자극을 주며 반응 확인한다. 이어 청진기 진찰.

응급대원	대실 시간이 지나도 대답이 없어서 열어봤대요.
	아침에 입실했다니까 3시간은 지났나 봐요.
진우	(구토한 흔적에 냄새 맡고) 알코올에,
응급대원	이것도요. (토사물이 담긴 비닐 내미는)
진우	약 봉투는요? (받아서 불편한 기색 없이 살피고 재혁 준다)
응급대원	못 찾았구요.
재혁	(아 싫지만 토사물 비닐 받는다)

일사분란하게 움직이는 상황, 재혁은 트레이에 토사물 붓는다. 으, 역한 냄새.

cut to. 응급실 한켠.
재혁, 술과 위액이 섞여 갈색인지 녹색인지 모를 토사물 속에서 핀셋으로 알약 집는다.
마스크 끼고도 헛구역질이 나올 것 같은 얼굴로 색깔이 노르스름한 알약 보여주면,

진우	(옆에 기대서서 보다가) 로라제팜.
재혁	(노르스름 알약 내려놓고 로라제팜 적고 다른 알약 들어 보이는)
진우	뭐 같니?
재혁	(어...)
진우	다른 동기들 다 치고 나가는데 넌 뭐해.

재혁	.. 치고 나갈 동기도 인제 몇 안 남았어요.
진우	뭔 소리야?
재혁	암센터요, 결국 제 동기랑 치프랑 총대 메고, 지금 짐 빼고 있어요.
진우	치프까지? 이승훈이까지 잘렸다고?
재혁	센터장님이 나가라고 했대요. (볼멘소리로 작게) 자긴 쏙 빠지고.
진우	... 이승훈 인턴 때 내가 가르쳤는데. 참 성실했는데 애가..
치프	(환자 침상에서 오는) 위세척 끝났습니다.
진우	(재혁이 들고 있는 알약 가리키는)
치프	... 졸피뎀? (진우 보는)
재혁	(따라서 진우 보는)
진우	(고개 끄덕이고) 계속 해. (나간다)
치프	어디 가시는데요? 쌤!
진우	(돌아보지 않고 나가는)
재혁	졸.. 피.. 뎀, (다 쓰고 다른 약 들어 보이면)
치프	뭐 같냐?
재혁	(자꾸 물어봐, 모르는데...)

S#27. 동/구석진 비상구 앞 - 낮

주렁주렁 짐을 든 암센터 의국장, 인적 없는 비상구 복도로 와선 소리 없이 문 여는데,

진우E	이승훈.
의국장	(죄 지은 사람처럼 화들짝!...) 예선생님...
진우	(다가와 짐하며, 잔뜩 수그린 의국장하며 보다가) 가자.
의국장	저는 (비상구 가리키는..)
진우	정문으로 나가. 니가 5년의 젊음을 바친 곳이야. 나랑 같이 가. (가는)
의국장	... (따라가는)

S#28. 동/복도 - 낮

창, 이식센터장, 세화, 암센터장, 그리고 노을이 함께 온다.

이식센터장　변호사들은 다 왔대?
창　　　예. 뇌사판정위원 전원 출석했습니다.
노을　　전 주치의라 못 들어가니까 인사만 시켜드리고 나올게요.
세화　　언제까지 번거롭게 이걸 하나 몰라.

모두들 세화의 말, 그러려니 하며 가는데,

암센터장　한 생명의 뇌사 여부를 결정하는 건데 누군 번거로운가 보네.
이식센터장　(응?) 이교수님도 판정위원회 성가시다고
세화　　(O.L) 벌써 뇌파 검사를 수차렐 했는데 뭐가 달라져요?
　　　　　우리가 직접 환자 들여다보는 것도 아니고 검사 결과만 보고
　　　　　판단하는 건데 형식만 늘어나죠!
이식센터장　그쵸, 괜히 길어지면 장기 손상되고
암센터장　(중간에 선 이식센터장은 취급도 안 하고 세화 들어라)
　　　　　그렇게 번거로워서 다른 일은 으뜧게 하려고 그런데?

세화, 무섭게 흘기고 암센터장도 지지 않는다.
이식센터장, 이 둘 왜 이러나 어리둥절.
세화, 더 이상 암센터장 안 보고 빠르게 내딛고,
암센터장도 행여나 뒤질세라 속도 올린다.
졸지에 뛰다시피 그 뒤를 쫓아가게 된 이식센터장과 창, 노을.
이식센터장, 입모양만으로 창에게 '왜 저래?' 하지만 고개 젓는 창.
창도 이식센터장과 똑같이 노을 보지만 노을도 모른다. 고개 젓는데,
갑자기 멈추는 세화와 암센터장. 그들 앞에 태상이 오고 있다.
맞은편에서 오던 태상도 걸음 멈춘다.
세화와 암센터장을 보자 배신감 치미는 태상, 쾌씸하기 이를 데 없다.
일행, 목례하는데,

태상　　　(세화와 암센터장만 응시하는) … …

노을, 창, 이식센터장, 이분은 또 왜 이러나, 기색만 살피는데,

태상　　　니들 세상 온 거 같지? 어떻게 참았어 그동안?
세화　　　(어쩌라고, 고개 쳐들고 딴 데 보는)
암센터장　(입 잔뜩 늘어뜨리고 태상 시선 피한다)
태상　　　니들이 어떻게, 뭉쳐서 싸워도 모자랄 판에
암센터장　뭐가 문젠데요?
태상　　　!!
암센터장　그러게 잘하시지 그랬어요.
세화　　　그러게 잘 좀 하지 그랬어요. (정확히 암센터장 향해 서는)
　　　　　무슨 자격으로 무슨 생각으로 나섰을까. 경찰을 의국까지 끌어들여서
　　　　　전부 뒤집힌 게 얼마나 됐다고 나 같으면 애들 보기도 창피할 텐데,
　　　　　대체 무슨 낯짝으로.
암센터장　그게 왜 내 책임인데요? 내가 주사 놨어요? 내가 눈이 백 개 천 개야?
　　　　　나도 이 몸뚱이 하나야, 어떻게 사사건건 감독하고 일일이 쫓아다녀요?
　　　　　지들끼리 저지르고 사단 나니까 나한테 온 걸 나더러 어쩌라고!
태상　　　그거 하나 감독 못하면서 무슨 원장을 해?
암센터장　그러기로 말하면 왜 몰랐어요? 부원장인데! 내가 우리 과 일 다 알아야
　　　　　되면 부원장도 여기 일 전부 다 알아야지, 전체 책임잔데!

암센터장 외침에 지나가던 의료진 몇 명, 이쪽을 본다.

세화　　　둘 다 똑같아선! 자진 사퇴들은 못할망정!
태상　　　내가 왜 사퇴 해! 내 환잔 멀쩡히 살아 나갔어! 얻다 대고 날 끌어들여!
암센터장　나야말로 얻다 대고지! 나는 사고고 거긴 고의잖아요!

S#29. 동/복도 일각 – 낮

동수	(가며) 그늠에 자살 증말, 것다 왜 또 보호자는 읎어갖고.
진우	(뭔가 꽉 억누른 기색)
동수	또 윗다 입원을 시킨댜, 야 니가 주교수헌테 한 명만 더 받아달라고.. 얌마.
진우	예.
동수	니 사람 말 코로 듣지?
암센터장E	나도 겪은 게 있어서 이런다고 나도! 느낀 게 있어서!

놀라는 동수와 진우, 소리 나는 쪽 본다.

S#30. 동/복도 – 낮

암센터장	나는 발 뻬고 잔 줄 알아요? 난 안 창피했겠어요?

좀 떨어져 섰지만, 센터장들 대립을 지켜보는 의료진들이 여기저기 꽤 많이 생겼다.
이곳으로 오는 동수와 진우.

암센터장	우리 애들 안 불쌍했겠어요 나라고?
진우	(암센터장 보는 눈빛이 엄격해진다)
암센터장	왜 이런 문제가 생기는지 너무 알겠어서, 내가 당해봐서! 좀 개선해보자고, 응? 내가 낯짝이 두꺼워서 원장 좀 해먹잔 게 아니라 나도 답답해서 나왔어요, 좀 바꿔보자고, 나도 느낀 게 있어서!
세화	그렇게 답답했음 원장님이 덮으라고 했을 때 그때 나섰어야죠? 사망사고 숨긴 사람이 원장 후보라고 밖에서 알아봐요, 사람들이 웃어.
암센터장	난들 어떡해요! 오교순 그럼 원장이 닥치라는데도 떠벌릴 거요? 거역할 거야?
진우	(화가 올라온다)

Insert1〉– 동/복도 – 낮
방금 전 암센터 의국장과 진우가 만난 직후의 상황.

진우	(의국장과 함께 가며) 넌 곧 다시 환잘 보게 될 거고 사고가 있었는지조차
	사람들은 잊을 거야. .. 너는 기억해야 돼. 평생 같아.
의국장	네..
진우	**아무리 맨 위에서 덮어주고 입 다물라 했다 해도 관리 감독을 놓친 니**
	책임이 없어지는 거 아냐. 그렇다고 좋은 의사가 될 수 없는 것도 아냐.
	것도 포기하지 마.
의국장	(표정이 이상해진다. 하고 싶은 말이 있는데 못하고 갈등만 하고 있다)
진우	(알아차린) 왜?...

진우	(암센터장 노려보는)
세화	이교수님 지금 논점을 흐리고 있는데, 핵심은 암센터에서 무슨 일이
	있었는가, 본인은 거기에 어떤 일조를 했는가예요.
	전에 원장님이 뭘 어째랬느냐가 아니라. 그래도 꼭 내 대답을 들어야겠다면,
	난 누구한테 닥치란 소리 안 듣지, 문제 자첼 안 만드니까.
태상	니가 고발했지, 심평원에 나 갖다 찌른 거 너지?
세화	뭐요?
진우	!
태상	너 센터장에 앉힌 거 나야, 근데 니가 날 배신했어, 오세화, 너야.
세화	걸고넘어질 게 없으니까 인젠 별,
암센터장	어떻게 사람이 그래, 오교수?
세화	!!
진우	정말로 보고했습니까?

이 자리에 모두가, 돌아본다.
구경꾼들 사이에서 나오는 진우, 그의 발소리가 일거에 조용해진 복도에 울린다.

진우	(암센터장 바로 앞에 와 서는) 이상엽 교수님, 암센터 투약사고,
	이보훈 원장님께 말하셨어요?
암센터장	이건 또 뭔, 어딜 껴들어?
진우	(암센터장을 꿰뚫을 듯 응시하는) 했습니까?
의국장E	**이교수님이 저희한테 직접 그랬어요. 절대 입 다물라고.**

Insert2〉- 동/복도 - 낮

의국장   아무한테도, 우리 의국 밖으론 절대 퍼져선 안 된다고.
          그렇게 말한 장본인인데, 원장님한텐 말했을까요?
진우   !

암센터장 이 새끼가 근데, 야,
진우   (무서운 고함) 원장님이 추락했을 때!
암센터장 !
진우   암센터에서, 정맥주사를 척수강에 잘못 놔서 최도형 환자가 죽었다,
          이 사실을 아는 상태에서, 그걸 가슴에 넣고서 이보훈 원장님이,
          세상을 떴습니까?
암센터장 !

암센터장, 아주 찰나지만 진우 추궁에 몸이 뒤로 주춤하고 대답 못한다.
세화와 태상, 그 짧은 망설임이 느껴진다. 세화, 이 인간이? 하는 표정으로 변하는.
암센터장, 황망한 마음에 눈동자가 옆으로 흘렀다가 주변 반응에 실수했음을 깨닫는다.

암센터장 했어! 했다고! 됐냐?

이미 늦었다. 세화의 표정엔 경멸이 드러났고 나머지도 마찬가지다.
노을과 창을 비롯해 센터장들 말싸움을 지켜보던 주변 의료진 전부,
어떻게 저런.. 하는 표정으로 암센터장 본다.
이게 다 진우 때문이다! 암센터장, 진우를 확 노려보는데,
진우, 분노에 이글대는 눈빛이 아니다. 실망과 환멸, 울분...
그 눈은, 너 스스로는 진실이 무엇인지 알 것이다, 말하고 있다.
그 눈빛에 부딪힌 암센터장, 말이 막힌다. 퍼붓질 못한다.

진우   (암센터장 내려다보다.. 쓰게 외면한다. 몸 돌리는)

진우, 뒤도 안 보고 이 자리 뜨고 그러자 잠시 그대로 섰던 사람들, 하나둘 흩어진다.
세화도 노을도 창도 이식센터장도, 암센터장 보지 않은 채 가고,
마지막으로 남은 태상까지 세화 일행과 반대 방향으로 간다.

암센터장   ....

S#31. 동/복도 일각 - 낮

홀로 큰 걸음으로 가는 진우, 너무 속상하다.

S#32. 동/수술실 청결홀 - 낮

수술방 안에 한창 수술 중인 의료진이 있다.
이곳에 들어오는 진우, 수술방 창문으로 가 그 안에 뒷모습으로 선 의사를 본다.
수술방 안에서 진우 쪽을 향해 섰던 양선생, 창밖 진우를 발견한다.
마스크를 쓰고 있어 입은 안 보이지만 양선생이 뭔가 말하자 돌아보는 뒷모습의 의사,
경문이다. 진우와 눈 마주친 경문, 양선생에게 뭔가 말하더니 장갑 벗는다.

경문   (수술방 밖으로 나온다. 부드럽게 묻는) 나 찾아왔어?
진우   (상처 입은 눈이 되어 바라보는)
경문   (그 표정에 진심 걱정되는) 왜? 무슨 일인데 예선생?

방금 전 센터장들 사이에 날카롭게 오가던 새된 비난과는 달리 안정적이고 걱정이
담긴 경문의 목소리와 표정에 진우, 떠오르는 어느 날의 기억이 있다.

**Insert cut〉- 지금 경문과 똑같이 수술복 차림으로 수술장에서 나오며
'진우야 왜, 무슨 일 있어?' 하는 보훈.**

진우   (그리웠던 이를 바라보는 눈망울. 마음의 소리) 원장님!..

보훈	**괜찮아, 나한테 다 말해.**
진우	이대론 안 돼요.
보훈	**(뭘? 하는 표정)**

진우, 눈 감았다 뜬다. 그를 가까이 바라보고 있는 경문.

진우	저희 원장님이 돼주세요.
경문	(당황한다)
진우	피하시면 안 돼요, 말로만 걱정한다 하지 마시고,
	우리 병원이 더 망가지기 전에, 나서주세요. 용기를 보여주세요.
경문	예선생,
진우	하실 수 있어요, 일말의 책임감이 있다면 외면하지 마세요.
	주교수님이 지금 저희의 유일한 대안이에요.
경문	반대가 얼마나 많겠어.
진우	교수님이 센터장으로 올 땐 반대 없었나요?
경문	그땐 원장님이 계셨으니까.
진우	왜 다른 동문 다 제치고 그 많은 반대 무릅쓰고 원장님이 굳이
	교수님을 그 먼 데서 발탁하고 고집했을까요.
경문	(흔들리지만.. 고개 젓는다) 설사 내가 뽑힌다 해도,
	사장이 재가 안 해줄 거야.
진우	왜 그런 걱정부터 하시는데요?
경문	.. (대답 대신) 예선생, 투표가 내일모레야.
진우	안 늦었어요.
양선생E	안 늦었어요.

경문, 진우, 돌아보면 수술실 안에서 몸 내밀었던 양선생, 두 사람 대화 듣고 있었다.

양선생	프리젠테이션 때문이면 제가 준비해요, 교수님.
진우	저도 합니다.
경문	.. (양선생에게) 끝났나?
양선생	.. 예. 덮기 전에 보실 거 같아서..

경문	(진우 한 번 보지만 얘기 끊고 수술실로 가는데)
진우	또 튀시려고요? 의료원에서 도망친 거처럼?
경문	(멈춘다. 처음으로 표정이 무서워진다)
진우	이번엔 어디로 숨으시게요.

목젖이 꿈틀대는 경문, 수술실로 성큼 가버리고 그 뒤에 양선생, 진우와 시선 엉킨다.
양선생도 어쩔 수 없다. 경문 따라 들어간다.
진우, 어떤 마음인지 이해는 하지만... 답답한 숨을 토한다.

S#33. 동/사장실 – 낮

강팀장이 내민 서류 내리치는 태상. 바닥에 떨어지는 서류.
놀라는 강팀장, 그 앞에 승효. 그야말로 폭풍 전야다.

승효	서로.. 진 빼지 맙시다.
태상	그렇죠, 서로죠. 둘 다죠.
승효	....
태상	뭐부터 시작할까요, 자회사 기부금 사용처?
	말이 좋아 자회사지 입찰 경쟁도 없이 약품 공급권 내주고 약값은
	최고 비싸게 매겨놓고선 거기서 뽑은 이익은 기부금으로 둔갑시켰는데,
	과연 병원에 기부를 했을까요, 아니면, 그룹 회장님 주머니에다?
승효	....
태상	해봅시다, 우리 구사장님 일하시기 편하게 내가 내 발로 나가드릴지,
	패대기쳐져도 같이 처질지, 해봅시다.
승효	웃지도 않네. (한 걸음 두 걸음 태상 앞으로 오며) 누가 보면 내가
	단물 빼먹고 팽시키는 줄 알겠어요. 본인이 저지른 짓은?
	이 세상에 반성이란 단어가 있단 건 알아요?
	(태상 바로 앞에서 벼락같은) 회장님한테 갔으면 어쩔 건데!
태상	!
승효	화정그룹 회장을 털겠다고? 댁이?

태상	나 잃을 거 없어
승효	잃을 게, 있습니다. 누구나 있어요. 잃고서 피눈물 흘릴 게, 반드시.
	김태상씨, 댁 위해서 하는 말이야. 재벌회장, 보통사람들 아녜요.
	내가 본 게 있어서 하는 말입니다......
태상	... .
승효	(태상에게서 떨어진다) 집안 단속할 시간에 너무 바깥만 챙기시네,
	믿었던 도끼들이 발등 찍겠다고 들고 일어선 건, 알죠?
강팀장	(떨어진 서류 집어 태상의 시야 안에 있는 승효 책상에 올려놓는다)
태상	.. 재벌회장이 고용사장을 어디까지 비호해줄지 봅시다. (나간다)
승효	(말은 세게 했지만 마음에 걸리지 않을 리 없는. 빌어먹을)
강팀장	(자리로 신속히 가며) 자회사 기부금 다시 정리하겠습니다.
승효	(믿을 건 강팀장뿐이다. 끄덕인다)

S#34. 동/사장실 복도 - 낮

사장실에서 나오는 태상, 처음엔 거친 태도지만 복도를 따라 올수록 점점, 기세 꺾인다.
사태가 철저히 불리하단 걸 실은 알고 있다. 수그러드는 어깨, 절망스럽다.

S#35. 동/세화의 진료실 - 낮

세화, 싸운 일로 불쾌한 와중에도 모니터 뜬 공문 보며 혼잣말처럼 내용 읽는다.

세화	외래, 수술 업무, 무기정직.. 환자한테 직접 사과. 끝났네, 이 인간...

Flashback〉- 9회 S#30. 동/복도 - 낮
사망사고 보고에 대해 진우에게 추궁당했던 암센터장을 내버려두고
구경하던 사람들 모두, 자리를 뜨던 모습. 가다가 돌아봤던 세화,
덩그러니 홀로 남은 암센터장.

세화   .. 그 인간도.

자신만만하게 고개 쳐드는 세화, 그녀 마음속에선 계산 끝났다.

S#36. 동/비상계단/최상층 승강기 앞 - 낮

좁은 계단참에 승강기만 나 있고 위는 옥상으로 통하는 쪽문이 보이는 곳.
쪽문에는 '관계자 외 출입금지' 표시가 붙었다.
사용하는 공간이 아니라서 그냥 시멘트 회색빛인데, 이곳에 모여든 은하와 선우.

은하   (바코드 리더기를 들어 보이고) 제 건 약물명, 처방 이런 것만 뜨지만
        의사들은 당일 환자 수, 예약 환자 수에 병상은 얼마나 찼는지도 떠요.
        손님 더 받으라고 독촉 메시지 보내는 거지 뭐예요, 이게.
선우   ..
은하   처방전 입력하면 이건 보험금 못 받는 약이니까 쓰지 마라,
        이런 것도 실시간으로 경고창이 뜨고요.
선우   그럼 바꾸나요, 처방전을?
은하   경고창 뜨면 입력 자체가 안 된다니까요? 환자한테 젤 좋은 약이라도?
        이게 다 사장 바뀌고 이렇게 된 건데 오늘은 완전 수습 간호사들 초봉을
        확 후려치겠다고까지 발표했어요.

승강기가 올라오고 있는데 은하나 선우나 얘기하느라 주의 기울이지 않는다.

선우   .. 무슨 말씀인지 알겠는데 제가 어떻게 할 수 있는 게 아니네요.
        저흰 심사할 뿐, 운영에 개입하지 않는다, 가 원칙이라.
은하   알아요, 조사관님은 행정엔 권한 없는 거, 그래도 아셔야 돼요,
        저는요, 이게 우리 상국대만의 문제는 아니라고 생각해요.

땡, 하는 승강기 도착음.

은하   어머 누가 여기까지,

승강기 문 열리더니 창이 내리는데,
문 열리자마자 바로 앞에 은하와 선우 때문에 내리려던 걸음 잠깐 주춤하는 창.

은하   (바코드 리더기를 주머니에 넣는데)
창   (그 동작 보는)
은하   먼저 가세요. 또 봬요.
선우   .. 예. (아직 문 열린 승강기에 타는)
창   (승강기 문 닫히자마자) 왜 이런 데서 심평원 사람이랑 그래요?
은하   뭘 그래요 그러긴?
창   저 사람한테 병원 얘기를 왜 해요, 하등 도움도 안 될 거.
은하   그럼 어디다 알려야 도움이 될까요, 선우쌤은 어디다 알렸어요?
창   아니 뭐,
은하   쌤도 노조간부예요, 잊었어요? 알릴 수 있는 덴 다 알려야지,
         지금 남에 편도 내 편으로 끌어올 판에 지금.. (승강기 하강 버튼 친다)
         선우쌤 요즘 왜 그래요?
창   내가 뭘요? (계단 올라가버린다)

옥상 쪽문으로 나가는 창. 문 열릴 때 옥상 하늘이 보인다.
은하, 떨떠름한 눈길로 보는데 승강기 온다. 문 열리자 바로 타려는데,

은하   어,
승효   (내린다. .. 가볍게 눈인사)
은하   (인사. 승강기 타는데)

승효, 계단 올라가고 그 뒤에 보이는 은하, 왜 저길 가지? 표정으로 승효 보고 있다.
그러다 닫히는 승강기 문.

승효   (계단 천천히 오르다가 문 닫히는 소리에 멈춘다.. 돌아보는데)

닫힌 문. 그러나 층수 표시등 체크하는 승효. 승강기가 15층에서 변함이 없다.

승효   ... (품에서 뭔가 꺼내며 다시 계단 오른다. 쪽문으로 들어간다)

승강기 문 열린다. 안에 은하, 미심쩍은 얼굴로 승강기 내려서 계단 오른다.
쪽문 아주 살짝 열면, 옥상에 승효 뒷모습 보이고,
저 앞에 창이 승효 쪽으로 돌아서는 것도 보인다. 은하, 둘이 뭐지? 싶은데,

승효   (담배 들린 손 들어 보이는) 여기 담배 피워도 됩니까?

S#37. 동/옥상 - 낮

창   ? (눈치 빠르게) 안 되는데요. (낯선 사람처럼 목례) 원래 됐었는데..

승효 뒤 살짝 열린 문 사이로 눈 정도만 보이는 은하, 아니네 하는 얼굴. 사라진다.

승효   ... (돌아보는. 발소리 없이 쪽문으로 가 안을 확인하고)
창   ...
승효   (창에게 오지만 이미 째푸린) 응급센터라고 했던 사람이네, 저 간호사.
창   (살짝 당황) 아닌 거 같은데?
승효   여기서 (쪽문 돌아보는) 저기가 보여? 얼굴이?
창   (얼른 화제 바꿔) 왜 보자고 했어?
승효   (훑는 눈길..) 니 문자.
창   그거? 셋이서 완전 주먹질만 안 했지 개싸움이었어, 딱 초딩 수준.
        니는 못했네, 나는 잘했네, 암센터장이 제일 개털렸고.
승효   그게 의미가 있나, 근데? 누구한테 보고를 했든 안 했든,
        어차피 환잔 죽은 거고 은폐한 건 한 거잖아.
        뭐 쪽이야 팔리겠지만 대세 지장 있나?
창   그래도.. 아무리 죽은 사람은 말이 없다고 것다 펑곌 대나,
        돌아가신 분 팔아먹진 말았어야지.

승효   .. 흠집 안 간 건 그럼 오세화만 남았네.

창   음.. 그럼 원장은 쫑난 건가? 셋 중에 둘이 무너졌으니.

승효   그럴까.

창   (보면)

승효, 문자 온다. 보면 '4차산업혁명 - 헬스케어산업' 제목의 파일 첨부됐다.

승효   (파일 다운받으며) 오교수만 남았으니 누군간 또 생각하지 않을까?
       해볼 만하다, 저 사람만 넘으면 된다.

창   그럼 내가 알았겠지.

승효   어떻게?

창   투표 전에 교수들 놓고 발전 계획서랑 프리젠테이션 해야 되는데?
       그거 자료 만들고 있으면 소문 다 나. 여기가 얼마나 입들이 싼데.

승효   ... .. (심각) 근데

창   (왜?)

승효   여기 진짜 금연이냐?

창   어어, (끄덕) 꽁초들을 하도 버려대서.

승효   (쓱..)

S#38. 동/복도 - 낮

이식센터장   (복도 가며) 사람은 좋지, 좋은데, 원장을 심성 보고 뽑는 건 아니잖아.

진우   (따라서 빨리 걷는) 그럼 얼굴 보고 뽑으세요? 것도 되잖아요?

이식센터장   얼굴로 뽑음 또 나지.

진우   (엇)

이식센터장   (칫 웃지만) 구심점 역할도 하고 그래야 되는데, 되겠어? 주교수가?

진우   장교수님이 된다고 하심 다 되죠, 왜 안 돼요, 그리고 우리 장교수님이
       힘 돼드리면, 주교수님이 그거 잊을 분도 아니고.

이식센터장   그냥, 내 생각엔 사람이 좀 독기도 있고 그래야 되는데,
            (말 끊고 진우 어깨 툭 치고 빨리 가버린다. 귀찮은 기색)

S#39. 동/성형외과 스테이션 - 낮

성형외과장　(모니터 봤다 차트 봤다 하느라 정신없는데)

진우　평교수 회의에서 추천도 하잖아요,

　　　　과장님께서 주축이 돼서 우린 주경문 교수를 추천한다 하시면

성형외과장　(여전히 모니터에만 집중. O.L) 하신대? 주교수님 본인 입으로?

진우　아시잖아요,

성형외과장　뭘 알아, 당사자가 적극적이어도 될까 말깐데. 자기 밥은 자기가 챙겨

　　　　먹어야지. 너도 (남이 들을까 작게) 지금 오교수로 거의 기울었는데

　　　　너만 미운털 박혀. 같이 왕따당할래?

진우　왕따, 갈구고, 태우고.. 없앨 분이란 생각 안 드세요, 주교수님이?

성형외과장　난 우리 학교 졸업 없는 사람이 원장 되는 거 못 봤다.

진우　과장님, 솔직히, 어느 원장이랑 일하고 싶으세요?

성형외과장　... 그분이 정말 나온다면야

진우　(간만에 솔깃! 하는데)

동수E　이눔 시키!

동수, 난데없이 뒤에서 나타나 진우 가운 뒷덜미를 콱 잡고 끌고 간다.

동수　단체로 식중독이 떼거지로 들이닥쳤는디 니는 여서 이바구여?!

진우　(끌려가면서도) 단체로요? 가검물 검사요?

동수　그것을 인쟈 니가 혀야지!

성형외과장　(보면)

진우, 빨리 간다. 진우보다 키가 작은 동수, 분명 뒷덜미 잡았는데 끌려가는 양상.
동수가 혼내는데 거기다 대고 '주교수님 입후보 어떻게 생각'까지 말하는 진우 소리가
성형외과장한테 들린다. 동수가 진우를 뒤에서 걸어차서 말을 맺지는 못한다.
이를 지켜보던 성형외과장, 얼핏 웃지만 곧 진지해지는..

성형외과장 .... (전화 거는) 음, 전화 가능? (잠깐 듣다) 우리 평교수회에서 이번엔
후보 추천 안 하나? ... 오세화 교수님? 너도 그쪽이야? .. 나?...
노을E **왜 꼭 주교수님이어야 되는데?**

S#40. 동/외경 - 밤

또 하루가 지나 밤이 찾아온 병원.

S#41. 동/노을의 진료실 - 밤

바닥에 신문 깔고 철퍼덕 앉아 햄버거와 감자튀김 먹으며 얘기하는 노을과 진우.

노을 왜 년 그분인데? 오교수님은?
진우 넌 오교수님?
노을 응. 실력, 능력, 경력, 후배 양성, 뭐 하나 안 빠져.
진우 안 빠지지.
노을 (그런데? 하듯 갸웃 보면)
진우 너한텐 그런 분이겠지, 실력 능력 뭐 하나 안 빠지는.
다른 과한테도 그럴 거야, 그분은.
노을 사람에 대한 평가가 과마다 달라지나? 응급에선?
진우 나한테 오세화란 사람은 우리가 올린 자살 환자, 노숙자, 한 번도
받아준 적 없는 분이야. 그분이 센터장이 된 담에 보호자 없는 케이스,
신경외과엔 입원 자체를 못 시켰어. 100% 돌려보내더라.
노을 ...
진우 세상 사람들 전부 오교수님 같은 사회적 지위를 누리고 그분처럼
스펙 쩔면 나도 원장으로 찬성이야. 그만한 사람이 없어. 그치만..
그런 느낌이었어, 저분은 자기 자신이 기준점이구나, 좀만 열등하면
바로 차버리는구나. 후배 양성을 잘하는 이유가 극소수 엘리트만
끌고 가. 난 우리 원장이, 존경할 수 있는 사람이었으면 좋겠어..

노을	...
진우	(햄버거 내려놓고 피곤한 눈 누른다) 내가 뭐하는 건가도 싫어,
	투표권도 없으면서 누가 원장으로 맞네 아니네.
노을	투표권 있어봤자 한 표야. (햄버거 도로 쥐어주는)
	교수들 한 표 우린 빵 표. 빵 드세욤.
진우	(설핏 웃는) 어젯밤엔 꿈에도 나왔어. 새 원장이 뽑혔다는데 얼굴이
	구사장이네? 근데 진짜 구사장은 또 옆에 있어. 웃기지?
노을	(웃음기가 지워진다.. 뭔가 생각하며 진우 보는)
진우	(마지막 한 입 햄버거 욱여넣고 쓰레기 챙기느라 노을 표정 못 본다)
노을	... ... 선우랑 얘긴 했어?
진우	무슨 얘기?
노을	그냥, 다.
진우	얘기야 항상 하지? (옆에 놔뒀던 새 햄버거 봉투 들고 일어선다)
노을	그걸로 될까? 주교수님 코가 삐뚤어지게 술을 멕여서 지장을 받아내.
	후보 신청서에다.
진우	(손에 햄버거 봉투 보는) 너도 나랑 같이 가서 뵐래?
노을	난 아직 오교수님. 그치만 니가 한 말, 생각해볼게.
진우	(문으로 가며 바닥에 앉은 노을을 발끝으로 툭 치는)
노을	에잇! (팔을 뒤로 해서 진우 다리 찰싹 때린다)
진우	(과장된 비명 지르며 나가는)
노을	성공해라!
진우	오케이! (나간다)
노을	... (전화 꺼내 문자한다. 선우를 수신자로 하지만 내용은 못 쓰고) ...

S#42. 동/경문 연구실 - 밤

책상에 주인 없이 켜진 노트북. 경문은 간이침대에 누웠다. 눈 감고 잠든 것 같지만,

Flashback1〉- 9회 S#32. 동/수술실 청결홀 - 낮

진우   피하시면 안 돼요, 말로만 걱정한다 하지 마시고, 용기를 보여주세요.

경문   (눈 뜬다) ....

Flashback2〉 - 3회 S#33. 동/사장실 -저녁

경문   매출표, 내가 올렸습니다.
승효   반역자가 둘이면 날아갈 목도 두 개 아니겠어요?
경문   그러시죠.

노크소리.

경문   ... ... 네. (몸 일으키는)
진우   (들어온다. 방이 어둡자 입구에서 멈춘다)
경문   (눈 비비며) 불 켜.
진우   (불 켜고 침대 대신 책상으로 가 햄버거 봉투 올려놓는다)
경문   와이료야?
진우   네?
경문   아 요즘은 그 말 안 쓰나? 뇌물이냐고.
진우   .. ... 교수님 저랑 술 하실래요?
경문   (핏 웃는) ... ...

Flashback3〉 - 9회 S#13. 동/경문의 연구실 - 밤

양선생   정말 마음이 없으세요?
          원장이 돼서 이 병원을 좀 잘 끌어보고 싶단 마음이, 하나도요?

경문   ... 이번은 아니라고 생각했어.
진우   (무슨?)
경문   원장님 갑자기 그렇게 가버리시고 남은 공석 차지할 마음 없었어.
          십 년을 그 자리만 노린 사람이 있다는 것도 걸렸고.

진우	이번은 아니란 말씀은, (알아듣고) 교수님 마음에 걸릴 일들,

진우 이번은 아니란 말씀은, (알아듣고) 교수님 마음에 걸릴 일들,
      지금도 다음도, 그 다음에도 항상 있을 겁니다.

경문 ... 그렇겠네. 그때마다 난 한 발씩 물러나다가, 밀려나겠지.
      (진우 보는) 다 뒤집어버리고 싶었어. 너무 엉망이라 완전히 갈아서
      새 판을 짜고 싶던 때가 있었어.

진우 지금은요?

경문 ... ... (일어서더니 책상의 노트북, 진우 앞으로 돌린다)

진우가 들여다보는 노트북 화면 C.U. '의과대학병원 발전계획서'란 타이틀의 문서다.

진우 언제 이걸!

경문 (스크롤 내려주는데 맨 아래, 김해대학병원 마크가 커다랗다)

진우 모교에서.. 원장 선거 나가셨어요?

경문 프리젠테이션 새로 만들 거 없어.

진우 그럼 선거 나가시는 거죠?!

경문 지역도 다르고 시간이 흘렀는데도 그때나 지금이나 문제점이 똑같아.
      하나도 개선 안 됐어. 대학 마크만 바꾸면 될 정도야.

진우 감사합니다! (내용 훑는) 형식만 PT용으로 바꾸면...

경문 (자기 일인 양 기뻐하는 진우를 아들 보듯 보는데)

진우 (돌연 부루퉁해져선) 안 쓸래요, 이거.

경문 뭐 잘못됐어?

진우 이걸로 해서 안 뽑히신 거잖아요? 김해대학에서 이걸로 발표해서.

경문 안 했어, 만들기만 하고 안 써먹었어. 김해의료원이 문을 닫은 게
      이즈음이야. ... 그러고 보니 같이 일하자 하신 것도 이때쯤이네.

진우 이보훈 원장님이요?

경문 (그때 생각이 나는. 끄덕인다)

진우 ... (전화하는데 신호 길게 가는. 경문에게) 양선생 수술 들어갔어요?

경문 자나? 놔둬.

진우 (경문 말 끝나자마자 받는 상대) 자료 만든다더니 지금 잠이 와요?
      (듣다가 웃는) 엡 결정하셨어요. 눈썹이 휘날리게 오십쇼! (끊는)

경문 (웃는다)

모니터에 자료 훑는 진우와 햄버거 봉투 부스럭대며 '뭘로 사왔어?' 하는 경문.

S#43. 진우의 집 / 거실 – 밤

선우   (핸드폰에 문자 보고 있다)
진우E   오늘 늦어. 기다리지 마.
선우   (힝.. 전화 내리고 식탁 보면, 밥 차려놨다)

잠시 보다가 혼자 먹는 선우. 딸깍, 수저 움직이는 소리만 들리는 집 위로,

창E   김태상 부원장, 끝내 사퇴 안 했어. 죽어도 물러설 수 없나 봐.

S#44. 상국대병원 앞 찻길 – 아침

상국대병원 정문으로 들어가는 검은 차 뒷좌석에 승효 보인다.

창E   암센터장도 꿈쩍 않고. 굉장하지들? 대신, 새로운 선택지가 생겼어.

S#45. 동 / 이식센터 – 아침

창   (서류 보여주며) 예정대로 신장 하난 저희 병원에서 진행하구요.
            다른 장기 수혜자는 이식협회에서 조율 중입니다.
이식센터장   우리 이식팀은 한선생이 진행 중인가?
창   예.
이식센터장   슬슬 가야겠네. 뻔할 줄 알았는데 재밌게 됐어. 주과장이 그럴 줄이야.

S#46. 동/사장실 – 아침

창E　　주경문 흉부외과장, 막판에 그럴 줄이야.

승효, 책상에서 일한다.

Flashback1〉– 2회 S#43. 동/수술실 – 밤(경문이 깨어나기 전의 상황)
고된 수술을 끝내고 수술실 한쪽 바닥에 쓰러지다시피 잠든 경문.
그를 보던 승효, 수술에 쓰이는 커버 몇 개를 경문의 몸에 툭 내려놓듯 덮어준다.
땀으로 뒤엉켜진 경문의 머리, 거기에도 의료용 마스크 하나 올려놓는다.

Flashback2〉– 5회 엔딩. 동/강당 – 낮
2층에서 일어난 승효의 시각에서 바라본 경문, 승효를 직시하고 있다.

승효　　주경문..
강팀장　　(전화하다) 사장님, 보건복지부에서 죄송한데 약속을 좀 당겨도
　　　　　　되냐는데요? 이따 오후엔 갑자기 회의가 잡혔다고.
승효　　그것들 참, 된다고 해요.

S#47. 동/응급실 입구 앞 – 아침

동수, 하얀 가운 고쳐 입으며 나오는데 뒤에서 진우가 따라붙는다.

동수　　뭐시?
진우　　(양 주먹을 내어 쥐곤) 잘하고 오십쇼.
동수　　(가며) 니나 잘허고 있어 이눔아. 니 또 궁금타고 풀방구리 쥐 드나들듯
　　　　　　들락대문 안 디야!
진우　　응급실은 제가 지키고 있겠습니다! (가는 동수 보다 안으로 들어가는데)
동수　　주교수가.. 여그서.. 가능할랑가.. (에라 모르겠다, 걸음 재촉한다)

S#48. 동/대회의실 앞 복도 - 아침

가운 안에 넥타이 맨 정교수들 속속들이 도착, 악수도 하며 대회의실로 들어선다.
마지막 교수가 들어서고 닫히는 대회의실 문.

S#49. 동/대회의실 - 아침

정좌한 정교수들. 이들 앞에 네 개의 마이크 달린 책상이 있고 세 명의 후보가 앉았다.
고개 빳빳하게 든 태상. 여유 넘치는 포즈로 앞에 정교수들 바라보는 세화.
좀 굳은 표정의 암센터장, 그리고, 발표 자료를 들고 지금 자리에 앉는 경문.
자료 내려놓은 경문, 흔들림 없는 눈빛에 곧은 자세로 앞을 본다.
네 명의 후보 모두 앞에 놓은 상국대학병원 발전계획서.
간간이 기침소리만 들리는, 긴장감 흐르는 대회의실.
태상이 마이크 잡는다. 손가락에 닿은 마이크 울리는 소리. 거기에도 쏠리는 시선.

태상   ... 시작합시다.

S#50. 동/응급실 - 낮

치프   (진우랑 같이 모니터 본다) 로컬에선 폐렴이랬는데 전 좀 이상해요.
진우   로컬 말고 네 의견은.
치프   피버나 URI 심텀이 없던 게 폐렴은 아닌 거 같고,
          하트레이트 40에 포타슘 수치가 7이나 돼요.
진우   채혈 실수 아니고? (모니터 아래 시간 보는 눈길)
치프   저도 혹시나 해서 한 번 더 했는데 수치는 변동 없었어요.
진우   이상한데. (가는)

치프도 진우 따라가는데 진우, 병상 쪽으로 가면서 시계 다시 본다.

S#51. 동/사장실 - 낮

승효   (재킷 걸치면서 노트북 끈다. 나갈 준비하는데)

강팀장   (밖에서 헐레벌떡 들어와) 사장님 선거 결과요.

승효   나왔어요? 누구?

강팀장   주경문 교수

승효   (O.L) 주교수?

강팀장   랑

승효   랑?

강팀장   오세화 교수요.

승효   ??

S#52. 동/대회의실 앞 복도 - 낮

문 활짝 열린 대회의실. 정교수들, 복도 여기저기에서 커피 마시며 얘기 중이다.
세화는 산부인과장, 이식센터장, 서교수 등과 활발히 얘기하는데
경문, 태상, 암센터장은 안 보인다.

S#53. 동/응급실 - 낮

은하 앞에 거의 다 모인 응급실 사람들. 병상에 붙은 의료진도 이쪽에 귀가 쏠렸다.

은하   표가 전부 갈려서 넷 다 유효 득표수 미만이래요.

진우   (좋은 소식이 아닌데)

은하   제일 적게 나온 밑에서 두 명 빼고 바로 2차 결선 투표한대요.

재혁   누군데요 결선 2명?

은하   암센터장이랑 부원장님이

진우	(아아!)
은하	떨어졌어요.
진우	!! 1차에선 누구 표가 더 많이 나왔는데? 오교수님이랑 주교수님 둘 중에 누구요?!

S#54. 동/대회의실 - 낮

흙빛이 된 태상, 손에 머리 괸 암센터장, 결선 투표 때문에 갈 수도 없고 죽을 맛이다.

S#55. 동/사장실 앞 복도 - 낮

승효와 강팀장, 온다.

강팀장	1차에서도 둘이 비슷하게 나왔대요. 근데 먼저는 부원장이랑 암센터장한테 간 표가 2차에선 오교수한테 갈까요? 비슷한 부류니까? 아예 성향이 다른 주교수한테 쏠릴까요?
승효	(간단히) 모르죠.
강팀장	에.. 모르죠..
승효	(입 다물고 가기만 하는데)
산부인과장E	**커피 타임 끝!**
승효	(소리가 나는 앞을 본다)
산부인과장E	**바로 투표 들어갑시다!**

S#56. 동/대회의실 앞 복도- 낮

흩어져 있던 교수들, 다시 회의실로 향하는데,

동수	니!

진우   (온다) 지금 잠깐 한가해서

동수   (진우 입 콱 막는) 한가하다 소릴 말라니까니! 아 니 땜에 이따
            내가 빵이 쳐 안 쳐?

진우   (풋풋, 동수 손 떼어내고 주변 본다. 경문 찾는데)

화장실에서 손 문지르며 나오는 경문. 진우, 얼른 경문에게 간다.

동수   .. 니를 잘혀주느니 내가 방아깨비를 이뻐하지...

진우   (경문에게 와 섣부른 말보다 잘했다, 잘해라 응원의 눈길 보내고)

경문   (그 마음 알고 끄덕이는데, 돌연 진우 뒤를 보더니 미소 사라진다)

진우   ? (돌아보는데)

승효가 나타났다. 뒤에 강팀장도 보인다.
다른 교수들도 모두 멈춰 승효를 본다.
하나둘 목례하는 사람들. 승효, 적당히 눈으로만 응대하는데,
문가의 세화 보지만 시선 지나치는 승효. 주위를 미끄러지듯 스치는 시선은
먼저, 진우에게 멈춘다. 니가 여기 왜? 묻듯이 쳐다보는 승효.
진우.. 목례한다.

승효   ... (이제 경문을 본다. 그러더니 먼저 목례)

경문   !.. (목례)

승효   원장 선거까지 나오시고 계속 우리 학교에 있기로 결심 굳히셨나
            봅니다? 다 관두고 김해 가고 싶다 하실 땐 우수인력을 놓치나,
            걱정이었는데요.

진우   ! (경문 보는데)

경문   (승효 말이 거짓은 아니기에 반박할 수 없는 상황)

승효   세력다툼, 이골이 날 만하죠. (악수의 손길 내민다) 잘해봅시다.
            기대가 큽니다, 주경문 교수.

이 둘을 지켜보던 세화, 눈썹이 치켜떠지지만,
경문도 못지않게 당황했다. 개의치 않고 계속 손 내밀고 있는 승효.

경문   ... (결국 악수한다)

맞잡은 두 손 보는 진우. 다른 이들도 모두 보고 있다.
승효, 손 놓고 가던 방향대로 간다. 강팀장, 자리 피하듯 얼른 따라가고.
.. 마법이 풀린 듯 다시 움직이는 교수들.
경문과 진우만 움직이지 않는다. 서로를 쳐다보는 두 사람.
의문과 의구심이 깃든 진우의 눈. 그런 진우를 막막히 보는 경문.

서교수   (경문의 뒤를 지나치며) 관둘려고 했구나, 주교수? 뜰려 그랬어?

회의실로 향하던 세화, 서교수의 빈정거림이 다 들린다.
경문 쪽 쳐다보지 않지만 세화 표정에 미묘한 확신이 배어 나온다.
이제 거의 대부분 교수들이 회의실로 들어갔는데,

진우   ... (한발 물러난다. 경문에게 길을 터주는 몸짓)
경문   ... (간다)
진우   ... (고개 돌리면)

저 앞에 거침없이 가는 승효. 그를 보는 진우.
승효의 의도가 너무 보이는 진우, 눈빛이 사무친다.
그런 진우 뒤에서 닫히는 대회의실 문. 소리가 묵직하다.
승효 쪽을 잡으면,
무슨 일이 있었느냐, 당당히 가는 승효, 그 뒤에 아웃포커스 된 진우.
진우에게 다시 포커스 맞춰지고..

다시, 대회의실 문 쪽에서 바라본 두 사람.
저 앞에 가는 승효 뒷모습과,
그쪽을 바라보다 고개 돌리는 진우에서 엔딩.

10

 라이프
LIFE

S#1. 상국대학병원/대회의실 - 낮

손바닥만 한 종이에 각자 성격에 따라 갈기듯 혹은 정성스레 적혀지는 숫자 1 또는 2.
정교수들 40여 명의 2차 투표가 이뤄지고 있는 병원장 선거 대회의실이다.
맨 앞 커다란 보드에 써진 '1번 오세화, 2번 주경문'.
세화도 경문도 태상도 암센터장도 표기를 마쳤다. 각각 펜을 놓고 종이를 접고.
투표용지를 아무 무늬 없는 투표함에 넣는 교수들.

cut to. 확 뒤집어지는 투표함. 한꺼번에 쏟아지는 용지들.

S#2. 승효의 차 안 - 낮

진동 울리는 전화 액정, 발신자 강팀장. 전화 아래론 보던 서류가 펼쳐진 채 내려졌다.
승효, 통화 버튼 터치하고 천천히 전화를 귀에 올린다.

승효   (강팀장의 전언을 듣는 얼굴...) 내가 축하한다고 전해요.

S#3. 대학병원/대회의실 앞 복도 - 낮

먼저 나와 교수들과 악수하는 경문.
암센터장과 태상은 벌써 저만치 가고 있다.
대회의실에서 세화가 나온다. 서로 보는 경문과 세화.
두 사람, 누가 먼저랄 것 없이 서로에게 간다. 악수. 교차되는 눈빛.

경문　　.. 축하드립니다, 오세화 원장님.
세화　　감사합니다, 주경문 교수님.
서교수　(끼어들어 선 세화에게) 앞으로 잘 부탁해요.
세화　　(평소보다 조금 더 여유로운 미소 정도로만 응대하는)

세화가 나온 대회의실 문으로 카메라가 빠르게 빨려 들어가면,

S#4. 동/대회의실 - 낮

흐트러진 책상, 쏟은 그대로인 투표용지를 미끄러지듯 스친 카메라, 보드를 줌인하면,

```
〈보드 내용〉

1번 오세화　正正正正T
2번 주경문　正正T　기권 3　무효1
```


S#5. 동/대회의실 앞 복도 - 낮

각자 자기들 위치로 돌아가는 교수들. 큰 동요 없이 인사하는 세화도 자리 뜬다.

S#6. 동/복도 + 신경외과 스테이션 - 낮

세화, 평소와 다름없이 온다. 긴 복도를 거쳐 이제 신경외과 스테이션으로 가는데,

신경외과의1   (바로 와서) 축하드립니다, 오세화 원장님!
세화   소식 빠르네? 고마워. (계속 가는)

스테이션에서도 의료진이 축하하지만 음, 고마워, 답례만 할 뿐 멈추지 않고 가는 세화.

S#7. 동/세화의 진료실 - 낮

세화   (들어선다. 뒤로 문 잠그는데 한참을 그대로 서 있는) ... ..
소리E)   (책상에 유선전화 울린다)
세화   (받고) 신경외과 오세화입니다. ... 네, 네, 그러죠. (끊는)

전화 끊고 잠시 그대로 있다가 돌연 서성이기 시작하는 세화.

강팀장E   **(방금 전 통화 내용) 사장님께서 축하 전해달라셨습니다.**
세화   ... (멈춘다. 환희로 밝아지는 얼굴, 너무 좋아서 눈물이 날 것 같다)
강팀장E   **들어오시는 대로 재가할 테니 서류 보내시랍니다.**

기쁨의 탄성 나오는 세화, 얼굴 가린다. 그랬다가 손 떼면 눈가가 촉촉하다.
너무나 기쁜 마음에 'yessssss!!' 한다. 그러나 곧,
누가 보는 것도 아닌데 흠, 목소리 가다듬고 표정도 원래대로 하는 세화.

세화   (문 열고 밖에다 대고) 진료 시작합시다. (들어와 바로 착석하는)

S#8. 동/사장실 - 낮

강팀장   (일하면서) 하나도 안 좋아할 거 선거엔 애시당초 왜 나왔을까?

인터폰 울린다. 강팀장, 화면에서 방문자 확인하더니 잰걸음으로 문 열고 나간다.

강팀장E　어쩌나 하필 사장님 안 계신데.

선우와 강팀장 들어온다. 선우 무릎에, 첫날 병원에 올 때 가져온 노트북 가방이 있다.

강팀장　사장님한테 연락드릴까요? (하며 찻잔으로 손 뻗는데)
선우　마실 거 됐습니다. 사장님껜 인사만 드릴 거였으니까 대신 전해주세요.
강팀장　서운해서 어째요? (소파 팔걸이에 내려앉아 눈높이를 맞춘다)
　　　　　 인제 원장 선거 끝나서 여유 좀 생기려니까.
선우　끝났습니까?
강팀장　에, 오세화 교수가, 아 누군지 아시려나?
선우　예.. 그분이 됐군요?
강팀장　네. 언제 또 오세요?
선우　(웃는) 또 오면 안 되죠, 일 터져야 오는데 저희야.
강팀장　좋은 일로 뵈면 되죠. 그때까지 이거(제 팔뚝 쳐 보이는) 유지하세용.
선우　네. 그동안 감사했습니다. (승효 책상 쪽 살짝 가리키는)
강팀장　네, 말씀드릴게요.

선우, 휠체어 방향 돌려 문으로 가고 강팀장이 따라가 문 열어주는데,

선우　(멈추고, 강팀장을 물끄러미 본다)
강팀장　왜요? 남은 일 있어요?
선우　죄송하지만, 부탁 한 가지 드려도 될까요?
강팀장　예, 그럼요?
선우　저희 쪽에 제보자 문의가 많이 온대요. 김태상 부원장 의료행태 고발한
　　　　　 민원, 누가 올린 건지 IP랑 다 알려달라고.
강팀장　(앗)
선우　특히 부원장이 닦달을 한다는데 그쪽은 직접 당사자니까 절대 비밀이지만,
　　　　　 더 위에서도 자꾸 알려달래서 참 곤란하다고요, 저희 담당자가.

강팀장   자꾸는.. 두 번밖에..

선우   우리나라에서 화정그룹이 갖는 힘은 참 세요,
계속 문의하시면 누군지 알아내실 수도 있겠죠. 다만,
강팀장님이시라면 이게 어떻게 끝나야 맞는 건지 잘 아실 거 같아서
말씀드려봅니다. (공손히) 안녕히 계세요. (나간다)

강팀장   (목례로 보내는. 문 닫고 뭔가 생각... 중얼) 형인가 보다, 제보자.

S#9. 동/사장실 앞 복도 - 낮

선우   (몸은 복도 따라서 쭉 가는데) 오교수가 됐구나..

S#10. 진우의 집/거실 - 밤(어젯밤. 선우의 회상)

화장실 문 옆 바닥에 앉은 진우, 커다란 비치타월을 손에 둘둘 감았다 폈다 장난한다.
그 옆엔 화장실에 놓는 나무발판이 세워져 있다.

진우   구사장이 널 불러다 직접 딜을 한 거잖아, 그럼?

선우E   (문 열렸고 불도 켜진 화장실에서 들리는 소리) 딜만 했나?
나한테 꼭 같이 일하자고 신신당부를 했다니까. 다 했어.

진우   (다 했어, 소리에 비치타월 놓고 바로 일어나며) 니 팔뚝 굵다.

진우, 나무발판 들고 화장실로 들어간다. 발판 내려놓는 소리 안에서 나더니,
잠시 후 진우, 비치타월을 화장실 바로 앞에 길게 깐다.
화장실 안을 비추면, 바닥이 물 벌창이다.
목욕 끝난 선우, 나무발판에 몸을 얹고 양변기에 기댄 채 바지를 다 입었다.
양변기 주변엔 장애인용 손잡이가 설치돼 있다.
선우가 셔츠까지 입으면 진우, 선우를 반쯤 들어 문밖 비치타월 위에 앉힌다.
드는 동작에 말려 올라간 셔츠 내려준 진우, 선우 상반신을 자기에게 기대게
한 다음, 밑에 깐 타월 잡아당긴다.

선우가 소파에 몸을 기댈 수 있는 거실 중앙까지 끌고 온다.

진우   (도로 화장실로 가며) 너 또 그럼 호적에서 판다?
        (선우가 변기 위에 놔둔 수건 던져준다)
선우   (수건 받고) 내가 뭘?

진우, 화장실 바닥에 놓인 샤워기, 샴푸 등 뒷정리하는데,
모든 게 선우가 앉아서 잡을 수 있게 아래쪽에 구비돼 있다.
샤워 헤드도 아래 달아 놨다.

진우   부원장 니가 맡을 거라고 미리 말을 했어야지, 이놈에 자식아.
        나만 나쁜 놈 만들고 있어. (헤어드라이어기 들어 보이는) 줘?
선우   (고개 젓고) 일하다 보면 더한 일도 많은데. (수건으로 머리 털며)
        내 덕분에 잘됐잖아, 주교수도 선거 나가고.
진우   엄청 고맙시다. (소파에 털썩 앉는)

진우, 늦게까지 일하고 와 목욕 시중에 지쳤나 보다. 다리 펴서 탁자에 얹으려는데,
바로 옆 바닥에 앉은 선우가 찰나에 의식되는 진우, 다리 접는다.
수건으로 머리 터는 선우, 진우 동작 못 본 거 같지만 수건 아래로 봤다.

진우   (기대어 눈 감는데 긴 한숨이 저도 모르게 나온다)
선우   (고개 뒤로 넘겨 올려다보면)
진우   내가 등 떠밀어서 나오셨는데 잘못되면 어떡하지.
선우   애야? 다 큰 어른을 무슨. (하다) 형이 직접 나가지?
진우   (눈 감은 채 풋, 터지는)
선우   왜? 형도 꽤 늙었잖아. 형이 교수 돼서 원장도 해먹어. 왜 남만 밀어줘.
진우   (눈 뜨고) 원장님이 주교수님을 데려온 덴 분명히 뜻이 있으셨어.
        5번씩 연임은 무리라고 판단하셨을 거야, 본인도. 그래서...
선우   그만 좀 놔.
진우   ?
선우   원장님 보내드려. (돌연 가시 돋친) 아빠도 모자라서 인젠 원장님이야?

언제까지 죽은 사람들 끌어안고 살 거야?

진우, 기댔던 몸을 세운다. 선우 보는데,
선우, 화가 난 건지 뭐가 맘에 안 드는지 픽픽대며 머리 턴다.

S#11. 대학병원 / 응급실 앞 – 낮(현재)

어젯밤 대화가 마음에 걸리는 선우, 복도에 응급실 표시 화살표 따라간다.
응급실 유리문 앞에까지 가 안을 들여다보면, 진우가 보인다.
그런데 아, 하는 선우. 진우 옆에 노을이 있다. 둘이 지금 이쪽으로 오고 있다.
월체어 돌리는 선우.

S#12. 동 / 응급실 – 낮

노을   (선우가 방금 떠난 병원 내부와 통하는 유리문으로 오며)
         장난감은 토했어도 3살배기가 저 정도 구토면 인후두가 상했을 거야.
진우   찍어보고 올리든가 할게. 입원은 필요 없을 거 같기도 하고.
노을   나도 입원까진... 결과 줘. (나가려다..) 네가 못 지킨 거 아냐.
진우   지키다니?
노을   처음부터 네 책임이 아닌 일이었어. 너무 불안해하지 마.
진우   뭘 내가, 불안해해?
노을   오교수님 잘하실 거야. (나간다)
진우   ...

S#13. 동 / 복도 – 낮

노을, 복도를 가는데 앞에 낯익은 형체가 보인다. 선우다.
잠깐 걸음이 느려지지만 곧 알은체를 하려 노을이 빨리 가는데,

선우, 복도 중간쯤 문에서 노크를 하더니 안으로 사라진다.

노을, 선우가 들어간 곳까지 와서 보면 '주경문 교수 연구실'이다.

여기를 왜? 갸우뚱하는 노을, 노크하려고 손을 드는데,

Flashback1〉- 6회 S#26. 대학병원/앞마당 - 밤

저 앞에 장애인용 콜택시에 오르는 선우. 그 위로 전화 통화 소리 겹친다.

노을E   **선우야, 너 지금 어디야?**

선우E   **나? 어디긴 회사지?**

노을, 손을 내린다.

Flashback2〉- 8회 S#59. 대학병원/노을의 진료실 - 밤

cut, cut으로 떠오르는 그때 대화들.

노을   **너 주경문 교수님 아니?**

노을   **알아? 어떻게?**

선우   **누나.**

선우   **나는, 누나가, 좋아.**

노을   **대답을.. 안 했어.**

노을, 그대로 생각에 잠겨 발걸음 천천히 뗀다. 그 걸음, 점차 빨라진다.

S#14. 동/소아과 스테이션 - 낮

스테이션에 들어서는 노을, 컴퓨터 앞에 앉아 빠르게 키보드 두들긴다.

자기 이름과 비밀번호 입력해서 의무기록 시스템에 접속하고,

진료과명에선 흉부외과 선택하면, '타 과 의무기록 열람은 협진 시에만 한합니다'라는

팝업이 뜬다. 잠시 바라보다 팝업을 닫는 노을.

팝업 닫은 모니터, 의무기록 환자 이름란에 '예선우' 입력하더니 생각하는.

노을   그때가..

Flashback〉- 6회 S#26. 대학병원 / 앞마당 - 밤
저 앞에 장애인용 콜택시에 오르는 선우. 그를 보고는 전화하는 노을.

노을, 핸드폰 통화목록 연다. 중간중간 나오는 '선우'는 지나지고 더 한참 내려가다
나타난 선우와의 통화 날짜 확인한다. 확인한 날짜 '5월 8일'을 화면에 체크한다.
드디어 뜬 선우의 진료기록 읽는 노을 눈동자가 바쁜데.

S#15. 동/경문의 연구실 - 낮

선우   선방하셨단 얘기 들었습니다. 결선까지 가셨다면서요.
경문   (미니냉장고에서 마실 것 꺼내 선우한테 내미는)
선우   (받고) 전 완전 깨지실 줄 알았는데.
경문   (짐짓 째리는) 돌아가며 사람을 들었다 놨다, 형제 사기단인가?
선우   그 정도면 차기는 노리셔도 될 것 같아서 잘 보이려고 왔습니다.
경문   늦었어. (웃는) 회사로 돌아가요?
선우   예, 내일부터 정상 출근이요.
경문   와파린, 거의 다 먹었죠?
선우   .. 예.

S#16. 동/소아과 스테이션 - 낮

〈모니터 속 진료기록〉- 예선우(M/34세) 흉부외과 재진료. 주치의 주경문.
노을, 이를 클릭한다. 자세한 의무기록이 적힌 차트가 뜨는데,

노을   (저도 모르게 숨 들이켜며) 혈전후증후군! .. 만성 후기...

〈진료기록〉 - 진단명: post thrombotic syndrome
특이사항: paraplegia d/t spinal cord injury
믿기지 않는 눈으로 차트 보는 노을 위로,

경문E   항응고제 먹는 거만으론 안 돼요.

S#17. 동/경문의 연구실 - 낮

경문   (처방전 건네며) 스텐트를 넣어도 임시방편이지 다시 막힐 텐데.
선우   (처방전 받는) 감사합니다.
경문   회사, 복지 잘돼 있잖아? 휴직하고 요양을 좀 하는 게 어때요?
선우   언제까지요?
경문   ...
선우   치료가 아니라 유예잖아요, 뻔한 결과를 미루는 거뿐.
경문   다들 그래요, 미룰 수 있을 때까지 미루면서 사는 거야.
         여기까지 온 예선생 노력이, 아까워서 그래 내가.
선우   ...
경문   주제넘은 소리지만 어머님 고생도 생각해봐요.
선우   ... .. 충분히 고생하셨죠.
경문   (.. 한숨) 압통이나 호흡은?
선우   통증 없고 편안합니다.
경문   진짜 그랬음 좋겠네, 내가 이 병을 몰라서 예선생 말을 믿을 수 있으면
         좋겠어.
선우   ...

S#18. 동/복도 - 낮

급히 오는 노을, 창백하다. 바로 경문 연구실로 가 문고리 돌리는데 잠겼다.

그제야 보이는, 안내 표찰에 '부재중' 표시. 그럼에도 다시 문 밀어보는 노을.

S#19. 동/흉부외과 스테이션 - 낮

박선생   주교수님 방금 회진 들어가셨는데요?
노을   (아..)

S#20. 동/흉부외과 병실 - 낮

고령의 할아버지가 누워 있는 침상 옆에서 회진 중인 경문과 흉부외과 의료진.

흉부전문의2   (버튼 눌러서 침상 반쯤 올리는데)
할아버지   (하지 말라, 짜증 섞인 손사래)
경문   인제 움직이셔야 돼요, 왜 꼼짝 안 하세요?
할아버지   (못 들은 척 눈 감는)
경문   움직여야 빨리 집에 가신다니깐? 목은 안 마르세요? 혀 에 해보세요.

할아버지, 눈 감은 채 혀만 쏙 내민다. 경문, 웃으며 살피고 나가다가,

경문   (다른 침상 보고) 이건(링거 줄) 왜 아직 달고 있어?
흉부전문의1   아직 신장이 좀,
경문   (환자에게) 식사 잘하시죠?
환자   예.
경문   항생제 안 쓰지?
양선생   네.
경문   빼, 그럼. (나간다)

S#21. 동/복도 - 낮

경문 따라 나온 의료진들, 대체로 분위기가 침통하다. 특히 양선생, 어깨가 늘어졌다.

경문   (앞을 보고 가며) 꼴찌 아닌 게 어디야?
양선생   에?
경문   나 우리 과 망신시킨 거 아니지?
흉부전문의2   망신이라뇨, 과장님.
경문   (그러자 의료진 향해 돌아서는) 우리야 매일 도는 회진이지만
           환자들은 아냐. 어깨들 펴고, 집중해.
의료진   네!

경문, 다시 빠른 걸음으로 가고 의료진 따른다.

S#22. 동/정형외과 스테이션 - 낮

짜증이 얼굴에 가득한 정형 간호사4, 스테이션 컴퓨터에 달라붙어 작업 중.
장기 재원환자 목록 담당교수란에 있는 김태상 이름을 모두 지운다.

S#23. 동/정형외과 접수처 복도 - 낮

외래 환자들 대기하는 곳에 붙은 외래 진료 일정표 화면.
화면이 깜빡하더니 김태상 이름이 동시에 싹 사라지고 다른 이름으로 하나씩 바뀐다.

S#24. 동/부원장실 - 낮

속이 까맣게 탄 태상과, 그 속을 더 헤집어놓듯 문밖에서 들리는 사람들 소리.

신경외과의1E   비서가 어디 갔네요?

세화E   간 게 아니라 없앴어, 비용 절감 때.

산부인과장E   원장실 오랜만이네!..

태상   (이걸 이 안에서 듣고 있어야 하는 심정...)

S#25. 동/원장실 - 낮

원장실로 들어오는 세화, 산부인과장, 신경외과의1.

열린 문 뒤 너머로 굳게 닫힌 부원장실 문이 보인다.

카트 끄는 신경외과의1, 축하리본 달린 난 화분 여러 개와 세화 노트북을 실었다.

산부인과장   (책상 보는) .. 들어오면 늘 저기에 흰머리를 하고 앉아 계셨는데..

            (세화 보며 웃는) 여기까지 오니까 실감 팍 난다, 그죠?

세화   (웃기만)

산부인과장   (의사1에게) 명패는 아직이래?

신경외과의1   (노트북부터 놓고 화분 내리다) 저도 잘, (세화에게) 알아보겠습니다.

세화   올 때 되면 오겠지.

산부인과장   잘 부탁합니다, 오세화 원장님.

세화   내가 잘 부탁해야죠.

산부인과장   (고개 젓는. 진지하게) 우리 대신 싸워줘요, 구사장이랑.

            앞으로 적자 과 퇴출이니 그딴 소리 다신 못하게, 제발.

세화   (대답 대신 끄덕이는데 알았단 정도. 확실한 동작이 아니다)

신경외과의1   다른 짐은 어떡할까요?

세화   놔둬. 어차피 진료 땜에 왔다 갔다 할 건데. 수고했어.

신경외과의1   예, 그럼. (목례하고 문으로 가는)

산부인과장   (함께 가며) 자리 만끽하세요 오원장님!

산부인과장 나가고 신경외과의1도 인사하고 나간다.

홀로 남은 세화, 원장실을 한 바퀴 천천히 둘러본다. 책장도 열어보고.

세화   .... (책상으로 가 인터폰 누른다. 받는 소리 딸각 나면 바로) 저예요,

S#26. 동/부원장실 - 낮

세화F   인수인계요, 전임자가 있는 것도 아닌데 부원장님이 하셔야죠.
태상   (인터폰 누르고 듣는, 기도 안 차는데)
세화F   지금 부탁드려요. (끊는다)

태상, 인터폰에서 손 뗀다. 내 이것들을 어찌 해줄까...

S#27. 동/원장실 - 낮

전화 놓는 세화, 의자에 앉는다. 그 상태로 잠시 있으면 부원장실 문 여는 소리 들린다.
세화, 바퀴의자를 조금 돌리며 다리 꼬는데, 거의 동시에 문 열린다.
노크도 없이 들어서는 태상. 손에 들린 이것저것 파일들.
곧장 일어서지 않는 세화. 더 오지 않고 문과 책상 중간에 선 태상.

세화   ... (일어난다. 천천히 소파로 가서 앉는다)
태상   (소파 테이블에 파일을 던지듯 놓으며 앉는. 높낮이 없는 목소리로)
           분기마다 보험 청구 검토는 알 거고.
           (파일 중 하나를 손가락으로 찍 세화 앞에다 밀어주는) 하반기 개선,
           확장될 시설물 목록, (다른 파일 미는) 예산표.
세화   (파일 건드리지 않고 밀어줄 때마다 쳐다보기만)
태상   도매약품 공급업체, (이번 파일은 집어 드는) 새로 만든 자회사.

태상, 관심 없는 척 말하는 건 똑같은데, 파일을 밀지 않고 세화 앞에 툭 놓는다.
세화, 그 동작의 차이를 눈치챘는지 아닌지 알 수 없는 표정,

태상   독점 공급이라 여러 업체에서 약을 받던 때랑 비교해보면 7% 정도,
           우리 쪽 구매가가 상승했어. 물론 고스란히 환자들이랑 보험공단에서

뽑아내고 있고. 뭐 환자들이야 일일이 약값 비교해가며 사 먹는 것도
아니고 7%라야 두당 1, 2천 원 차이지만 다 합치면 엄청나니까.
덕분에 자회사 순익이 10%가 넘어. 보통 도매상이 1%인 거에 비하면
황금알을 낳는 거위를 만든 거지, 구사장이.
문젠, 그 10%가 어디로 가고 있을까?

세화   (태상의 질문에도 전혀 껴들지 않고 듣기만 한다)

태상   기부금 형태면 세금 한 푼 안 냈을 거고, 배당금이면 배당률이 거의
3, 4천%는 될 텐데, 누가 기부받고 누가 배당받았을까?

세화   답을 알면서 왜 자꾸 나한테 묻죠?

태상   그거야

세화   (O.L) 그거야 내 입에서 높으신 분 이름이 나와야 하고 그래야 나중에
문제가 됐을 때 나는 아무 말 안 했다, 이 병원 주인을 언급하고
재단을 거론한 건 오세화지 내가 아니다, 화살 돌릴 수 있으니까.

태상   (이게 씨)

세화   저도 질문하죠, 그렇게 소상히도 잘 알면서 왜 여태 끼고만 계셨어요?
여태 뭐하시고?

태상   선거 끝나길 기다렸어.

세화   선거 전후가 무슨 상관인데요? 해선 안 되는 짓이다 싶으면 자회사
거론될 때부터 막으셨어야지, 아 내 기억이 잘못됐나요? 우리한테
이 회사에서 공급하는 약만 처방하라고 명단 돌리신 분 아닌가,
지금 내 앞에 앉아 계신 분?

태상   (숨소리 거칠어지는데)

세화   업무정지 먹고 어떻게든 타격 입히고 싶은데 직접 손댔다간 뭔 해코지
당할지 모르니 나한테 떠넘기시려고요? 나더러 병원장 되자마자
구사장을 넘어서 화정그룹 회장하고 원수지라고? 제가 죄송하네요.
여태까지 내가 부원장님 눈에 어떤 인간으로 보였길래 이따위 미끼를
덥석 물 거라 생각하셨을까. 제가 발톱을 너무 오래 숨겼나요 아니면,
날 발톱 자체가 없는 인간으로 판단하셨나.

태상   (끓어오르는데)

세화   무기정직 처분, 소명위원회 소집 안 합니다. 사장 징계대로 갑니다.
환자한테 직접 사과도 물론. (더 볼 것 없이 일어선다)

	파일들은, 제가 잘 검토하죠. (책상으로 간다) 수고하셨어요.
태상	(노여움과 수치심에 떨리는데)
세화	그리고, 기본 예의 지키세요, 노. 크. (앉는다) 기본 맞죠, 그거?
태상	내가 이 병원 대표야! 여기 나만큼 얼굴 알려진 사람 있어?!
세화	요새 누가 의사 얼굴 보고 와요? 다 상국대 간판 보고 오는 거지.
	길 가는 사람한테 물어봐요, 김태상 이름 누가 아는데?
	지금 부원장님이나 나나 여기서 나간다고 우리 병원 안 망해요.
	밑에 애들한테 고인 물 빠져줘서 고맙단 소리나 안 들음 다행이지.

원장 자리 내준 것도 분한데 세화 앞에 선 채로 면박당하는 지금,
태상에게 일생의 치욕이다. 그의 거친 숨소리가 세화한테까지 들린다.
세화, 그러거나 말거나 노트북 켜고 일 시작한다.
태상, 도저히 못 참고 나가버린다.
문 부서져라 쾅!! 닫고 나가는 태상. 세화, 짧게 볼 뿐.
그러나 세화, 태상이 나가고 나자 골치 아픈 얼굴이 된다. 그녀가 쳐다보는 것,
C.U 하면 자회사 파일이다. 세화, 생각하느라 입술을 잘근잘근 씹다가...

세화	(유선전화 누른다) ... ... 원장실입니다. 구승효 사장 언제 들어오시죠?

S#28. 동/1층 로비 - 낮

로비로 들어오는 승효, 곧장 중정 에스컬레이터를 오르는데,
위에서 노을이 내려오고 있다. 노을도 승효 봤다.
승효, 노을과 스칠 때가 다가오자 몸이 좀 더 노을 쪽으로 틀어지는데,
노을, 내려가는 방향에만 시선 준 채 그냥 스친다.
고개 돌려 노을 보는 승효... 고개 거둔다.
다시 정면을 향할 때 드러나는 승효의 옆선, 날카로워졌다.

S#29. 동/사장실 - 낮

S#28의 마지막 컷 날카로운 느낌 그대로 소파에 앉은 승효의 옆모습.

세화E 싸우자고 온 거 아닙니다.

화면, 승효에게서 180도 회전해 맞은편을 비추면,
세화가 앉았다. 시선에서나 자세에서나 전혀 밀리지 않고 기를 뿜어내는 세화.
그리고 제 자리에서 그림자처럼 일하고 있는 강팀장.

세화 구사장님을 그간 봤다면 봐온 사람으로서, 피곤해지기 싫네요.
승효 이게 싸움하잔 게 아니면 진짜 기선 제압하자고 들 땐 어떨지 나도,
싫네요.
세화 그건 내가 원래 이렇게 생겨서 그래요, 어쩌겠어요.
승효 (웃음이 난다. 좀 고개를 흔들며 실소하는데)
세화 (전혀 웃지 않는) 짚고 넘어가야 할 게 많더군요.
승효 예를 들면.
세화 지난번 암센터 일 유출됐을 때 어디만 가면 그 질문을 들었어요,
얘, 너네 병원에서 사람 죽어 나갔다며? 근데 숨겼다며?
시댁고모 입을 칠 뻔했다니까요, 한 백 번쯤 똑같은 소릴 듣는데?
승효 (상상이 간다. 웃을 뻔. 하지만)
세화 불법 자회사는,
승효 불법 아닙니다.
세화 라고 주장들 하죠, 엄연한 약사법 위반인데 묵인되는 것도 사실이고.
하지만 몇 년에 한 번씩 그것 땜에 발칵 뒤집히는 것도 사실이에요.
아 상급 종합병원은 전부 비영리 단체들인데 돈 버는 자회사들을 그렇게
차려댄다며? 국감에서 파고들기 딱 좋은 주제니까.
승효 그때뿐이죠.
세화 난 망신당하는 게 세상에서 제일 싫어요. 상국대병원이 또 뭘 잘못을
했느니 어떤 짓을 저질렀느니, 정말 자존심 상해요.
승효 오교수님한텐 그게 망신입니까? 병원이.. 시비 거리가 되는 게?
세화 (대답 대신 뭐야? 하는 표정. 그러다 고개 천천히 기울이며 승효 본다)

승효	(같이 보는)
세화	구승효 사장님 아직, 여기 식구 아니시네요?
승효	식구.. 팔이 안으로 굽어서 일처리가 한쪽으로 쏠리는 것.
세화	... 나도 현실 무시하자는 거 아녜요. 국감에 안 걸리게 정리해주세요. 그리고, 제가 사장님을 아직도 화정, 뭐였죠? 전에 계셨던 데가?
승효	?
강팀장	(책상에서 작게) 로지스.
세화	로지스. (강팀장 쪽에 짧게 목례) 화정로지스 사장님이라고 부르면 좋겠어요?
승효	(무슨 소린가?)
강팀장	(또 작게) 오교수님이라고 하셨어요.
승효	아, 오원장님. 우려하시는 바 알겠습니다. 그건 내 알아서 정리할 거고, 취임 선물 하나 드리죠. 화정생명보험 상품을 이 병원에서 팔 겁니다.
세화	사람 놀려요? 약도 모자라서 인젠 우리더러 보험을 팔라고요?!
승효	오원장께서 직접 30% 커미션 프로젝트를 따오시든가.
세화	죽어도 내 환자들한테 민간보험 들란 소리 안 합니다.
승효	(아니, 고개 젓는) 보험 전문 컨설턴트를 상주시킬 겁니다.
세화	병원 안에다요?
승효	그럼 밖에다요?
세화	... .. 3D 바이오 시뮬레이터.
승효	(눈썹 올리는)
세화	수술 대상 환자의 뇌든 장기든 스캔을 떠서 실제하고 똑같이 구현하는 장치예요. 생각해보세요, 우린 리허설이란 게 없어요. 사람 목숨이 왔다 갔다 하는데 연습 한 번 없이 바로 실전이에요, 어떻게 연습을 해요, 대상이 없는데? 근데 이건 수술할 환자 뇌를 그대로 떠서 미리 다 보고 들어가는 거예요, 이 사람 속이 이렇게 생겼구나, 여기가 잘못됐구나.
승효	되게 좋게 들리는데 되게 비싸게 들리네.
세화	비싸요, 사주세요.
승효	허!
세화	보험에 ㅂ자도 꺼내지 말라고 할 겁니다, 전 병동에?
강팀장	(노트북 뒤에서 눈알만 굴려 세화 보는데)

승효　.... 모델 한번 봅시다.

강팀장　(어랏?)

세화　(자기 집 사준다는 거보다 더 기뻐하는!)

강팀장, 두 명의 승효를 보는 느낌이다. 노트북 뒤에서 옴마야.. 하는.

S#30. 동/사장실 밖 복도 - 낮

세화 나온다. 기운찬 걸음 내딛는다.

S#31. 동/사장실 - 낮

승효, 책상으로 가고 강팀장, 찻잔 치운다.

강팀장　예선우 조사관 인사 전해달라고요, 심평원으로 갔습니다.

승효　으음... 부원장 제보자는 나왔어요?

강팀장　... (뒷모습으로 대답) 자기들도 모른대요.

승효　(강팀장 보는... 자리에 앉으며) 홍성찬 회장 약속 다시 잡아요.

강팀장　(돌아보는) 오늘도 싫대요? 자기네 핸드폰 못 쓰게 하겠대요, 우리?

승효　못 만났어요.

강팀장　에? 빵꾸 냈어요 미팅? 삥치 맞고 오신 거예요 사장님?

승효　(대답 않는)

강팀장　(작게) 이놈 시키, 지가 폰을 만들면 만드는 거지, 가만 안 두겠어.

승효　(피곤하다.. 그러나) 가만 못 두지..

S#32. 골목 - 밤

작은 가게들이 옹기종기 모인 맛집 골목.

저 뒤 밤하늘에 병원 표시와 상국대병원 로고가 보이는 병원 인근이다.
이곳에 경문이 온다. 익숙한 골목, 익숙한 밥집. 밥집으로 쑥 들어간다.

S#33. 밥집 - 밤

마주 앉아 밥 먹는 진우와 경문. 경문, 아무래도 호로록 빨리 먹는다.

진우 　환자 밀리셨어요?

경문 　아니? (그러면서도 이것저것 한꺼번에 먹는) 들어는 가야 돼.

진우 　(조금 웃는) 저도요.

경문 　근데 왜 밖에서 먹자 했어?

진우 　밥이야 뭐, 안이나 밖이나 뭐. (돌연 부루퉁) 쫌 그럼 안 돼요?

경문 　(웃는) 나중에, 온콜 아닐 때 한잔하자고. 위로주. 내가 살게.

진우 　(자기 가리키며) 위로할 사람, (경문 가리키며) 위로받을 사람.
　　　제가 사야죠.

경문 　그러지 마? 애써서 암치도 않은 척하고 있는데.

진우 　(웃지만) .. 중간에 구사장 아녔음 결과, 다르게 나왔을지도요.

경문 　죽은 자식 고추야. 고만 만져.

진우 　.. 우리 학교를 떠나고 싶어 하시는지 몰랐어요.

경문 　...

진우 　고향 가고 싶으셨어요? 진짜로 구사장한테 관두겠다, 그러셨어요?

경문 　가고 싶어. 당연히 가고 싶지.

진우 　애초에 왜 오셨어요, 모교에서 원장 생각까지 있으셨던 분이.
　　　우리 원장님 청을 거절 못해서?

경문 　수술을 못해서.

진우 　에?

경문 　관상동맥우회술을 해야 되는데 못했어. 그걸 하려면 나 말고도 전문의가
　　　최소 한 명은 필요한데, 아무리 지방이지만 전문의가 나 말고는
　　　한 명도 없었어. 환자를 딴 병원에 보내고 거길 떴어.

진우 　... 수술, 이제 아주 원 없이 하시네요.

경문	(스스로도 기막힌 웃음)
진우	(위로하는 게 익숙지 않아 좀 주저하다 툭 던지는)
	그런 걸로 안 찍혀요. 마음 쓰지 마세요.
경문	응?
진우	선거에서 뽑혀도 구승효 사장이 교수님, 재가 안 해줄 거라 하셨잖아요.
	콱 관두겠단 사람 한둘인가요. 사표 던졌단 이유로 거부는 안 했을
	거라고요. 그딴 거 뭐, 암것도 아니지.
경문	...
진우	(경문 표정 보더니) 왜요?
경문	.. 그걸로 되겠어? 비싼 것 좀 시켜 먹지, 젊은 사람이 쫌.
진우	여기 선불인데요.
경문	아,
진우	미리 시켜놓으라고 전화하셨고요.
경문	아,
진우	처음 아니시잖아요, 여기?
경문	아. (먹는 것에 집중, 중얼) 시간이 없어서.
진우	(경문 바라보는 얼굴에 살짝 웃음기가 도는가 싶지만) ... .

다시 진우 맞은편을 보여주면 앞에 앉은 사람, 보훈으로 바뀌었다.
보훈, 혼자 앉았다. 사람 들어오는 소리 나면 돌아보는. 그러다 문자받는데.
보낸 사람 진우다. '환자 때문에, 먼저 드세요, 죄송요.'
보훈, 간단한 국수 시키고 작은 글자 보느라 집중하며 답 문자 보낸다.
좁다란 나무 테이블에 혼자 앉은 보훈, 그 옆을 스치는 손님들.
사람이 옆을 지나자 문자 보내다가 그들을 그냥 보는 보훈의 평범하고 일상적인 모습.

Flashback〉- 1회 S#6. 응급차에서 내려지는, 피 흘리며 눈감은 보훈.

진우, 지금 보훈이 눈앞에 있는 듯, 맞은편 보는 눈에 물기가 배어 올라온다.

진우N	왜 그땐 몰랐을까요. 늘 죽음을 보면서도 왜 원장님껜 늘 미루기만
	했을까요. 내일, 다음, 오늘이 아니어도 언제든..

모든 걸 다 가르쳐주시고서 왜 그것만은 제가 깨닫기 전에 떠나셨나요.

국수 나온다. 보훈, 혼자 고개 숙이고 후루룩 먹는다.
문 열리는 소리에 면을 입에 넣다가도 돌아본다.

보훈E   생각해보면 시간이란 게 참 신기하지 않냐?

S#34. 대학병원/외경 + 앞마당 - 밤

보훈과 진우, 어느 여름밤인가 보다. 셔츠 걷어붙이고 아이스커피 마신다.
병원 캠퍼스 중에서도 본관 건물에서 떨어진 곳이라 우뚝 선 건물이 좀 멀리 보인다.

보훈   (밤하늘에 빛나는 건물 바라보며) 그런 사람들이 있었던 거잖아,
           맨 처음 우리 여기다 병원 올리자, 그런 사람들. 그 전쟁통에,
           막사를 하나씩 세우고 다친 사람들을 눕히고, 여기에.

진우, 병원을 향해 비스듬히, 화단 돌 장식에 걸터앉아 있다.
밤바람이 불어와 머리카락을 살랑인다.

보훈   60년을 저 자리에서 우리 같은 사람들이 왔다가 사라졌다가..
           신기해, 생각해보면.
진우   (보훈 보는)
진우N   그 사람들은 어떤 마음이었을까요, 처음 이곳에 병원을 올린 사람들과
           우리는 그리 많이 다를까요? 흐른 시간만큼, 받아들여야 하는 걸까요?

진우, 보훈에게서 다시 건물로 고개 돌리는데,
보훈과 함께 볼 때보다 훨씬 가까이 위치한 본관 건물.
진우 옆엔 이제 보훈이 아닌 경문이 있다.
함께 식사를 마친 경문과 진우가 커피를 들고 건물로 오고 있다.
이 시간에도 오가는 많은 사람, 차량 불빛이 채운 병원 캠퍼스.

환자들이 나무 밑에 나와 앉아 있기도 하고.

진우   앞으로 어떻게 될까요?

경문   (진우 보면)

진우   (밤하늘 등지고 생명체처럼 번쩍이는 건물 올려다본다)

경문   (같이 올려다보는데) ... (부르는 톤이 아닌 지칭하는 톤) 그, 예선생.

진우   (경문 보는)

경문   .. (진우 본다)

진우   저, 뭐요?

경문   (말해야 되나 아닌가)

그때 뒤에 와서 서는 차, 노을이 내린다.

진우   끝났어?

노을   으응.. (경문 보는. 할 말 있는 기색인데 말 대신 진우 쪽 짧게 보는)

진우   ... (경문에게) 먼저 들어가겠습니다. (노을에겐 눈인사만 하고 간다)

경문   (진우 가는 것 잠깐 돌아보는데)

노을   선우요.

경문   (바로 노을 보는)

노을   혈전후증후군, 많이 나쁜 상태에요?

경문   기록을 멋대로 열람하면 안 돼.

노을   상태가 어떠냐고요! 판막 손상이에요?

경문   .. 통증, 부종이 반복되고 있어. 좀 있으면 조절도 안 될 거야.

노을   !... 수술, 하면 (문득이 경문 보지만)

경문   보존치료만 남았어. 수술 소용없어.

노을   !.. .. (뭐라도 물어야겠는데.. ..)

경문   걸어야 돼, 그거뿐이야. 구조적으로 계속 악화될 수밖에 없어.

노을   그런 말이 어딨어요!

경문   혈액순환이 현저히 느려졌어. 혈전이 혈관을 막으면 결국 다리를 잘라야
           할 거야. 그 전에 심한 폐색전증이 발생하면, 언제라도.

노을   ... 완전히 폐색이 되기까진 그럼 얼마나..

경문   10년, 15년. 아주 길면,

마지막 단언에 충격받아 멍한 노을, 그러다 스르르 몸만 움직여 차로 간다.
경문, 그녀를 보지만... 어쩔 수 없다. 돌아선다. 병원으로 간다.
노을, 차 문을 열려는데 자꾸 어긋나며 미끄러지는 손. 마침내 차 문을 열지만....

S#35. 동/1층 카페테리아 코너 – 밤

입을 꾹 다문 진우, 그가 바라보는 곳은 서현과 처음 만났던 베이커리 자리인데,
베이커리는 사라지고 화정화학 건강보조제 파는 매장으로 바뀌었다.
쓱, 자리 뜨는 진우.

S#36. 동/1층 로비 – 밤

진우, 응급실 쪽으로 가는데 뒤에서 달려오는 발소리. 멈추며 돌아보는 순간,
노을이 거의 부딪힐 듯이 오고 있었다. 진우, 그녀를 부축하듯 잡는다.

진우   왜 그래?
노을   (살짝만 건드려도 왈칵 눈물 쏟을 것 같은 얼굴로 본다)
진우   왜에?
노을   .. 어떡해..
진우   뭘? 괜찮아 다 말해, 왜?

그들 위로 내려오는 중앙의 투명 승강기. 그 안에 승효가 있다.

S#37. 동/중앙 승강기 안 – 밤

로비를 향해 내려가는 승강기 안에서, 1층의 노을과 진우를 보고 있는 승효.

노을의 팔을 잡았던 진우, 괜찮다는 동작인지 한 팔을 노을 등으로 돌려 감싼다.
승강기가 1층에 도착하고 문이 열리는데도 그대로 서서 지켜보는 승효.
진우, 노을 얼굴 위로 제 얼굴을 가까이 가져가고 있다.

승효　　　.... ...

S#38. 동/1층 로비 - 밤

출입구를 향해 로비를 가로지르는 승효.
승효가 한 걸음 내딛을 때마다 진우와 노을이 기둥에 가려졌다 나타났다 한다.
그 모습처럼 스치는 사람들 소음 사이로 드문드문 들리는 진우 목소리.

진우　　　우리 사이에 못할 말이.. .. 내가 다 들어줄게..
승효　　　(들었는지 아닌지조차 모를 얼굴로 간다)

그 뒤로 남겨지는 진우와 노을. 저 앞에 승효가 멀어지고 있고 두 사람은 모른다.

진우　　　(귀 기울이려 얼굴을 노을 가까이 가져간)
　　　　　　주교수님이 뭐라고 했니? 환자 때문이야?
노을　　　... ... (진우에게서 몸을 뗀다. 바라보지만.. 눈 감았다 뜨더니) 응.
진우　　　뭐가 응인데?
노을　　　환자, 때문에. (걸음을 뒤로 옮기는)
진우　　　노을아.
노을　　　환자 때문에, 우리랑 흉부랑.
진우　　　기다려, 데려다줄게. 나 입원 환자만 잠깐 보고
노을　　　(고개 젓는) 선우한테 갈래. 선우랑 밥 먹을래.
　　　　　　(억지로 웃는다) 인제 병원에서 못 보잖아.
진우　　　... 그래, 선우가 좋아하겠다. 먼저 가 있어.
노을　　　(끄덕이고 안녕, 손 흔들고 얼른 돌아서 간다)
진우　　　...

노을　　(운다. 진우가 뒤에서 볼까 봐 눈물도 못 닦는다)

S#39. 승효의 차 안 - 밤

기사, 건물 앞을 돌아 다시 정문을 향해 나가는데
뒷자리 승효의 눈에 건물 안에서 나오는 노을 보인다.

Flashback〉- 4회 S#23. 술집 - 밤

창　　　**예진우는 소아과 이노을 선생, 내 보건 둘이 뭔가 있는 거 같은데**

노을, 길을 가로질러 차 세워둔 곳으로 오는데, 손바닥으로 거칠게 눈물 닦고 있다.

Flashback〉- 7회 S#6. 유기견 센터 - 저녁 무렵
수돗가에서 장난하고 비눗기 닦아주는 노을과 진우.

승효　　　... ..

S#40. 대학병원/앞마당 - 밤

멈추지 않고 멀어지는 승효의 차를 뒤로하고 차에 오르는 노을.
핸들에 팔 올리고 얼굴 묻는다. 그대로 움직임 없는데,

소리E)　　운전석 창문 가볍게 두드리는 소리.

잠시 반응 없는 노을, 그러다 다부지게 눈물 닦으며 고개 드는데,
승효가 창밖에서 내려다보고 있다.

노을　　(당황해서 보는데)

승효	그래서요?
노을	?
승효	그래서 어떻게 됐어요?
노을	.... (내린다. 남은 눈물 자국 지우는)

승효, 눈물 닦는 것 안 보고 노을 차 보닛에 자연스레 기대며 팔짱 낀다.
노을, 승효와 비슷하게 차에 기댄다.
상국대학병원 건물을 앞에 두고 나란히 차에 기대 잠시 말이 없는 두 사람.

노을	... (훌쩍이게 되자 코 만지며) 환자가 아파서요.
승효	음.. 환자는 아프죠.
노을	네.
승효	음.. 차여도 아프죠.
노을	네?
승효	(뭐...) 봤어요, 예진우 선생한테 고백하려던 거. .. 못했나?
노을	내가 진우한테 고백하다 차였다고요?
승효	(그래서 울었겠지? 하듯 두 손으로 눈물 흐르는 표시하는)
노을	허... (평소 같았다면 뭐라 했겠지만 선우 병증에 충격이 너무 크다)
	뭐가 그래서요, 뭘 알고 싶은데요?
승효	끝을 맺어야 할 것 아닙니까? 시작을 했으면.
	그래서 몇 %가 나왔는데요? 지었어요, 못 지었어요?
노을	,.. 아아.
승효	아아? 스위스 마을에서 핵 폐기장 건설 투표를 했는데 첨엔 60% 찬성.
	너네 마을에 지으면 돈 줄게 해서 재투표했더니,
노을	25%.
승효	(곁눈으로 보는데, 영 안 믿는 눈치)
노을	진짜로요.
승효	그래서 못 지었어요?
노을	그게 중요해요?
승효	당연하죠? 제일 중요하죠, 결론인데?
노을	몰라요, 나도 인터넷에서 본 거라 지었는지 안 지었는지.

승효	(사기당한 사람처럼) 그런 게 어딨습니까?!
노을	왜 돈을 준다는데도 확 떨어져버렸을까, 그건 안 궁금하세요?
승효	말할 거잖아요, 그건. 그거 땜에 나한테 말 시킨 거니까.
노을	그럼 답도 알겠네요?
승효	성과급제 하지 말자는 얘기겠죠.
노을	.. (병원 건물 바라본다. 상심이 너무나 커서 실은 지금 아무 말도 안 하고 싶다) 다 아시네요, 아시는 분이.. 간호사들 초봉을 후려쳤네요.
승효	...
노을	성과급제는, 마약 같아요, 중독성이 있어요. 인센티브가 동기부여가 되는 직종도 물론 있죠, 그런데 어떤 일에선, 그 업종 사람들을 파괴시켜요. 자발적으로 나서야 하는 일들, 책임의식, 보람이 중요한 일들... 우리 일이요. 스위스 마을 사람들은 그걸 따졌던 거예요, 맞아 어딘가 짓긴 져야 돼, 우리가 책임지자, 그게 옳은 거야. 근데 거기 돈이 들어와버리니까 생각하는 회로 자체가 바뀌어버렸어요. 뭐가 옳은 거지? 에서 뭐가 나한테 이득이지? 이걸로.
승효	...
노을	일단 그렇게 돼버리면 왜 그 위험한 걸 내 앞마당에? 이게 결론이죠. 구사장님, 저 많이 봤어요. 그 이전으로 못 돌아가는 사람들. 움직일 때마다 돈이 생기는 성과급에 중독돼서 책임지자, 이게 옳아, 그게 아주 없어져버린 사람들. 전 구승효 사장님이 마음도 몸도 건강한 사람들이랑 행복하게 일하셨음 좋겠어요.
승효	... ..
노을	(차로 돌아서 차 문 열며) 안 차였어요, 나, 고백 같은 거 할 일도 없고.
승효	(노을 차에서 몸 떼며 딴청 같은 혼잣말) 근데 왜 울었을까.
노을	... 강아지 이름은 지었어요?
승효	아, (대답 못하는)
노을	여태 이름도 (하다) 센터에 갖다 줬어요 진짜 도로? (대답 듣기 전에 정말 이 인간.. 하는 눈길로 보는)
승효	(핸드폰 꺼내더니 뭘 찾아선 노을 앞에 쑥 내민다)
노을	(보면, 많이 통통해진 저녁이 독사진이다) 어머 많이 컸네? 찍은 건가?

승효　(핸드폰 넣고 목례하고 먼저 자리 뜬다)

노을　안녕히 가세요.. (차에 오른다)

승효는 제 차로 가고 노을의 차는 출발한다.

그녀의 차가 옆을 지날 때 승효, 비킬 뿐 돌아보지 않는다.

S#41. 승효의 차 안 – 밤

승효, 비스듬히 기댄 고개, 어디에도 닿지 않은 눈길.

Flashback〉– 9회 S#22. 대학병원 / 사장실 – 낮

선우　사장님의 그 노력이 어느 쪽을 향할 것인가, 기대를 걸면.. 헛된 걸까요?

Flashback〉– 5회 S#38. 대학병원 / 신생아 중환자실 – 밤

사방에 바늘과 호스가 연결돼 누워 있는 신생아들.

이렇게 작은 아기들이 이렇게 많으나 아픈 걸 보는 건 처음인 승효.

Flashback〉– 4회 S#19. 화정그룹 / 회장실 – 낮

조회장　의료를 서비스업으로 인식시키려고 우리 기업들이 수십 년을 공들였어.

　　　　팬히 분쟁 겪어가며 민간 병원 세우고 병상 키우고 투자한 줄 알아?

　　　　이제 시장이 만들어졌어.

승효, 생각을 떨치러 창밖 보는데,

암센터장E　사장님 우리 병원 오자마자 한 일이 뭡니까?

　　　　적자 난다고 돈 못 번다고 사람 자를 생각부터 했잖아요!

승효, 편치 않은 얼굴이 된다. 숨결처럼 나오는 긴 숨..

S#42. 진우의 집/거실 - 밤

진우, 들어오는데 보조등 하나 켜 있을 뿐 집 안이 어둡다.

진우   (불 켜는. 안방에 대고) 자냐? 야? (조용.. 소파로 오는) 빨리 갔네?..

소파에 앉는 진우, 테이블에 다리 올리고 쉰다. 지친다. 습관처럼 TV 리모컨 누르는데, 갑자기 소리 엄청 크게 나온다. 깜짝 놀라 소리를 0으로 줄인다.

진우   (안방 보는) 뭘 보고 있었길래.. (채널 돌리는데)

〈TV 화면〉 - 앵커의 뉴스 보도. 소리는 안 들리고 입모양만 움직이는데,
자막 - '국회 특활비가 국회의장 미용시술로?'
앵커 옆 자료 그림은, 군데군데 모자이크 한 영수증이다.
(9회 S#10. 카페에서 서현이 진우에게 보여줬던 영수증)

진우   (다리 내리며 몸 기울여서 시청하는)

〈TV 화면〉 - 모자이크 된 클리닉 간판과, 국회의장 자료영상 나간다.

진우, TV 소리 좀 크게 하는데 안방에서 화장실 물 내리는 소리 난다.
그쪽 보는 진우. 그사이 TV 화면 바뀐다.

〈TV 화면〉 - 자막 - '최초 보도자 새글21 권희상 기자'

권기자   (인터뷰 장면) 자꾸 영수증이 날조된 거라고 하시면 저희도 근거를

진우, TV 한 번 더 쳐다보지만 끈다. 안방으로 가서 노크 없이 쓱, 연다.

S#43. 동/안방 - 밤

안방 화장실에서 나온 선우, 바로 앞이라 휠체어 없이 몸을 끌어서 침대로 오는 중이다.

진우   (늘 하듯 들어주려는데)

선우   (진우 손 치우는. 팔 힘으로만 몸을 지탱해 낮은 침대에 오른다)

진우   .. 술 마셨냐.

선우   (대답 없이 눕는. 돌아눕기도 쉽지 않아 고개만 진우 반대쪽으로 한다)

진우   노을이 왔다 갔지. (침대에 등 대고 기대앉는) 싸웠냐?

선우   ....

진우   다 큰 것들이 싸우고 난리야.

선우   안 싸웠어. .. 말했어.

진우   뭘?

선우   좋아했다고. 좋아한다고.

진우   (잠시.. 무슨 말을 해야 할지 모르겠다) ... 왜 갑자기.

선우   후회할까 봐 말한 건데, 나중엔 오늘을 후회할 수도 있겠지?

              .. 꺼내놓고 싶었어. 언젠가 정말 말 못할 날이 오기 전에.

진우   그럴 날이 어딨어.

선우   ....

진우   오늘 말한 거야, 집에서?

선우   .. 그 전에.

진우   ....

Flashback〉- 10회. S#36. 대학병원/1층 로비 - 밤
어떡해, 하는 노을, 왈칵 울어버릴 것만 같은 얼굴.

진우   ....

선우   왜 안 물어, 내가 무슨 대답을 들었는지.

진우   둘 사이 일을 내가 뭘.

선우   나 때문에 형까지 불편해질까?.. .. 미안.

진우   … … (갑자기 벌컥) 미안할 일도 썼다! (일어난다) 미친놈! 말도 못해?
         야 우리도 됐다 그래. 자, 자. (시트 당겨 거의 선우 머리끝까지 덮는다)

서로의 얼굴 보이지 않는 형제. 진우, 덮은 손을 더 어떻게도 못하고 그대로 있다.
너무너무 속상한데, 선우에 비할 바 없는 걸 알기에 더 속상하다.

진우   (마음의 소리) 그냥 너랑 나랑 이렇게 살자, 선우야,
         (소리가 되어 토해지는) 이렇게, 평생.
선우   ….
진우   (시트 위를 치는) 잘했어, 자. (몸을 한 번에 일으켜 나간다)

진우, 돌아보지 않고 방문 닫는다. 거실 불빛에 보이던 선우 실루엣, 어둠 속에 묻힌다.

S#44. 동 / 거실 - 밤

진우, 안방에서 나오는데 거실 끝에 충전 중인 휠체어가 유난히 묵중하게 보인다.
붉어진 눈시울 식히기 위해 양손으로 얼굴 쓸어내렸다가 손 떼는데,
일그러지는 진우. 눈앞에, *선우가 보란 듯 소파 위에 올라가 서 있다.*
진우와 눈 마주치자 대놓고 소파 위를 뛰는 선우, 놀리는 게 분명한 웃음.
진우, 쿠션 집어 후려치듯 던진다. 빈 벽에 맞고 떨어지는 쿠션.
유리창에 비친 거실, 진우만이 있다.

S#45. 대학병원 / 1층 출입구 앞 - 낮

응급실이 아닌 1층 출입구로 빠르게 달려와 멈추는 구급차.
차가 서자마자 의사4가 아이스박스를 둘러메고 내린다.
창이 미리 나와 기다리고 있다.

의사4   (두건 쓰고 다른 병원 가운 입은) 시작했죠?

창   예. (의사4를 데리고 빠르게 안으로 가면서도 뒤를 한 번 살핀다)

S#46. 동/수술실 앞 복도 - 낮

창과 의사4, 급히 가는데,

장기코디 (아이스박스 메고 뒤에서 달려오는) 미안해요! 오다 사고가 나서!
창   일단 빨리 들어갑시다. (수술실로 들어간다)

S#47. 동/수술장 - 낮

적출되는 장기들. 창, 장기들이 하나씩 아이스박스에 옮겨질 때마다 놓치지 않고
체크하고 확인한다.
장기 넘겨받은 의사들과 장기이식 코디네이터들, 바로 나간다.
마지막으로 창, 신장을 건네받고 급히 나간다.

S#48. 동/수술실 청결홀 - 낮

적출 수술장에서 나온 창, 신장 박스를 갖고 바로 옆 수술장으로 간다.
안으로 들어가진 않고 원래 안에 있던 사람이 문가로 오면 그에게 건네는 창.
옆 수술장에서 대기 중이던 수술진, 신장이 오자 분주해지는 게 창문 너머 보인다.
잠시 지켜보지만 수술실을 나가는 창.

S#49. 동/휴게실 - 낮

어린이 뇌사 환자, 민서 부모가 감감히 앉았다. 이들 앞에 선 창.

창　　　.. 지금 거의 됐습니다. 완전히 끝나는 대로 말씀드릴게요.
　　　　정말 어려운 결정, 감사합니다.

민서 부모, 할 말이 없다. 창도 어색한 손만 문지르다 인사하고 나온다.

S#50. 동/휴게실 앞 복도 - 낮

휴게실 나오면서 동시에 뛰어가는 창.

S#51. 동/수술실 앞 복도 - 낮

벽면 모니터에 수술 중인 환자 목록이 떴다.
C.U 하면 '일반외과 신** (F/13) 수술 중'이라는 내용 떴다.
수술실 문 앞을 서성이는 할머니와 환자 가족.
이곳으로 서둘러 오는 창, 사람 기척에 쳐다보는 할머니, 두 사람 눈 마주친다.

할머니　　(얼굴이 좀 밝아지며 이쪽으로 오는) 아이고 선생님!
창　　　　(드물게 살짝 미소가 비치며 할머니 쪽으로 손 뻗는데)

창을 지나쳐 뒤로 가는 할머니.

할머니　　　　(이식센터장 팔을 잡으며) 아이고 의사 선생님.
이식센터장　　(창의 뒤에서 오고 있던) 예, 할머님.
할머니　　　　감사합니다, 감사합니다!
이식센터장　　예에, (할머니 다독이며, 창에게) 시작했어?
창　　　　　　예.
할머니　　　　이렇게 빨리 돼서 얼마나 다행인지, 다들 언제 될지 모른다고 했는데,
이식센터장　　지금 우리 병원 최고 선생님이 수술 중이니까 결과도 좋을 겁니다.
　　　　　　　여기서 이러지들 말고 병실서 기다리세요. (수술실로 들어가며) 모셔가.

창	예. (할머니와 가족들에게) 가시죠.
할머니	아이고 세상에, (창은 보지 않고 연신 허리 굽히며 인사하고)
	덕분이에요, 감사합니다.
창	... (별 표정 변화 없이, 인사 끝나기를 남에 일처럼 기다리는)

S#52. 동/복도 - 낮

창, 지친 걸음으로 오다 차가운 복도 벽에 기댄다.
그러고 있자니 바삐 오가는 환자, 의료진이 눈에 들어오는데.. 허망한 눈으로 보는 창.
핸드폰 꺼낸다. 잠시 고민하다 메시지 창에서 수신인 지정하는데, '은하쌤'이다.
'점심 같이 할래요?' 이 한마디 적고 뒤에 무슨 이모티콘을 붙여야 하나,
하트도 붙였다가 스마일리도 해봤다가, 결국 다 지우고 그냥 보낸다.
좀 기다리는데 답장이 금방 안 온다. 자리 뜨면서도 전화 보는 창.

S#53. 동/응급실 복도 - 낮

창, 응급실 표시 화살표 쪽으로 가는데 어린 응급 간호사2와 은하가 모퉁이 돌고 있다.
아직 메시지 확인 못했나? 싶은 창, 뒤따라가는데,

은하E	환자 아이오 자정까지 보자고 했잖아.

창, 은하가 간 모퉁이로 들어선다. 막힌 복도이고 사람들 없는데,

은하	(서류 든 손으로 응급 간호사2 가슴팍을 밀며) 내 말이 말로 안 들려?
응급간호사2	(밀려나는) 저희 아이오 다섯 시가 마감이라
은하	누가 니 마감시간 물었니? 니 맘대로 스킵해? 어디서 배운 짓이야?
응급간호사2	죄송합니다. 다음부턴
은하	(O.L) 다음 언제? 환자 죽은 담에? 너 집에는 자주 가지?
	여긴 어떻게 되든 니 집 가서 니 엄마는 보고 싶지?

뭐하러 그래, 환자한테 하듯이 나중에 돌아가심 제사나 지내!

응급간호사2 (굵은 눈물이 뚝뚝 떨어진다) 죄송합니다..

은하   정말 니 죄송하단 소리 지긋지긋하다. 오늘 집에 갈 생각하지 마.

은하, 몸을 틀어 모퉁이 쪽으로 오며 핸드폰 꺼낸다. 창은 이미 없다.
남겨진 어린 간호사, 속상하고 상처받아서 운다.

S#54. 동/복도 - 낮

창   (터덜터덜 승강기로 가는데 메시지 도착음 울린다. 핸드폰 꺼내서 본다)

은하E   점심에 시간 될지 모르겠는데 어쩌죠?

창E   ... ... (답신) 미안해요, 잘못 보냈네요.

전송 누르고 승강기에 오르는 창. 예의 시큰둥한 표정으로 돌아간 얼굴 위로 문 닫힌다.

S#55. 송탄/신축공사장 부지 - 낮

계절이 바뀌어 완연한 여름. 뙤약볕 내리쬐는 거대한 공사장이다.
이제 막 땅 고르기 작업만 끝나 붉은 흙이 드러났고,
사람 키 두어 배는 족히 되는 가벽은 흰 천으로 둘러졌는데,
그 앞 레드카펫에 조회장과 승효, 둘을 중심으로 화학사장, 생보사장 등
화정그룹 사장단과 암센터장이 줄지어 섰다. 이 검은 정장의 남자들 무리에서
화사한 컬러 뽐내며 승효와 조회장 한가운데 자리를 당당히 차지한
단 한 명의 여자는, 오세화다.
세화와 조회장, 승효 세 사람이 카메라 향해 웃으며 가운데 설치된 버튼 누르면,
가벽의 흰 천이 떨어지면서
〈상국대학병원 의료센터 건립 기공식〉 문구 드러난다.
완공된 후의 의료센터를 그린 그래픽도 그려져 있다. 그래픽 훑으면,
암센터, 검진센터, 장례식장, 동물의료센터 등의 이름을 단 건물이

초록이 울창한 부지 안에 자리했는데, 맨 끝엔 이름 안 써진 작은 건물도 조금 보인다.

박수 치는 참석자들, 이젠 각자 하나씩 앞에 놓인 삽을 들고 첫 삽 뜨는 행사를 한다.
홍보실장의 공손한 신호에 맞춰 흙을 떠서 던지면, 쉴 새 없는 카메라 소리.
승효와 화정그룹 임원진, 세화, 자축 인사와 악수 나누느라 정신없다.
제일 끝에 암센터장은 세화처럼 나서지는 못하고 제자리 지킨다.
행사 안내원들과 함께 삽, 장갑 등을 수거하느라 바쁜 구조실장과 강팀장도 보이고.
승효, 가벽의 그래픽 봤다가 앞을 보면,
지금은 아무것도 없는 나대지에 매끈하게 나타나기 시작하는 3D 이미지 건물.

승효E   암센텁니다. 임상실험 중심의 전국 최대 규모이며, 그 뒤로 종합 건강검진센터,
        대학병원 부속 생활건강 클리닉, 동물의료센터, 그리고 산을 등진 쪽에
        해외 유치 환자들이 머물 호텔 개념의 메디텔이 자리할 예정입니다.
        제일 안쪽이, 장례식장이고요.

승효의 설명에 따라 그래픽에 있던 모든 건물들이 차례로 세워진다.
이 이미지 그대로, 노트북 모니터에 뜬 화면으로 바뀐다.
조회장과 세화가 모니터 앞에 서서 승효의 설명을 듣고 있었다.

조회장   음.. (가벽 끄트머리에 그려진 이름 없는 작은 건물 가리킨다) 저건?
승효   관리인 숙소입니다.
세화   ? (승효를 옆으로만 짧게 보는)
조회장   그런 (하는데)

회장 비서, 전화 들고 회장에게 온다. 액정을 보여 발신자를 알게 하고 전화 건네는데,
일거에 조용해지는 공사현장.
사장단의 잡담은 물론이고 심지어 멀리 기계까지 멈췄다.
아직 이런 기업문화까지는 익숙지 않은 세화, 뭐야.. 하는 눈으로 주변 본다.

조회장   응.. „ 응. (듣기만 하다 승효를 흘끔 보더니 자리 옮기는)

그런 조회장을 따라 보는 승효.

S#56. 승효의 차 안 - 낮

승효와 세화가 동시에 뒷자리에 오른다. 기사, 엔진 켜놓고 있다가 바로 출발하는데,
차창 밖에는, 한꺼번에 빠져나가는 검은 세단들이 즐비하다.

세화   아우 더워, 삼복더위에 뙤약볕에서 이게 뭐야.

기사   (에어컨 최대로 올리고 두 사람에게 얼음물 준다)

세화   일찍 좀 주지. (물 들이켠다)

기사   (물 줬다가 괜한 소리 들어 머쓱한)

승효   (물 마신다. 역시 덥지만 넥타이만 좀 잡아당기는데)

세화   이제 살 거 같네. (진짜 한숨 돌렸는지 승효를 꾁 보고)
        관리인 숙소 맞아요? 왜 그 구석쟁이에요?

승효   (보는)

세화   너무 혼자 뚝 떨어졌잖아요, 언제든 사람 불러다 쓰려면 가까워야지.
        그리고 난 캠퍼스에다 숙소까지 넣는 건 첨 봤네? 진짜 숙소 맞아요?

승효   아시게 될 겁니다.

세화   ... (더 묻지 않는다. 이제 좀 편히 기대려다 갑자기) 아!!

승효   (깜짝이야! 보면)

세화   통관 중이래요, 3D 시뮬레이터. (두 손까지 모으고) 빨리 보고 싶다..

승효   (그게 뭐가?.. 쳐다보고)

세화   (왜요? 하는 눈으로 쳐다보는)

서로 이해 안 가서 보는 두 사람, 그러다 세화는 흥, 승효는 픽, 하며 각자 창밖 보는데..

승효   .. (다른 생각에 잠기는)

Insert〉- 방금 전 기공식 현장에서 조회장이 전화받던 상황.
비서가 조회장에게 액정 기울여 발신자 보여줄 때 곁눈으로 본 승효.

액정에 뜬 발신자, '홍성찬 회장'이다.

승효   (무슨 일일까, 우리 쪽과 관계 있을까?..)

S#57. 대학병원/1층 로비 - 낮

구조는 그대론데 분위기가 사뭇 변했다.
〈대한민국을 넘어 인류의 가치를 실현하는 화정〉 문구의 그룹 전체 현수막에 대응하듯,
〈의료혁신을 주도하는 메디컬 브랜드 상국〉이란 대형 현수막이 하나 더 걸렸다.
대칭으로 자리한 두 걸개가 위에서부터 압도하는 이곳에 승효와 세화가 들어선다.
오가는 의료진, 인사하며 자연스럽게 비켜나는데,
그들이 가는 벽 곳곳에 대형 TV가 걸렸고, 화면엔 끊임없이 광고가 흘러나온다.
〈TV 화면1〉 - '화정 W카드로 진료비 결제 시 무이자 할부, 포인트 적립'
〈TV 화면2〉 - 중국어, 영어로 번갈아 나오는 화정 투어 광고는 소리도 나온다.
'예뻐지면서 서울 관광도 즐기세요, 미용과 관광을 한 번에!'
〈TV 화면3〉 - 세화가 병원 홍보하는 영상. '상국대학병원장 오세화 교수' 자막.

화정그룹 CI와 화정 암보험 실손보험 광고 포스터가 사방에 보이고,
화정화학에서 파는 건강보조제 쇼핑백을 든 사람들도 군데군데 있다.
본인 나오는 광고 앞을 스치는 세화,
행인이 화면을 봤다가 '저 사람이 원장이네' 하는 소리를 어렴풋 듣는다.
당당히 중앙 에스컬레이터에 올라 상승하는 승효와 세화.
그 위로 울리는 사이렌 소리. 승효와 세화가 올라가는 높이에 맞춰 점점 더 커진다.

S#58. 동/응급실 - 밤

은하   멘탈 체인지 트랜스퍼요. 거의 도착했대요.
진우   이렇게 코앞에서 말해주는 게 어딨어요?
은하   그러게요, 트랜스펀데 왜 출발할 때 노티 안 했냐고 했더니

은하 말이 채 끝나기도 전에, 구급차 출입구에서 응급침상을 끌고 나타나는 응급대원.
진우, 곧장 베드에 붙어서 호흡기에 의존하고 있는 환자(여) 상태부터 확인한다.
플래시로 동공 반사 확인, 머리와 얼굴 쪽 구석구석 살펴보는데,

진우   (뒤통수에 찢어진 상처 보인다) 열상.. (응급대원에게) 전원정보지요.
         (*전원정보지(트랜스퍼 노트): 병원 이송 시 먼저 병원에서 다음 병원
         으로 넘기는 환자 기록)
응급대원 인계받은 거 없는데요?
진우   무슨 말이에요? (일단 은하에게) CT요. 박재혁! (붙으라는 고갯짓)

재혁과 은하, 응급침상의 환자를 병원 침상으로 옮긴 후 호흡기 교체하고
바이탈 사인 기기 손끝에 부착시킨다. 그리고 서둘러 침상 밀어 CT실로 데려간다.

진우   잠깐만요! (나가려는 응급대원 쫓아가) 어떻게 된 겁니까.
응급대원 저도 정확한 몰라요. 초진했던 병원에서부터 멘탈 체인지 상태였다,
         여기선 안 되겠으니 상국으로 옮겨달라, 이렇게만 전해 들어서..
진우   초진 어딘데요?
응급대원 을지로 강병원이요.
진우   (핸드폰으로 강병원 검색해 곧장 번호 누르는데)
동수   (사복 차림으로 내부 통로에서 들어와) 예선생!
         (오라는 손짓. 곧장 보급실로 들어간다)
진우   (바빠 죽겠는데) 네! (간다)

S#59. 동/응급실 내 보급실 - 밤

동수, 컴퓨터 앞에 앉았고 그 뒤로 진우 오는데,

동수   (딸깍딸깍 마우스 누르며) 환장헌다 환장혀,
         야, 아니미아 환자들 웬만하면 리코몬프리필드로 맞추라니까, 이?

그거 혀봤자 두당 만 원 차이도 안 나. 환자들헌티 부담 아녀.

진우   과장님 지금 제가 멘탈 체인지 때문에

동수   (안 듣고) 응급실이라고 다 읽시 사는 사람들만 오는 것도 아니고,
        딱 봐서 좀 산다 싶으면 서로 윈윈 하잔 거지.
        우린 매출 올리고, 환자들은 고급 처방받고, 안 그려?
        아까처럼 객담이나 혈담 뱉는 사람들 보면 재깍재깍
        TST(*투베르쿨린 스킨 테스트) 받아보셔야겠다 쓱 던지란 말여.

진우   ...

동수   (입 다문 진우 쿡 찌르고) 우린 그래도 보험 팔고 약은 안 팔잖냐,
        니가 매출 땜에 아침부터 딴 과장들 앞에서 깨지는 내 이 심정을 알어?
        니나 나나 이 쨤밥으루다가 딴 디 못 가 인쟈, 넘에 미데서 일 모녀.
        그렇다고 다 집어치고 개원을 할 수가 있나, 할당량만 좀 맞추라고!

진우   ... 예.

동수, 진우를 좀 못 미덥게 보지만 일어나 나간다. 진우, 얼른 뒤따라가며 인사한다.

S#60. 동/1층 출입문 앞 - 밤

응급실에서 나오는 동수, 핸드폰 보면서 주차장 쪽으로 가는데,
사람 칠 기세로 달려오는 차. 동수, 황급히 피하면서 보면, 운전자 세화다.
세화의 차, 지하주차장 쪽으로 곧장 간다.

동수   이씨, 사람 길바닥에 눕힐라고 작정했나!

S#61. 동/응급실 - 밤

진우   (다시 강병원 검색해 전화하는데)
재혁E   CPR이요!
진우   (보지도 않고 달려간다)

재혁과 은하가 방금 전 환자 침상 밀고 오는데 바이탈 신호가 멈췄다.
주변에 있던 치프도 달려오고.

재혁   (혼신의 힘을 다해 앰부배깅 중인) CT 찍자마자
진우   IV라인, 에피 빨리요!
방선생 (달려와서 에피네프린 투약 준비하고)

은하, 환자 상의 급하게 풀어헤쳐서 일렉트로드 부착한다.
진우, 환자의 흉골 부위를 양손으로 압박하다가 손 떼면,

치프   (EKG 보고 심전도 체크) 펄스 없어요.
진우   (자세 바꿔가면서 계속 압박한다) 인튜베이션.

치프, 이제 막 준비된 튜브를 방선생에게 건네받고 환자 기도에 삽관한다.
반복적으로 들썩이는 진우의 어깨 반동에 따라 환자의 늑골도 튀어 오르지만,
여전히 바이탈 사인에는 기계적인 박동이 전부다. 맥박도 잡히지 않고..
눈앞에서 꺼져가는 숨을 속절없이 지켜봐야 하는 의료진들,
굳이 말하지 않아도 시선과 표정은 어느 정도 단념한 상태다.

치프   (땀으로 범벅된 진우 보고) 바꿔드릴

그 순간! 환자 눈이 반쯤 떠진다. 진우, 선생님! 부르지만,
또렷한 의식이 아닌 희미하고 먹먹한 환자의 눈빛.
어쩌면 세상 마지막일 그 눈빛을 가장 가까이 마주한 진우. 영원 같은 찰나의 순간.
하지만 짧은 순간이 지나고 환자, 그대로 눈감는다.

진우   에피 추가!

계속 떨어지는 바이탈 사인.
진우, 제발 살아라, 살아라, 전력을 다하지만 결국 심정지다.

일자로 멈춘 바이탈 사인.

진우   … (치프 본다)
치프   (그 눈빛 알아듣고) 예.
진우   (베드에서 몸 떼고 자리 뜬다)

의료진들, 대화 없이 환자 몸에 부착된 기기들과 라인들 뗀다.

S#62. 동/화장실 – 밤

진우, 얼굴 씻는다. 앞머리가 젖도록 거칠게 씻고 종이타월 뽑는다.

S#63. 동/응급실 – 밤

응급실로 들어오는 진우. 그런데 방금 전 사망한 환자가 보이지 않는다.

진우   (치프보고) 어디 갔어?
치프   뭐가요?
진우   방금 사망 환자.
재혁   (옆에서 듣다가) 어? 쌤이 보내신 거 아네요?
진우   내가 뭘?
재혁   이송원들이 와서 데려갔는데요? 쌤이 영안실로 보내란 줄 알고
치프   헛! 다른 베드랑 헷갈렸나?!
진우   이 자식들이 잃어버릴 걸 잃어버려야지! 빨리 찾아와!

재혁, 치프, 튀어나간다. 진우, 으이그 하며 이들을 보는.

S#64. 동/영안실 복도 – 밤

재혁과 치프, 서로 탓하며 영안실로 들어가는데 거의 몇 초 만에 튀어나온다.

S#65. 동/부검실 복도 - 밤

치프E　　쌤! 영안실에 없어요!

부검실 푯말 붙은 문 안으로 뛰어 들어가는 진우, 그러나 금방 나와 뛰어간다.

S#66. 동/장기이식센터 - 밤

자동 불투명 유리문 열린다. 진우가 뛰어 들어와 곧장 창에게 간다.

진우　　선우쌤이 데려갔어요? 우리 시신?
창　　　에?
진우　　(반응 봐서 아니다 싶으니 곧장 돌아 나간다)
창　　　(뭐야?)
진우　　(전화 온다, 급히 받으면)
치프F　　찾았어요!

S#67. 동/수술실 복도 - 밤

진우, 수술실로 들어간다.

S#68. 동/수술장 - 밤

진우, 바로 들어오면, 수술대 위에 눕혀진 시신.

치프와 재혁이 어정쩡히 섰다.

진우   뭐야.
치프   저희도 잘..
진우   어떻게 된 거냐고!
세화E   누가 들어오래!

진우, 놀라 돌아보면 두건에 마스크까지 한 세화가 나타났다.

진우   ?.. 원장님 무슨 착오가
세화   전부 나가.
진우   네?
세화   나가!

눈치 보며 꼭 붙어 선 치프와 재혁,
눈이 시퍼레서 선 세화,
이해할 수 없는 상황에 세화를 쳐다보는 진우에서, 엔딩.

11

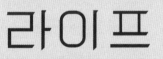

라이프

LIFE

S#1. 대형마트 주차장 - 밤

안경 끼고 편한 차림의 세화, 카트에 한 아름 장본 것을 트렁크에 실으며 전화받는다.

세화　예. ... 밖인데요? .. (짐을 싣던 손이 멈춰지는)

S#2. 대학병원/수술실 청결홀 - 밤

수술 가운 걸치며 급히 수술장으로 들어가는 세화.
수술장 안에 재혁, 치프, 진우가 보인다.
곧 수술장 안에서 세화가 '누가 들어오래!' 외치는 소리가 청결홀까지 울린다.

S#3. 동/수술장 - 밤

세화　전부 나가.
진우　원장님 무슨 착오가
세화　나가!

진우   .... ..

치프와 재혁, 끼어들 위치도 분위기도 아니어서 쥐 죽은 듯 가만있다.

진우   ... (목례하고 걸음 뗀다)

S#4. 동/수술실 청결홀 - 밤

꾸벅 인사하는 치프, 재혁, 진우 따라 나온다.
그들이 나올 때 한 남자가 간호사 지시에 따라 손을 스크럽 하고 있다.
(남자, 6회 S#1. 사망사고 낸 암센터장을 데려가던 경찰 중 하나)
치프, 남자를 보자 어? 하더니 앞서 나가는 진우를 부르려다 관두고 돌아보면,
남자, 세화가 있는 수술장으로 들어간다. 안에서 뭔가 얘기하는 두 사람.
그걸 잠시 지켜보다 나가는 치프.

S#5. 동/수술실 복도 - 밤

재혁   (진우 기색만 살피는)
진우   .. 환자 누구야.
재혁   아까 이름이.. 이정선인가 그거밖에
치프   (뒤늦게 나와 뛰어오는) 벌써 경찰이 왔는데요?
재혁   방금 안에 남자요?
치프   전에 왜 그때, 폭주족 사고 났을 때 그때도 저 사람이 왔었어요.
재혁   경찰이면 검시하는 걸까요? 근데 왜 원장님이죠?
진우   (걸음 빨라진다) CT는 찍고 저렇게 된 거지?
치프   예. (잽싸게 먼저 뛰어가는) 바로 달라고 할게요, CT!

재혁도 치프 따라 뛰고, 의문을 달고 석연치 않아 가는 진우.

S#6. 동/응급실 - 밤

진우, 응급실로 들어서는데 중년부부랑 얘기하던 은하가 얘기 멈추고 진우에게 온다.

은하	(중년부부 신경 쓰느라 작게) 찾으셨어요, 이정선 환자?
진우	(끄덕인다. 경험상 중년부부가 누군지 알겠다) 유족이요?
은하	네. 오늘 낮에 딸이 길에서 쓰러져서 병원으로 옮겼는데 먼젓 병원에서 아무래도 큰 데로 가라고 했대요.
진우	(중년부부에게 가려는데)
은하	근데 좀 이상한 게,
진우	(보면)
은하	보호자한테 안 알리고 병원에서 먼저 트랜스퍼 시켰나 봐요. 입원수속하고 잠깐 집에 가서 필요한 거 집어온 새에 딸이 옮겨졌대요.
진우	... (알았다, 수고했다 의미로 끄덕이고 중년부부에게 간다)
정선父	(의사가 오자 기대 반 불안 반으로) 우리 딸이 여기 있다대서,
정선母	(두 발로 겨우 딛고 정선父에 기대선) 이정선이라고,
진우	죄송합니다.
정선父母	(죄송합니다, 가 나온 순간에 눈앞이 어지러운)
진우	따님께서 의식이 없는 상태로 저희 병원에 왔고, 검사를 하던 중에 갑작스럽게 호흡곤란 증세와 심정지가 왔습니다.
정선母	지금, 어딨어요?
진우	.. 사망 원인을 확인 중입니다.

정선父母, 잠시 반응이 정지하는가 싶더니.. 정선母가 폭삭 주저앉는다.
정선父, 정선母를 잡아주지만 본인도 정신없고,
진우는 정선父母 둘 다 잡아주고, 은하가 오고 방선생까지 와서 정선父母 부축한다.

정선父	(진우 소매 깃을 그러잡는) 우리 정선이, 보여줘요.
진우	어머니 베드 내드리고 (방선생 귓가에) 지금 검시 중인데 먼저 좀 알아볼 게 있어요.

방선생   예. 어머님 여기 누우세요, 저희가 따님 언제 볼 수 있는지 알아볼게요.

방선생과 은하가 정선父母 데려가는 사이, 내부 출입문으로 나가는 진우.

S#7. 동/1층 로비 - 밤

진우, 응급실 쪽 복도에서 나와 로비로 들어서는데, 로비가 북적북적하다.
각종 방송 장비를 메고 끄는 기자들이 승강기 쪽에 몰려 있다.
이들뿐만 아니라 지금 막 도착해서 출입문으로 들어오는 다른 팀도 보이는데,
무슨 일이지? 하며 가던 진우, 멈춘다.
카메라 등 장비를 챙겨 승강기로 가는 이들 중에 서현이 있다.
서현 일행, 유난히 경황없어 뵈는데,

진우   ... (서현을 보며 전화한다. 통화 내역 중 '서현씨'를 누른다)

발신자 확인한 서현이 전화받는 게 보이는데,
주변 둘러보는 서현, 진우를 발견한다. 동료 기자에게 귀엣말하고 무리에서 빠져나온다.
진우, 한발 앞서가고 그와 같은 방향으로 가는 서현을 로비 위에서 잡은 모습.
그들의 통화소리.

서현F   이정선씨 정말 죽었어요?
진우F   그분이 누군데 왜, 서현씨도 아는 사람이에요?
서현F   .. 진우씨도 알아요, 직접은 아니지만.
진우   (그 말에 멈춰 서현 돌아본다)

그녀가 가까이 오기를 기다린 진우, 서현 등 뒤로 손을 닿지 않게 감싸서 데려간다.
두 사람, 로비 뒤편으로 함께 사라지면,

S#8. 한성경찰서/조사실 - 밤(현재)

권기자   아녜요, 그냥 내 앞에서 픽 쓰러졌다니까요, 내가 안 그랬어요!
형사   멀쩡한 사람이 갑자기 픽 쓰러져요?

S#9. 새글21 사옥 앞/골목 - 낮(오늘. 서현의 회상)

'새글21' 적힌 봉고 도착하고, 서현을 포함한 취재팀 내린다.
취재팀은 장비 정리하고, 서현은 노트북 끌어안고 사옥으로 가는데,
에어컨 실외기 등을 놔두는 건물 사이 샛길에서 남녀가 싸우는 소리가 들린다.

정선E   비밀로 해준다고선 날 팔아먹었잖아요!
서현   (뭐지? 는 하지만 그냥 사옥으로 가는데)
권기자E   이 여자가 진짜, 내가 뭘 팔아먹었다고 그래요?
서현   (돌아본다)
진우E   **아는 사람이었어요?**
서현E   **선배요, 회사 선배 목소리라서,**
서현   (소리 나는 쪽으로 발길 돌리는데)
정선E   놔! 놔!
서현   (걸음 빨라진다. 이제 한 발만 내딛으면 되는데)

S#10. 한성경찰서/조사실 - 밤(현재)

형사   때렸죠?
권기자   아닙니다.
형사   때렸지?
권기자   건드리지도 않았어요.
서현E   **이정선씨는,**

S#11. 새글21 사옥 앞 / 샛길 – 낮 (오늘. 서현의 회상)

샛길에 들어선 서현 앞에 보이는 것은 길바닥에 쓰러진 정선이다.
그 위에 권기자가 '정선씨! 정선씨!' 다급히 흔들고 있다.

서현   (놀라 급히 119 누르는) 여기 을지론데요! 4가 7길이요, 응급차 빨리요!
권기자   (신고하는 소리 듣자마자 고개 확 든다. 놀라고 당황한 그 눈빛)
진우E   **상태가 어땠습니까?**
서현E   **상태는, 잘, 정신이 없어서**
진우E   **괜찮아요, 천천히 떠올려봐요, 그때도 의식이 없었나요?**

쓰러진 정선에게 꽂힌 서현의 흔들리는 눈동자 C.U.

서현E   **몸이 좀 말을 안 듣는 거 같아 보이더니 금방 의식을 잃었어요.**

S#12. 대학병원 / 1층 카페테리아 공간 – 밤 (현재)

영업 끝나 불 꺼진 화정화학 건강보조제 매장 창가에 나란히 기대선 서현과 진우.

서현   (세게 틀어쥔 손마디가 하얗게 불거졌다) 뭐라고 하고 싶어 하는 거
          같았는데 알아들을 수가 없었고 응급차에 실릴 땐 벌써 축 처져서..
진우   (천천히 서현의 손을 잡아 풀어지게 한다)
서현   .. 그때 기억나요? 국회의장 영수증, 유전자연구소라고 하고
          사실은 미용시술 받았던 클리닉 영수증.
진우   의장이 특활비 유용했다고 뉴스 봤어요. 서현씨네서 밝힌 거.
서현   영수증 빼내준 내부 직원이에요, 뷰티클리닉 직원, 이정선씨는.
진우   !.. 선배 기자란 사람이 이정선씨 통해서 영수증을.. 확보했나요?
서현   그 선배가 독점 보도한 특종이에요. 오랫동안 공들였어요.
진우   근데 내부 정보자하고 기자가 싸웠다는 건,
서현   신원을 비밀로 해주기로 했는데 그게, 퍼져버렸어요.

진우	의장이 알았어요?
서현	의장보단 (말 멈추고 입술 깨물더니) 사인은 나왔나요?
진우	... 서현씨, 나한텐 뭐든 말해도 돼요. 아무한테도 말 안 해요.
서현	진우씨가 어디다 떠벌릴까 봐가 아니라, ... 다칠까 봐,
	그 사람들, 우리 같은 보통사람 입 다물게 하는 건 순식간이에요.
진우	... (서현 손을 잡은 채 가만 기다린다)
서현	(진우 바라본다. 그러다 나머지 한 손까지 진우 손에 얹고 꼭 쥔다)
	이정선쯤 의장보다 홍성찬 회장이 더 무서웠을 거예요.
진우	QL 홍성찬이요? 그 사람은 또 왜요?
서현	나도 선배한테 듣기만 한 건데, 배후에 홍성찬이 있다고 했어요.
	원래는 의장이 뷰티클리닉에 자기 돈을 내면 홍성찬이 나중에
	정산해주기로 했나 봐요, 회비만 수천만 원이니까 뇌물 창구뿐만
	아니라 돈세탁도 되죠. 근데 의장이 나중에 다 돌려받을 건데도
	자기 돈 대신 국회 특활비로 긁은 거예요.
진우	특활비로 지불하고 나중에 홍성찬한테 정산까지 받으면,
서현	액수가 더블로 뛰니까. 제대로 지불했으면 안 걸렸을 건데.
진우	진짜 치졸하네..
서현	선배는 기기까지 걸어 넣으려고 했어요, 홍성찬까지.
진우	...
서현	사인이 뭐예요?
진우	아직이요. 지금.. 근데 머리 뒤에 열상이 있던데, 찢긴 상처요.
	넘어질 때 생긴 거라 해도,
서현	밀어서 넘어진 거면, 근데 사망이니까.. 과실치사네요? 살인?
진우	그렇죠. 선밴 뭐래요?
서현	경찰서 끌려갔어요, 근데 너무 말이 안 되는 게 뭐냐면,
	사람은 잡아가면서 현장은 보지도 않는 거예요,
	여기가 쓰러진 데라고 내가 그랬는데도 그냥 쓱 하고 갔어요, 경찰이.
진우	...
서현	병원 옮긴 것도 이상해요, 왜 갑자기, 하필 상국대로.
진우	우리 병원이 왜요?
서현	.. (창가에 기댔던 몸을 펴는) 바로 브리핑 있어요. 사망 관련해서.

진우	(걸음 옮기며) 브리핑 누가 한답니까?
서현	여기 원장이라고 하던데.. 내부에서 혹시 무슨 얘기 나오면,
진우	알려줄게요. 끝나면 전화 줘요.
서현	(진우 눈 보며 끄덕이고는 급히 달려간다)
진우	(지켜보다 반대 방향으로 간다)

서현, 급히 가는데 뭔가 고민스러운 얼굴이다.
그러다 돌아보면, 진우 뒷모습 보이는데,

S#13. 새글21 사옥/편집실 - 낮(몇 주 전. 서현의 회상)

편집장비와 각종 모니터, 쌓아 놓은 카메라, 마이크 등으로 복잡하다.
사람 둘이 간신히 앉을 공간이 남았는데,
한 여자의 인터뷰 영상이 모니터에 재생되고 있다.
영상 속 여자, 사망 환자 이정선이다.
영상 편집 중인 男기자 권희상 앞에는 영수증 사본 한 장이 놓였다.
서현, 권기자 뒤에 서서 영상을 지켜본다.

권기자	신데렐라 주사에 무슨 리프팅까지 하고선 유전자 연구 좋아하시네.
서현	이 사람이 거기 직원이에요?
권기자	응, 뷰티클리닉 직원. (영수증을 턱짓으로 가리키는) 이거 빼준 사람.
서현	(보면, 9회 S#10에서 서현이 진우에게 보여준 영수증 사본이다.
	다시 모니터 보는데)

〈인터뷰 영상〉 - 카메라를 정면으로 못 보고 살짝 틀어 앉은 제보자 이정선.

정선	**근데 정말 저 익명으로 되는 거죠?**
권기자E	**그럼요. 보장해드리죠. 어떻게 내신 용긴데.**
정선	**꼭, 꼭이요. (그러면서도 카메라 보는 눈이 불안하다)**
권기자E	**예. 걱정 마세요. 자, 제가 이제부터 질문을 드릴게요.**

국회의장 부인이 미용시술을 받았다는 사실을 어떻게 알게 됐어요?

정선　언니들이 얘기해줬어요.

권기자E　아니 정선씨, 그럼 안 되고요, 누가 뭘 알려줬다, 가 있어야죠, 뭘.

그니까 같이 일하는 언니들이 그 손님이 국회의장 부인이다, 그랬죠?

정선　그건 아니고 그 사모님이 입만 열면 너 내 남편이 누군지 아냐,

스타킹 사와라, 뭐 가져와라 그러고, 근데 언니들이 그 사모님 남편이

높은 사람이니까 해달라는 대로 해주라고 했어요.

권기자E　그 높은 사람이란 게 국회의장이잖아요?

정선　예, PD님이 보여주신 사진 보니까..

서현　선배 이거는, 본인이 밝히는 게 아니라 선배가 주입시킨 거잖아요?

이때 화면 정지시키는 권기자, 이 부분을 편집하는 손이 빠르다.

권기자　야 이런 데서 일하는 여자가 국회의장을 알겠냐?

의장이 마누라랑 찍은 사진 보여주고 얼굴 다 확인했어.

서현　근데 왜 잘라내요?

권기자　괜히 물만 흐려. 논섬은 돈의 출처나 사용천데 꼭 갑질 때문에

너도 당해봐라, 보복성으로 폭로하는 거 같잖아.

서현　갑질이 제보하게 된 기폭제 맞잖아요.

권기자　갑질 요즘에 너무 흔해, 사람들 이런 거 인제 지겨워해.

용기 있는 소시민이 비위 사실을 포착해서 제보했다,

이게 본인한테 좋아.

서현　선배한텐 더 좋고요?

권기자　(돌아보는) 나가서 니 꺼 해. 남에 거 왈가왈부하지 말고.

영수증 내역 좀 확인해줬다고 뭐 공동 취재라고 하려고?

서현　그럴 생각 없어요, 그러고 싶지도 않고. 모자이크 할 거죠?

권기자　(모니터로 턱짓하는)

권기자가 가리킨 모니터 C.U 하면 이정선 얼굴에 강하게 모자이크 들어간다.

형체가 사람이구나 정도만 알 수 있을 뿐, 누군지 분간하기 어렵다.

이어 목소리도 변조해 재생하니 좀 전에 들렸던 내용이 둔탁한 소리로 흘러나온다.

S#14. 동/사무실 - 밤(1주 전. 서현의 회상)

서현, 다닥다닥 붙은 책상들 사이에서 기사 작성 중이다.
배경음처럼 흐르는 뉴스 보도의 앵커 멘트.

앵커E 공적자금 불법사용 의혹의 증거로 제시된 영수증이 조작된
것이라는 정채용 국회의장의 주장에 대해 최초로 의혹을 제기한

서현, 노트북 두드리던 손 멈추고 고개 든다. 미디어 업체라 큰 TV가 켜져 있다.
서현, TV 리모컨 잡아 TV 볼륨 높인다.

〈TV 뉴스 보도 화면〉 - 검은 바탕에 영수증 사본이 한 장 한 장 쌓이는 CG.

앵커E **보도업체에서 증거가 조작된 게 아니라는 새로운 근거를 공개했습니다.**

**〈TV 화면〉 - 11회 S#13의 이정선 인터뷰 장면이 나오는데, 완벽했던 모자이크 처리는
어디 가고 화면 전체가 좀 희미할 뿐, 윤곽이 어느 정도 드러나는 화면 나온다.**

서현 (놀라 일어난다) 저러면 어떡해? 아는 사람은 다 알아보지!

〈TV 화면〉 - 목소리 변조도 덜 된 정선이 '제일 비싼 미용시술이었다니까요?' 말한다.

서현, 벌떡 일어나 나간다.

S#15. 동/복도 - 밤(1주 전. 서현의 회상)

서현 (성큼성큼 와 편집실 문을 벌컥 연다) 선배!

일하다 잠깐 비웠는지 사람 없이 불만 켜진 편집실.
서현, 권기자를 찾아 다른 편집실, 회의실을 계속 살핀다.

S#16. 동/사무실 - 밤(1주 전. 서현의 회상)

사람 없는 사무실에서 혼자 돌아가는 TV.
인터뷰 화면에 희미하게 모자이크 된 정선의 얼굴, 점점 또렷해지더니,
의식 없이 길바닥에 쓰러졌을 때의 얼굴로 변한다.

Insert〉- 11회 S#11. 새글21 사옥 앞/샛길 - 낮
바닥에 쓰러져 의식 없는 정선의 얼굴. 놀라서 쳐다보는 서현.

S#17. 대학병원/승강기 안 - 밤(현재)

다른 기자들과 섞여 올라가는 서현, 죄책감과 걱정...

S#18. 동/사장실 복도 - 밤

입 꽉 다문 세화가 온다. 사장실 인터폰 누르고 문 열리자 바로 들어간다.

S#19. 동/사장실 - 밤

세화　　(냅다 퍼부을 기세로 들어오는데)
승효　　(전화 중) 네, .. 네..

승효, 지금 막 당도했는지 재킷을 벗다가 반쯤 멈춘 자세로 전화받고 있다.

세화, 승효가 전화 끊기를 인내심 없이 기다리고.
승효, 전화받는 손을 옮겨 재킷을 마저 벗어 의자에 걸친다.

승효   예, 알겠습니다. .. 네. .. 바로 보고드리겠습니다. (끊는)

전화 놓은 승효, 세화 본다. 세화도 승효 응시한다. 잠시 말없이 그렇게 선 두 사람.
승효, 창으로 몸을 돌리더니 블라인드 내린다.
어차피 밖에선 볼 수 없는 최상층임에도 블라인드를 내려 외부와 완전 차단된 사장실.

세화   어느 선에서 나온 오더에요?
승효   .. 사인 나왔습니까?
세화   누구 오더냐고요! (하다 치우라는 손짓) 아니 됐어요. 말하지 마요,
        알고 싶지도 않아요. 이것만 분명히 해두겠는데,
        (단어 마디마다 또박또박) 나, 딱 여기까지예요. 더는 안 해요.
승효   사인 나왔습니까.
세화   ... 후두부 좌측에 열상. 크기는 3cm 정도.
        외상성 지주막하출혈이나 경막외출혈 같은 두부 손상까지.
승효   우리나라 말로.
세화   외부 충격에 의한 사망, 가능성 있습니다.
승효   됐네요, 그걸로 갑시다.
세화   뭐가 돼요, 운이 아주 나쁜 케이스나 이렇게 죽는 거라고요!
승효   (쓰디쓴 표정, 그러나 내뱉는 말은) 운 좋아서 죽는 케이스도 있습니까?
        원래 사람들 길 가다 운 나빠서 차에 치이고 죽어요.
세화   벌써 시나리오 다 짜 놓은 모양인데 알아서들 해요. 관심 없으니까.
        난 빠집니다. (문으로 몸 돌리는데)
승효   나더러 어떡하라고!!
세화   나는 어떡하라고요! 왜 날 끌어들였어요! 왜 위에다 내 얘길 했어요!
승효   안 했어요! 거론한 적도 없습니다!!

서로 잡아먹을 듯 보는 세화와 승효. 그러나 둘 다 안다. 진짜 문제는 이 방 밖에 있다.

세화	.. 못하겠다면, 내 본대로만 하겠다면 어떻게 되는데요?
승효	...
세화	...
승효	... 오세화 원장님,
세화	(말하지 마라, 손짓. 더는 안 보고 나간다)
승효	.. (소리 없이 욕하는 입모양, xx 새끼들...)

S#20. 동/복도 - 밤

사장실에서 나오는 세화, 오다 멈추고 다시 사장실로 가려는 듯하다 또 멈추고.
세화, 마음을 정하지 못하고 중간에 선.

S#21. 동/실습실 - 밤

어둠이 내려앉은 실습실. 세화가 이곳에 도둑처럼 가만히 들어온다.
8회 S#16에서 세화가 후배 전공의들을 가르쳤던 곳이다.
복도 조명이 새어 들어와 피아가 겨우 분간되는 이곳에 내려앉는 세화.
고개를 내리고 언제까지나 이대로 있을 듯...

S#22. 대형마트 주차장 - 밤(세화의 회상)

11회 S#1의 주차장. 전화에서 들려오는 내용에 장본 것을 차에 싣던 손이 멈춰진 세화.

세화母F	방금 전에 전화가 왔어. 모르는 남자 목소리로 상국대병원 오세화씨
	어머니 맞냐고. 그렇다니까 너한테 전해주래, 수고하시라고.
	그리고 뚝 끊었어. 얘 이게 뭐니? 너 무슨 일 있니?
세화	(이게 무슨 소리, 하는데 다른 전화 들어온다) 엄마 잠깐만요.

세화, 액정 보면 '구승효 사장'이다.
이상한 예감에 그 이름을 쳐다보다 통화 누르고 귀에 댄다.

S#23. 대학병원/실습실 - 밤(현재)

세화E   맞아서 죽었을 가능성, 원래 병이 있었을 가능성..
        싸운 거면 외부 충격이고 지병이면 병사인데, 둘 중에...

... 마침내 움직이는 세화, 턱을 쳐든다. 위에서 아래로 정면을 응시한다.

S#24. 동/회의실 - 밤

세화가 기자들 앞에 섰다. 그녀의 입이 열리기만 기다리며 키보드 위에 멈춘 손가락들.

세화   (단조롭고 사무적인) 병원장 오세화입니다. 브리핑 시작합니다.

평이한 세화 목소리와는 반대로, 키보드 위를 날기 시작하는 기자들의 손가락.
기자들 사이에 위치한 서현은 최대한 핸드폰 뻗어 녹취한다.

세화   고 이정선씨는 서울 소재 2차 병원에서 오늘 저녁 20시 33분경
        본원으로 이송됐으며, 이송 당시 두부 열상 및 출혈로 인해 이미 의식이
        없었습니다.

S#25. 동/수술실 - 밤(두어 시간 전)

정선의 시신을 검사하는 세화. 11회 S#4의 경찰과 두엇의 사람이 더 지켜보고 있다.
모두 두건과 마스크 등 수술복 차림.
세화, 먼저 동공을 검사한다.

세화E   **내원 당시 이미 양측 동공 크기 차가 1.5미리를 넘음으로써 뇌신경
        이상의 가능성이 있었고 자가 호흡이 불가능한 세미 코마였으며,**

S#26. 동/응급실 - 밤(두어 시간 전)

정선을 살리려 혼신의 힘을 다하던 진우와 응급실 사람들.

세화E   **규정에 따라 30분간 지속적으로 심폐소생술을 실시했으나 21시 19분,
        사망했습니다.**

S#27. 동/안치실 - 밤(현재)

정선父母, 딸의 시신을 대하고 운다.

세화E   **고인의 왼쪽 후두부에 3cm 가량의 두부 열상 외에 외상 징후는
        관찰되지 않았습니다.**

다리 힘이 풀린 정선母를 재빨리 그러나 공손히 잡아주는 남자, 구조실장이다.
정선父母는 누가 본인들을 부축해주는지 아직 알아차릴 경황이 아니다,

S#28. 동/응급실 내 보급실 - 밤

모니터 CT 사진을 가까이 보는 진우. 심장 부분에 희미하게 음영이 다른 부분이 있다.

S#29. 동/회의실 - 밤

앞을 똑바로 본 세화의 얼굴 C.U.

세화 지주막하출혈 및 급성 뇌부종에 의한 심정지.
.. 원인은, 외부 충격입니다.

S#30. 동/사장실 – 밤

승효, 팔짱 끼고 섰다가.. 전화 끌어당겨 집는다.

S#31. 한성경찰서/복도 + 조사실 앞 – 밤

순경(안면 블리딩으로 응급실에 왔었던 4회 S#18의 순경), 조사실 문 두드린다.
안에서 나오는 형사. 문 열릴 때 안에 있는 권기자가 슬쩍 보였다 사라진다.

순경 발표 나왔는데요, 싸우다 그렇게 된 거 맞답니다.
형사 (그래?.. 슬쩍 문 열고 일부러 들리게) 타살 맞다고? 알았어.

형사, 조사실 안으로 들어가는데 문 사이로 보이는 권기자, 얼굴이 잿빛이 됐다.
두려움에 휩싸인 그의 얼굴에서 조사실 문이 닫힌다.

S#32. 대학병원/응급실 앞 복도 – 밤

서현 이런 사안을 왜 부검도 안 해요? 어떻게 검시로 끝내요?
진우 검시부터 하고 다음에 부검하는 경우도 있긴 있죠.
서현 그럼 할 거라고요?
진우 (선뜻 대답 못하고)
서현 (진우의 망설임이 느껴지는데)

두 사람 옆으로 병원 직원 지나간다. 진우, 주변 보더니 서현 데리고 자리 뜬다.

서현 (낮게) 화정그룹 회장하고 QL 홍회장, 미국에서 같이 학교 다녔어요.
오래됐어요, 둘.
진우 (몰랐던 사실. 서현 보는)
서현 이렇게 끝나면 두 사람한텐 최상이에요. 의장은 말할 것도 없고.

S#33. 동/지하주차장 - 밤

승강기 통로에서 나오는 서현과 진우. 서현의 차가 세워진 쪽으로 천천히 가는데,

서현 (창백해서 가며 멍하니) 자꾸 그 생각만 들어요.
진우 (보는)
서현 우린 어떻게 되나.. 사람이 죽었는데 그 생각만. .. 뭐가 이따위죠?

서현, 아까부터 누르고 있던 참담한 심정이 올라온다. 붉어지는 눈시울.
다음 말을 잇지 못하는 시현 어깨에 진우의 손이 올려진다.
진우, 그녀를 감싸 안는다. 다독인다. 두 사람, 잠시 그대로 있는데,
저 앞에서 진우 쪽을 바라보는, 놀라서 커다래진 두 쌍의 눈동자가 있다.

cut to. 노을의 차 안.
이제 막 도착해 차를 세우고 내리려던 노을과 선우, 놀라서 뚝 멈췄다.
차 키를 빼던 노을, 심지어 선우는 문도 살짝 연 상태였는데,
차 앞 유리 너머에, 진우가 어떤 여인과 포옹하고 있는 현장.
난데없는 목격에 서로 눈만 마주치고 아무 말 못하는 선우와 노을.

선우 (조용히 차 문 닫는다)
노을 (진우와는 거리도 있고 차 안인데도 속삭이는) 누구?
선우 (고개 젓는) 괜히 걱정했네. 저렇게 잘 계신데.
노을 (궁금해 죽겠단 얼굴로 다시 앞을 보다가) 앗! (고개 숙이는)

어느새 이쪽으로 오고 있는 진우와 서현.
이대로 쭉 온다면 노을과 선우 앞으로 지나갈 수밖에 없는 동선인데,
선우, 차 뒷좌석에 접혀서 실린 월체어가 신경 쓰인다.

노을   그냥 내려서 인사할까?
선우   싫어!

노을, 선우의 반응에 조금 놀라서 쳐다보지만 그 속내를 알기에 아무 말 않는다.
그 대신 고개를 더 숙이는 노을. 그런 노을을 보는 선우.
선우, 미안하기도 하지만 콤플렉스가 튀어나와버려서 속상하다.
그 사이 진우와 서현은 두 사람 앞을 그대로 지나치고.
서현이 차에 오르고 진우가 배웅하는 것까지 지켜보는 선우와 노을.

선우   (이제 승강기로 가는 진우를 바라보며) 볼일 있다며. 갔다 와.
노을   넌?
선우   기다릴게.
노을   ... 빨리 올게. (내린다. 창밖에서) 울지 말고 있어?
선우   (웃으며 으이그, 빨리 가라, 손짓)

cut to. 웃으며 돌아서는 노을, 승강기로 가지만,

S#34. 동/노을의 진료실 - 밤(노을의 회상)

진료가 끝난 노을의 진료실.
노을과 진우, 진료 책상에 앉아 전문서적과 노트북 펴놓고 논문 쓰고 있다.

노을   (공부만 하는 것 같은데) 너도 알고 있었지?
진우   (책에서 고개 드는, 쳐다보지만)
노을   (책에 애매한 줄만 긋는) 선우가 날 전부터...

진우	으응.
노을	(쳐다보는) 왜 나한테 말 안 했어? 선우 일은 항상 나랑 얘기하잖아. 내가 선우 마음을 알면 걔한테 상처 줄까 봐?
진우	(물끄러미 쳐다보다 다시 논문 쓰며) 니 일이기도 하잖아.
노을	응?
진우	밖에서 보는 거보다 훨씬 힘들어, 내 식구가 몸이 불편하다는 건. 처음 몇 년은 매일매일이 전투였어. (노을 보는) 선우는 내 동생이지만 넌 내 친구야. 너랑 15년. 어떻게 너한테 같이 싸우자고 해, 총을 잡아, 너도 이 전투에 뛰어들어, .. 너한테 어떻게 그래?
노을	...
진우	근데 노을아,
노을	응.
진우	정말 몰랐니? 선우가 너한테만 웃는 거, 그게 그렇게도 안 보였어?
노을	(타당한 말을 찾으려 입을 벙긋대다) 처음부터 니, 동생이었고..
진우	... 그래. (다시 책 보는데 씁쓸하고 쓸쓸해 보인다)
노을	(정말 그 이유뿐인 걸까, 스스로도 마음 헤매는데)
소아간호사3E	**이쌤?**

S#35. 동/소아과 스테이션 - 밤(현재)

노을	(정신 차리고 보면)
소아간호사3	말씀하신 거요, AGE 환자 다이어리아.
노을	(모니터 확인) 메디락 TID로 늘려주시고요.. 근데 여긴 조용하네요?
소아간호사3	뭐가요?
노을	뉴스에선 시끄럽던데, 우리 응급실에서 죽었다고, 원장님도 TV 나오고.
소아간호사3	아아, 저도 못 봤는데 거의 생방으로 중계됐다면서요?
노을	사장실은.. 조용해요?
소아간호사3	사장실이요? 거기야 조용한지 대 환장을 하는지 저야, (어깨 으쓱)
노을	(웃어 보이는) 갈게요, 이번엔 진짜로.
소아간호사3	들어가세요!

S#36. 동/승강기 앞 - 밤

노을, 승강기 버튼 누른다. 잠시 생각하는데, 도착음과 함께 문 열리면,
안에 승효가 있다. 기대어 깊은 생각에 빠져 있던 승효, 노을을 보고 몸을 똑바로 편다.
노을, 승강기에 탄다. 목례하는 두 사람.

S#37. 동/승강기 안 - 밤

승효와 노을, 나란히 섰다. 노을, 살짝 승효 보면 승효, 편치 않은 얼굴.

노을	울지 마요.
승효	? (보면)
노을	병원이 원래 그래요, 우린 가만있어도 어떤.. 사회적인 문제 같은 게 치고 들어와요. 재벌회장이 휠체어만 타고 들어와도 그렇잖아요?
승효	(말없이 노을 바라보는데 승강기, 1층에 도착한다)
노을	(웃는) 잘 지나갈 거예요. 내일 봬요, 구사장님.
승효	.. (문 열린다) ... 내일 봐요. (내린다)

승효 내리는 걸 잠깐 보던 노을, 닫힘 버튼 누르려는데 밖에서 들리는 소리.

승효E	왜 도로 왔어요?
노을	? (열림 버튼 누르고 밖을 본다)

S#38. 동/1층 승강기 앞 - 밤

강팀장	(승강기로 오던 중) 어? 어디 가세요?

승효 뒤로, 승강기에서 노을이 빠끔 고개 내민다.

강팀장　저는 병원에 일 났다 길래, (하다 승효 뒤로 노을 발견. 깜빡 눈인사)
승효　　(강팀장 움직임에 돌아본다)
노을　　(웃는. 강팀장에게 눈인사하고 승강기 문 닫는다)
승효　　(내려가는 승강기 잠시 보는)
강팀장　(호기심 번지는 눈) 제가 괜히 왔나 봐용??
승효　　(강팀장 보는. 좀 물끄러미 보는 눈빛)
강팀장　?

승효, 처음으로 강팀장 어깨 정도를 가벼운 손길로 톡톡 친다.
강팀장이 뭐지? 하기도 전에 손 거두고 정문으로 향하는 승효.
강팀장, 잰걸음으로 따라가며 '퇴근이요?' 하면,
승효가 '회장님이요' 답하고 '어이쿠..' 소리를 남기며 따라가는 강팀장.

S#39. 길 / 노을의 차 안 - 밤

운전하는 노을과 조수석에 나란히 앉아 있는 선우, 침묵이 흐른다.
그래도 담담하게 창밖 보는 선우와 달리 노을, 선우가 많이 신경 쓰이는 눈치다.

선우　　(창밖 보는 채로..) 없던 일로 할 수 없겠지만 없는 일처럼 지내자.
노을　　(무슨 말인지 알아듣지만 쉽게 대답 못하는)
선우　　오늘처럼 형한테 무슨 일 생겼냐고 서로 연락하고 같이 와보고,
　　　　(노을 보는) 예전처럼.
노을　　...
선우　　덕분에 형 여자친구도 보고. (웃는)
　　　　음흉한 인간, 인제 보니 밖에서 할 거 다 하고 살았어.
노을　　(미소) 쫌만 기둘려, 내가 내일 니 형 주리를 틀어서 소상히 알아낼
　　　　것이야.
선우　　(웃는) .. 고마워.

노을	주리가?
선우	응.
노을	.. 형제가 서로 비밀이 있었네.
선우	...
노을	넌 기분이 어떨 거 같니? 만약 진우가 아픈데 너한테 끝까지 숨긴다면.
선우	끝까지 숨긴다면 어떻고 말고도 없겠지. 알게 된다면, 할 수 있는 건 없고 몇 년이 될지 모를 세월 내내 형 마음이 어떨지.. 난 그게 보여.
노을	...
선우	누나도 알 필요 없었는데, 미안.
노을	(그 말이 갑자기 너무 속상하다) 난 알게 된 거 하나도 안 미안해.

둘의 침묵, 다시 이어진다.

S#40. 대학병원 / 흉부외과 스테이션 – 밤

늦은 밤이라 병동과 복도는 소등됐고 스테이션만 은은히 빛난다.
양선생, 하품 참으며 홀로 일하고 있는데 앞에 드리워지는 사람 그림자.

양선생	어? 왜요?
진우	주교수님 방에 안 계시던데,
양선생	댁에 가셨어요, 그제가 딸 생일이었다고.
진우	(가지도 않고 말도 안 하고 쳐다보기만)
양선생	왜요?
진우	... (그냥 가버리며) 수고하세요.
양선생	에, (하품) 수고요.

S#41. 동 / 응급실 – 밤

모니터 들여다보는 진우. 11회 S#28에서 봤던, 정선의 심장 CT 사진이다.

은하E   보호자한테 안 알리고 병원에서 먼저 트랜스퍼 시켰나 봐요.

진우, 심장 CT 사진 중 한 부분을 확대한다.

Flashback〉- 10회 엔딩 씬. 수술장에서 마주친 세화.

서현E   선배는 거기까지 걸어 넣으려고 했어요, 홍성찬까지.

확대된 화면에 음영이 다른 부분을 응시하는 진우.

Flashback〉- 10회 S#61. 진우 품에서 마지막 눈을 뜨고 생명의 불꽃이 꺼져간 정선.
정선, 눈감는다. 그 모습에서 점점 핏기가 사라지며 창백해지더니,

S#42. 동/영안실 - 밤

차가운 시체가 되어 누운 정선. 그녀를 보고 있는 이, 암센터장이다.

S#43. 길가 - 아침

출근길. 바쁜 걸음 재촉하는 사람들, 급히 가거나 택시를 잡거나.
섰던 택시가 출발해서 가면, 그 뒤에 드러나는 전자제품 판매점에 전시된 TV.
화면엔 브리핑하는 세화가 있고 '기자 폭행에 제보자 사망' 자막이 붉지만,
모두 먹고사느라 바쁘다. 시선 주는 사람 없다.

S#44. 화정그룹 본사/회장실 - 낮

책상에서 소파로 가는 조회장. 승효는 문으로 가고 있다.

문이 먼저 열린다. 조회장 비서가 연 문으로 홍회장 들어온다. 신수가 아주 훤하다.

승효　　(인사)
조회장　왔어?
홍회장　음. (기분 좋게 손 들어 인사하고 승효에게 손을 척 내미는)

어깃장만 놓던 지난번 만남과는 매우 우호적으로 보이는 홍회장,
승효도 지난번 만남 같은 건 기억 못하는 사람처럼 두 손 악수한다.

홍회장　(소파로 호기롭게 가며 회장실 들러보는) 리노베이션 했냐?
조회장　리노베이션은 니가 했는데? (앉는) 혈색 좋다?

조회장과 홍회장이 마주 앉으면 승효가 하나 정도 아랫자리에 앉았다.

홍회장　우리가 벌써 안 좋을 나인 아니잖아?
조회장　아주 순풍에 돛 달았구만? 좋겠다, 난 요즘 오십견이 오려고 하는데.
홍회장　너 원래 운동 싫어했잖아.
조회장　공부를 좋아했지, 넌 운동을 좋아하고.
홍회장　(실소 터뜨리는. 함부로 팔 뻗어 승효 팔 만진다) 이 친군 탄탄하네.
　　　　(조회장에게) 같이 가, 운동. (승효에게) 뫼시고 좀 가지 뭐해?

두 남자가 겉치레 얘기 나누는 사이 그림자처럼 앉았던 승효, 대답만 예, 한다.

조회장　(승효 일별) 우리 구사장 바빠. 헬스 앱 출시해야지.
승효　　예.
홍회장　기술이 없어서 못했던 것도 아닌데 뭐 바빠.
　　　　하반기 출시 폰부터, 기본 앱이랑 웨어러블로?
승효　　예.
조회장　기제품은.
홍회장　새 모델부터. 기존 건 안 돼.
조회장　너네 기종 업그레이드를 우리 앱으로 하나?

홍회장 왜 이래, 같이 하자고 매달릴 땐 언제고?

조회장 (바로 눈썹 올라가는) 매달려? 넌? 도와달랄 땐 언제고?

홍회장 (여유롭게) 나만 관련됐어? 너도 거기 쓸어버리고 싶다고 했잖아?

승효 (지켜보다 차단하듯 끼어드는) 식품의약품안전처는 저희 조회장님께서
케어해주시기로 하셨습니다, 홍회장님.

홍회장 안전처로 가야 돼?

승효 심박수 측정이 가능한 제품은 원칙적으론 의료기기로 분류돼서
일반 매장에서의 판매가 제한됩니다.

조회장 수출할 땐 관세 10%까지.

승효 예. 출시 전까진 반드시 의료기기 관리 대상에서 우리 제품을
제외시켜놔야 합니다.

홍회장 방법은.

승효 법조항을 바꿔야죠. 스마트폰에 있는 심박 측정 기능은 의료용이 아닌
운동용, 레저용이다, 이걸로 뚫고 가야죠.

홍회장 되겠어?

조회장 (대수롭지 않게) 법무팀 오랜만에 여의도로 출근시켜야지.

홍회장 (등받이에 편히 기대며) 둘이 척척이네?

조회장 (웃으며 승효 보는데)

승효 (예의 갖추었으나 기계적으로 앉은)

조회장 ... 몽골이랑 러시아 교육지원 사업 따냈다며.

홍회장 그건 왜.

조회장 요즘 다 한국 연예인처럼 되고 싶어 하잖냐. 최고급 의료시설에서
머리부터 발끝까지 종합검진에 피부관리 받고, 얼굴도 조각하고.
대사 부부가 어디서 시술받았다더라, 이런 게 잘 먹히는 나라가 있지.

홍회장 으음.. 곧 대사관 모임이 있긴 하지.

승효 감사합니다, 홍회장님.

홍회장 모임이 있다고 했지 아직, (관두고) 알았어, 자리 마련할게.

조회장 그럼 남은 건 (하다가) 수고했어요, 구사장.

승효, 일어나 고개 숙여 인사하고 나간다.
조회장, 뭔가 맘에 안 드는 시선을 승효 뒷모습에 짧게 줬다가 거둔다.

홍회장   (옷에 있지도 않은 티끌 터는 척하다 승효 나가자) 의장이 전화했지?
조회장   음, 직전에. 멍청한 인간.
홍회장   말해 뭐하냐. 쥐도 못 먹는 게 욕심만 앞서갖고.

S#45. 동/회장실 앞 복도 - 낮

승효, 나오고 강팀장이 합류한다.
회장 비서가 배웅 인사하고 문 안으로 사라지자 입을 여는 강팀장.

강팀장   권희상 기자 영장 나왔습니다. 새글21은 편집장급까지 전부 참고인
         조사 중이구요. 회사 자체는 날조 보도 혐의로 압수수색한답니다.
승효   (아주 가볍지는 않은 발걸음) 일사천리네.
강팀장   이정선씨는 TV에 자기 인터뷰가 나간 뒤로 늘 불안해했고
         스트레스가 심해서 가슴이 답답하단 소리도 자주 했고,
         권기자랑 전화로 크게 언쟁도 벌였다는 유가족 증언이 첨가됐고요,
         사건 당일도 열불이 나서 더는 못 참겠다고 새글21로 쫓아간 거래요.
         거기 빌딩 관리인이 기자랑 둘이 싸우는 소리를 들었다고 하고요.
승효   (보는) 확실히 싸웠대요?
강팀장   뇨, 뭐 그런 걸 들었다니까 몸싸움이죠, 넘어지는 소리도 났다 하고.
승효   그럼 정말... 장례는?
강팀장   예정대로 내일 화장이고요, 그런데 부검을 주장하는 목소리들이 좀
         커지고 있습니다. 주로 새글21 직원들이랑 종교단체랑..
승효   ...

S#46. 새글21 사옥 인근 골목/진우의 차 안 - 낮

진우, 차를 몰고 골목으로 들어가는데 초입부터 경찰들이 호루라기 불며 제지한다.

S#47. 새글21 사옥 골목 - 낮

차 빼라, 경찰봉 휘젓는 경찰한테 막힌 진우의 차, 그로부터 쭉 골목 안을 비추면,
이미 골목에 가득 찬 경찰차, 취재 차량, 기자들.

cut to. 새글21 사옥 앞.
일렬로 바리케이드 친 의경들에 의해 완전 차단된 사옥 입구.
다른 업체 기자들도 진을 치고 있는데, 그들이 지금 카메라를 들이댄 것은,
사옥 앞 좁은 주차 공간 시멘트 바닥에 내려앉은 새글21 평기자 10여 명이다.
새글 기자들, 압수수색에 항의는 하지만 현재로선 여지가 없으니 구호를 외치거나
항의 팻말을 들지도 않고 의경들 앞에 앉은 게 전부다.
서현도 이 중 하나인데, 기자와 구경하는 인파 사이에 나타나는 진우, 그녀를 본다.
묵묵히 무릎 세워 끌어안은 서현, 섣불리 부르지 못하고 바라보는 진우.
뒤에 기자가 카메라 앵글 가린다고 밀어도 그대로 선 진우, 서현을 바라보는데,

기자E　　온다!

한 마디 외침에 너나없이 골목 입구 보면, 검찰 차량 서너 대가 들어온다.
카메라 전부 그쪽으로 돌려지고.
새글21 기자들, 동요한다. 올 게 왔구나 하면서도 막상 눈앞에 닥치니 참담하다.
길을 터야 하는 의경들이 새글21 기자들에게 오고,
새글21 기자들, 저항해야 하는지 비켜나야 하는지조차 판단 안 선 채 하나둘 일어난다.
승합차에서 내리는 검찰 직원들. 검찰 마크 박스 들고 새글21 사옥으로 온다.
의경들이 기자들을 가로막아 낸 사잇길을 통과하는 검찰 직원들, 사옥으로 들어간다.
새글21 기자들, 의경들 너머로 들어가는 그들을 보며 실랑이 벌어지지 않는다. 다만,
피부로 느껴지는 권력의 힘과 그 앞에서 무기력한 스스로가 원망스럽다.
결국 감정이 북받친 새글 기자2, 울음이 터져 나온다.

서현　　선배 왜 울어요. (다독이는 스스로도 눈물 고인)
새글기자2　파업 때도 이렇게 당했는데, 왜 세상이 변하질 않니,

(의경 향해 외치는) 왜 변하질 않아!

서현   (기자2 끌어안는다)

새글 기자2 끌어안는 서현 너머, 그녀 쪽으로 다가오는 진우가 보이지만,
진우, 중간에 멈춘다. 서현이 진우 쪽으로 고개를 돌렸는데, 그녀도 울고 있다.
너무 속상한 그녀의 눈물 바라보는 진우, 돌아서고 마는.

cut to. 인파를 뒤로하고 빠져나오는 진우. 굳은 얼굴...

S#48. 대학병원/원장 비서실 공간 - 낮

유리문으로 들어오는 세화, 원장실 쪽으로 걸음 옮기는데,
부원장실에서 낮게 얘기하는 소리 들린다. 내용은 들리지 않지만,
그러잖아도 세상이 다 자기 얘길 하는 것 같아 신경 쓰이는 세화,
하지만 자존심상 엿듣거나 할 수도 없다. 그대로 원장실로 들어가고.

S#49. 동/부원장실 - 낮

태상   영안실을 왜 가? 누가 보면 어쩌려고?

암센터장   새벽에 나 혼자 슬쩍 갔어요,
                  아 그리고 우리 병원에 내가 뭐 못 갈 데 있나?

태상   .. 그래서?

암센터장   열상은 있어요. 발표대로 이 정도? (엄지와 검지를 3cm 정도 떼는)
                  근데요, 깊이는 언급을 안 했더라고, 오원장이.

태상   깊어?

암센터장   (바로 고개 흔드는)

태상   .. 꼭 깊이가 관건은 아니지만..

암센터장   구사장이 오원장을 움직였겠죠?

태상   구사장을 움직인 사람이 더 문제잖아?

암센터장	...
태상	너무 양날의 검이야..
암센터장	그래도 잡으실 거잖아요?
태상	구사장이 암센터도 새로 크게 지어준다는데 이교순 거기 가서 떵떵대면 될 거 왜 이래? 구사장이 잘돼야 좋은 거 아냐 본인한테도?
암센터장	.. 사람 뭘로 봐요? 내가 나 좋자고 이러나? 이치가 글렀으니 그러지.

무슨 꿍꿍이일까? 쳐다보는 태상. 되받아 보는 암센터장.

S#50. 동/연구실 복도 - 낮

경문, 서둘러 오면 연구실 앞에 진우가 이미 기다리고 있다.
어서 들어가자는 경문 손짓에 따라 안으로 들어가는 두 사람.

S#51. 동/경문의 연구실 - 낮

이정선의 뇌, 폐 등 CT 사진을 컴퓨터에 띄워놓고 심각하게 선 경문과 진우.

경문	가능성은 있어, 확진은 못해.
진우	평소에 심방세동을 앓던 사람이 몹시 흥분한 상태에서 서로 뿌리치고 잡고 하다가 뇌동맥분지가 막혔다면, 그래서 쓰러졌다면,
경문	그래서 열상이 생겼다면, 몸싸움으로 쓰러진 게 아니라면, 병증으로 쓰러져서 머리를 다쳤다면, 면면면! 다 가정일 뿐이잖아?
진우	주요 증상이 뭐죠, 이(CT 가리키며) 경우에?
경문	편측마비, 구음장애, 실신.
진우	이정선씨는 말이 어눌했고 몸을 가누는 게 불편해 보였다고 했습니다. 바로 앞에서 본 사람 말이에요.
경문	쓰러지는 과정에서 부상을 당했으니 당연히 불편하지. 구음장애는 지주막하출혈로도 나타날 수 있고.

진우	유가족 말이 딸이 가슴 답답하단 소리도 자주 했고,
경문	가슴이 답답했던 건 심방세동으로 인한 호흡곤란이 아니라 자기가 제보자란 게 알려지면서 스트레스가 심했기 때문이고,
진우	기자를 찾아가기 전엔 가슴이 막 뛰는 것 같단 말도 했다는데요.
경문	그 전에 전화로 크게 싸웠다며? 열불 나는데 그럼 가슴이 안 뛰어?
진우	그럼 오원장님은 왜 끼어들었겠습니까?
경문	그거 하나 보고 다른 정황 다 무시하고 병사를 주장하는 예선생이나, 겉만 보고 사인이 외부 충격이라고 발표해버린 오원장이나 뭐가 달라?
진우	… 부검을 반대하시는 건가요?
경문	부검은 처음부터 했어야 했어.
진우	그럼 뭐가요?
경문	색전증으로 사망이냐, 머리 상처 때문이냐, 확률이 얼마나 돼?
진우	그건 열어봐야
경문	얼마나 돼?
진우	.. 지금으로선 50 : 50이요.
경문	새글21이 눈엣가시던 사람들이 있어. 권력자들이고 부자들이야. 그런데 자기들 뒤를 파던 기자랑 싸우던 사람이 쓰러졌대, (엄지와 중지 튕기는) 야 우리 병원으로 보내자, 잘됐다. 게다가 거기서 죽었어. 야 더 잘됐다, 맞아서 그런 걸로 하자, 근데, 오원장이나 우리나 마찬가지야, 정확한 사인은 아직 어느 쪽도 몰라. 구사장이 개입했다고 해서 그게 꼭 사인을 왜곡했단 뜻은 아냐. 병사일 수도 있고 발표대로 외부 충격일 수도 있어. 문젠 지금 이 판국에 예선생이 부검을 주장해, 절대 쉽게 안 되겠지만 만에 하나 어떻게 부검을 했다고 쳐. 근데 색전증이 아냐. 뇌출혈 맞대, 그럼 본인은 어떻게 될 거 같아?
진우	….
경문	더 문제는 부검을 했더니 결과가 뒤집혀, 폭행이 아니라 병사 맞대. 그래서 기자는 풀려나고 높으신 분들은 완전 해골 복잡하게 됐어, 그 사람들이 예선생을 가만둘까? 기자 하나 살인범 만드는 건 일도 아닌 사람들이야. 그 타겟이 누구한테 쏠리겠어?
진우	..

경문	..
진우	하룻강아지, 범 무서운 줄 모르는 걸로 하겠습니다.
경문	(물끄러미 보다) 양복 있나?
진우	네? 아, 아뇨.
경문	집에서 가져오지?
진우	장례식장에서 빌리죠?
경문	옷을 빌려줘??
진우	모르셨어요? 여태까지 어떻게 하셨어요?
경문	(캐비닛으로 가서 여는) 난 있지?

경문, 캐비닛 여는데 우르르 떨어지는 컵라면이며 햇반에 심지어 목욕 용품.
경문이 어이쿠 하며 주섬주섬 담는 위로 옷걸이에 검은 양복이 대충 걸렸다.

진우	(가서 같이 주워 잘 쌓는데)
경문	됐어, 됐어. (쓸어 담은 걸 발로 막고 또 구르기 전에 얼른 캐비닛 닫는) 내가 바로 전체 회의가 있어, 수술도. 3시간.. 정도? 기다릴 수 있겠지?
진우	제가 혼자
경문	아냐, (나가며) 이따 같이 가. 같이 해.
진우	(따라 나가며) 예.

S#52. 동/복도 – 낮

경문 연구실에서 나오는 두 사람. 서로 인사하고 반대 방향으로 가는데.

진우	(가다 멈춘다)
경문E	기자 하나 살인범 만드는 건 일도 아닌 사람들이야.
진우	(경문 돌아보는)
경문E	그 타겟이 누구한테 쏠리겠어?
진우	... (간다)

S#53. 대학병원캠퍼스/장례식장 1층 복도 - 낮

'예복 대여실' 팻말 붙은 문에서 나오는 진우, 검은 양복 빌려 입었다.
접은 종이를 재킷 안쪽에 넣는 진우, 안내판에서 정선의 장례식장 확인한다. 2층이다.

S#54. 동/장례식장 2층 복도 - 낮

계단을 올라와 2층 복도에 나타나는 진우, 정선의 장례식장이 어딘지 금방 알겠다.
취재 나온 기자들이 유독 모인 곳이 있다.
기자들 중 누군가 '새글21 사람들이 왔네' 하는 소리 들린다.
진우, 그쪽으로 가는데

정선고모E   여기가 어디라고 낯짝을 들이대!

진우, 걸음 빨라진다.

S#55. 동/빈소 - 낮

노기로 당장 폭발할 것 같은 정선의 고모.
그 앞에 빌다시피 꿇어앉은 이들은 새글21 기자 두엇과 권기자의 아내다.
새글 사무실이 압수수색당할 때 서현과 함께 울던 새글 기자2,
행여나 정선의 고모가 권기자 아내를 어찌 할까, 막고 앉은 형상이다.
너무나 기가 막힌 정선의 부모는 아예 돌아앉았고 다른 친척들도 살기등등하다.
정선 고모, 새글 사람들이 빈소 안으로 발도 못 붙이게 아예 입구부터 막았다.

정선고모 남에 자식 죽인 것도 모자라서 어디서 몸에 칼을 대잔 소릴 해!
         (권기자 아내에게 삿대질) 너나 가서 니 자식 두 번 죽여!
권기자아내   (서럽게 울며 비는) 제발 한 번만 도와주세요.

새글기자2   저희 동료 때문만 아녜요, 돌아가신 분 위해서라도 부검은 꼭
정선고모   어디서 찢어진 입이라고 위한단 소리가 나와? 그렇게 위해서 멀쩡한
            애 직장 쫓겨나게 했어? 밤이고 낮이고 협박 전화 울리게 했어?
            사람들 다 알아보게 실컷 이용해 먹고 죽게 만든 것들이 지들 급하니까
            쫓아와선 뭐가 어쩌고 어째? 못 믿겠으니까 부검을 하래?
            니들부터 째보자, (달려드는) 니들부터 깔라보자!

뒤에 친척들, 말리는 건지 몰려드는 건지 우르르 달려든다.
아수라장이 되는 빈소.
정선母는 하지 말라 하고 정선父는 정선母가 험한 꼴 볼까, 가리고 품어준다.
입구 밖의 카메라들은 이 광경을 몰래라도 담기 바쁘고,
진우, 말리기 위해 들어서는데 그를 스쳐 한발 빠른 사람이 있다.
아까부터 뒤에서 지켜보던 구조실장이다. 그가 나서자 이를 신호로,
조문객실에 있던 구조실 직원들이 정선 친척들과 새글21 사람들을 갈라놓는데,
직원들, 몇몇은 점퍼 차림인 데다 싸움 말리는 것도 어영부영, 전혀 조직적이지 않고
다른 친척한테 '아저씨가 참으세요' 하는 게 회사 직원이 아니라 평범한 친척 같다.
그러나 그중 한 명의 얼굴을 알아보는 진우.

Flashback1〉 - 4회 S#2. 응급센터 의국. 경영 진단용 서류를 내주기 거부하던
동수에게 응급센터는 제출 거부로 기록하겠다고 말하던 구조실 직원.

진우   ! (다른 사람들 보면 익숙한 얼굴들이 또 있다)

Flashback2〉 - 4회 S#28. 사망사고를 숨긴 암센터 의국으로 승효가 쳐들어갈 때
구조실 직원들을 끌고 나타나 인사하던 구조실장.
그리고 그 뒤를 따르던 구조실 직원들.

진우, 뒤에 조문객실 돌아보면,
여기에도 조문객인 양 앉았지만 온통 신경 곤두세운 눈빛들이 한둘 아니다.
그사이 구조실 직원들, 새글 기자들과 권기자 아내를 밖으로 데리고 나갔다.
이제 정선父母 옆에 붙어 그들을 위로하는 구조실장.

진우, 구조실장을 응시한다.

시선 느낀 구조실장, 눈만 치뜨는데 입구에 섰던 진우는 사라졌다.

S#56. 동/복도 - 낮

S#55. Flashback1〉에서 진우가 알아본 구조실 직원, 새글21 사람들을 통박 주고 있다.

왜 남에 장례식에 와서 이러느냐, 어서 가라, 하는 투가 마치 가까운 친척 같은데.

그 옆을, 관심 없는 사람처럼 스쳐서 자리 뜨는 진우.

그러나 모퉁이를 돈 진우, 멈춘다. 이대론 말도 못 붙일 텐데 어떻게 접근할 것인가...

S#57. 대학병원/회의실 - 낮

회의실에 모여 앉은 센터장들과 원장석의 세화.

세화에게 가장 가까운 한 자리는 공석이다.

세화　　2분기 누적 진료 실적이 아직도 마감 안 된 과가 있어요,
　　　　뭐하는 겁니까? 안과, 장기이식센터.

서교수　　죄송합니다, 곧 마감하겠습니다.

세화　　곧이 언젠데요? 벌써 3분기 반이 지났는데,
　　　　애들 숙제 검사도 아니고 이런 재촉까지 내가 해야 돼요?

이식센터장　　죄송합니다. 이번 주 내로 준비시키겠습니다.

세화　　... 그리고, 레지던트 평가서가 돌아다닌다는 얘기가 있어요,
　　　　그럴 거 뭐하러 수기로 해요? 편하게 컴퓨터로 하지, 다 보여줄 거면?
　　　　.. 보안 지킵시다?

센터장들　　예.

세화　　(빈자리 보곤) 앞으로 이 자리 둘 필요 없습니다.
　　　　부원장 사표 수리합니다.

암센터장　　(놀라) 부원장님 사표 내셨습니까?

세화　　내야죠, 자리만 차지하고 있으니 충원은 안 되고 다른 사람한테

업무량은 가중되고. 징계 조처를 이행하든가 사표를 내든가.

둘 중 하나를 하라고 하세요.

암센터장　(대답 않는)

세화　　네?

암센터장　.. 네.

세화　　(마무리하려는데)

성형외과장　저희들한테 하실 말씀 없으세요?

세화　　(무슨 말인지 안다. 쳐다본다)

성형외과장　뉴스마다 우리 병원 이름이 안 나오는 데가 없는데 정작 우린 아는

게 없어요. 저희도 상국대 과장들입니다.

경문　　(성형외과장 쳐다보지만 말 보태지 않는)

성형외과장　부검을 해야 할 사안에 병리학자도 아닌 원장님이 나선 이유, 뭡니까.

세화　　벌써 이유 다 알고 계시는데?

성형외과장　?

세화　　정치권이랑 얽힌, 우리 병원에 이목이 집중된 일이라서요.

민감한 사안이라서, 병원장인 내가 직접 맡아야 한다고 판단했습니다.

(모두 보는) 문제 있습니까?

센터장들　....

동수　　(할까 말까 망설이다) 말을 허고 가져가든가, 넘에 시신을 빼돌리고..

(끝말은 뭉개져서 잘 들리지도 않게 웅얼하는데)

세화　　내가 몰래 숨겨서 빼돌렸어요? ER 애들은 못 봤대요, 가져가는 거?

이송원들이 투명인간이었나?

동수　　아니 보긴 봤.. 그런 말씀이 아니고..

산부인과장　부검은 안 합니까.

세화　　유가족이 반대하고 있습니다.

산부인과장　그러면야 뭐, 우리가 어쩔 문제가 아니네.

산부인과장의 말을 끝으로 센터장들, 입 닫는다.

경문은 처음부터 끝까지 이 광경을 지켜본다.

세화　　병원 곳곳이 기자들이에요. 다들 입단속시키세요.

특히 응급. .. 뭐가 없어졌느니, 한참 만에 찾았느니,

센터장부터 이러니 기삿거리 제공할 게 참 많아요?

동수　　읎주..

S#58. 동/소아과 복도 – 낮

소아과장을 필두로 노을과 의사들, 회진 돌고 있다.

소아과장　(세화의 단호한 말투처럼) 우린 기삿거리 제공할 거 있어 없어?

의사들　　없습니다.

노을　　　(대답은 하지만 표정 안 좋은)

소아과장　명심들 해.

의사들　　예!

노을　　　...

Flashback〉– 11회 S#37. 동/승강기 안 – 밤

노을　　　**울지 마요.**

승효　　　**?**

노을　　　**잘 지나갈 거예요. 내일 봬요, 구사장님.**

승효　　　**(쳐다보던 눈길)**

노을　　　.. (소아과장에게) 사장실에서 꾸민 거예요? 검시도 다?

소아과장　쉿! (병실로 들어가고)

노을　　　(병실로 들어가는...)

S#59. 동/응급센터 의국 – 낮

진우, 뭔가를 손으로 적고 있는데 동수가 의료진 끌고 들어오다 진우 보고 놀란다.

동수   어? 너 집이 안 갔냐? 입원 환자 있어?

진우   (쓰던 것 접는) 없는데요.

동수   근데 왜 (하다 진우의 검은 정장 훑는) 니 옷이 왜 꺼며?

진우   (옷 보는) 빨게야 되나요?

동수   ... 야 니 퍼뜩 드가, 어제 꼴딱 샜잖여.

진우   꼴딱 하루 이틀 새나요.

동수   이건 챙겨줘도 씨, 감마! 우리 회의해야디야.

진우   ... (일어나는) 회의, 하세요. (나간다)

동수   곧장 집으루 처가! 딴 디 새지 말고!
        (진우 나가자 골치 아픈 표정 되는) 아 저노마 빈소 갈 모냥인데..

S#60. 동/의국 앞 복도 - 낮

주머니에서 흰 봉투 꺼내며 가는 진우, 쓰던 종이를 봉투에 넣고 잘 접어 다시 넣는다.

S#61. 동/사장실 앞 복도 - 밤

밤이 되어 고요한 적막이 흐르는 사장실 앞 복도.
노을, 손을 들어 사장실 벨 가까이 대고 섰지만 선뜻 누르지 못한다.
손을 내렸다 다시 들었다 반복하는데 문이 열린다.
노을, 놀라 얼른 자리 뜨려는데 강팀장이 나온다.

강팀장   (노을 보고는 문을 다 닫지 않고 잡은 채 서는) 어? 안녕하세요?

노을   (어색하게 꾸벅 인사)

강팀장   (잡은 문 사이로 사장실 안을 잠깐 돌아보며) 용무 있으세요?

S#62. 동/사장실 - 밤

강팀장E   저희 사장님 보러 오셨어요?

승효   (책상에서 일하는. 강팀장 소리에 무심코 눈 돌리지만 일하는데)

노을E   아뇨, 그게,

승효   (고개 든다. 문 쪽 보는)

노을E   아뇨, 지나가다..

승효   ....

S#63. 동/사장실 앞 복도 – 밤

강팀장   그러시구나. (문 닫으며 나와 서며) 저는 퇴근하는 길이라.

노을   예, 들어가세요, 저는 가던 길, 갈게요..

강팀장   네! (인사하며 간다)

노을, 반대편으로 간다. 모퉁이 돌아 사라지기 전에 돌아보며 킥 웃는 강팀장.
돌아보지 않아 이를 모르는 노을은 그대로 쭉 가는데,

소리E)   (묵직하게 문 열리는 소리)

노을, 멈춘다. ... 고개 돌리면,
문을 잡고 나와 선 승효, 노을 본다.
두 사람 사이 거리만큼 흐르는 침묵.

노을   .. 저랑 같이 가실래요?

승효   ....

S#64. 대학병원캠퍼스/장례식장 2층 – 밤

검은 정장과 검은 넥타이 하고 계단 뛰어 올라오는 경문,

주변 살피다 정선의 빈소 쪽으로 간다.
경문, 옷매무새 한 번 만지고 빈소로 들어가려는데,
뒤에서 잡는 손. 경문, 돌아보면 진우다.
진우, 경문 데리고 다른 곳으로 간다.

S#65. 동/조문객실 - 밤

손님 별로 없다. 구조실 직원들, 하루 종일 버티고 있으려니 피곤하고 졸립고.
구조실장도 노곤함이 밀려오는데,
지금 막 빈소로 들어가는 두엇의 검은 양복 실루엣이 얼핏 보인다.
그쪽으로 고개 빼는 구조실장.

S#66. 동/빈소 - 밤

정선父母, 낮보다 많이 지쳤다. 손님도 없는데.
경문과 진우, 빈소로 들어선다.
끄응, 일어서는 정선父母.
경문과 진우, 함께 영정 앞에 향 피우고 예를 다해 절한다.
정선父母에게도 가 맞절한다.
맞절한 정선父母, 일어서려는데,

경문   저는 이 병원에서 일하는, 주경문이라고 합니다.
           뭐라 드릴 말씀이 없네요, 어르신.
정선父   감사합니다. (경문 옆에 진우 본다. 알아보는 기색) 그..
진우   (공손히 인사)
경문   어머님 안색이 많이 피곤해 보이시네요, 잠깐 쉬시는 게 어떠실까요.
정선母   (미약한 거절의 손짓)
진우   안에서 잠시만이라도 쉬시죠, 그게 좋을 거 같은데요.
정선父   그래요, 잠깐 눈 붙이고 와.

진우, 일어서며 정선母 부축한다.

딱히 거절할 기운도 없는 정선母, 진우 부축에 빈소 안에 있는 내실로 들어가는데,

조문객실에서 이쪽을 주시하던 구조실장, 두 사람만 내실로 들어가자 빈소로 온다.

어정쩡히 앉은 정선父 옆에 내려앉는 경문.

구조실장 (내실 문을 조금 열고 들여다보면)

진우가 정선母를 긴 소파에 눕히는 게 보인다.

경문   쉬시는 게 좋을 거 같아서 그런데, 뭐 문제 있습니까?

구조실장 많이 안 좋으시면 병실이라도,

경문   아닙니다, 저희가 의사인데요. 두세요.

구조실장 ... (괜히 빈소를 정리하는 척한다)

정선父   (구조실장 보며) 내내 신세를 져서 어떡하나..

구조실장 아닙니다, 어르신. (하며 자연스레 와서 앉는)

구조실장, 정선父, 경문, 나란히 앉은 꼴이 됐다.

경문   ... 따님을 그렇게 보내드려서 죄송합니다.

정선父   우리 애 가는 걸 봤어요?

경문   아니요, (영정사진 보는) .. 봤어야 했는데..

구조실장 (내실로 쏠리는 신경)

S#67. 동/ 내실 - 밤

진우   (소파에 누운 정선母 앞에 앉았는데)

정선母   인제 됐어요, (눈 감는) 고마워요.

진우   어머님.

정선母   .. (피곤한 눈 겨우 뜨는)

진우, 품에서 봉투 꺼낸다. 그 안에 종이 한 장 꺼내는데 정선의 CT 사진 인쇄한 것.
확대해서 봤던 음영이 다른 부분에 프린트된 원을 쳐놨다.

진우   (봉투와 사진을 같이 정선母에게 주는)
정선母   (받지만 까무룩히 보는. 하지만 왠지 이상한 기분이 든다)
진우   따님 흉부 사진입니다. 돌아가시기, 몇 분 전에.
정선母   ! (일어나 앉는) 근데요?
진우   여기가 (원) 심장 안의 혈전인데.. 이게 사망의 원인일 수 있습니다.
정선母   ...
진우   머리가 아니라요.
정선母   그래서,
진우   죄송하지만 정말 사망 원인이 뭔지는, 여길 안 보면 아무도 모릅니다.

정선母, 퀭한 눈으로 진우를 쳐다보는데 눈물이 끓어오른다.

정선母   ... .. 우리 애가, 댁들한테, 사람 맞아요?
진우   !
정선母   이게, (사진 든 손 흔드는) 이러면 안 돼요, 당신들 정말 이러면 안 돼,
          아침에 내 자식이 나갔는데, 들어오질 않고 쓰러졌다고,
          여기 있다 저기 있다, 맘대로 옮기더니 다쳤다고 했다가
          몸을 가르자고 했다가.. (가슴 두드리며) 내 딸이야, 내 딸, 내 자식,
          (두드리는 게 강해져 가슴 친다) 내가 낳은 자식이야, 니들이 알아!!!

S#68. 동/빈소 - 밤

정선母의 고함이 들린 순간 번개처럼 일어난 구조실장, 내실 문을 밀어젖힌다.
정선父도 경문도 놀라 일어서지만 구조실장만큼 빠르진 않다.

S#69. 동/내실 - 밤

정선母, 더는 말을 못하고 울고 있고, 그 앞에 진우를 잡아 세우는 구조실장.
놀란 정선父는 허겁지겁 들어와 정선母 감싸고,
구조실장, 진우를 끌어내려 잡는데,
실장 손을 콱 잡는 경문. 그러나 경문을 둘러싸는 구조실 직원들.
중과부적이다. 어느새 내실로 들어온 직원들과 열린 문밖에도 직원들이 버티고 섰다.

진우　　(구조실장 손을 쳐낸다. 정선父母에게) 정말 죄송합니다. 죄송합니다.

90도로 고개 숙이는 진우, 경문도 함께 고개 숙인다.
외면하는 정선父母.
진우와 경문, 구조실 직원들을 밀치듯 비키게 하며 내실을 나간다.
구조실장, 나가는 두 사람을 냉정히 보는데,
서로만 의지하고 앉은 정선父母 뒤로 떨어진 봉투와 CT 사진,
정선父母의 몸에 가려 구조실장에겐 안 보인다.
구조실장, 진우와 경문을 따라 나간다.

S#70. 동/빈소 - 밤

경문과 진우가 나오면 구조실 직원들도 내실에서 나온다.
그들 아랑곳없이 경문과 진우, 입구로 가려는데,

구조실장　(둘을 막고) 무슨 일이시죠?
구조실직원　(입구로 뛰어 들어온다. 다급히 부르는) 실장님.

구조실장, 직원 쳐다보고 경문과 진우도 그쪽 보게 되는데,
뒤에 누가 들어오는지 얼른 물러나 길을 터주는 구조실 직원.
그러자 입구로 들어서는 이, 승효다.
경문과 진우, 생각지도 못한 등장에 우뚝 섰는데,

승효도 두 사람을 봤다. 바로 미간에 주름이 모아진다.
그러나 진우, 지금 승효 뒤로 들어서는 사람이 노을이란 게 더 믿을 수 없다.
노을 역시 경문과 진우를 보고 당황한다.
입구에 선 승효와 노을,
빈소 안에 선 경문과 진우,
엇갈린 시선으로 서로를 응시하는 네 사람에서 엔딩.

12

라이프

LIFE

S#1. 상국대학병원캠퍼스/장례식장 2층 복도 - 밤

승효와 노을, 아직 몇몇 기자들이 남아 있는 정선의 빈소로 온다.
빈소 입구에 있다가 승효가 오는 걸 보곤 안으로 뛰어 들어가는 구조실 직원,
빈소 안에서 그가 '실장님!' 부르는 소리가 작게 울리는데,
기자들, 승효가 오자 몇은 알아보고 몇은 일단 사람이 오니까 습관처럼 카메라 돌린다.
노을, 카메라가 향하자 승효 뒤로 두어 걸음 떨어진다.
승효, 이를 느끼지만 돌아보지 않고 먼저 빈소로 들어간다.
노을도 몇 걸음 뒤에 들어가면,
제일 키가 큰 구조실 직원들이 빈소 입구에 늘어선다.
승효와 노을을 좇던 카메라, 이들에 가려 안이 안 보이게 된다.

S#2. 동/빈소 - 밤

입구에 승효와 노을, 빈소 안에 경문과 진우,
당황한 노을을 보는 진우, 경문과 진우에게 꽂히는 승효의 시선.
움직임 없지만 이들을 모두 보는 경문.
승효에게 인사한 구조실장, 고갯짓하면 내실에서 난 소동으로 몰려왔던 구조실 직원들,

영정사진을 가운데에 두고 양쪽으로 홍해처럼 갈라져 줄지어 선다.

구조실장 드시죠, 사장님.
승효 (먼저 온 손님이 계시지 않느냐는 의미의 손짓, 경문과 진우를 향한다)
구조실장 (경문과 진우에게) 조문 끝나셨습니까?

노을 쳐다보는 진우, 그대로 섰는데 등에 느껴지는 손길.
경문이 진우의 등에 손을 댔다. 유연하게 움직여 함께 나간다.
두 사람이 입구로 오자 기다릴 것 없이 바로 영정 앞으로 오르는 승효.
노을은 그대로 섰는데,
입구로 내려선 진우, 말없이 노을 쳐다보는 눈빛이 서늘하다.
경문, 두 사람을 잠깐 보지만 먼저 나가고,
이제 침착함을 되찾은 노을, 진우에게 미소까진 아니어도 부드러운 얼굴 해 보인다.
그 사이 구조실장은 내실에서 정선父를 부축해서 데려 나오는데,
정선父를 본 노을, 승효 쪽으로 몸 돌리더니 빈소로 오른다.

진우 (두 사람 뒷모습을 겨눠 보면)

영정 앞에 선 승효 뒤로 서는 노을, 승효 다음에 조의를 표할 차례를 기다리는데,

승효 (국화 꽃 뽑는데... 몸을 반쯤만 돌려 노을에게 꽃 내민다)
노을 !.. (꽃 받으며.. 잠시 망설이지만 승효 옆에 나란히 선다)

함께 조의 표하는 승효와 노을.
진우, 더 볼 필요 없이 시선 거둬 나가버린다.

S#3. 동/장례식장 복도 - 밤

몇 걸음 나온 복도의 경문, 한쪽 어깨만 빈소 쪽으로 돌린 채 멈춰 있다.
빈소에서 나와 느리지도 빠르지도 않게 다가가는 진우, 시선은 똑바로 앞을 향했지만..

선우E   **좋아했다고, 좋아한다고.**

진우   ...

Flashback〉10회 S#43. 진우의 집/안방 - 밤

선우   **(침대에 등 돌리고 누운) 나중엔 오늘을 후회할 수도 있겠지?..**
        언젠가 정말 말 못할 날이 오기 전에...

기다리던 경문 옆에 와 서는 진우. 경문, 그를 쳐다보는데,
크고 맑은 눈을 깊이 내리깔고 잠시 앞만 향한 진우.

Flashback〉12회 S#2. 방금 전 영정 앞에 나란히 선 노을과 승효의 뒷모습.

진우   (고개 돌려 경문 보면)
경문   (그 눈에서 서늘함이 읽히는.. 말 보태지 않고 간다)

두 남자, 깊은 밤의 긴 복도를 나란히 간다.
차가운 기운 감도는 장례식장 복도를 둘의 구두소리만이 채운다.

S#4. 동/빈소 - 밤

노을과 승효, 제단에 국화꽃 내려놓는데,
영정사진이 눈에 들어오는 승효.
영정사진 속 정선이 승효를 참하니 보고 있다.
그 사진을 아무 거리낌 없이 바라볼 수는 없는 승효, 옆으로 고개 돌리는데,
하필 구조실장이 내실에서 정선母를 부축해서 데려 나오고 있다.
지친 노부부의 모습에서 자식 잃은 슬픔이 느껴지는 승효,
아무도 뭐라지 않지만 어느 쪽도 당당히 볼 수가 없는 승효와,
그런 그를 바라보는 노을.

S#5. 동/장례식장 1층 계단 - 밤

층층이 보이는 계단을 계단 아래에서 위로 잡은 화면. 구두소리가 계단 통로에 울린다.
계단참을 꺾어 나타나는 경문과 진우.

경문 (앞을 보며 가며) 전해드렸나?

진우 (경문 잠깐 봤다가 대답하는) 네.

계단을 다 내려온 두 사람, 카메라 앞을 통과해 그대로 앵글 밖으로 사라진다.

S#6. 새글21 사무실 - 밤

아직 어수선한 사무실. 새글 기자2가 기사 한 장 들고 앉았고 그 앞에 서현이 섰다.

새글기자2 너 미쳤니? 지금 이 분위기에 이런 기사를 내면 어떻게 될 거 같아?

서현 …

새글기자2 돌 맞아 죽어, 첨부터 까놓고 제보자를 노출시킨 것도 아니고
우리가 자꾸 몰리고 공격당하니까 이정선이란 사람이 정말 있소,
거짓말 아니오, 얼굴 공개했단 얘기잖아, 이게.

서현 우리가 순수하게 피해자인가요?

새글기자2 (종이 탁 놓는다. 답답하다) 왜 이래, 하루 이틀 어린애야?

서현 제보자한테 해가 될 걸 충분히 예측할 수 있었어요, 그런데 막으려는
노력을 안 했어요. 우리한테도 책임이 있단 걸 먼저 밝히고 사과하고
그 다음, 그럼에도 왜, 가해자로 찍힌 우리가 부검을 주장하는가,
늦었지만 그게 길이에요.

새글기자2 지금은 합리고 원론이고 그런 게 안 먹혀.

서현 이정선씨 목숨 빚만 진 게 아녜요, 우리는, 말로는 진보언론이라면서
불신을 조장했다고요. 저것들 봐 저것들도 결국 다 쓰레기야,

그나마 쟤들은 다르려나, 봐줬던 사람들을 확 꺾어놨단 말이에요.

새글기자2   누군 밝혀선 안 된다, 누군 보호해줘야 된다,

너무 여기만 매달리면 그게 바로 자체 검열이야.

우리가 얼마나 검열을 혐오했는지 기억 안 나니?

서현   선배는 스스로를 능력 있는 기자라고 생각하세요?

새글기자2   아니 너 능력 없어, 그거 돌려 말하자고 지금 나한테?

서현   아뇨, 전 선배가 재능 있다고 믿어요. 뭐가 중요한지 우선순위를

정하는 거하고, 검열하는 거에 차이를 제대로 구별한다고 믿어요.

새글기자2   .. 안 돼. (쓰레기통에 기사 버린다)

서현   우리 일이 뭐예요? 대중이 정치에 환멸을 갖게 만들면 끝인가요?

그게 목적이에요?

새글기자2   안 돼.

새글 기자2, 의자 돌려 더 이상 서현 안 본다.
쓰레기통으로 들어간 기사 보는 서현, 마음 무겁다.

S#7. 대학병원캠퍼스/장례식장 2층/복도 - 밤

빈소 앞 복도에 선 승효, 구조실장에게서 귀엣말로 무언가 보고를 받는 중이다.
승효, 묵묵히 들으면서 눈으로는 복도 쪽을 살핀다.
알았다 끄덕이고 자리 뜨는 승효. 뒤에서 인사하는 구조실장과 직원들.
승효, 복도를 가며 좌우 둘러본다.

S#8. 동/여자화장실 - 밤

화장 고치는 거울 쪽에 등을 돌려 기대선 노을, 시간이 흐르길 기다리고 있다.
밖에서 들리는, 누구의 것인지 모를 남자 구두소리. 그 소리 멀어지자 바로 선다.
입구로 가서 보면, 그녀의 시각에서 본 복도, 구조실장 들어갔고 승효도 안 보인다.
노을, 화장실을 나간다.

S#9. 동/계단 - 밤

노을, 복도에서 계단으로 내려가려다 멈춘다.
계단 중간 꺾이는 곳에 승효가 다리를 교차한 채 서 있다.
몸은 위를 향하고 시선은 아래를 향한 모습.
승효가 먼저 갔을 거라 생각했던 노을, 그를 본다.
위에서 인기척 느낀 승효도 고개 들어 이쪽을 본다.
두 사람, 눈 마주친다.
승효, 기댔던 몸을 바로 한다.

노을   (계단 내려가 승효에게 가는)
승효   (보기만 할 뿐 아무 말 않다가 아래층을 향해 한 발 떼는데)
노을   이번엔 대답해주세요..
승효   ..
노을   전에 여쭌 적 있죠, 암센터 사망사고, 나중에 그걸 빌미로 써먹으려고
       공개했는지, 진짜로 유족을 위해서 한 건데 하다 보니 그렇게 된 건지.
승효   그게 지금 왜 다시 궁금한데요.
노을   우리랑 응급이랑 내보내려던 것도 그걸로 파업 소리가 나오게 해선 정작
       다른 일론 반발 못하게 유도한 거였어요? 그래서 갑자기 철회했어요?
승효   하다 보니 같은 건 없습니다. 사업을 우연으로 하진 않아요.
노을   그럼 정말 작정하고..?
승효   수술할 때 그런 경우 없습니까? (몸을 돌려 계단 내려간다)
       예상이랑 달라서 다음 대처방안을 고민해야 하는 경우.
노을   (함께 가며) 그럼 안 돼요, 수술은 그러면 안 돼요.
승효   좋겠네요, 사업은 항상 변수가 튀어나옵니다. 끊임없이 대응해야 돼요.

S#10. 동/1층 복도 - 밤

계단에서 1층으로 내려서는 두 사람, 저 앞에 보이는 출입구로 간다.

승효   빨리 대처해야 하고 늘 플랜B를 염두에 둬야 하고 그 다음, 그 다음을
       내놔야 합니다. 하다 보니 그렇게 됐단 사람은 살아남을 수가 없어요.
노을   변수였군요, 그때 익명으로 올라온 매출표가.
승효   변수죠.
노을   그러니까 사장님은.. 그런 사람은 아니네요.
승효   (노을 보는데)
노을   그럼 지금은요. (멈추는. 지금까지 중 가장 단호하게) 이정선씨는요.
승효   (쳐다보는)
노을   사장님이, 명령했어요?

승효, 대답 없다. 하지만 알 수 있는 게 하나 있다.
지금 그를 보는 노을, 타격받은 얼굴이다. 설마 하던 눈에 실망이 번지고 있다.

노을   (승효에게서 시선 돌리는. 다른 곳을 보는 건지 생각에 잠긴 건지..)
승효   ... 가요, 이노을 선생, 갑시다.

노을, 그 말에 새삼 승효 쳐다보는데 실망은 사라진 얼굴이지만 돌연 손 내민다.
악수의 손이다. 그 손을 보기만 하고 잡지 않는 승효.
잠시 그대로 섰던 노을, 손 거둔다. 단정히 목례하더니 먼저 자리 뜬다.
노을이 혼자 장례식장을 빠져나가는 걸 길게 지켜보는 승효.

S#11. 조회장 차 안 - 밤

밤거리를 유영하듯 달리는 차 안 뒷좌석의 조회장, 전화를 귀에 대고 있다.

조회장   와서 뭘 어쨌는데.. 발인이 내일 몇 시지? ... 구사장도 알고 있어?
        ... 알았어. 계속 봐. (끊는) ... (전화를 톡톡 치는데)

Flashback〉 - 11회 S#44. 화정그룹 본사 / 회장실 - 낮
- 긴말 없이 '예'만 하던 승효.
- 고개 숙여 인사하고 바로 나가던 승효의 뒷모습.

조회장   흐음...

S#12. 대학병원캠퍼스 / 장례식장 / 빈소 - 밤

늦은 시간이라 드나드는 손님 없이 조용하다.
설핏 잠든 정선父 옆에 정선母, 조용히 앉았다가 스르르 손을 주머니로 가져간다.
상복 위에 걸친 카디건 주머니에서 종이 한 장과 봉투 하나를 꺼낸다.
종이 펼치면 진우가 주고 간 CT 사진이다.
조문객실 쪽 살피는 정선母, 구조실장이나 직원들이 이쪽에선 잘 안 보이는 각도다.
봉투 안을 보면 종이가 한 장 더 접혀서 들었다.
꺼내 펼치는데 떨어지는 진우 명함. 종이엔 진우가 꾹꾹 눌러쓴 자필 메모가 있는데.

진우E   펜을 쥐고 종이를 놓고 어떻게 써야 하나 몇십 분째 앉아 있습니다.
정선母   (눈으로 따라가 읽는)
진우E   어떻게 해야 두 분을 설득시킬까, 없는 문장을 짜내는 중입니다.
           저도 가족을 잃은 전력이 있으니..

S#13. 대학병원 / 응급센터 의국 - 낮(11회 S#59. 동수 등장 전의 상황)

진우, 의국 테이블에 앉아 자필로 꾹꾹 눌러쓴다.

진우E   두 분의 아픔에 공감한다고 써야 하나...
           하지만 자식 잃은 심정을 거짓으로라도 제가 어찌 알겠습니까.

쓰다 고개 드는 진우, 상념... 그러다 다시 쓰기도 하고.

진우E 이정선씨 어머님, 아버님, 이 말밖에는 드릴 수가 없네요.
   꼭 부검을 하셔야 합니다. 부탁드립니다.

S#14. 대학병원캠퍼스/장례식장/빈소 – 밤

진우 편지를 다 읽고 내리는 정선母, 손에 쥔 진우 명함을 보지만..

진우E 마음을 헤아려드리지 못해 죄송합니다.
   이렇게 해달라, 저렇게 해달라, 주변에서 쏟아지는 많은 소음에
   저마저 하나를 보태어 죄송합니다. 부탁드립니다.

정선母, 손 안에서 명함과 편지를 구겨버린다.
하지만 차마 딸의 CT 사진은 어쩌지 못하고 가슴에 묻듯이 꼭 대는 정선母.

S#15. 진우의 집/거실 – 아침

선우, 다리미질 중이다. 다리미판 위에 올려둔 셔츠 주름 빳빳하게 펴 나가는데,
틀어놓은 라디오에서 들리는 뉴스.

라디오E .. 말래카 해협에 억류됐던 인질이 모두 풀려난 것으로 확인됐습니다.
    다음 소식입니다. 정채용 국회의장의 공적자금 불법사용 제보자였던
    고 이정선씨의 부검이 오늘 새벽 유족에 의해 공식 요청됐습니다.
선우   (멈추고 라디오 보는)
라디오E 보다 정확한 사인 규명을 위해 유족 측이 부검을 요청함에 따라..
선우   (작은방 향해) 형, 형!

S#16. 진우의 아파트/앞마당 – 아침

겨우 세수만 하고 공동현관에서 튀어나오는 진우, 마음 급하다.
멋대로 접힌 재킷 칼라 다잡으며 차로 뛰어간다.

S#17. 대학병원/영안실 문 앞 복도 - 낮

문 앞에 쪼그려 앉은 정선母, 파리한 낯빛이지만 절대 비킬 기세가 아니다.
정선 고모(11회 S#55의)와 정선父는 확신은 없어도 일단 정선母 옆을 지키고 있는데.
그 앞을 둘러싼 구조실장과 구조실 직원들.

구조실장 어머님, 대절한 버스도 벌써 와 있고요, 친척분들도 기다리시는데,

정선고모 자기 자식 자기가 부검하겠다는데 왜들 이래요 진짜!

구조실장 화장장도 예약이 꽉 차서 몇 시간만 늦어도 오늘 못하세요,

　　　　　　이 푹푹 찌는 더위에 어떡하려고 그러세요?

정선父 우리가 알아서 한다고, 내버려둬요 좀!

구조실직원 국과수에서 이 상태론 정확한 결과를 얻기 힘들 거라고 전해 왔습니다.

구조실장 (알면서도) 무슨 소리야?

구조실직원 기온이 너무 높아서 시신을 얼려서 보관했답니다.

　　　　　　꽁꽁 언 시신을 다시 녹이면 부검이 어렵답니다.

정선母 우리 애를! 녹이고 얼리고 그랬단 말이에요?...

구조실직원 그러니까 처음부터 부검을 하시겠다고 했으면 안 그랬을 텐데요,

진우E 말도 안 되는 소립니다.

모두의 시선이 구조실장 뒤로 쏠린다. 진우가 왔다.

진우 사산된 태아도 아니고 어른을 훼손되도록 두지 않습니다, 절대.

구조실장 (또 이 인간인가, 진우 주시하는데)

정선母 다 필요 없어요, (진우 보지만) 선생님 때문도 아녜요,

　　　　　　다 듣기 싫고, 부검할 거예요. (문고리 더 꽉 잡고 눈 감아버린다)

구조실장, 진우를 쏘아보는데 주머니 속 핸드폰 진동 울린다.

발신자 확인하다 놀란 실장, 번개처럼 자리 뜨며 직원들에게 여기 지키라, 짧은 손짓.

가면서 곧장 전화받는다. 입 가리고 목소리도 낮춰 소리는 들리지 않는다.

그 모습 지켜보던 진우, 구조실 직원이 정선母에게 손을 뻗자 그녀 앞을 가리듯 선다.

사람들이 더 이상 접근 못하게 막고서 서는 진우.

그 뒤에서 진우를 잠깐 올려다보는 정선母.

cut to. 복도 끝에서 이쪽을 빼꼼 보는 정형의, 영안실 앞 상황을 살피고 있다.

S#18. 동/사장실 - 낮

승효, 구조실장에게 급히 전화 거는데 통화 연결음이 단 한 번에 툭 끊긴다.

의아한 얼굴로 핸드폰 보지만 지체할 수 없다.

승효, 곧장 문으로 가는데 자동문 풀리는 소리 난다.

강팀장　어 열지도 않았는데 누가?

승효가 손잡이를 잡기도 전 열리는 문.

조회장이 들어선다.

그 뒤에 회장을 보좌하고 들어오는 구조실장.

승효　(놀라지만 먼저 목례)

조회장　....

잠시 승효 거눠 보던 조회장, 가까이 선 구조실장과 강팀장에게 딱 한 번 시선 준다.

0.5cm만 움직인 그 눈짓에 구조실장과 강팀장, 바로 나간다. 거의 동시에 문 닫히면,

조회장, 갑자기 검지와 중지에 힘을 줘 승효의 쇄골께를 콱 찌른다.

승효　(받아들여야 한다) 송구합니다, 회장님.

조회장　(승효 보는 눈, 그래도 분이 풀리지 않은)

숙인 고개 아래로 참는 승효...

S#19. 동/부원장실 - 낮

태상, 서성이며 머리를 짜낸다.
정형의, 태상 기색을 살피며 부원장 책상에 앉아 타이핑하다가 손을 멈춘다.

태상   다 됐어?
정형의   맺음말을 뭐라고 할까요?..
태상   (와서 모니터 보다가) 근데 진짜 부검 되겠어? 100%야?
정형의   사장실 사람들이 막고는 있는데요, 유족이 특히 엄마 쪽이 안 물러나게
          생겼던데요?
태상   ...
정형의   아무리 재벌그룹이 개입됐어도 내 자식 내가 부검하겠다고 보호자가
          끝까지 버티면 하게 되지 않을까요?
태상   .. (허리 굽혀 모니터 다시 본다)
정형의   (태상이 쑥 들어오자 긴장하는데)
태상   (뒤통수 치는) 누가 이런 말 쓰래? 여기 규탄! 이거 지워, 규탄 아냐!
정형의   예! (얼른 지우는)
태상   옳고 그름 뭐 이런 말 쓰면 안 된다니까? 그거 가르자는 게 아니고
          의사로서 한 생명에 얽힌 진실을 밝힐 필요가 있다, 응, 그렇게.
정형의   예. (타이핑)
태상   (골몰히 들여다보는) .. 통감! 여긴 통감이 좋겠네.
정형의   예.

정형의, 계속 타이핑하고 태상, 이리저리 모색하는 얼굴.

S#20. 동/사장실 앞 복도 - 낮

강팀장과 구조실장, 서로 거리 둔 채 각자 통화 중이다.

강팀장 부검 결정된 거 아닙니다, 기사 내려주세요.
구조실장 음, 인적사항까지 다. 지금 바로 보내줘.

S#21. 동/사장실 - 낮

소파 상석에 팔을 넓게 걸치고 앉은 조회장. 그의 시선 따라가면 승효가 섰다.
승효, 고개 돌려 옆을 보는 모습. 조회장도 그 시선대로 승효 옆을 보면,
세화까지 서 있다.

조회장 앉으라니깐요.

그러나 말투나 표정은 전혀 권하는 투가 아니다. 두 사람 그대로 섰다.

조회장 부검을 하면, (세화 보는) 어떻게 되겠습니까?
세화 검시 결과로는 후두부 좌측에
조회장 (짜증난다는 손짓으로 막는)
세화 ....
조회장 익히 아는 거 말고. 사인이 뒤집히겠느냐 아니냐, 음?
세화 (갈등)
조회장 대답 못해요? 원장이 몰라요?
세화 (입술 꼭 깨물더니 목소리도 낭랑하게) 50대 50입니다.
　　　　어느 쪽으로든 장담 못합니다.
조회장 (이번엔 노골적인 짜증)
세화 (목소리 더 높여) 기타 질환이나 심혈관 쪽 케이스는 검시만으론
조회장 (듣기 싫다, 끊어버리는) 됐습니다.

조회장의 노골적 무시에 세화, 얼굴이 새빨개진다.

승효, 눈만 돌려서 세화 상태 살피는데,

여전히 꼿꼿한 자세로 일관하는 세화, 하지만 침을 꼴깍 삼키고,

등 뒤로 돌린 양손은 서로 쥐어뜯듯 꼬집고 있다.

그걸 보자 다시 세화 얼굴을 보게 되는 승효, 염려되지만 아는 척 않는다.

조회장　　알았습니다.

세화　　　(목례하고 문으로 가는데)

조회장　　구조실장 들어오라고 해요.

세화　　　(완전히 제 부하 다루듯 하는 명령에 멈칫, 승효 돌아보는데)

승효　　　(담담한 눈빛, 세화를 진정시키고자..)

세화　　　… (들릴 듯 말 듯 개미 같은 소리) 네. (나간다)

조회장　　앉아.

승효　　　(이번엔 진짜 앉아, 다. 앉는다)

조회장, 앉은 자리에서 아무 말 않는다. 잔뜩 심기 불편한 얼굴로 생각 중인데,

구조실장, 노크하고 들어온다.

구조실장　(바로 와서 보고) 유가족 모두 처음엔 화장 절차에 동의했고,

　　　　　이렇다 할 낌새는 전혀 없었는데, 아무래도 보고드린 의사 두 명이

　　　　　언질을 준 것 같습니다.

조회장　　무슨 언질.

구조실장　내용은 모르겠습니다만, 조금 전에 영안실에서 이정선씨 모친을

　　　　　대하는 것도 그렇고 확실히 부검 결정에 관여했습니다.

조회장　　(승효 찍 보는 눈이 책망하고 있다. 그 시선 거두고) 누구야.

구조실장　응급 소속 예진우입니다.

승효　　　…

구조실장　친부는 사망, 친모는 재가해서 따로 삽니다. 경력상 특이사항은 없고,

　　　　　동생이 심평원에서 근무 중인데 하반신 불구입니다.

　　　　　원내에선 동기 의사랑 교제 중이란 소문이 있습니다.

승효　　　(노을 언급에 일순 표정 변하지만 내색할 수 없는)

조회장　　하반신 마비 정도론 성에 안 차나 봐?

꼼짝 못하고 형제가 다 드러눕게 해줘야 하나?

승효　　　(침착하게 앉은 것 같지만 목젖이 꿈틀댄다)

조회장　　또 하난.

구조실장　흉부외과 주경문 교수인데, 원장 선거 경선 끝에 현 오세화 원장한테
　　　　　밀려서 패했고 그 외 인적사항에선 특이점 없습니다.

조회장　　가족은.

구조실장　전업주부 아내하고 고등학생 딸이 있습니다.

조회장　　애는 건드리지 말고, 전업주부는 건드릴 게 없고..
　　　　　교수급이면 몇 년을 칼을 잡았겠네? (구조실장 쳐다보면)

구조실장　(바로 알아듣고) 의료사고 기록, 찾겠습니다.

조회장　　영안실에 왔다는 의사는 여기 사람하고 사귄다고?

구조실장　예, 소아청소년과 여자 의사요.

조회장　　쯧쯧, 남자친구 잘못 둬서 무슨 고생이야.

구조실장　네 회장님.

조회장에게 속내 안 들키려 눈 내리까는 승효,
그러나 뭔가 이상한 것을 삼킨 기분이다.

S#22. 동/사장실 복도 - 낮

조회장 나오고 승효, 구조실장 뒤따른다.

승효　　　(앞서가는 조회장 뒤통수에 닿는 눈길)

Flashback1〉- 11회 S#37. 대학병원/승강기 안 - 밤
잘 지나갈 거라며 웃던 노을의 얼굴.

조회장E　**하반신 마비론 성에 안 차나 봐? 꼼짝 못하고 형제가 다 드러눕게**
　　　　　해줘야 하나?

Flashback2〉- 8회 S#45. 대학병원/회의실 - 낮
태상이 선우의 장애를 지적하며 자격 시비를 걸 때,
진우 팔을 꽉 잡은 선우, 동생 옆에 굳게 섰던 진우 형제.

Flashback3〉- 9회 S#22. 대학병원/사장실 - 낮
휠체어를 빙 돌려서 나가던 선우 모습.

조회장과 승효 일행, 강팀장이 미리 잡아 놨던 승강기에 오른다.

S#23. 동/승강기 안 - 낮

조회장 옆에 선 승효, 그 뒤에 선 강팀장과 구조실장.

승효   (아직 생각에 잠긴)

Flashback〉- 12회 S#2. 상국대학병원캠퍼스/장례식장/빈소 - 밤
승효가 내민 꽃을 봤다가 승효를 보던 노을. 그 꽃을 받고 노을이 옆으로 오던 순간.

조회장   (유난히 말 없는 승효를 힐끗 보는데)
승효   부검 진행하시죠.
조회장   (잘못 들었나 싶은)
승효   지금 막으면 가리고 덮을 게 있다는 확증만 내줄 뿐입니다.
조회장   50대 50이라잖아.
승효   100으로 만들겠습니다. 사인이 뒤집히지 못하게 하겠습니다.
조회장   원장도 장담 못하는데.
승효   제가 장담합니다. 정리하겠습니다.
조회장   (까딱, 쳐다보는)

한 번 더 믿어? 가늠하는 눈으로 쳐다보는 조회장.
승부수를 던지고 조회장을 똑바로 쳐다보는 승효.

그 뒤에서 두 사람을 불안하게 보는 강팀장.

S#24. 동/1층 중앙 출입구 앞 - 낮

차에 오르는 조회장. 승효, 구조실장, 강팀장이 90도 인사로 배웅한다.
차가 빠져나가는 잠시 동안 그대로들 숙이고 있다,
차가 사라지자 고개 드는 승효, 강팀장 본다.
강팀장, 승효가 무엇을 명하든 당장 이행할 기세로 쳐다보지만,

승효   (강팀장에게서 시선 거두는. 확실히 구조실장만 보고) 실장님.
구조실장 (깍듯하지만 조회장한테 하듯 완전히 숙이지 않은 채) 예 사장님.

S#25. 동/사장실 앞 복도 - 낮

승효 온다. 한 걸음 한 걸음이 지금 사태를 곱씹는 듯하다.
그 뒤를 따르는 강팀장.

승효E   **부검의 초빙하세요, 외부 법의학자로. 상국대학병원 사람은 부검실**
            출입 자체를 차단시키고, 부검을 주장하는 쪽도 검시를 했던
            오세화 원장도 전부, 참관이나 관여 어느 것도 안 됩니다.
강팀장   사장님 저는 무슨 일을 할까요..?
승효   (묵묵부답)
승효E   **위탁하지도 말고 전부 이 병원 안에서 처리하세요. 공식 브리핑은**
            초빙된 부검의가 하게 하고 유족 요구대로 진행하되 결론은 그대로,
            외부 충격에 의한 사망, 그게 끝입니다.

승효의 굳은 얼굴을 살피며 오던 강팀장, 사장실 문 열면 승효, 들어간다.

S#26. 동/응급실 - 낮

동수　(치프가 내민 서명용 종이 보는)

치프　부원장님이 부검 촉구한다고 성명서 올리셨대요, 이건 그거 지지한다고 서명하라고.

동수　(묵묵한 얼굴로 보다가 그냥 간다. 고개 젓는)

치프　꼭 받아 오라고..

치프, 곤란한 얼굴로 서명 종이 보면,
각 과별 센터 이름과 그 옆엔 과장이라 인쇄돼 있고, 서명할 빈칸이 있는데.

S#27. 동/성형외과 스테이션 - 낮

날리듯 서명하는 성형외과장, 서명용 종이를 스테이션에 놓는데,

S#28. 동/이식센터 - 낮

서명 종이 집어 드는 손, 창이다. 장기이식센터장에게 내민다.

이식센터장　어이구 많이 늦었네? (나가는)

창　(퍽이나, 하는 눈으로 그 등 보는)

이식센터장　(나가기 전 읊조리는) 지는 떨어질 바닥이 없으니까 나서지.

S#29. 동/부원장실 - 낮

태상, 의자에 앉아 깍지 낀 양손을 머리 뒤에 대고 천장 보며 생각에 잠겼다.

Flashback〉- 12회 S#17. 영안실 앞 복도를 좀 숨어서 살피는 정형의.

그의 시점에서 본 영안실 앞. 구조실장과 정선父母의 대치 중에 진우가 나서고 있다.
그 위로 들리는 태상의 목소리.

태상E   걔가 거길 왜? 와서 뭐라고 했는데?

정선母가 진우에게 '다 필요 없어요, 선생님 때문도 아녜요' 하는 걸 듣는 정형 전문의.

태상   (골똘히 생각) 선생 때문도... 아니다..

Flashback〉- 8회 S#48. 검사실 - 낮

진우   (태상 멱살 잡은) 평생 널 따라다닐 거야,
          널 살릴 순 없어도 죽일 순 있어, (거의 속삭이듯) 죽여버릴 거야.

태상   (머리 뒤에서 깍지 꼈던 손을 스르르, 책상 위로 내리는) ...

Flashback〉- 7회 S#49. 부원장실 - 낮

태상   니가 찔렀지.
진우   아닙니다.
태상   너야!
진우   아닙니다.

태상   .. 너구나.. 너였어..

S#30. 찻길 / 차 안 - 낮

승효의 운전기사, 승효 차가 아닌 다른 차(대외용 의전 차량)를 운전 중인데,
뒷좌석에는 승효가 아닌 다른 남자(부검의)가 타고 있다.
운전기사의 휴대폰, 울린다. 바로 차 세우는 기사.

S#31. 찻길 - 낮

도로를 달리던 의전 차량, 멈춘다.

S#32. 찻길/차 안 - 낮

기사, 통화 버튼 누르지만 본인이 받지 않고 뒷자리에 내민다.

부검의　　?
운전기사　저희 사장님이십니다.

부검의, 영문 모르면서도 사장이란 말에 몸이 먼저 앞으로 나가서 받는다.

부검의　　예?.. (하는데)

앞좌석 운전기사가 버튼 누르자 부검의 앞, 좌석 사이 공간에 스크린 하나가 올라온다.
부검의, 반사적으로 기사 보는데 스크린에 파일이 뜬다.

부검의　　예, 그런데요.. (파일 가까이 들여다보면 사망진단서인데)

〈스크린 화면 사망진단서〉
이름 - 이정선　　주민등록번호 - 921104-(이하 블러 처리)
주소 - 서울시 동대문구 (이하 블러 처리)
주민등록 번호나 주소와 같은 개인정보는 앞부분만 노출되고 나머진 블러 처리된 상태.
그 밑으로 다른 칸은 다 공란이라 아무것도 안 적혔는데,
【사망일시 - 2018년 8월 7일 21시 19분】 표기가 뚜렷하고 특히,
【사망의 원인 - (가) 직접사인】 칸에 표기된 내용이 눈에 띈다. 그 내용은,
【외부 충격으로 인한 급성 뇌부종에 의한 심정지】

부검의   .. 여기 (자세히 보느라 사인 칸을 가리키는) 있습니다.

운전기사, 고개는 그대로인 채 눈만 끝으로 돌려서 부검의 반응 살핀다.

S#33. 대학병원 / 1층 중앙 출입구 앞 - 낮

부검의가 탄 차 도착하면 미리 나와서 기다리고 있던 구조실 직원이 차 문 연다.
그의 안내를 받으며 회전문으로 들어가는 부검의, 표정에 근심과 고민이 어렸다.

S#34. 동 / 부검실 앞 복도 - 낮

구조실장이 온다. 그와 함께 오는 이는 단정한 정장 차림 남자(검사)다.
'검사님, 이쪽으로' 하며 부검실로 검사를 들여보내는 구조실장.
문 열릴 때 보면 안에 막 카메라 가방을 푸는 세미정장 남자(전문 사진가)도 보인다.
검사가 들어가고 곧 구조실 직원의 안내를 받은 부검의도 부검실 안으로 들어간다.
안내를 마친 구조실장과 구조실 직원, 자리 뜨며 복도 양끝 살핀다.
기둥, 모퉁이 등에 가려져 있어 눈에 잘 안 띄지만 구조실 직원들이 복도를 지키고 있다.

S#35. 동 / 수술실 청결홀 - 낮

수술복 입고 스크럽 중이던 경문, 박선생이 귀에 대준 전화로 통화하고 있다.

진우F   구사장이 진짜 결과가 궁금해서 부검하자 했을 리가 없잖아요.
경문   그래서 들어가려고?
진우F   못 들어가요, 공정성 어쩌구 하면서 부검실 다 막았어요.
박선생   과장님, (준비 다 된 수술실 가리키는)
경문   예선생, 지금 내가, (곤란한)

S#36. 동/비상계단 - 낮

통화하며 계단을 빠르게 내려가는 진우.

진우   죄송합니다, 들어가세요. .. 저도 모르겠어요. (끊고 계단 코너를 도는데)
선우   *(아래층 계단참에 선) 모르는 게 아니라 방법이 없는 거야.*
진우   (멈추는.. 마음의 소리) 모르겠어..
선우   *스파이 영화처럼 카메라를 몰래 갖다 놓을 수도 없고.*
진우   (마음의 소리) 나는 여기까지인 걸까..
선우   *부검은 끝어냈어.*
진우   (마음의 소리) 조사관 둘, 부검의, 검사, 전문 사진가..
        전부 외부 사람만 허락된 부검.. 왜.
선우   *심인성 혈전이 맞다면 주교수님이 봐야 되는데 보는 건커녕 접근도 안 돼.*
진우   (마음의 소리) 외부 사람들... (선우 본다. 소리 내어) .. 외부 사람들?
선우   *그건 너무 잔인하잖아? 그러지 마.*
진우   .... (몸을 돌려 계단 내려간다)

전화 꺼내 전화하는 진우. 머리 위로 울리는 *선우의 형! 하는 소리.*
일부러 안 듣는 진우, 입 굳게 다물고 전화를 귀에 댄 채 비상문으로 나간다.

S#37. 동/부검실 - 낮

철제 부검대를 가운데 두고 각자 부검 준비 중인 사람들.
참관용 복장 갖춘 정선父母 들어온다.
밖에서 문 열어줬다가 닫는 구조실장 잠깐 보인다.
준비하던 사람들, 한두 번 겪는 일 아니지만 부검에 유족을 보는 건 언제나 괴롭다.
아닌 게 아니라 정선父母, 심정이 말이 아닌데.

진우E   들어가시면 감독관 역할을 할 검사하고, 법의조사관들,

각자 목례하는 사람들을 황망하지만 그래도 아직까지 살피는 눈으로 보는 정선父母.

진우E   **부검의, 그리고 시신을 전문으로 찍는 사람이 있을 겁니다.**

정선父母의 시선, 핸드폰을 만지는 검사에서,
메스며 부검용 전기톱 등의 장비 세팅하는 부검의로 천천히 이동한다.

진우E   **먼저 외부를 살피고 집도가 시작됩니다. 몸 뒷부분부터 복부, 머리순..**
              개복할 때부터는 마음 굳게 먹으셔야 돼요.
              가만히 안을 들여다보는 게 아니라..

사진가, 카메라 점검하고 부검의와 법의조사관, 작게 얘기 나누고.

진우E   **장기를, 적출합니다.**

정선父母, 생각만 해도 세상이 무너진다. 벌써부터 눈물 흐르는데,
카메라 점검 중이던 사진가의 뷰파인더에 그 모습이 담긴다.
다른 데로 얼른 포커스 옮기는 사진가, 자신도 사람인지라 착잡하다.
드디어, 다른 방과 연결된 내부 미닫이문이 열리더니,
이송원들이 하얀 천이 덮인 정선의 시신을 밀고 들어온다.
정선母, 천이 덮인 것만 봐도 오열이 터진다. 소리도 안 나오는 소리 없는 오열.
다들 엄숙해지는. 최대한 빠르고 조용히 시신을 옮긴다.

진우E   **부검은 유족이 참관하도록 돼 있습니다. 힘들어도 들어가셔야 돼요.**
              들어가셔서...

부검의   시작하겠습니다. (천을 들려는데)
정선父   잠깐만요..
부검의   (바로 물러나는)

정선父, 떨리는 손으로 하얀 천을 조금만 걷으면 핏기 없는 정선의 얼굴 드러난다.
정선父. 딸의 머리, 이마를 쓰다듬다가 식어버린 얼굴 위에 제 얼굴 묻는다.
한동안 놓지 못한다..

S#38. 동/앞마당 - 낮

병원 밖 큰길에서 들려오는 소음, 오가는 사람들 스치는데 홀로 가만 선 진우.

정선母E   **우리 애가 댁들한테, 사람 맞아요?...**
진우   .... (하늘 본다, 희뿌옇다..)

S#39. 동/수술실 앞 복도 - 낮

수술복 차림의 세화, 수술 두건 묶으며 간다.

Insert〉- 대학병원/원장실 - 밤
컴퓨터 앞의 세화, 모니터에 뜬 의무기록 환자 이름란에 '이정선' 입력한다.
정선 사망 직전의 CT 사진 여러 장 나온다.
마우스를 클릭하고 스크롤을 움직일수록 어두워지는 세화의 낯빛.

Flashback〉- 11회 S#29. 동/회의실 - 밤

세화   (기자들 앞에서 브리핑하는) **심정지. .. 원인은, 외부 충격입니다.**

저도 모를 힘이 들어가 확 잡아당긴 두건이 벗겨져버리는 세화,
바닥에 떨어진 두건 줍지 않는 세화, 수술실로 들어가버린다.

S#40. 동/소아과 외래 복도 - 낮

노을, 외래 환자들 많은 대기실 앞을 지난다. 무심결에 TV에 시선 주는데,
11회 S#47의 새글21 압수수색 때 영상이 뉴스로 나온다.
〈자막 - 어제 낮, 미디어 업체 새글21 압수수색 현장〉
노을, 걸음 멈춘다. 뉴스 화면에 지금 나오는 사람, 선배 기자를 끌어안은 서현이다.
'아, 저 사람...' 하는 노을.. 문자 보낸다.

노을E　　**새글21 기자였어? 너.. 만나는 사람.**

노을, 다시 가는데 문자 알림음. 확인하며 간다.

진우E　　**나 만나는 사람이라니?**
노을E　　**미안. 봤어. 비밀이야?**

S#41. 동/소아과 스테이션 - 낮

노을　　(스테이션으로 오는데)
소아간호사3　　이쌤, 시저로 들어온 환자, 진정됐어요.
노을　　그럼 CT요. (컴퓨터 확인하는)
소아간호사3　　예.
노을E　　**둘이 만나는 거 봤어. 거기 기자였구나.**
진우E　　**도대체 어떻게 본 거야?**

S#42. 동/응급실 외국 - 낮

논문 쓰던 진우, 문자 확인한다.

노을E　　**지하주차장에서. 선우도 같이.**

진우	(놀라서 바로 전화한다) ... ... (받자마자) 선우가 봤어?
노을F	보려고 한 게 아니라 너희 둘이 하필 우리 앞에서.. 왜? 안 돼?
진우	(아...) 지하주차장이면 혹시 그제야?
노을F	음.
진우	(표정 안 좋은. 혼잣말) 그래서..

Insert〉- 진우의 집/거실 - 어젯밤

선우, 월체어에 앉아 핸드폰에 집중하고 있다. 소파에 고개 떨군 진우는 잠든 듯한데.
선우 핸드폰 보면, 앱으로 매물 아파트를 검색하고 있는데,
깊게 잠든 것 같던 진우, 눈 뜬다. 선우가 집중해 있는 폰 화면이 얼추 보인다.

진우	**뭐해?**
선우	**(놀라지만 되도록 티 안 내고) 안 잤어?**
진우	**(선우 폰 가져와 뭐하나 보는) 새집으로 가고 싶어서? (앱 넘겨보는데)**
선우	**(폰 도로 가져간다) 그냥 구경. 들어가 자.**
진우	**내일 나이트 근무야. 잠은 내일 낮에도 실컷 자.**
선우	**으응.. (월체어 돌려 안방으로 간다)**
진우	**(선우 보는)**

진우	... (생각하다 노을이 하는 말을 놓쳤다) 뭐라고?
노을F	니가 유족한테 부검하자고 했다고 소문 다 났다고.
	빈소까지 간 거, 그 기자분 때문이야?
진우	... 니가 빈소 간 것도 누구 때문이었니?

S#43. 동/소아과 스테이션 - 낮

노을	!... (대답을 찾는데)
진우F	나도 책임 있어. 이정선씨 죽음.
노을	니가 무슨?
진우F	뉴스에서 떠드는 영수증, 그거 내가 읽어줬어.

노을   (아...)
진우F   누구 손에서 어떻게 나왔는지 몰랐어.
         근데 그 사람이 나한테 실려 온 거야.

S#44. 동/응급실 의국 - 낮

진우   내가 잡고 있을 때 죽었어. 눈에서 생명이 빠져나가는 걸 봤어.
노을F   .. 늘 있는 일이잖아.
진우   늘 있는 일이지.

S#45. 동/소아과 스테이션 - 낮

응, .. 하는 노을, 전화 끊는다. 그대로 가만 앉은.

S#46. 농/응급실 의국 - 낮

진우, 전화 끊는다. 그대로 가만 앉은.

S#47. 심평원/심사위원회 운영실 - 저녁

한여름이라 아직 창밖은 환하지만 몇몇 사람들 퇴근한다. 벽시계, 6시 10분이다.
가는 사람들에게 인사하는 선우, 보던 컴퓨터 다시 본다.
화면 보면, '직장인 대출 - 금리우대' 같은 은행 대출 정보 보는 중이다.
스크롤 내려 보던 선우, 창 닫는다. 좀 생각하다 '엄마'한테 전화한다.

선우   엄마 뭐하는 중? (듣는) 별일은. 이따 시간 되시나 해서요.
         (듣는) 그럼 같이 저녁 하실래요? .. 네!

S#48. 대학병원 / 강당 - 밤

강당 1층 앞자리부터 좋은 자리를 확보하려는 기자들로 붐빈다.
자리에 노트북 펼쳐 세팅하는 기자들, 핸드폰 녹음 기능도 확인한다.
단상을 따라선 카메라 설치하고, 강연대엔 녹취용 폰을 한데 묶어놓는다.
서현도 강연대에 핸드폰을 잘 올리고 첫 줄에 앉은 새글 기자2 옆으로 온다.
강당 가장자리를 따라선 조명과 붐 마이크가 설치되고 각종 전선이 어지럽게 얽혔다.
수많은 기자들 눈과 카메라 렌즈, 마이크, 녹음기까지 모든 것들이 잠시 후 진실이
밝혀질 단상을 향한다.

S#49. 동 / 부검실 앞 + 부검실 - 밤

굳게 닫혔던 부검실 문 열린다. 초죽음이 된 정선父母 나온다.
복도에서 대기하던 구조실장, 직원에게 모셔가라, 손짓하고 부검실 문 열면,
문 안에 보이는 광경은, 정선 시신은 이미 없고,
부검의는 뭔가 기록 중이며, 마스크와 장갑 벗는 검사와 조사관도 나갈 준비한다.
전문 사진가는 가방에 장비 넣고 있다.

구조실장 끝나셨습니까.
부검의 거의 다 됐는데 소견서를 작성해야 되는데요,
      이게 금방 되는 게 아니라서 적어도 열흘은 필요한데..
구조실장 발표 먼저 해주시죠. 기다리고 있습니다.
부검의 .. 예..
구조실장 (안에 사람들을 재촉하듯 훑고 문을 잡은 채 기다리면)

차례차례 부검실을 나오는 검사, 전문 사진가, 조사관들.
구조실장, 간단한 목례로 그들을 보낸다. 부검의만 남은 부검실 문을 닫는다.

S#50. 동/부검실 - 밤

혼자 남은 부검의, 생수 마시는데도 입이 바짝 탄다. 혼란스러운 눈동자. 문 쳐다보는.

S#51. 동/지하주차장 - 밤

전문 사진가, 차 트렁크에 카메라 가방 싣는데 어디선가 작은 발소리 난다.
고개 들면 앞에 밤의 지하주차장엔 아무도 없다. 뒤를 봐도 없고.
방금 본 것도 있고 좀 무서워진 전문 사진가, 서둘러 트렁크 닫고 앞자리로 가는데,
그의 뒤로 다가오는 두 개의 작은 그림자. 발소리.
차 문 열던 전문 사진가, 소리에 돌아보면,
정선父母가 서로의 손을 불안하게 잡고서 사진가를 오도카니 쳐다보고 있다.

S#52. 동/복도 - 밤

파일 하나 쥔 진우와 그 옆에 경문, 급한 걸음으로 온다.

경문   자기가 준 거 말하지 말라고 사진가가 신신당부를 했다는데 도와준
        사람을 곤란하게 해선 안 돼.
진우   부검 결과만 발표하고 근거를 못 내놓으면 누가 우리 말을 믿어요?
        이거(파일) 없인 사망 원인을 증명할 길이 없는데?
경문   지금 비극이 왜 시작됐는지 잊었어?
        제보자 얼굴 다 알려지게 했기 때문이야.
진우   .. (생각..) 발표만 하고 완전히 빠지죠. 사방에서 당연히 근거를 대라고
        할 것이고 근거를 댈 수 있는 쪽은 부검실에 들어간 사람들뿐이니까,
        사진가든 부검의든 자기가 기록한 걸 결국은 내놔야 할 거에요.
경문   (대답 않는다, 여전히 뭔가 걸리는 얼굴이다)
진우   더 말씀하셔도 돼요, 교수님.

경문	.. 우리가 치고 나가면 원장님은 어떻게 되는 거지.
진우	(보는)
경문	(멈추는) 우리가 일방적으로 사인을 뒤집어버리면 오원장님은.
진우	시간 없습니다.
경문	사인을 왜곡하고 권력에 기생해서 남에 죽음을 이용한 사람이 돼버려,
진우	그러셨어요, 원장님. 처음부터 개입하셨어요,
경문	그러니까 본인 손으로 바로잡을 기회를 주자고.
진우	그걸 원하는 사람인지 아닌지 어떻게 알고요.
경문	(손 내민다)
진우	(그 손 보기만)
경문	원장이 안 한다면 내가 해.
진우	.. ... (내키지 않는다. 그래도 파일 준다)
경문	(파일 받는 진우 다독이고) 강당으로 가 있어.
	(오던 방향으로 돌아서 간다) 곧 갈게!
진우	.... (가던 방향으로 계속 가는)

성큼성큼 가는 경문과 반대편의 진우, 둘 다 확신은 없는 얼굴이다.

S#53. 동/강당 - 밤

준비 끝낸 기자들, 기다리는 게 이골 난 사람들이라 진득하다.
2층 문으로 진우 들어온다. 2층인데도 문소리에 대부분의 기자들이 돌아본다.
진우를 본 서현, 진우도 맨 뒷줄로 가다 서현 본다.
서현, 옆에 새글 기자2에게 뭐라 말하고 자리 빠져나온다.
서현이 비우고 간 자리, 워낙 앞줄 중앙이라 금세 다른 기자들이 노리지만,
새글 기자2, 다리를 척 올려 서현 자리 사수한다.

서현	(진우가 있는 2층으로 올라오고)
진우	언제 왔어요? 오래 기다렸겠네.
서현	기다리는 것도 우리 일이에요, 결과는 나왔나요?

진우   .. 곧 발표할 겁니다.

첫 줄의 새글 기자2, 서현 돌아본다. 누구랑 얘기하는지 짧지만 유심히 본다.

서현   저 이따가는 얘기할 정신이 없을 거예요, 아마.
진우   (다 이해한다, 는 눈길로 대충 묶은 서현 머리에 큰 손을 한 번 얹는다)
서현   (그 손길에 표정이 좀 서글퍼진다)
진우   왜요? .. (자기 손 보는) 하지 말아요?
서현   (고개 젓는다. 하지만 진우 시선 피해 강당 아래로 눈길 돌린다)
        ... 간단한 게, 안 돼요.
진우   (기다리면)
서현   사실이 아니면 말하지 말라, 옳지 않으면 하지 말라.
진우   ... 안 간단한데.
서현   우리도 잘못했는데 (하다 진우 너머로 향해지는 눈길)

진우가 들어온 뒷문으로 가운 걸친 산부인과 레지던트1이 들어오고 있다.
어? 하며 다가오는 산부 레지던트1, 진우 봤다 서현 봤다.
서현, 진우에게 복례하고 얼른 원래 자리로 간다.

진우   안 바쁘냐?
산부레지던트1   과장님이 가보라고 (하는데)

이번엔 정형 레지던트3이 들어온다. 역시 어? 하더니 이쪽으로 오는.

진우   너도?
정형레지던트3   네?

진우, 알 만하다. 맨 뒷줄에 자리 잡는다. 그 옆에 레지던트들도 앉는데,

산부레지던트1   저 형도 왔네?
진우   (보면)

창이 막 들어오고 있다. 창, 진우 쪽 보지만 목례만 하고 떨어져 앉는다.

S#54. 동/원장실 – 밤

책상에 앉은 세화, 눈을 위로 치켜떴다.
그 눈으로 보는 곳에 경문이 섰다.

경문   사진뿐이지만 원장님도 신경계 전공이시니까 보면 아실 겁니다.

세화   ....

경문   어떻게 할까요?

세화   뭘 나한테 물어요? 이걸 들고 여기까지 온 건 본인이 이미 다 결정하신
         거 아닌가?

경문   (세화 앞에 파일 놓는다) 결정은 원장님 몫이죠.
         저는, 부검 결과를 보고드리고요.

세화   왜 직접 공개 안 하시고.

경문   제가 하면 뒤집는 거지만 원장님께서 하시면 정정이니까요.
         검시하고 부검은 하늘과 땅 차이니까 먼젓번 발표도 왜곡이 아니죠.

세화   지금 내 사정 봐준다는 거네요? 뭐 인제 내가 감동하면 되나?

경문   ...

세화   (물끄러미 보는 경문 시선 피하게 되는)

경문   보고드릴까요, 원장님?

세화   (어쩔 수 없이 파일로 눈길 가는)

경문   저쪽 부검의 브리핑까지 시간이 많지 않습니다.

세화, 경문 째려보지만 파일 낚아채더니 거침없이 펼친다.
안에 사진 보는 세화, 그런 세화를 보는 경문.

S#55. 동/강당 인근 복도 – 밤

부검의, 구조실장의 에스코트하에 강당 쪽으로 서둘러 온다.

구조실장 차 대기시켰으니까 끝나고 곧장 가시면 됩니다.
부검의   .. 네.

S#56. 동/강당 - 밤

모두 기다리는데, 1층 오른쪽 문 열린다. 세화가 나타난다.
진우, 세화를 본 순간 몸이 앞으로 쏠리는데,
내막 알 리 없는 기자들, 받아 쓸 태세에 돌입.
단상에 오른 세화, 강연대로 가는데,
1층 왼쪽 문 열리고 부검의 들어오다가 세화가 있자 뚝 멈춘다.
부검의만 들여보내고 밖에서 지켜볼 심산이었던 구조실장, 놀라 훌쩍 들어오지만,
마이크 거머쥐는 세화.

S#57. 동/사장실 - 밤

진동 울리는 승효의 전화, 발신자 '먹깨비'. 예감 안 좋은 승효, 바로 받는다.

창F   형!

S#58. 동/강당 - 밤

세화   다시 말씀드립니다. 1차 검시 결과를 정정합니다.
         故 이정선씨의 부검 결과, 좌심방 내 혈전 및 대뇌 기저동맥 폐쇄 소견
         등이 발견됐습니다. 이는 심방세동에 의한 허혈성 뇌졸중이 있었음을
         시사하므로 따라서 이정선씨의 1차 사망 원인은 허혈성 뇌졸중,

즉 병사로 정정합니다. 질문은 부검의한테 하세요.

세화, 제 말만 딱 마치고 왼쪽 문으로 향한다.
진우, 세화가 나가는 곳과는 반대편 문에 선 구조실장 보면,
당황한 구조실장, 부검의를 감싸고 도망치듯 밖으로 나간다.
부검의가 어디 있는지, 누군지 모르는 기자들, 부검의 찾아 두리번대다 아무도 없자
나가는 세화 뒤에 대고 질문 퍼붓는다.
'왜 바뀌었나요?', '검시가 잘못된 건가요?', '부검에 참여하셨습니까?' 등,
쏟아지는 질문에도 나가버리는 세화.
기사 전송하고 전화하기 바빠지는 기자들.

각자 센터장들에게 보고하려고 바삐 나가는 산부인과와 정형 레지던트들.
뒤에서 입 가리고 통화하는 창도 급히 강당을 나간다.

창   (장내가 시끄러워 목소리가 좀 커진) 누구? 벌써 나갔는데?

아직 자리에서 움직임 없는 진우 뒤로 창이 스칠 때 '벌써 나갔는데?' 하는 소리 들리자
잠깐 고개 꺾어 창을 보지만 통화 상대가 누군지 알 리 없는 진우,
단상에서 급히 핸드폰 빼낸 서현이 혼자 왼쪽 문으로 달려가는 것 본다.
옆에 앉았던 의사들 다 나가고 이제 긴 좌석 줄에 홀로 앉은 진우.

진우   ... (일어선다)

잠깐 새 뒤집힌 강당 잠시 내려다보는 진우, 고개 돌리면,
어느새 뒷문 가에서 진우를 보고 있던 경문.
진우가 문으로 가면 두 사람, 함께 나간다.

S#59. 동/사장실 - 밤

승효, 천천히 전화 내린다. 떨궈진 손끝에 들린 전화. 굳게 다물어진 입술.

S#60. 동/강당 앞 복도 - 밤

전화 넣으며 서둘러 주변 살피는 창.
저 복도 끝에 구조실장이 부검의를 승강기에 태워 보내고 있다.
창, 그 모습 숨어서 지켜보면,
구조실장, 자리 뜨면서 입 가리고 전화하는 게 보이는데,
거리는 멀고 소리도 낮아 안 들린다.
창, 구조실장에게 몰래 다가가면 조금씩 귀에 들어오는 전화 내용.

구조실장 (전화 중) ... 방금요, 네, 네, 구사장 개입 여부는 아직 모르겠습니다.
　　　　　(듣는) 죄송합니다. 독단적으로 움직였을 가능성 (하다)

자리 뜨면서 전화하던 실장, 자기 발소리에 맞춰 걷지만 살짝 어긋난 발소리 눈치챈다.
그 즉시 홱 돌아본다.

cut to. 창, 벽 뒤에 황급히 몸을 붙이는.
cut to. 창이 숨은 쪽을 보는 구조실장.
cut to. 창, 봤을까 못 봤을까, 숨죽이다 벽 너머를 보면,

구조실장 사라진 복도.

S#61. 화정그룹 본사/회장실 - 밤

유선전화 받는 조회장, 얼굴이 일그러졌는데 휴대전화까지 닦달하듯 울린다.
발신자 - 'QL 홍성찬'. 기분 더 더러워지는 조회장, 울리는 전화 흘겨본다.

S#62. 대학병원캠퍼스/빈소 - 밤

입구에 선 경문, 진우, 정선父母.
빈소 안은 벌써부터 퇴실 준비하는 상조업체 직원들로 어수선하다.

경문   두 분 정말 애 많이 쓰셨습니다. 견디기 힘든 일이셨는데..

그때, 분향소가 해체된다. 정선의 영정사진을 거두는 상조업체 직원.
그걸 본 정선父, 얼른 신발 벗고 안으로 들어가 사진 받는다.

정선母   ... 고생하셨어요, 두 분. (그 말만 마치고 안으로 드는)
진우   .. 죄송합니다..

S#63. 동/장례식장 앞마당 - 밤

진우와 경문, 장례식장에서 나온다. 밤하늘에 빛나는 병원 본관이 저 앞에 보인다.
그리로 천천히 가는 두 사람.

경문   던져는 놨는데.. 앞으로 어떻게 되려나?
진우   뭐든 시작되겠죠.
경문   예선생은 이제부터 어떡할 거야?
진우   일해야죠.
경문   (진우 보면)
진우   저 교대 시작입니다.

진우, 빠르게 걷기 시작하고 너털웃음 짓는 경문도 기운차게 온다.

S#64. 대학병원/응급실 - 밤

처치실 침상에 걸터앉은 환자, 손에 천을 칭칭 감았다.

그 위로 조금 새어나온 붉은 피.

안선생 (천을 거두고 손을 트레이에 받친다) 공사장에서 작업 중에 베이셨대요.
동수 (식염수 흘려보내 상처 부위 확인하고) 심허진 않네,
(환자에게) 공사장서 오신 분들은 저 뭐냐 중증도가 심헌디 다행이에요,
아주 걱정은 마셔도 되겠어.

동수, 안선생이 건네준 거즈로 상처 부위 덮는데,
가운 걸친 진우가 들어온다. 밤이지만 출근이라 사람들과 두루 인사하는데,
동수, 진우를 참 갑갑한 얼굴로 쳐다본다.
동수에게 인사하던 진우, 왜요? 하는 표정.

S#65. 동/응급실 내 보급실 - 밤

동수 천지 사방 기자들이 눈 삘게서 카메라부텀 들이대는 마당에..
진우 ...
동수 니가 그렇게 얼굴 다 팔아감서 들쑤시고 다니문, 잉?
진우 죄송합니다.
동수 나도 알어, 니가 뭔 복심으루다가 그러고 나서는지 알어, 아는디..
똑 내 젊었을 띠를 보는 거 같어서 그려.
진우 네?
동수 (슛!) 기냥 눈 딱 감고 아픈 사람들만 보문 안 되긋냐?
진우N .. 그게 제가 지금 하는 일이라고 생각했어요.
동수 (더 잔소리하려다 관두고) 튀는 돌이 정 맞는 거여. (... 나가는데)
진우 과장님.
동수 (보는)
진우 감사합니다.
동수 얼레? .. .. (나가며) 나와! 손 모질러!
진우 (웃는. 나가며)
진우N 실은 다들, 눈 크게 뜨고 있을 거예요, 원장님의 제자들이.

동수, 진우, 나가고 열린 보급실 문밖으로 오늘 밤도 분주한 응급의료진이 스친다.
여기에 합류하는 동수, 진우.

S#66. 동/원장실 앞 복도 – 밤

세화, 원장실로 오는데 서현이 유리문 앞에서 기다리고 있다.
세화, 딱 봐도 기자인 걸 알겠고 세화를 본 서현은 서둘러 온다.

서현	(목례하며) 원장님 몇 가지만 여쭐게요.
세화	(무시하고 가는)
서현	부검 안 하신 걸로 아는데 브리핑은 직접 하신 이유가 따로 있나요?
세화	(ID 카드 꺼내 끈을 말아 쥔다)
서현	소견서도 직접 작성하실 건가요? 자료는 언제 공개됩니까?
세화	(카드 찍고 들어가려는데)
서현	(유리문 안으로 같이 몸 들이미는)
세화	(말 대신 서현 목 아래 정도에 아주 가볍게 손댄다. 힘주지 않고 미는)
서현	(들어가선 안 될 곳이라 몸을 빼면서도) 병사로 밝혀진 데 대해서 한 마디만 해주시죠!

세화, 서현에게서 손 떼고 안으로 들어간다. 두 사람을 갈라놓으며 닫히는 유리문.
서현, 밖에 서서 세화가 원장실로 들어가는 것까지 지켜본다.

S#67. 동/승효의 차 안 + 1층 중앙 출입구 앞 – 밤

승효, 차량에 탑승한 채 1층 출입구를 지나 병원 밖으로 빠져나가고 있다.
창밖엔 병원을 등지고 서서 리포팅 하는 기자가 보인다.

기자	(창밖으로 보이는) 사인이 단순 병사라는 결론에 이르면서 잠정 중단됐던

정채용 의장의

승효 차 병원을 빠져나간다.

cut to. 1층 중앙 출입구 앞.

기자   특활비 유용 의혹도 새로운 국면을 맞이할 것으로 보입니다.
또한 사인을 번복한 상국대학병원 측에 대한 조사 역시 불가피할
것으로 전망됩니다.

S#68. 대로/승효의 차 안 – 밤

승효, '조남형 회장님' 찾아서 전화하는데,
연결음이 아주 짧게 울리곤 곧바로 '연결이 되지 않아.' 하는 안내 목소리로 넘어간다.
승효, 다시 걸지는 않는다.

S#69. 화정그룹 본사/1층 로비 – 밤

승효, 로비 가로질러 보안 게이트로 온다. 자연스레 통과하려는데 게이트가 안 열린다.
승효, 수위를 향해 열어라, 당연한 손짓하는데,
홀로 밤의 로비를 지키던 나이 든 수위가 어쩔 줄 모르며 다가온다.

수위   죄송하지만,
승효   고장입니까?
수위   (민망함에 손을 모아 비비면서도) 죄송합니다, 구사장님..
승효   (수위의 안절부절에 어찌된 건지 알겠다. 화 누르며 ID 카드 꺼내는데)
수위   아이 저!.. 들어오시지 말라고.
승효   .. (게이트 안쪽을 보지만 들어가선 안 되는. 젠장..)

S#70. 레스토랑 - 밤

진우母 (식사 물리고 마시던 커피, 허공에 멈췄다) … …

선우 왜? 엄만 반대야? 나 혼자 나가 살면 막 술 퍼마시고 집안 엉망진창으로 해놓고 그럴까 봐?

진우母 (커피 놓는) 형이랑 싸웠니?

선우 (부드럽게 고개 젓는) 나이가 몇 갠데요, 그냥.

진우母 그냥이 왜 갑자기?

선우 나도 혼자 살고 싶지, 안 그러겠어요?

진우母 형은 뭐래?

선우 형이야 와서 자기 바쁘지, 얘기 못해봤어요.

진우母 그니까, 와서 잠만 자는 집 동기간에 서로 얼굴도 잘 못 보면서 혼자 사는 거나 마찬가진데 왜 독립을 하겠다냐고.

선우 제가 그러고 싶어요.

진우母 … (한숨처럼 나오는 말은) 내가 널 (하는데)

선우 (무슨 말 할지 벌써 알고) 엄마아,

진우母 (벌써부터 달래는 눈을 하고 엄마를 쳐다보는, 몸 성치 않은 둘째를 쳐다보는) 이렇게 예쁜데, 내 아들이 이렇게 착한데 (눈물 날 것 같은)

선우 (같이 속상해지려는 걸 참지만)

진우母 내가 널 데리고 살았어야 했는데, 내가 무슨 생각으로 널 놔두고,

선우 잘하셨어요.

진우母 (고개 젓는)

선우 엄마가 엄마 행복 찾아가서 나는, 고마워. 더 일찍 보내드리지 못해서 나는 미안해요, 그니까,

진우母 (고개 저으며 결국 냅킨에 두 눈 묻고 만다)

선우 엄마 잘못이 아니야.

진우母 너 혼자 사는 걸 내가 어떻게 봐!…

선우E … … … 엄마도, 형도 아냐…

S#71. 진우의 아파트/앞마당 - 밤

1층 창가의 어스름한 불빛.

S#72. 진우의 집/안방 - 밤

노트북 켜놓고 앉은 선우, 모니터 불빛만 그의 옆얼굴을 비춘다.
선우, 키보드에 손을 올려놓았지만 멍하니 모니터만 보고 있다.
모니터 C.U 하면, 엄마에게 보내는 이메일.
'엄마께 꼭 해야 되는 얘기가 있어요. 보훈이 아저씨가 차라리 저 대신
말씀해주시길 바란 적도 있지만 이젠 그러실 수 없으니까…'

'없으니까…' 다음에 멈춘 채 깜빡이던 커서가 글씨로 변한다.
모니터에 나타나는 글자는, '엄마, 실은'
그러나 입력은 멈춰지고 '실은' 두 글자가 지워진다.
선우, 더 이상 이어나가지를 못한다.

Insert〉- 찻길 - 낮(선우의 회상. 26년 전)
트럭에 받힌 후 가로수에 부딪혀 멈춰진 진우父의 차.
운전대에 고개가 박힌 진우父 보인다. 뒷좌석에 8살 선우는 신체 일부만 보인다.

선우, 고개 떨군다. 이 오랜 시간 후에도 조금도 바래지지 않은 죄책감.

S#73. 축구 경기장 밖 - 낮(선우의 회상. 26년 전)

이른 봄임에도 경기장 곳곳에 널린 경기 안내 문구 - 〈스페인 올림픽 대표팀 평가전〉
광장에는 '대표팀 사인회'라 써진 부스가 즐비하다.
부스는 아직 비었지만 그 앞에 길게 늘어선 줄. 그 줄에 8살 선우가 끼어 있다.
두 치수는 커 보이는 유니폼 입은 선우, 자꾸 뒤를 보다가,

선우   아빠! (열심히 손짓) 아빠 여기!

진우父, 경기장 쪽에서 공 들고 뛰어온다.
반짝반짝 새 공을 선우에게 주는 진우父.
선우, 세상 다 가진 듯 좋아하고,
진우父도 자식이 좋아하니 덩달아 기분 최고다.
선우를 번쩍 들어 목마 태워주는 진우父,
'크라머 오냐? 보여?' '저기!' '어디? 어디?!' 얘기하는 들뜬 목소리의 진우父와 선우.

S#74. 진우父 차 안 - 낮(선우의 회상. 26년 전)

도로를 달리는 진우父의 차.
운전석엔 진우父가, 뒷자리엔 8살 선우가 앉았다.

선우   (잔뜩 사인받은 축구공을 차 안에서 던지고 튕기는)
진우父   하지 마, 선우야.
선우   (한껏 들떠 안 들리는. 공 다시 던지는데 조수석으로 공이 튕겨 간다)
          아빠, 공.
진우父   (넘어온 공 집어 넘겨주며) 차 안에서 그러지 말라니까, 위험해.
선우   네에!

잠깐 가만있는 선우. 그러나 몇 초를 못 간다. 다시 공 튕기는데 앞자리로 넘어가는 공.

진우父   선우야 (돌아본 순간)

쾅! 하며 종잇장처럼 밀려나는 차. 창밖에 충돌한 트럭이 초현실 그림처럼 가깝다.
안전벨트에 묶인 몸이 ㄱ자로 꺾어지는 진우父와 선우.
진우父, 그럼에도 선우 쪽으로 팔을 뻗지만.. 쾅! 가로수에 부딪히며 완전 정지하는 차.

S#75. 진우의 아파트/안방 - 밤(현재)

선우, 두 손에 얼굴 묻었다. 그 손을 떼지 못한다.

S#76. 세화의 아파트 단지/세화의 차 안 + 지하주차장 - 밤

차 주차시키는 세화, 블루투스로 통화 중이다. 시동 끄는.

세화   내가 원장이니까 내가 했지.. 별일 아냐. (듣다가) 늦겠네?
           그럼 올 때 수빈이 독서실에서 픽업해 와요. .. 음.

세화, 블루투스 빼지만 안 내리고 잠시 그대로 앉은...

세화   무슨 별 .. (혼잣말이지만 확신 없는...)

S#77. 대학병원/원장 비서실 - 밤(세화의 회상. 한두 시간 전)

가운 벗고 가방 든 퇴근 차림의 세화, 원장실에서 나오다 멈춘다.
승효, 비서실 책상에 주인 없는 스탠드를 켰다 껐다 하고 있다.
깜빡이는 불빛에 보였다 안 보였다 하는 승효 얼굴, 고민이 엿보인다.

승효   (껐다 켰다 하며) 왜 그랬어요. (따지거나 나무라는 투가 아니다)
세화   (부원장실 보게 되는데)
승효   없어요. 갔습니다.
세화   .. 왜 그랬겠어요.
승효   (스탠드 놓고 세화 본다) 오늘 일이.. 어떤 결과로 이어질 거 같아요?
세화   ...
승효   사망 원인 어떻게 알았습니까?

세화	(말하지 않는)
승효	말 안 하기로 약속했나 보네. .. 누구랑?
세화	정말로 무슨 일이 있을까요? 정말로, 아무리 재벌이라도, ...
승효	(보는... 일어선다) 난 그 집안을 10년을 봤습니다. (문으로 가는데)
세화	10년 동안 뭐하셨어요? 보기만 했어요?
승효	(멈추는... ...)

S#78. 세화의 아파트 단지/지하주차장 - 밤

승효와의 마지막 대화가 마음에 걸리는 세화, 그렇지만 에이 모르겠다. 차에서 내린다.
차 키 누르며 입구로 몸 돌리던 세화, 돌연 멈춘다. 이상한 느낌... 고개 들면,
정면 벽에 여자 둘이 세화 쪽을 향해 섰다.
검은 모자, 검은 마스크, 비슷한 점퍼에 긴 머리를 뒤로 묶은 두 여자.
그녀들에 놀란 세화의 눈동자가 이번엔 서서히 옆으로 옮겨진다.
옆에도 똑같은 차림의 두 여자가 세화를 보고 있다.
푹 눌러쓴 모자로 눈동자도 안 보이지만 세화를 향해 미동 없이 선, 총 4명의 여자들.
세화, 다시 차에 타야 될지 소리를 질러야 할지!...
본능적으로 더는 지체하면 안 될 것 같다. 한 걸음 한 걸음 옮긴다.
눈 끝으로만 살피면 네 여자, 따라오진 않는데.
보안키 꽉 쥔 세화, 갑자기 뛴다. 보안 자동문을 쏜살같이 통과해 승강기로 뛰어가고,
마침 바로 열리는 승강기. 세화, 타는 동시에 닫힘 버튼 마구 두드린다. 닫히는 문.
가슴이 쿵쾅대는 세화, 12층을 누른 뒤에야 겨우 진정된다. 가쁜 숨... 오해였을까?..

S#79. 세화의 집/현관 - 밤

보안키로 도어락 한 번에 열리는 소리.
세화, 황급히 들어온다. 걸림고리까지 걸고선 현관 벽 짚고 서서 숨 내쉰다.
안도하며 집으로 오르려는데, 쾅쾅쾅!
소스라치는 세화, 문 두드리는 소리.

놀라서 발이 안 떨어질 지경인데 다시 쾅쾅!
세화, 인터폰 화면으로 달려와 밖의 상황을 보면,
검은 모자, 검은 마스크만 우글우글 보이는 화면.
소리 삼키는 외마디 비명 지르는 세화에서 엔딩.

13

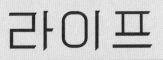

라이프

LIFE

S#1. 상국대학병원 / 1층 로비 - 낮

회의 자료 쥔 산부인과장, 몸은 승강기 쪽으로 가면서 눈으론 옆을 본다.
방송국 취재 카메라가 아직도 있다. 리허설 하는 리포터 암기 내용도 들린다.

리포터　.. 번복한 지 하루가 지났음에도 병원 측은 여전히 부검 결과를
　　　　공개하지 않고 있습니다. (입 풀면서 적어놓은 내용 확인하는)

산부인과장, 못마땅한 얼굴로 간다.

S#2. 동 / 소회의실 - 낮

센터장 회의. 상석 한 자리를 비워놓은 테이블.
잡담하던 센터장들, 문 열리는 소리에 조용해지는데,
신경외과의1이 좀 쭈뼛거리며 두어 발 정도만 들어온다.

신경외과의1　원장님 오늘 휴가 신청하셔서요, 회의 못 오십니다.
　　　　(목례하고 빠르게 나가면)

산부인과장   (응? 하는 얼굴이 되는)

암센터장   진작 말할 것이지, 바빠 죽겠는데. (벌써 일어날 채비)

이식센터장   잘 생각하셨네. 나라도 안 나오지.

성형외과장   (일어나며) 그러게요, 기자들한테 오죽 시달리겠어.

암센터장   (벌써 입구로 가 문 열어젖히는데) 어?!

태상 들어온다. 다들 어? 왜? 하는 얼굴이지만,
태연자약한 태상, 상석에 앉아 회의 자료 펼친다.

태상   뭣들 해?

센터장들, 좀 우물쭈물하는데 암센터장, 제일 먼저 앉자 나머지도 일제히 착석한다.

태상   복지부에서 자살 방지 전담 카운슬러를 키우겠다고 공문이 왔어요?
      우리 병원에서도 교육을 받아야 되는데, 해당 과가 (서류 들추며 보자)

센터장들   (태상이 시선 내린 사이 서로 쳐다보지만 말은 안 한다)

S#3. 심평원 / 심사위원회 운영실 - 낮

선우, 일하는데 운영실 밖에서 신난 걸음으로 쪼르르 들어오는 고위원.

정위원   왜 그러세요, 뭐 좋은 일 있어요?

고위원   (선우에게) 이야.. 한턱 쏴, 올해의 성취상 직원님?

선우   네?

정위원   응? 그거 또 예위원이 받아요?

그 말에 주위에서 일하던 사람들, 선우 쳐다본다. 그냥 또 받나 보다, 정도의 눈길들.

선우   ...

고위원   인사과에서도 이견 없이 한 방에 올렸대. 자기 인기 좋다?

선우   .. 기준이 뭔데요?

고위원   기준? 글쎄, 성취상이 무슨 점수 매겨서 주는 것도 아니고, 왜?

정위원   열심히 했잖아요, 이번에 상국대 나간 것도 그렇고.

선우   현장 나간 걸로 치면 두 분 저보다 더 많이 하셨는데요.

고위원   뭘 따져? 주면 받으면 되지.

선우   .. 제가 한 거라곤 아침에 남들하고 똑같이 일어나서 밥 먹고 출근한
          거뿐인데 그게 그렇게 대단한 성취인가 해서요.

고위원과 정위원, 무슨 말인지 이제야 알아차렸다. 서로 흘깃 본다.

고위원   (자리에 앉아 뭐 찾는 척하며) 그게 뭐 어떻단 게 아니고 자기가

정위원   (고위원에게 하지 말라 눈짓하고 화제 바꾸는)
          상국대병원 대리 수술 나온 건 아직 정리 안 됐어요?

고위원   아참 그거 왜 안 올려? 보고서 끝냈잖아?

선우   .. 곧 하겠습니다.

고위원   하긴 요즘 거기가 대리 수술 정도는 유도 아니게 시끄럽긴 하지.

정위원   진짜, 집에 형님 힘들어하시죠? 병원 난리도 아니잖나?

선우   저희 형이야 뭐, 난리 날 직급도 아니고 그보다는 책임자가..

고위원   무슨 책임자?

선우   .. 아녜요.

고위원   (중얼, 지나가는 어투로) 그래서, 안 받는다고 해? 성취상?

선우   (표정 부드럽게 하고) 제가 말할게요. 신경 쓰지 마세요.

다시 노트북으로 시선 돌리는 선우, 하던 일 계속 한다.

S#4. 화정그룹 본사/1층 로비 - 낮

승효, VIP 전용 보안 게이트 앞에 곧은 자세로 섰다.
(현장에 VIP용이 따로 있지 않은 경우 일반 게이트로 진행해주세요)
좀 떨어진 곳에 일반 게이트로 드나드는 직원들 자기들끼리 수군대는 말,

'구사장님 아냐?' '왜 저러고 섰대?' 소리가 승효 귀에도 간간이 들린다.

승효, 굴욕적이지만 어쩔 수 없다. 그때,

건물 밖에서 뛰어 들어오는 강팀장, 크게 손 휘저으며 밖을 가리킨다.

승효, 로비 정문 보면 밖에 고급차가 와 선다.

승효   (바른 자세지만 한 번 더 고치며 입구 향해 서고)

차에서 내리는 조회장, 수행비서 데리고 들어온다.

회장이 나타나자 모두 일시 정지, 인사한다.

늘 있는 일이라 처다볼 필요 없이 곧장 오는 조회장, 그 걸음으로 오다 승효 발견한다.

승효, 고개 숙여 인사.

멈추지 않는 조회장, 자동으로 열린 VIP 게이트 통과하는데,

그래도 마지막 순간 승효에게 눈길 준다.

승효, 그제야 따라 들어간다.

입구 즈음에서 지켜보던 강팀장, 승효가 회장과 함께 안으로 사라지자 안도한다.

S#5. 동/VIP 전용 승강기 안 - 낮

카펫 깔린 승강기. 승효는 조회장보다 한발 뒤에, 비서는 문가에 옆으로 섰다.

조회장   QL 날아갔어. 파트너쉽 없던 걸로 한대.

승효   죄송합니다.

조회장   내가 왜 유족을 구슬리지 않았을까? 몇 푼이면 끝났을걸.

          관련 기사 내리게 하고 시체 빼돌리고 그랬으면 간단했을걸

          내가 왜 안 했을까? (조금만 뒤로 보는) 구사장, 네가 자신해서.

승효   죄송합니다. 다시는

조회장   됐어. 다시 아냐, 우리가 해.

승효   (우리?)

조회장   (승강기 도착하면) 병원 오래 비워도 되나?

조회장, 돌아보지 않은 채 가라는 듯 손 들어 보이며 내린다.
따라 내리지 말란 소리나 마찬가지에 승효, 가는 회장 뒤에 고개 숙일 뿐.
조회장, 뒤도 안 보고 들어가고 남겨진 승효 얼굴 앞에서 문 닫힌다.

S#6. 동 / 정문 앞 + 승효의 차 안 – 낮

대기 중인 승효의 차, 그 옆에서 목소리 낮춰 얘기하는 강팀장과 기사.
그러다 '어 벌써?' 하는 기사. 강팀장 돌아보면, 승효가 로비를 나오고 있다.
얼른 뒷문 여는 기사. 로비 정문에서 나온 승효, 바로 탄다.
강팀장까지 앞에 타면 출발하는 차.

cut to. 승효의 차 안.

기사   사장님 죄송하지만 로비에 기자들이 많답니다.
        지하로 가도 되겠습니까?
승효   ...
운전기사   (강팀장 보면)
강팀장   (기사 보지만 아무 말 않고)

조회장E **.. 우리가 해.**
승효   (그 말이 걸린다. 영 예감이 안 좋다)

생각에 잠겨 있던 승효, 옆에 둔 노트북 열어 인터넷에 'www.bostonm'까지 입력하자
'www.bostonmassgeneral.org/cancer/pancreaticdoctors'가 자동 완성된다.
엔터 치면 뜨는 검색 결과는 해외 병원 홈페이지 중, 췌장암 전문 의료진 리스트다.
(*의사 프로필 사이트 이미지 첨부했습니다. 〈첨부1〉)
해당 분야 의사들 사진, 이름 화면에서 승효 시선은 즉시 맨 오른쪽 아래를 향한다.
'Chung Cho., MD'라는 이름과 프로필, 사진은 비어 있다.
승효, 의료진 리스트에 Chung Cho가 있는 것만 확인하고 그대로 노트북 덮는다.

S#7. 새글21 / 사무실 - 낮

네다섯 명의 기자들이 전부 자리에 앉아서든 책상에 기대서든 서현만 보고 있다.
일어서 있는 서현, 야단맞는 사람처럼 혼자 똑바로 서서 두 손 모으고 있다.

새글기자2　맨땅에 헤딩하라는 것도 아니고 친한 의사 있으니 좀 알아보라는데
　　　　　웬 쇠심줄이야? 상국대 의사면 뭐든 알 거 아냐? 왜 뒤집었는지,
　　　　　그러고선 왜 벙어리 행센지, 자기들끼리 하는 얘기가 있을 거 아냐?
서현　　　그렇게 친한 사람 아니에요.
새글기자2　친한 사람 아님 안 되니? 여태 다 친분 있는 사람하고만 기사 썼어?
　　　　　권기자는 지금 자기가 당장 풀려나는 줄 알고 있다고. 그리고 이건
　　　　　우리 존폐가 달린 문제야. 아냐? .. 최서현 대답해봐, 안 그래?
서현　　　그렇습니다.
새글기자2　지금 매체들 전부 꺼리가 없어서 한 소리 하고 또 해, 이럴 때 우리가
　　　　　터뜨려야지, 그 의사가 피해 입을까 봐 걱정되면 커버해주면 되잖아,
　　　　　누가 깐대? 애, 아는 사람이 없어도 상국대 아무나 붙잡고 물어볼 판에
　　　　　그런 알짜배기를 놔두고 너 여기서 뭐하니?
서현　　　(곤란한..)
새글기자2　너 기자 아냐?
서현　　　기자 맞습니다.
새글기자2　그럼 어떻게 해야 되는데.
서현　　　... (몸 돌려 자리에 앉는다)

서현, 전화 집는다. 다들 어떻게 하나, 서현 뒤에서 쳐다보는 눈길이고.
서현, 통화목록에서 '진우씨' 선택한다. 동료들 눈길이 등에 꽂히는 것 같다.
그래도 통화 버튼 누르기가 힘든데.
문자 알림음. '진우씨'다. 서현, 놀라서 문자 확인하면,
서현과 진우가 처음 만났던 것과 같은 브랜드의 병원 내 카페 매장 사진이다.

서현　　　?.. .. (일어나 나가며 전화하는)

나가는 걸 지켜보는 새글 기자들.

S#8. 대학병원/로비 - 낮

건강보조제 매장으로 바뀐 원래 자리가 아닌, 다른 코너에 다시 생긴 카페.
인터뷰하러 온 서현과 진우가 처음 만났던 바로 그 카페가 다시 생겼다.
새로 생긴 카페를 바라보며 전화받는 진우, 배낭 메고 사복 입은 퇴근길이다.
좀 헝클어진 머리에 밤샘 근무로 피곤이 남아 있지만 전화받는 얼굴은 서글서글.

진우   생각 안 나는구나? 난 또.. 아뇨, 그냥 여기 다시 생겼다고요. (듣다)
        어 맞아요, 없어지고 무슨 약 파는 데로 바뀌었었는데. 기억하네요?
        (듣다) 지금요? 어 (퇴근하던 참이라 잠깐 망설이지만) 예! 오세요.
        (듣다) 천천히 와요, (배낭 내리는) 난 계속 여기 있으니까. .. 예.

전화 끊는 진우, 웃으며 카페로 들어간다.

S#9. 새글21/복도 - 낮

전화 끊는 서현, 마음에 걸리는 눈빛. 그래도 얼른 자리 뜬다.

S#10. 대학병원/로비 카페 - 낮

알록달록 케익 진열대를 보는 진우, 웃는다.
서현과 처음 만났을 때 그녀가 먹으라고 주던 조각 케익이 여기에도 있다.

진우   이거(케익) 주세요, 커피도요.

진우, 신용카드 내밀고 계산하는 사이, 커피가 준비되는 걸 보는데
문자 도착음 울린다.
문자 확인하는 진우, 낯빛이 좀 달라진다.

진우　　　(곧장 전화하는) 이정선씨 아버님? 예, 접니다. 무슨 일 있으셨어요?

S#11. 동/사장실 - 낮

승효　　　(강팀장과 함께 사장실로 들어오며) 오원장 오라고 하세요.
강팀장　　(재빨리 신경외과로 유선 연결) 원장님 진료실 계세요?
　　　　　지금 사장실로 .. 아, 네. (끊고) 오세화 원장 오늘 휴가라는데요?
승효　　　(멈추는) ... ... (바로 자기 폰에서 오원장 찾아서 직접 전화하지만)

핸드폰 전원이 꺼져 있다는 안내음.

승효　　　오원장 집 번호 갖고 있죠.
강팀장　　(지체 없이 비상연락망 파일 꺼내며) 지금 해보겠습니다.

강팀장, 번호 찾아서 전화하는데 연결음만...

강팀장　　여기 오원장 남편 번호도 있는데 해볼까요?
승효　　　(짧게 끄덕)
강팀장　　(번호 확인하며 전화하고)
승효　　　(설마, 지켜보는데)
강팀장　　.. 꺼져 있다고 하는데요?
승효　　　... ... 우리가 해. (이 뜻이었나..) 구조실장.
강팀장　　구조실장 오늘 본사로 출근한다고 해서
승효　　　병원 소속이면 여기가 본사지! 당장 불러요.
강팀장　　네! (바로 핸드폰 든다)

승효, 기우이길 바랐던 일이 현실로 닥쳐오는 게 보인다. 어떻게 수습해야 할까..

S#12. 동/로비 카페 - 낮

테이블에 놓인 조각 케잌. 그 맞은편에서 커피잔에 손 댄 채 생각에 잠긴 진우.
케잌은 빈자리에 앉을 사람을 위한 것임을 드러내듯 그쪽 자리에 가깝게 놓였다.

정선父E　**그때 부검에 들어왔던 사진사한테서 연락이 왔어요.**
　　　　　자기가 준 칩 꼭 돌려받고 싶다고. 그리고 절대 자기 얘기 말라고요.

진우, 전화 내용 곱씹는...

정선父E　**저도 절대 말 안 한다고 걱정 마시라 했는데 그분이 너무 불안해서..**

진우 앞에 어른대는 그림자. 생각에 잠겼던 진우, 반가워 고개 드는데,
어, 치프와 재혁이다. 반짝! 했던 진우, 아이처럼 부루퉁해진다.

재혁　　아직 안 가셨어요?
진우　　이것들이, 누가 기어 나오래.
치프　　곱창만 채우고 드가요. 혼자 뭐하세요 근데? (슥, 케잌 보는데)
재혁　　(눈치 없이 케잌에 눈독) 어 안 드시네? (케잌 집으려는데)
진우　　(케잌 자기 앞으로 잡아당기는)
치프　　(눈치챈 눈치. 재혁 끌고 가며 꾸벅) 저흰 처먹으러 가겠습니다!
재혁　　에? (꾸벅하며 가는)
진우　　(잘 가라인지 어서 가라인지 손짓)
치프　　(재혁 데려가면서 돌아본다) 누굴까?
재혁　　누구요?
치프　　여자 사람이겠지?
재혁　　에에? (진우 돌아보더니 갑자기 기둥 뒤로 숨는다)
치프　　야 그냥 가.

재혁   봐야죠!

치프   (셔츠 뒷깃 잡아서 끌고 간다)

재혁   (끌려가면서도 진우 보는)

치프와 재혁 가는데, 그 옆을 지나쳐서 오는 서현.

cut to. 턱을 괴고 앉은 진우, 의자 빼는 소리에 고개 든다.
서현이 그를 쳐다보며 앉는다. 진우, 이때부터 자연스레 나오는 미소.
서현도 말 대신 진우와 눈 맞추며 웃는다.
진우는 웃고 있지만 피곤에 헝클어진 얼굴이고,
서현도 진우를 봐서 좋지만 얼굴에 그림자가 졌다. 마음이 마냥 밝을 순 없다.
둘, 그렇게 잠시 서로 바라본다.

진우   이런 게 (자기 앞에 있는 케익 밀어주는) 필요해 보이시네요.

서현   ?.. (아, 처음 만났을 때와 같다는 걸 깨닫고) 왜 안 드시고. (웃는)

진우   (웃는)

서현   (하지만 할 일이 있다. 망설이지만 결심하고)
          혹시 그동안 새로 밝혀진 거나 내부에서 하는 말들
          (하다 진우 옷이 눈에 들어오는) .. 옷이 어제랑 같네요?

진우   (아 부끄러워) 죄송합니다.

서현   그게 아니라, 몇 시간째 깨어 있는 거예요?

진우   괜찮아요, 익숙해요.

서현   (입이 좀 나오는. 속상한 말투) 왜 그런 게 익숙해선...

진우   (걱정해주는 게 느껴진다. 다른 의미로 부끄러우면서도 좋다)
          .. 방금 무슨 말 하시려고, 이정선씨 얘기요?

서현   ... ...

진우   ?

서현   (벌떡 일어나) 집에 가요, 뎃다줄게.

진우   네? 괜찮은데?

서현   (일으켜 세운다) 안 괜찮거든요? 지금 완전 좀비예요.
          핸들 잡자마자 꿈나라 가게 생겼어.

진우   (좀비 소리에 머리나 옷 만지며) 괜찮은데. (못 이기는 척 일어난다)

서현, 진우 데리고 가다 아! 돌아서 케익을 뭉텅이로 찍어 씩씩하게도 먹는다.
진우가 시켜놨던 커피도 살뜰하게 챙겨들고 진우에게 온다.
그걸 또 흐뭇하게 바라보는 진우, 까딱하면 팔불출 소리 들을 표정이다.
나란히 가는 둘.

S#13. 도로 - 낮

부아앙! 도로를 질주하는 서현의 차.

진우E   천천히, 천천히!

S#14. 서현의 차 안 - 낮

위에 손잡이 잡고 차 문에 붙다시피 한 진우.
서현, 운전대 잡은 폼이 마치 카레이서 같다. 스피드를 즐기는 게 한눈에 보인다.

진우   운전하니까 완전 딴사람이야, 속았어, 속았어.
서현   이러면서 피는 어떻게 본대?
진우   피 안 보자는 거잖아요, 지금. 방금 퇴근한 사람 누워서 출근시키려고.
서현   아 집까지 고이 모셔다드린다니까. 나 못 믿어요?
       (말은 그래도 속도 줄인다)
진우   (그제야 편히 앉는)
서현   익숙하다면서 그래도 다시 출근하긴 싫은가 보네.
       하긴, 집에서 뒹굴뒹굴이 최고죠.
진우   (그 말을 잠깐 생각) .. 집

진우, 집이라고 하니 자동적으로 선우가 떠오른다.

집에서도 완전히 편한 적은 없었다는 생각에 자기도 모르게 크게 숨을 쉬게 된다.

서현   (한숨 같은 숨소리 들은) ... 누구랑 살아요? 부모님?
진우   동생이요. 남동생 하나.
서현   으응, 남자 둘이면 서로 터치 안 하고 편하겠다, 그쵸?
진우   ...
서현   (대답 없자 눈만 돌려 짧게 보는) 잘생겼어요?
진우   걔가요?? (말도 안 된다는 듯) 에이이.

그러나 뒷좌석으로 팔 뻗어 배낭 가져오는 진우, 배낭에서 폰 꺼내 사진 찾는데,
첫 번째 나온 사진이 하필 형제가 같이 찍은 거지만 선우 월체어가 뚜렷이 보인다.
진우, 어떻게 할까 하다 다음 사진으로 넘기면 선우 얼굴만 나온 사진.

진우   (얼굴 사진 보여주면)
서현   (운전 중이라 설핏 보지만) 인기 많겠다, 여자친구 있죠?
진우   .. 글쎄요.
서현   나는 어떠십니까? 소개시켜주지?
진우   뭘, 서현씨를, 얘한테요?
서현   으응!
진우   (폰을 당장 배낭에 쑤셔 넣고 뒷좌석으로 던진다. 슬쩍, 서현 흘기는)
서현   (웃는다)
진우   웃지 마요.
서현   (소리 내 웃는)

운전에 집중합시다, 그럼 더 달리겠다 등등, 장난스런 투닥거림 오가고,
그 소리에 뒷좌석 진우 배낭에서 울리는 핸드폰 진동음 묻힌다. 못 듣는 두 사람.

S#15. 대학병원 / 경문의 연구실 - 낮

수술복 차림의 경문, 신호음만 이어지는 폰 붙잡고 있다.

이내 내려놓는 핸드폰 화면에 수신자로는 '예진우 선생'이 떴는데
경문, 바로 '오세화 원장님' 찾아 전화 건다.
여전히 전원이 꺼져 있다는 안내음.
경문, 전화 끊는다. 이상하다...
노크소리. 문 열리고 양선생이 고개 들이민다.

양선생   셋팅 끝났습니다.
경문   어. (핸드폰 놓고 나간다)

S#16. 동/사장실 - 낮

승효   영리의료법을 허용할 경우에 저소득층의 의료 접근성을 따로 보장해야
         한다, 이게 상국대병원 공식입장이라고 하세요, 우리도 공공의료가
         취약하단 걸 모르는 게 아니다, 일단 이걸 깔고 들어갈 거니까.
구조실장 네.

평상시와 다름없는 톤과 표정으로 업무 지시하는 승효.
메모하는 구조실장과 강팀장도 표정만 보면 다른 때와 똑같다.

강팀장   진흥원에서 하는 외국인 환자 유치 설명회는 저희 요청대로
         상국대 분원에서 하기로 했습니다.
승효   예. 오세화 원장, 주경문 교수, 이노을 선생, 예진우 선생,
구조실장 (받아 적다 승효 쳐다보는)
강팀장   (무슨 얘기 나올지 안다. 티 안 나게 구조실장 살피는 눈길)
승효   면직 처리하세요. 인수인계 기간 없습니다.
강팀장   네.
구조실장 원장에 교수까지 한꺼번에 해고시키느니 차라리
승효   (바로 쳐다보는 눈초리)
구조실장 .. 알겠습니다.
강팀장   공지 띄우겠습니다.

승효   네.

S#17. 동/구내식당 - 낮

동수, 서교수, 산부인과장, 한자리에서 밥 먹는데 테이블 분위기가 심상찮다.

동수   뭔 국회의원실에서도 전화질이라면서요, 오원장 바까달라고.
        나 같애도 피하겠다.
산부인과장 바로 당일에 전화해서 안 나온 적 한 번이라도 있었어요, 오원장이?
서교수   본인이 직접 휴가 쓴다고 했다면서요? 좋은 데 가서 전화 꺼놨나 부지.
        또 다른 세상을 만날 땐 잠시 꺼두셔도 좋습니다.
동수   에이그 그게 언제 적 건데 그걸 멘트라고 쳐?
서교수   그 언제 적 멘트를 이교수는 그럼 왜 알아듣고 그러신대?
산부인과장 바이오 시뮬레이터. 오늘 그거 들어오는 날이에요.

동수와 서교수, 어? 하는. 표정이 약간 달라진다.

산부인과장 오원장이 이 날을 놓칠 리가 없는데.
동수   (그러게.. 전화 온다. 받는) 응. (듣는) 아냐 다 먹었어.
        (식판 들고 일어나며 동료에게 눈짓 인사. 가며) 왜, 환자 때문에?

서교수와 산부인과장은 늘 있는 일이니 동수에게 신경 안 쓴다.

서교수   그렇다고 설마 원장한테 무슨 일이 .. 저 양반은 또 왜 저래?

산부인과장 보면, 식판 들고 가다 멈춘 동수, 전화로 무슨 얘길 들었는지 그대로 섰다.
얼굴이 황당하기 그지없다.

S#18. 동/노을의 진료실 - 낮

노을   (7세 정도 어린이 진료 중) 황달기도 사라졌고.. (엄마에게) 남은 약까진
       먹이시고 그 이후론 안 먹어도 돼요. 2주 후로 예약 잡아드릴게요.

인사한 엄마, 아이 데리고 나가면 노을도 인사하고 방금 진료 내용을 입력한다.
밖에선 간호사가 '이원석 님 들어가세요.' 하는 소리 나자,
쉴 틈 없이 다음 환자가 들어오는데,

소아과장E   실례합니다.
노을   ? (문을 보는)
소아과장   죄송합니다. (차례가 돼서 들어오려던 환자 제치고 들어와 문 닫는다)
노을   과장님, (일어서는데)
소아과장   너 무슨 짓 했어?
노을   네?
소아과장   너 뭔 짓 했냐고, 뭔 짓을 했길래 해골 시키겠대?
노을   ?
소아과장   오원장, 주교수, 예진우, 내가 이 셋까지는 이핼 하겠는데 너는 뭐야?
노을   저요?..
소아과장   너도 명단에 포함됐어, 사장실에서 너 자른대. 이게 무슨!..
       도대체 뭘로 찍혔니? 왜 불똥이 우리한테까지 튀어?
노을   (그대로 굳어 멍한...)

cut to. 과장은 나가고 홀로 선 노을, 별별 생각이 다 난무한다.

Flashback〉12회 S#10. 대학병원캠퍼스 / 장례식장 / 1층 복도 – 밤
노을이 '이정선씨는요' 했을 때, 그때 승효 표정.
노을이 내민 손을 잡지 않고 바라만 보던 승효.

노을, 황당하고 화가 나는 동시에 온갖 게 마음에 걸린다.
이때였나? 이때 날 자를 생각을 했나? 아닌가? 그 전부턴가??

Flashback〉10회 S#40. 대학병원/앞마당 - 밤
성과급제에 대해 말하던 노을이 승효에게 간호사들 초봉을 후려쳤다고 말한 순간.

Flashback〉7회 S#13. 유기견 센터/마당 - 밤
'결과는 어차피 한 가진데요' 냉정히 말하곤 개를 끌고 가버리던 승효.

그렇게 한참 전부터 날 없애고 싶었던 걸까? 탄식 나오는 노을, 혼란스럽다.

S#19. 동/응급실 - 낮

동수 (전화 중인데 안 받는다) 베라묵을 눔,
     (끊고 다시 하는. '예진우'에게 하고 있다) 워디서 처자빠진 거여.

동수, 다시 건 전화 귀에 대는데,
진우母가 응급실로 조심스레 들어온다. 문가에서 사람 찾는 눈길로 여기저기 둘러본다.

동수 (어디서 봤더라?...)
진우母 (동수와 눈 마주치자 좀 쑥스러운 미소로 인사, 다가온다)
동수 아! (하필 왜 지금..) 예선생 어무님 아니서요? 어쩐 일루시다가..?
진우母 안녕하셨어요, 진우가 안 보이네요?
동수 아이고, 어젯밤 꼴딱 서서 그른가 집이 가자마자 기냥 곯아 떨어졌남
     (핸드폰 보고) 영 안 받네요?
진우母 어머 개가 왜 과장님 전활 안 받을까요, 그럴 애가 아닌데 죄송해요.
동수 아녀요 아녀요, 그기 아니구요?.. .. 벨릴두 아녀요, 예.
     (허허 웃지만 마음 불편하다)
진우母 저 그럼 바쁘신데 이만..
동수 예예, 드가서요.

진우母 가고 동수, 하이고.. 가운 주머니에 전화 넣으며 가버린다.

S#20. 진우의 집/작은방 - 낮~저녁까지

침대에 뻗은 진우, 미동도 없이 깊은 잠에 빠졌다.
문가에 내려놓은 배낭 안에선 전화 진동소리, 고요한 집에 울린다.
창문으로 비스듬히 비치던 늦은 오후의 햇살 짧아지고 시간은 이제 어스름 저녁이다.

cut to. 시간 경과. 동 장소. 저녁.
여전히 한 자세로 꼼짝도 않고 자는 진우.
방문 너머에서 들리는 달그락 소리.
이불에 파묻힌 진우, ... 천근만큼 무거운 눈꺼풀 든다.
.... 다시 눈 감기고.... 그러다 눈을 반쯤 뜨더니 문 쪽을 향해 고개 드는.
밖에서 나는 달그닥 소리에 집중하고 있다. 벽시계 보면 6시가 거의 다 됐다.
진우, 머리에 까치집을 하고 부스스 일어난다.

S#21. 동/거실 - 저녁

진우   (하품하며 어깨 주무르며 나온다) 벌써 왔..

그릇 다 꺼내서 주방 찬장 청소하고 정리하는 이, 선우 아닌 진우母다.

진우母   다 잤어? 잘 일어났다, 밥 먹고 도로 자.
진우   언제 오셨어요? 왔으면 깨우지.
진우母   방금. (이라곤 하지만 열어놓은 찬장마다 그릇이 깔끔히 정리됐다)
진우   (옆으로 오며) 아 이것들 다 쓰는 것도 아닌데.
진우母   다 했어. 니네 병원은 괜찮니? 요새 TV고 신문이고 틀면 나와, 병원이.
진우   밖에서나 그렇지, (진우母가 쥔 마른행주 가져와 그릇에 물기 닦는다)
           안에선 일하느라 잘 몰라요. (그릇 닦아서 진우母 주면)
진우母   (받아서 찬장 손잡이를 당겨 맨 윗칸에 넣는다) 선우랑은 별일 없지?
진우   (피식) 별일이 뭐가 있겠어요, 우리가.

진우母	선우가 혼자 살고 싶대.
진우	... ..
진우母	너한텐 얘기 없었어?
진우	(계속 그릇 닦는) 것 때문에 놀라서 오셨어요? 그럴 수도 있지 뭘.
진우母	(그릇 넣고 찬장 문 닫는다) 메일을 보냈어 선우가.
진우	엄마한테요? 그 자식은 간지러운 짓을 잘해 가끔?
진우母	... ..
진우	(손 멈추는) 뭐라고 했는데요.
진우母	.. 사고가, 그렇게 된 게 자기 탓이래. 아빠 죽은 게 저 때문이라고.
	그걸 여태 걔가 가슴에 묻고 살았나 봐 선우가.. 그 가엾은 게.
진우	... ..
진우母	내 잘못이지, 애 위한답시고 모른 척 지나간 게..
	여지껏 그 긴 세월을 그게 애 가슴을 누르고 있는지를 몰랐으니.
	그렇다고 이제 와서 나도 니 형도 우리 다 알고 있었다, 해버리면
	그 심성에 또 우리가 그동안 절 원망하진 않았을까, 걱정할 거 같고..

진우母, 눈시울 붉어지지만 진우 마음이 상할까 아들 앞에서 울지 않는다.
손 비비며 속을 누르는 진우母. 그게 보이는 진우.
엄마 옆에 가까이 선 진우, 작은 반지가 끼워진 메마른 엄마 손이 눈에 들어온다.
그 손 잡아드릴까, 진우 손이 조금 움직이지만 도로 내린다. 위로 한 마디가 어렵다.

진우	내가 슬쩍 얘기할게요, 엉뚱한 생각 안 하게.
진우母	(커다란 눈을 들어 진우 올려다보는) 미안해.
진우	(식탁 의자 하나 빼준다) 뭐가 또.
진우母	(의자에 앉는)
진우	(옆 의자 빼서 몸을 엄마 쪽으로 하고 앉으면)
진우母	선우가 나와 살겠다길래 혹시 얘가, 지 형이 짝을 찾아서 이러나..
	(작게 고개 저으며 웃어 보인다) 찾아야지, (진우 손잡는다)
	서른여섯이 적은 나이야? 그치?
진우	많지도 않지 뭐, (하지만 눈 똑바로 못 보고 좀 웅얼웅얼)
	내가 어디서 누굴 만나, 그 시간에 잠을 자겠다..

진우母　　그럼 혹시.. 병원 사람 중에는?

진우　　　병원에 누가 있어요? 노을이 같은 애밖에 없지.

진우母　　(순간 짧은 숨 들이켜며 눈치 보듯 놀란다)

진우　　　엄마 진짜 형제끼리 상도가 있지, 내가 걜 만날까 봐?

　　　　　아니 그걸 떠나서 노을이랑 나는 당장 무인도에 갖다 놔도 서로

　　　　　수렵 채취하느라 바빠, 서로 더 먹겠다고 싸워.

진우母　　.. 노을이, 쯧 요샌 그래. 꼭 노을이가 아니더라도 우리 이쁜 선우,

　　　　　다리만 보지 말고 마음 봐줄 사람이 나타났으면 싶다가도,

　　　　　내가 무슨 자격으로 그런 생각을 하나.. 아픈 자식 남겨두고 나간 내가,

　　　　　남의 집 귀한 딸자식 욕심내면 안 되지도 싶고..

진우　　　...

진우母　　에휴 (털고 일어나는) 가봐야겠다.

진우　　　(일어나지만) 무슨 와서 일만 하다 간대, 선우 금방 와요.

진우母　　(가방 챙기며) 아냐, 일찍 들어가야 돼 오늘은.

　　　　　원래 여길 오려고 했던 게 아니라서.

진우　　　... 모셔다드릴게요, 그럼.

진우母　　차 갖고 왔어. 주차장까지만. (진우 팔짱 낀다) 우리 아들.

세상 자랑스러운 듯 진우 보며 싱긋 웃는 진우母. 엄마도 참, 싶은 미소의 진우.
진우와 진우母, 현관으로 가는데 잠깐 멈추는 진우母.
진우母, 선우가 쓰는 안방을 열린 문 안으로 들여다본다.
엄마는 작은아들의 온기가 감도는 방을 오도카니 바라보고,
큰아들 진우는 아무 말 안 하고 기다리고.
안방에서 눈길 거둔 진우母, 진우 팔짱 끼고 나간다.

진우母　　감기 들어, 뭐라도 걸치고 와.

진우　　　엄마! 쪄 죽어.

현관을 나가는 진우 모자.
현관 비추던 카메라, 방향 틀어 진우母가 들여다보던 안방을 비추면,
더 깊은 밤, 선우가 컴퓨터 앞에 앉아 있던 때로 바뀐다.

Insert〉- 12회 S#72. 엄마에게 메일을 쓰다가 막막히 멈춘 선우.

선우E   대체 그 심정이 어떠셨을지, 얼마나 무섭고 깜깜했을지..
         생각해보면 아버지 돌아가셨을 때 엄마는 지금 제 나이셨어요.

S#22. 동/1층 복도 - 저녁

선우E   **더 빨리 지금처럼 사셨어야 했는데, 엄마를 보내드렸어야 했는데,**

공동현관으로 나가는 진우 모자.

진우   가서 또 저녁 해야 되는 거야?
진우母   아니, 노인네 둘이라 뭐 안 해 먹어.
진우   엄마가 무슨 노인네야, 진짜 노인네가 들으면 화내.
진우母   (그만 까르르 터지는) 그치?

선우E   **혼자 되신 엄마가 실은 한창 고운 때였단 걸 다 지나고서야 알았습니다.**

S#23. 진우의 아파트/앞마당 - 저녁

진우母, 차에 오른다. 진우, 잘 가시라 손 든다.
진우母의 차 출발하면 잠시 보다가 돌아서는 진우.

선우E   **다 커버린 저를, 무거운 저를, 밀고 끌고 의대 건물 언덕을 수없이
         오르시던 나의 어머니.**

잘 가던 진우母, 차를 멈추고 돌아본다.
아파트로 들어가는 진우 모습 본다. 다 큰 아들을 아기처럼 눈에 담는 진우母.

선우E   차가운 학교 복도에서 늘 절 기다리시던 어머니,

그게 왜 괜찮을 거라고 쉽게 넘겼을까요,

지금 생각하면 어쩜 그리도 미련 맞고 철없는 자식새끼였을까요.

S#24. 호텔 식당/룸 - 낮(3년 전 과거)

이따금씩 식기 부딪히는 소리만 들릴 뿐, 어색한 공기.
진우 형제에게 새아버지 될 이가 진우母와 같이 앉았고,
진우 형제가 다른 쪽에 앉았다.

선우E   절 버리고 갔다 생각하지 마세요.

새아버지, 진우母가 영 민망해하자 테이블에 올린 진우母 손을 잡으며 말문 열려는데,
속으로 흠칫하는 진우母, 자기도 모르게 손 뺀다.
새아버지는 당황하고 분위기 더 어색해지자..
선우, 테이블에 걸쳐진 진우 손을 방금 새아버지가 한 것과 똑같이 은근 잡는다.
진우, 이 자식 뭐야?! 화들짝 빼고,
선우, 웃고 진우母와 새아버지도 선우 배려 알아차리고 웃는다.
진우만이 미소 짓는 세 사람을 하나하나 바라본다.

선우E   제발 미안해하지 마세요.

그래도 한층 가벼워진 분위기, 서로 음식도 권하고...

S#25. 인테리어 소품 가게 - 낮(약 10년 전 과거)

진우母의 가게. 규모는 작지만 조명, 벽지 등 인테리어 소품이 정갈하다.
납품업자가 가게 안에 박스 내리는 걸 지켜보며 숫자를 세고 확인하는 진우母.

선우E　　**저만 아픈 줄 아는 못난 아들이었습니다.**
　　　　　밖에선 아무 말 못하면서 집에서만 화내고 소리 질렀습니다.

납품업자, 진우母에게 농을 걸고 은근 신체적 접촉을 한다.
진우母, 익숙한 웃음으로 대하지만 가게 안쪽 계산대로 가는 얼굴은 꾹 참는 기색.
현금 꺼낸 진우母, 만 원권을 여러 장 세다 멈칫하더니 2장은 빼서 도로 넣는다.
납품업자에게 간 진우母가 돈을 주면 돈을 세는 납품업자, 안 된다 더 달라 하지만
진우母, 눈웃음 짓고 아양 떨면서도 더는 못 준다, 손을 내젓는다.
그렇다고 만져도 된다는 건 아닐진대 실실대며 진우母 옆구리를 찔러대는 납품업자.
진우母, 매우 싫지만 박대할 수가 없어 웃는 낯으로 참는다.

S#26. 동/가게 밖 길 – 밤(약 10년 전 과거)

진우母의 가게를 밖에서 본 화면. 1/3정도 내려진 셔터, 불 꺼진 간판.
내부에 켜놓은 스탠드 조명과 카운터에 앉은 진우母 보인다.
소주 한잔 기울이는 진우母. 지친 하루. 멍한 얼굴.
그 앞을 무심히 지나는 차들.

선우E　　**어머니께선 모든 날을, 모든 젊음을, 저에게 쏟아주셨습니다.**
　　　　　세상 누가 나에게 어머니처럼 다시없을 사랑을 품어줄까요.

S#27. 대학병원/로비 – 낮(6년 전)

커다란 쇼핑백 챙겨서 오는 진우母, 가면서 안을 확인하면 간단히 먹을 것과 속옷 등.
에스컬레이터에서 내려오던 보훈, 진우母 발견하더니 계단을 뛰듯이 내려와 인사한다.
진우母도 인사하는데, 둘의 분위기가 어색하면서도 좋아하면서도, 귀엽게 묘하다.
떨어져 선 거리도 스스럼없이 가깝지도 않고 형식적인 사이처럼 멀지도 않고.
보훈, 쇼핑백을 들어주겠다고 손 내미는데 괜찮다고 하는 진우母 손에 닿아버린다.

손끝 좀 닿았다고 애들처럼 수줍어하는 두 사람.

선우E　　꼭 드려야 될 말씀이 있어요. 보훈 아저씨가 저 대신 얘기해주셨길
　　　　바란 적도 있었지만 상담 중에 들은 말을 절대 흘리실 분이 아니니까,
　　　　이젠 아저씨도 영원한 곳으로 떠나셨으니까..

일본 사람들처럼 내내 인사만 반복하던 두 사람, 결국 각자 가던 방향으로 가는데,
서로 엇갈려 돌아본다. 가는 얼굴들이 쓸쓸해 보인다.

S#28. 묘지 - 낮(16년 전. 과거)

선우E　　제가 해야 되는 거죠?.. 엄마, 처음에 말을 안 하니까 그 다음엔 도저히
　　　　입을 뗄 수가 없었어요. 형도 몰라요.

남편 산소에 앉은 진우母, 진우의 의대 합격증을 보란 듯이 펼치고 있다.
'나 우리 아들 의대 보냈어. 잘했지? 당신 나 엄청 자랑스럽지?'
웃으며 말하던 진우母, 갑자기 몸이 앞으로 폭 쏠리더니.. 어깨가 흔들린다.
10년 된 남편 산소에 엎디어 통곡하는 진우母의 마른 등.

선우E　　아버지를 그렇게 만든 건 저예요. 사고, 저 때문이에요.

S#29. 진우의 집/거실 - 낮(3년 전)

휠체어의 선우, 베란다 창가에 있다. 밖을 보고 있다.
창밖에 커다란 캐리어를 끌고 지금 막 공동현관을 나간 진우母 보인다.
차 시동 걸어놓고 기다리던 새아버지, 얼른 내려 캐리어를 트렁크에 싣는다.
진우母를 감싸 차에 태우는 새아버지.
진우母, 집을 돌아보려 하지만 새아버지 끄는 결에 따라 그대로 차에 오른다.

선우E 아빠가 하지 말랬는데, 차 안에서 안 된다고, 그런데 제가,

진우母를 태운 차는 저 멀리 가버리고.
유리창에 반사되는 선우 모습.

S#30. 동/안방 - 밤(12회 S#72 이후의 상황)

메일을 쓰다가 멈춘 선우.

선우E 저는 어머니한테서 남편을,
진우父E 선우야. 위험해.
선우E 형한테서 아버지를

쾅! 차가 부딪히는 사고소리.

선우E 지워버린 놈입니다.

다시 움직이는 선우의 손가락. 한 자 한 자 누르듯 쓴다.

선우E 엄마 제발 저에게 미안해하지 마세요, 제 다리는, 벌받은 거예요.

S#31. 길 - 밤(현재)

이제 온 하늘은 어둑하고, 가로등 켜진 길과 그 밑을 달리는 진우母의 차.
앞유리에 비치며 빠르게 명멸하는 가로등 빛이 진우母의 초연한 얼굴을 간간이 밝힌다.

S#32. 진우의 집/작은방 - 밤

책상에 앉은 진우, 지퍼 열린 배낭을 무릎에 올리고 생각에 잠겼다.

배낭을 정리하다 엄마가 남기고 간 말이 머릿속에 맴돌아 멈춰 있다.

옅은 한숨과 함께 기계적으로 손만 움직여 배낭 안에 있는 서적과 빨랫감 꺼내고

핸드폰도 확인하는데 뭐지? 하는 진우. 핸드폰 보면,

부재중 전화가 10통이 넘고 거의 응급실 사람들이 걸었는데 동수 이름이 가장 많다.

진우   (바로 전화 건다, 동수 받으면) 과장

동수F   너 이 새끼 뭐허다 인제사, 너 내가 엥간히 허라고 혔어 안 혔어?

진우   네?

동수F   잔소리할 얼굴 안 볼 생각허니까 아주 쏙 시원허지?

          그러게 왜 혼자 나서갖구 이 사단을 내냔 말여, 니 어쩍할 거여 인제!

진우   얼굴을 안 보냐뇨, 무슨 소리세요?

동수F   (수화기 너머 사이렌 소리 들리는) 에이씨 나도 몰러, 니 생긴 대로 혀!

진우   (뭐라 하기도 전에 끊긴 전화. 재발신 누르려다) ... ...

일그러지는 진우, 사태를 알아차렸다. 지갑 정도만 낚아채 방을 나간다. 불 꺼지는 방.

S#33. 대학병원/소아과 진료실 복도 - 밤

퇴근 차림의 노을, 진료실에서 나오는데 소아과장이 옆 진료실로 막 들어가는 중이다.

노을   (가라앉은 얼굴이지만 평소처럼 퇴근 인사하는데)

소아과장   (진료실 문을 잡고 서서) 이선생, 술 한잔할래?

노을   (쳐다보지만 상사랑은 싫은..) 가봐야 돼서요. (목례하고 간다)

소아과장   .. 웬만해야 술이 먹히지. (진료실로 들어간다)

S#34. 동/지상주차장 - 밤

차로 오는 노을, 과장 앞에서와는 낯빛이 달라져 있다.

담담하던 빛은 지워지고 답답함과 고민이 고스란히 드러나는데,

강팀장E   지금 가세요?
노을   (돌아보고) 아 예..

두 사람, 가볍게 목례 나누며 각자 자기 차로 가는데,

노을   (차 문까지 열다가..) 저기 팀장님?
강팀장   네? 저요?
노을   저랑 술, 하실래요?
강팀장   네?... (열었던 차 문 기세 좋게 닫고) 갑시다!

S#35. 술집 - 밤

안주 하나 놓고 소주잔 부딪치는 두 사람.

강팀장   (무조건 원샷이다) 키야, 요 맛이지, 끝나고 요 맛인데.
노을   평소엔 술 안 하세요?
강팀장   내가 누구랑 부어라 마셔라를 하겠어요? 사장님이랑? 으이.
　　　　명색이 팀장인데 회식할 팀원 하나가 없어!
노을   (사장 얘기가 나오자 기분 확 나빠지는)
강팀장   (눈치챈. 참.. 곤란한) 아니 뭐 우리 사장님이 원랜 좋은 분인데..
노을   (픽도)
강팀장   (픽도, 도 느껴진다.. 잔 둘 다 채운다)
노을   .. 두 분은 언제부터 같이 일하신 거예요?
강팀장   으음 한 5~6년 됐나? 사장님이 나 있던 부서로 왔고,
　　　　나중에 로지스로 발령 나시면서 절 거기로 데려가셨어요.
노을   스카웃되신 거네요, 그럼 팀장님?
강팀장   그 양반이 (무슨 큰 비밀 알려주는 양 목소리까지 낮추고 손사래 하며)
　　　　사람 보는 눈은 또 귀신이에요. (잔 내밀고)

노을	(잔 부딪히고 마신다. 역시 원샷이다)
강팀장	원래 미운 정이 제일 독하다고, 첨엔 좀 그랬는데 씨잘데기 없는 소리
	안 하고 지분대지 않고, (살짝 눈치 보며) 남자로서도 뭐 우리 사장님..
노을	정말 지분대는 거 없이 사람 단칼에 날리시더라고요.
강팀장	그거는 (하지만 뒷말을 이을 수 없는)
노을	보복성 인사 조치.. 원래 많이 하시는 분이에요, 구사장님?
강팀장	... 이선생님,
노을	그래요?
강팀장	(아이 쯧...)
노을	(대답 없자 긍정의 뜻으로 보인다. 결국 그런 사람이었구나, 낙담마저..)
	얼마나 싫었을까, 내가 자꾸 말 시켜서, 자르려고 벼르는 줄도 모르고.
강팀장	(답답하고 안타깝다. 에잇) 여기 소주 두 병 더요!

S#36. 대학병원/1층 출입구 앞 + 승효의 차 안 - 밤

편치 않은 얼굴의 승효, 출입구에서 나와 차에 오르는데 전화 진동음 울린다.
승효, 차에 오르며 전화 꺼내고 기사, 문 닫아주고 출발한다.

| 승효E | 예 강팀장님. |
| 강팀장E | (혀 꼬인) 사장님.. |

cut to. 전화받는 승효.

강팀장F	사장니임.. 저 여기, 근천데 데리러 와주지..
승효	뭐라고요?
강팀장F	아 난 맨날 나만 사장님 데리러 가고 우씨 한 번 못해주나?
	내가 해달라는 건 하나도 안 해주구.
승효	강팀장 미쳤어요??
기사	(뭐지? 토끼눈이 돼서 슬쩍 보는)

S#37. 술집 앞 + 승효의 차 안 - 밤

술집 앞 찻길에 댄 승효의 차. 승효, 뒷좌석에서 외국인 환자 입국 통계표를 보고 있다. 술집이 위치한 상가에서 빠르게 나오는 기사, 그런데 혼자다.

승효   (창문 열면)
기사   강팀장님이 없는데요, 사장님?
승효   (짜증.. 그래도 내린다) 기다려요.

S#38. 술집 - 밤

승효, 들어와 둘러보다 멈춘다. 안쪽에 노을이 있다. 뒷모습이지만 알아보는 승효.

승효   ... (노을 자리로 가는)

테이블에 양 팔꿈치를 다 올려서 양손으로 폰을 쥐고 그 앞에 엎드리듯 앉은 노을. 노을 조금 뒤에 서는 승효. 테이블엔 술잔도 둘 수저도 둘이지만 강팀장은 없다.

노을   (폰에 대고) 팀장님 어딨어요.. 빨리 와요..
승효   (노을 폰이 통화 상태는커녕 액정도 안 켜진 게 뒤에서 보이는...
　　　　 카운터의 여주인에게) 여기요,
노을   (소리에 고개만 젖혀 올려다보다 어??)
승효   화장실에 혹시 엎어진 여자분 계신지 확인 부탁드립니다.
　　　　 (노을에게 고개 돌리는)
노을   (눈이 똥그래져서 올려다보다.. 오늘 일이 생각났다. 외면한다)
승효   (테이블에 남은 소주병 하나 보는) 갑시다.
노을   ...
승효   갑시다.
노을   (안 움직이는)

승효   여기서 살 거예요?

여주인   저기요, 화장실에 아무도 없는데요?

승효   (감사하다, 목례로 대신하는데)

노을, 승효가 여주인 보는 사이 벌떡 일어나 자리 뜬다.

승효도 가려다 돌아본다. 노을 앉았던 자리 구석에 놓인 가방. 노을을 보면,

노을, 똑바로 걸으려고 애쓰며 가는 중이다.

가방 집어 든 승효, 가타부타 없이 가방을 노을한테 턱 안겨줘버리고 앞질러 간다.

노을, 얼결에 받는.

승효   (카운터에서 지갑 꺼내는데)

여주인   아까 그, 여자분이 계산하셨는데요?

승효   .. (지갑 넣다 생각난 듯) 몇 병이나 마셨어요?

여주인   소주.. 6병이요.

승효   둘이!.. (입 다물고 간다)

그사이에 먼저 문으로 간 노을. 뒤따르는 승효. 두 사람 나간다.

S#39. 술집 앞 길 - 밤

길이 흔들리고 있다. 간판도 좀 기운 듯하고 어지럽고.

노을의 시각으로 본 거다.

상가에서 나와 선 노을, 술은 취했어도 숨 들이켜며 정신 다잡는다.

옆에 나와 서는 승효가 의식되는 노을, 실수해선 안 된다.

한 발 한 발 집중하면서 걷는데, 본인은 모르지만 뒤에서 보면 다 티 난다.

승효, 잡아주는데 노을, 팔 뺀다.

이를 본 기사, 아까부터 어쩔까 하다 얼른 노을에게 온다.

기사   실례합니다, 모셔다드리겠습니다. (살짝 팔꿈치 잡아서 데려가는데)

노을   (따라가면서도) 누구세요??

기사	네?.. (승효 보더니) 대리, 부르셨죠?
노을	제가요?? (기억 더듬지만)
기사	(데려가며) 어디로 모실까요?
노을	(긴가민가 쳐다보면서도) 서초동이요..

승효, 노을이 어쩌려나, 지켜보는데,
노을, 기사가 태우는 대로 어영부영 차 뒷좌석에 탄다.

승효	저걸 저렇게!.. (아오..)
기사	(노을이 조수석 바로 뒷자리에 털썩 앉자 문손잡이 잡고)
	안으로 들어가주셔야 (하는데)

기사 뒤로 와 그가 잡은 문 밀어서 닫아주는 승효, 됐다, 기사 등 가볍게 두들기면,
기사, 얼른 운전석으로 간다.
트렁크 뒤로 돌아 운전석 뒤쪽 문으로 가는 승효, 좀 찌푸린 얼굴.

S#40. 승효 차 안 - 밤

기사	(승효보다 먼저 타서 재빨리 출발 준비하고)
승효	(노을 옆자리에 오르는데 타자마자) 이걸 그렇게 막 타면 어떡합니까?
노을	(응?)
기사	(뒷자리 신경 쓰이지만 못 들은 척 출발하는)
승효	누구 차인지 알고 타요, 이 시커먼 밤중에?
	지금이 어떤 세상인데 아무나 믿고 따라가요?
노을	... 그러게요, 내가 왜 아무나 따라갔을까요?
	어떤 사람인지 다, 들었으면서. .. 왜 믿었을까요?..
승효	.....
기사	(.. 운전만 하고 간다)

승효, 노을 반대쪽으로 고개 돌린다.

노을도 승효 반대쪽으로 고개 돌린다.

그렇게 가는 세 사람.

창문에 비친 노을의 막막한 얼굴, 자꾸 눈이 감긴다. 눈을 크게 떠보려고 애쓴다.

S#41. 길 - 밤

서초동 방면의 이정표를 지나는 승효의 차.

S#42. 승효 차 안 - 밤

기사	저 사장님.. 서초동 왔는데 어떡하죠?
승효	(옆에 보면, 곤히 잠든 노을)
기사	민증에 주소는 있을 텐데...
승효	...

아파트 단지가 연이은 창밖 잠깐 보는 승효, 달리 수가 없다. 노을 가방 집지만,
선뜻 열기가 꺼려지는데.. 이때 노을 손에 얹힌 폰에 진동 울린다.
받을 생각 없는 승효, 그런데 발신자에 뜬 낯익은 이름, '예선우'다.

승효	... (노을 손에서 전화만 집어서 받는) 예선우 선생?
선우F	(잠시 호흡 멈춘. 그러다) 누구시죠?
승효	(그 선우가 맞군) 나 상국대병원 구승효입니다.
	이노을 선생 집 주소 알아요?
선우F	(목소리가 좀 날선) 구사장님이요?

S#43. 진우의 집/거실 - 밤

수동 휠체어 위의 선우, 지금 막 퇴근해서 아직 셔츠 차림이다.

벗어놓은 재킷과 가방은 소파에 있고 넥타이 풀다가 전화한 모양새인데,

선우　사장님이 왜요, (듣다) 얼마나 취했는데요. (아니 그게 문제가 아니다)
　　　　제가 갈게요, 어디에요? (듣는) 누나 집 여기서 차로 5분이면 돼요,
　　　　내가 가요, 어디냐니까요?

S#44. 승효 차 안 – 밤

승효　어디가 아니라 차 안이라고요. 집 주소 몰라요?

S#45. 진우의 집/거실 – 밤

선우　… 힐빌리지 xxx동이요. .. 네. (끊는…)

잠시 핸드폰 내린 그대로인 선우… 돌연 현관으로 바퀴 민다.
거실 초입에 충전 중인 전동 월체어로 옮겨 타려고 충전 코드 따위 뽑아버리는데,
이제 막 충전 시작해서 8개나 되는 배터리 칸에 불이 딱 하나만, 그것도 깜빡깜빡.
전동은 밀어버리는 선우, 수동을 탄 그대로 도어락 소리만 남기고 집밖으로 사라진다.

S#46. 동/아파트 앞마당 – 밤

수동 월체어를 최대의 힘으로 밀어서 가는 선우. 월체어도 선우도, 불안해 뵌다.

S#47. 길가 – 밤

큰길까지 나온 선우, 가면서도 택시 잡으려 돌아본다. 이윽고 빈 차 사인 뜬 택시 온다.
선우, 손 흔들면 그 손짓에 속력 늦추는 택시, 그러나 얼핏 보는가 싶더니 휙 가버린다.

그 어느 택시도 선우 앞에 서질 않는다.

S#48. 아파트 단지 + 승효 차 안 - 밤

아파트 단지로 돌아드는 승효 차, 단지 입구 과속 방지턱에 차가 흔들린다.
잠든 노을도 같이 흔들리는데... 눈을 뜨는 노을. 잠시 깜빡깜빡.. 여기가..
그런데 창문에 비치는 승효의 실루엣. 노을, 놀라서 눈이 커다랗게 떠지는데,
창문 쪽으로 기대 자던 노을 얼굴 너머로 비쳐 보이는 옆모습, 분명 승효다.
노을, 이런!... 이때 승효가 이쪽으로 고개 돌리는 게 창문으로 보인다.
노을, 눈 꽉 감는다. 하필 오늘 같은 날!...

승효   (노을 보면 아직 잠든 듯 보이는)
기사   도착했습니다. (차 세운다)
승효   ... 이노을 선생, 이선생 (어깨 정도에 손을 대는 순간)

노을, 그 손이 닿음과 거의 동시에 문을 확 열고 뛰쳐나간다.

노을   감사합니다! (가방 꽉 쥐고 집을 향해 다다다다 뛰는)

너무 순식간이라 놀란 승효와 기사.

S#49. 아파트 단지 - 밤

노을, 번개처럼 뛰어서 공동현관까지 간다. 급하게 현관 카드키 찾는데,
급한 손길에 가방 속 작은 카드키가 걸려 나올 리 만무.
승효가 차에서 내리는 게 뒤통수로도 느껴지는 노을, 창피하다.

차에서 내린 승효, 공동현관 앞에서 버벅대는 노을 지켜보다 한 걸음 떼는데,
노을, 헤집던 가방 대신 급히 비밀번호 누른다. 문 열리자 뒤도 안 보고 들어간다.

안으로 사라지는 노을, 그녀 뒤에서 닫히는 문.

승효   (방금 전 노을에게 뻗었던 손 펴본다) 되게 싫은가 보네.. (돌아서는데)

승효, 뭔가를 보고 멈춘다. 선우다.
상기된 뺨, 땀에 젖은 머리, 휠체어를 밀면서 오는 선우.
선우도 승효 보더니 멈춘다.

선우   (가쁜 숨 참는..)
승효   .. (다가간다)
선우   (승효 보면서도 동시에 승효 뒤, 노을네 아파트 입구로 향하는 눈)
승효   (그 시선 느껴지는) 들어갔어요.
선우   ...
승효   (휠체어에 짧은 시선 주는) 차로 5분 거리를.
선우   ... .. (오던 길로 방향 돌린다. 다시 간다. 올 때보단 훨씬 느리다)
승효   ... .. (성큼, 선우를 앞지르더니) 택시!

저 앞에 아파트 손님 내려주고 막 가려던 택시 멈춘다.
승효, 이쪽으로 오라 손짓하고 선우 옆으로 가는데,
이쪽으로 오던 택시, 승효가 선우 옆에 서자 돌연 방향 꺾어 가버린다.

승효   저 씨! 저 몇 번이야 저거 씨! (그때 뒤에서 들려오는 소리)
선우   놔두세요.
승효   (선우 봤다 다시 택시 보면 이미 빨간 점이 된 택시. 제 차로 고갯짓)
       갑시다.
선우   가세요. (바퀴 밀어서 천천히 간다)
승효   (그 뒷모습 보다) 이노을 선생 좋아해요?
선우   (멈춘다) .. 아뇨. 좋아하면, .. 좋아하는 사람이 술 때문에 힘들어하면
       당장 달려와야죠. 난 그러질 못했으니까 좋아하는 게 아니겠죠.
승효   왔잖아요.
선우   오지 않은 거랑 뭐가 다르죠.

승효   …

선우의 윌체어, 승효를 남겨두고 천천히 간다.

S#50. 길 - 밤

선우, 포장이 매끄럽지도 않은 인도를 가는데,
그 옆을 스쳐서 가는 승효의 차.
그저 가는 선우, 가로수와 가로등과 여름 밤하늘 아래를 미끄러져 간다.

S#51. 대학병원/응급실 - 밤

드러난 살갗은 모두 긁힌 상처의 환자. 나뭇잎과 나뭇가지 군데군데 붙었다.
은하, 환자에게 달라붙어 라인 잡고 채혈한다.
안선생, 채혈한 피 받아 랩에 넘기고 수액과 각종 도구들 준비하느라 바쁘다.
방선생, 여기저기 찢어진 환자 상의를 가위로 잘라 진찰하기 좋도록 준비한다.
재혁, 일렉트로드 부착하고 치프, 바지 자르고 정강이의 출혈 부위 지혈한다.
급하게 오는 동수, 라이트로 동공 반사 확인하고 모니터 확인한다.

동수   콜 내려온대?
재혁   예!

환자, 심박수와 혈압 떨어진다. 다급하게 울리는 기계음. 모두의 손이 더 빨라진다.

치프   혈압 60까지 떨어졌습니다.
동수   혈액 추가하고 삽관 준비.
방선생   예. (빠르게 뛰어가고)
은하   (삽관 세트 주면)
동수   (삽관한다) … (심혈을 기울여 하다 끝나면 환자 상태 보고) 심초음파.

치프   혈압 50. 계속 떨어집니다.

내부 통로에서 들어오는 경문, 한눈에 사태 파악하고 곧장 침상으로 간다.
경문 등장에 동수 잠시 멈칫하고 치프와 재혁, 서로 눈치 본다.

경문   (장갑 끼며 치프 쪽 보면)
치프   폴다운이고요! 아파트 11층에서 떨어졌는데 나무에 걸려서 직접
          충격은 피했답니다. 팔, 다리 골절 의심되고 혈압이 계속 떨어지고
          있어서 내부 출혈 의심되는 상황입니다.
경문   (초음파 보고 빠르게 상태 확인한다) 카디악 탐폰, 심낭천자 갑니다.

멈칫했던 응급실 의료진들, 경문 말에 다시 빠르게 움직인다.
재혁과 치프, 조심스레 환자의 몸의 각도를 움직여 맞추고,
은하, 드레싱 도구와 마취약 준비한다.
경문, 드레싱 마치면 은하, 면포 펼친다.
마취제 주사한 경문, 한 손으로 미세하게 더듬으며 바늘 꽂을 위치를 정하면서,
다른 손은 카테터 키트들이 펼쳐져 있는 트레이를 반사적으로 향하는데,
그 손에 니들을 쥐어주는 손. 경문, 보면 진우다.
진우가 건네준 니들 잡은 경문, 신중하게 바늘 꽂고,
초음파를 대고 상황을 보여주는 진우.
경문, 초음파 확인하며 주사기 당기면 검붉은 피가 빨려 나온다.
은하, 이를 받아들고 랩에 넘긴다.
이어 카테터부터 도구를 하나씩 전달해주는 진우,
경문, 카테터를 봉합하고, 빠르게 집행한다.
이를 거드는 진우, 착착 빠르게 진행되는 둘의 손놀림.
나머지 사람들도 처치 진행한다.

안선생   맥박 혈압 안정권입니다.
경문   혈압 다시 떨어지기 전에 수혈하면서 빨리 수술장으로 옮겨주세요.

그제야 환자 곁에서 반보 물러나는 의료진들.

옷 곳곳에 혈흔 묻었고 수술복 깃도 땀으로 젖었지만 개의치 않는다.

cut to. 이송원들에 의해 옮겨지는 낙상 환자.

동수　(손 씻으며 경문 힐끗) 부처님인지 무서운 사램인지 분간을 모더겄네.
　　　　나 겉으면 쌍욕을 욕을 허고 박차고 나갔을 거인디.

경문　(가만 보곤 말 않는데)

진우　구사장이, 주교수님도 쳤습니까?

경문　.. 이노을 선생, 오원장님까지.

진우　(어금니 꽉 깨문다. 턱 근육이 꿈틀댄다)

경문　원장님은 연락 두절이야.

동수　들은 거여, 에지녁에 눈치 깐 거여 오원장은, 그 자존심에.

이들 대화가 들리는 응급실 사람들. 간호선생들도 치프와 재혁도 이 사태가 싫다.

치프　…. 예선생님, 그냥 당하시면 안 돼요. 가만 계시지 마세요.

진우　(경문 보는데 눈빛이 쏘아보는 듯) 가만있으면 사장님께 예의가 아니지.

동수　어뜩하려고?

진우　해보자는데 해줘야죠.

경문, 진우 보는. 경문의 눈빛도 다른 때와는 달리 단단하다.
자리에 뿌리를 내린 듯 선 진우.

S#52. 승효의 집/승효 방 - 밤

방으로 들어오는 승효, 몸이 천근만근이다. 불도 안 켜고 침대에 걸터앉는.
한동안 동상처럼 꿈쩍 않는데..
문밖에서 낑낑대는 저녁이 소리. 들어가고 싶어요, 문 긁는 소리도 난다.

승효　(무겁게 일어나는. 방문 열면)

저녁   (들어오자마자 승효 다리에 붙는다. 꼬리 흔들고 핥고)

승효   (품고 쓰다듬는) 너밖에 없구나...

S#53. 대학병원/1층 로비 - 낮

중정 위로 보이는 높다란 사장실 창문.

S#54. 동/사장실 - 낮

승효 앞에 양손 공손히 모으고 선 강팀장, 눈까지 내리깔았다.

강팀장   제가 너무 취해서 정신줄을

승효   놓는데 계산은 멀쩡하게 하고 가셨던데요?

강팀장   (기어들어가는 목소리로) 카드 긁는 게 주사라서

승효   사람 오라 하고 튀는 주사, 엄한 사람 남겨놓는 주사도 새로 생겼죠?

강팀장   아 원랜 그렇게 달리려던 게 아녔는데 너무 슬프니까 불가항력적으루다가
         갑자기 이노을 쌤이 우니까 저도 어쩔 수 없이..

승효   (울어?.. 하지만) 그래서 잘리는 사람마다 붙잡고 술 상대해주시게요?
         난 몇 번이나 더 가면 됩니까?

강팀장   그게 아니고요! (말할까 말까 하다 에잇) 예선우 선생이요.
         전에 왔던 심평원, 그.

승효   ?

강팀장   많이 아프대요, .. 길어봐야 10년 15년이래요.

승효   길어봐야라니?

강팀장   그 뭐 다리 땜에 혈정? 혈창?이 생겼다나.

승효   죽는다고요?

강팀장   (끄덕..)

승효   !..

강팀장   노을쌤이 그러면서 막 그 똥그란 눈으로 눈물을 철철철철철,

제 마음은 또 너무 여리고 그 젊은 사람이 죽는다니까 또 너무
불쌍하고 그래서, 그때부터 둘이..

승효   .. (알았다, 됐다, 고갯짓)

강팀장, 목례하고 물러나고 컴퓨터로 의자 돌리던 승효, 문득 떠오르는 게 있다.

Flashback〉- 7회 S#47. 대학병원 / 구조실 - 낮

선우   **인공관절에 수명이 있다고 말씀드렸는데 현재는 10년에서 15년 사이
           (문득 뭔가에 살짝 찔린 듯 움칠하더니.. 내리까는 눈..) 입.. 니다.**

승효   (아...)

Flashback〉- 13회 S#49. 아파트 단지 - 밤
밤길을 천천히 돌아가던 선우의 뒷모습.

승효, 그 모습이 마음에 걸리는데 책상에 유선전화 울린다.
발신지 '구조조정실'로 떴다.

승효   (받는) 뭡니까.
구조실장   사장님 지금 교수진 거의 전원이 강당에 모여들고 있답니다.
승효   무슨 일로요. (자연스럽게 핸드폰 잡아드는)
구조실장   아직 거기까진 모르지만 교수 밑에 고참들도 꽤 참석하나 봅니다.
승효   (문자 보내는)

S#55. 동/장기이식센터 - 낮

창, 핸드폰 쥐고 감감히 들여다만 본다.
화면 C.U 하면, 발신인 - '일개미' '강당, 무슨 일이야?' 하는 문자 메시지다.
창, 한 손으로 핸드폰을 뒤집었다 엎었다 반복하다... 답문한다.

자동완성으로 '회의 중입니다. 나중에 연락드리겠습니다.' 내용 찍어서 보낸다.
핸드폰 던져두고 하던 일 계속하는 창. 될 대로 되라 하는 얼굴.

S#56. 동/강당 - 낮

강단 위에서도 중앙, 그중에서도 무대가 거의 끝나는 곳에 선 진우.
그의 시야로 보이는 객석, 교수들과 전문의들로 약 2~3층 정도까지 찼다.
하지만 여느 때처럼 잡담을 나누거나 어수선한 분위기가 아니다.
그중에 노을도 보이지만 진우, 특정한 누구를 보고 있지 않다. 고개 들고 굳건히 섰다.

경문   예선생.

강단 아래, 귀에 댔던 폰 내리며 진우 부르는 경문. 진우, 그에게 고개 기울이면,

경문   오원장 (손에 핸드폰 든) 여전히 꺼놨어. 우리끼리 해야겠는데.
진우   (알겠다는 짧은 끄덕임. 곧장 마이크 놓인 단상으로 간다)

경문도 자리에 앉는데 오늘만큼은 구석이 아닌 맨 앞줄 가운데 자리다.
진우, 마이크를 자기 쪽으로 기울이는데 태상이 들어온다.
무대를 보는 태상, 쟤가 왜 저길 올라가 있어? 하는 얼굴이지만 일단 자리 잡는데,
앞줄 중앙에 앉은 경문을 쓱 보더니 하나 떨어진 옆에 앉는다.

진우   바로 시작하겠습니다.

전체 조명 낮아진다. 동시에 단상 스크린 들어온다.
진우 뒤에 커다랗게 비쳐진 스크린의 첫 줄, 굵은 제목은,
〈총괄책임 직위 해지에 관한 조례〉다.
제목을 본 순간 몸이 앞으로 쏠리거나 미간을 모으거나,
제각각 반응하는 의료진, 그 밑 내용에 시선 꽂히는데,

〈총괄책임 직위 해지에 관한 조례〉

1. 총괄책임자가 직무에 관하여 중대한 부정행위를 하여 기관에 손해를 끼쳤을 시,
2. 총괄책임자가 운영에 있어 강령이나 정관에 위반하여 기관에 손해를 끼쳤을 시,
3. 총괄책임자가 재정·회계 분야에서 위법 부당한 사례로 기관에 손해를 끼쳤을 시,

병원장 혹은 교수협의회 2/3 이상의 찬성 시 총괄책임자의 파면·해임 등을 발의할 수 있다.

진우   최근 저희 병원을 둘러싼 정치적 의학적 의혹은 해지에 관한 조례1,
        총괄책임자가 직무에 관하여 부정행위를 하였을 시에 해당하며,
        이어 파생된 보복성 인사 조치는 2번, 기관이 지정한 사유에 해당하지
        아니하는 의료진을 임의로 파면할 수 없다는 강령에 위반입니다.
        이에 경영진의 전횡을 더 이상 묵과해서는 안 되는 바, 상국대학병원
        총괄책임 구승효 사장의 파면 해임 발의를 이 자리에서 촉구합니다.

진우, 마이크에 기울였던 상체를 쭉 편다. 강당에 흐르는 침묵.
스크린의 글자가 까만 눈동자에 반사될 만큼 움직임 없이 스크린을 쳐다보는 노을.
다른 이들도 섣불리 입 여는 사람이 없다.

동수   (기침소리도 안 나는 주변을 가만 살피다...) 저것이 되것어?

일시에 동수에게 쏠리는 모두의 시선.

동수   여태껏 우리 뜻대로 된 게 하나라도 있남? 나는 회의적일세.
성형외과장   먼저 어떻게 할지 방법도 얘기 안 해봤잖아요.
동수   방법은 무신, 재단 상대로 싸우잔 거인디, 국으로 가만있는 게 나서.
산부인과장   이만큼 가만있어줬음 됐지 또 가만있어요?
        얼마나 우릴 파리 목숨으로 봤으면 병원장을 공고문 한 장으로 쳐내?
동수   우리가 무신 수로 화정그룹이랑 싸운디야.
        최악의 경우엔 다 가운 반납하고 개업해야 되는디.
서교수   개업이... 최악의 경운가? (생각해보면 본인한텐 안 나쁜)

동수　　　(분위기 좀 보는) 허기사, 이 많은 사람을 다 족쳐내면 화정그룹이라고
　　　　　마냥 뻗댕길 수도 읎겠지만서두 말여?..

암센터장　.. 전이될 거 무서워서 암세포를 놔둘 순 없는 거니까... 해봅시다.
　　　　　(진우에게) 어떻게 할 건데?

진우　　　(잠시 동수에게 머무는 눈길)

동수　　　(모르는 양 딴청)

진우　　　(동수에게서 눈길 거두고) 오세화 원장님의 발의 혹은,
　　　　　교수협의회 3분의 2의 찬성, 따라서

태상　　　여기 누구 (일어난다)

진우　　　(태상 보는)

태상　　　(단상으로 이어진 계단으로 간다) 오원장 연락되는 사람 있습니까?
　　　　　이 중차대한 때에 원장이 권리 행사를 안 하니 말야. (무대로 올라서는)
　　　　　해임권 발의로 중지가 모아진 것 같은데, 그럽시다,
　　　　　(단상 가운데로 와 선다) 발의합시다, 내가 하지.

진우　　　자격이 안 되십니다.

태상　　　!!!

진우　　　무기정직 처분, 김태상 부원장께선 발의하실 수 없습니다.

태상　　　너야말로 무슨 지격으로 지껄여? 내가 아니면 누가 (하다)

진우의 다음 말이 무엇이 될지 알아차린 태상, 시선이 경문에게 홱 돌려진다.
태상의 시선을 따라 점차 경문을 보게 되는 의료진, 조금씩 동요된다.
꼿꼿이 앉은 경문, 그 시선 침착하게 다 받는다.

진우　　　(시선이 경문에게 몰릴 때까지 충분히 시간을 뒀다가)
　　　　　현재 상국대학병원 부원장직은 공석입니다.

태상　　　!

진우　　　공석이 된 그 자리에, 흉부외과 주경문 교수님을 추천합니다.

태상　　　정직은 안 되고 해고된 사람은 돼? 그거야말로 무슨 자격으로?!

경문　　　누가 절 해고했는데요? 지금 구사장 단독 처분에 동의하시는 겁니까?
　　　　　그런 분께서 어떻게 해임을 발의하죠?

진우　　　주경문 교수님은 지난 원장 선거 결선 투표에 차득표자이십니다.

그보다 더한 자격이 어딨습니까? (객석을 향해) 반대하는 분 계신가요?
이의 있으시면 지금

태상   (O.L. 진우에게 삿대질하며 모두를 향해) 이놈이 어떤 놈인 줄 알아?
날 심평원에다 몰래 갖다 찌른 놈이야!

진우   !

의료진, 이게 무슨 소린가 한다. 이건 몰랐던 경문도 노을도 놀라서 진우 본다.

태상   심평원 현장 조사! 외부인인 척 가짜 이름으로 지 스승을, 20년 선배를,
교수를! 사고가 난 것도 아니고 성공적으로 끝난 수술에 날 고발한 놈,
예진우! 우리가 그 고생해서 어떻게든 사람 살려내면 진료비 깎자고
덤비는 원수 같은 데다가 날 팔아먹은 것도 모자라서 걷지도 못하는
지 동생 불러다가 동정표 얻어가며 날 까발린 놈!
야 이동수 너 이런 배신자 새끼 키운 거야!

동수   (당황했다)

태상   배신자 새끼가 어딜 나한테 (경문에게) 너 이런 놈인지 알고 얘랑
붙어먹었니? 언제부터 둘이 작당했어? 시골서 올라올 때부터?

경문   (... 일어난다. 태상 보던 시선 진우에게 돌린다) 예진우 선생, 사실인가?

진우   ...

경문   예선생 대답해요, 김태상 교수 고발했어? 평가위원회에?

진우   .. 제가 했습니다.

암센터장 너 미쳤어?

'진짜 미친 거 아냐?' '찔러 넣을 데가 없어서 어떻게 거기다' 등등 의료진 소리 들린다.
동수마저도 저놈이? 하는 얼굴이 된다.

경문   왜.

진우   ... .

〈첨부1. 췌장암 의료진 사이트 이미지〉

14

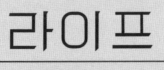

라이프

LIFE

S#1. 상국대학병원/강당 - 낮

무대 위에는 진우와 태상이 있고, 단상 아래 첫 줄에는 경문이 일어서 있다.

경문	예선생 행동은 어떤 경우에도 변명이 안 돼.
	과잉 진료를 막고자 했다면 내부에 먼저 알렸어야 했어.
	소속 과장, 나, 심사실, 알릴 대상은 얼마든지 있어.
	그 어떤 의사도 우리 손발을 묶으려고 드는 정부기관에다 대고
	투서를 하진 않아, 파급효과만 노렸던 거야.
진우	...
경문	다만 이유가 있을 거라 생각해. 왜 그랬나 예선생.
태상	이유 있지, 얘는 날 찌르고 넌 날 치고 원장 선거에서 날 흔드는 거.
	그런데 이제 와서 처음 듣는 척 후배한테 씌우기인가,
	아니면 여전히 연극인가?
경문	교수님께 여쭙지 않았습니다.
태상	(이 자식이)
진우	김태상 교수님께 배웠습니다.
경문	음?
진우	심평원을 이용하라.

질문한 경문도, 같은 무대의 태상도, 무대 아래 의료진 얼굴에도 물음표가 뜬다.

진우   2017년도 의료 질 평가금 3억 6천이 우리 중 한 사람,
        개인 통장에 있습니다.
경문   (그 말에 설마, 태상 보게 되고)
모두   (시선이 전부 태상에게 쏠린다. 전부 그럼 네가? 하는 시선인데)
태상   (심호흡하고 턱 쳐든다. 그 표정, 얼마든지라고 말하고 있다)
진우   이보훈 원장님이요.
모두   !
진우   그분 사후에, 병원의 누군가가 심평원과 암묵적 합의를 하고
        원장님 통장에 있던 평가금 전부를 병원 재정에 귀속시켰습니다.
        이미 사람이 숨졌는데 어떻게 돌려났는지 저는 모르겠습니다.
        어떻게 딱 맞춰서 마치 죽길 기다렸던 것처럼! 횡령이든 착복이든
        개인 게 돼버린 거액을 회수할 수 있었는지 저는 도저히 모르겠습니다.
        주경문 교수님, 부원장은 그 돈이 왜, 어떻게 된 건지 볼 수 있습니다.
        부원장이 돼주세요, 내역을 밝혀주세요, 지병으로 돌아가셨다는 이보훈
        원장님이 왜 군이 남의 집에서 떨어져 죽었는지 밝혀주세요!
태상   훗, (숨기지 않는 비웃음) 그렇게 몰고 가면 니 잘못이 희석될 거 같지?
진우   (이제 적의를 숨기지 않고 노려보는)
태상   내가 이원장 죽음에 책임 있을 거처럼 내지르면 넌 빠져나갈 수 있을
        거 같지? (모두를 향해) 내가 정말 죽였을까? 정말 내가 이 두 손으로
        떼밀었어? 내 집 내 옥상에서!

좌중 어느 누구도 그리 생각하지 않는다. 아무리.. 그랬을 리는 없다..

태상   나한테 배워? 내가 평가금 이용해서 이보훈일 옭아맸어? 어떻게?
        개인 통장이라며 무슨 수로? (진우가 대답 없자 더 몰아붙이는)
        어떻게 알고 있었단 듯이 회수했냐고? 알고 있었으니까!
        이보훈이 무슨 짓을 했는지 알았으니까! 어차피 죽은 사람 덮어주고
        감싸줬더니 입에서 젖 냄새나 풍기는 게 대충 주워들은 걸 갖고!!

	어 그래, 그것도 니 동생한테 들었구나?
	심평원에 식구 없는 사람은 서러워서 살겠나!
진우	(한 큐에) 어디서 개수작이야, 누구 인생 망치려고, 내가 너 가만 안 둬.
동수	(막말에 놀란 상체가 들리며) 야!
태상	(그러나 동수 외침보다 먼저) 이 새끼! (진우 멱살 잡고 한 손 쳐드는데)
경문	(그와 거의 동시에 무대로 뛰어든. 태상의 쳐든 팔 잡지만)
	예선생 미쳤어? 할 말 못할 말 구분해!
진우	(한 마디 한 마디 밀어내듯) 두 분, 그날, 싸웠어요, 원장님 사망 당일.
태상	(이번엔 정말 놀란다. 이것까지 알고 있는 줄은 몰랐다)
진우	이제 기억나세요? 교수님이 원장님한테 직접 한 말입니다.
	그분이 교수님 인생 망치려고 했다면서요?
	무슨 개수작을 그렇게 했는데요, 원장님이? 교수님 입으로 가만
	안 두겠다고 한 상대가 왜 바로 그 밤에 돌아가셨는데요?
경문	(태상 보는. 일단 아직도 진우 멱살 잡은 태상 손을 놓게 한다)

강당의 흐름이 변한다. 같은 침묵이어도 이제 의혹이 가득하다.

태상	(공기의 변화가 느껴지는...) .. 거짓말이야.
경문	싸운 적이 없다고요, 전부, 거짓말?
태상	없어.
노을	(없어, 가 끝남과 동시에) 들었습니다.
태상	!
노을	원장님 사망 당일 낮에 부원장님께서 누군가와 싸우는 걸 소리치는 걸,
	들었습니다. 고함소리 뒤에 부원장실에서 나온 사람이 우리들의
	전 원장님인 것도 확인했습니다.
태상	.... (모두를 본다. 좀 띄엄띄엄) 심근경색, 폴다운이야 이보훈.
보훈E	**나한테 왜 그랬어.**
태상	(이 말이 정말 들린 것처럼 놀란다. 홱 돌아보는 순간)

Insert1〉- 태상의 집/현관 + 거실 - 밤
현관문 열고 선 태상, 그 앞엔 이미 술이 많이 오른 보훈이 섰다.

굳은 얼굴로 서로를 보는 두 사람,

cut to. 태상의 집/거실 - 밤

보훈   그 통장 건드릴 사람 너밖에 없어. 우리가 몇 년인데,
        너랑 나랑 마누라보다 자식보다 더 얼굴 맞대고 산 게 몇십 년인데 왜.

태상이 돌아본 곳엔 진우뿐인데.. 태상, 진우에게서 고개 거두고 모두를 본다.

태상   나랑 원장, 30년이야. 지금 이게, 니들이 날 추궁해? 이게 말이 돼?
태상E   주경문이 왜 데려왔어?
태상   30년을 곁을 지켰어, 친구로 후배로.

Insert2〉- 태상의 집/거실 - 밤

태상   **후배로 20년, 원장 이보훈 밑에 2인자로 10년,
        당신 연달아서 원장 해먹는 동안 누가 받쳐줬는데? 당신이 우리
        인자하신 원장님 소리 듣고 다니는 동안 누가 싫은 소리 도맡았는데?
        나는 미움받는 게 좋은 줄 알아? 난들 욕 처먹는 게 안 아픈 줄 알아!**

태상   왜 남의 집에서 지병으로 떨어져 죽었냐고? 그걸 밝혀달라고? 이상엽!
암센터장 (갑자기 이름 불려 놀라는)
태상   니가 보골 해? 원장한테? 환자 죽었다 했더니 원장이 덮자고 했어?
암센터장 !!
태상   내 눈 똑바로 쳐다보고 다시 말해, 보고했다고 해봐!
암센터장 (입 꼭 다물고 눈 착 내리깐)
태상   김정희!
산부인과장   (벌써 표정이 굳었다. 당황한 것 숨기려 하지만 침 꿀걱 삼켜지는)
태상   니 환자 죽었을 땐 어떻게 했어? 너 대신 누가 유족한테 가서 맞았어?
        어떻게 넌 그 뒤에 숨어서 코빼기 한 번을 안 비칠 수 있었을까?
        서지용, 너 아직도 여자 환자들 만지니? 간호사한테 쪽지 보내?

니 와이프가 원장님한테 울고불고 매달려서 너 안 짤린 거는 알아?
야 장민기 넌 누가 니 식구부터 이식시켜주래? 원장이 영원히 모를 줄
알았어? 이 중에 이보훈 피 안 빨아먹은 인간이 어딨는데!

진우   (태상 뒤에 서서 이름이 나올 때마다 그 면면을 하나하나 보는데)

호명당한 사람들, 숨소리도 못 낸다. 사실 이름 안 불려진 중에도 당당한 얼굴이 없다.

태상   ... 주경문.
진우   ! (경문 보는)
태상   넌 혼자 고고한 척 관심 없는 척하면서 원장이 챙겨주는 건 다
          받아먹었어. 니가 자리 욕심이 없어?
태상E   **너한테 왜 그랬냐고? .. 나한텐 왜 그랬어?**...

Insert3〉 - 태상의 집/거실 - 밤

보훈   **이번이 끝이었어. 더는 안 나올 거였어...**
태상   **알아 근데 나도 끝이었지. ... 주경문이 왜 데려왔어?**
보훈   **!**
태상   **모를 줄 알았어? .. 너한테 왜 그랬냐고? .. 나한텐 왜 그랬어?**

태상   (모두에게) 이보훈이 왜 심근경색에 걸렸을까. 너, 너, 니들 전부,
          니들이 갉아먹었잖아 늙어가는 심장, 10년 동안 한 움큼 한 움큼,
          필요할 때마다 니들이 떼 갔잖아. 뭘 물어?....

반발하거나 부정하는 이 없다.

진우   ... 스스로에게 하실 말씀은 없습니까?
태상   (천천히 돌아보는)
진우   대리 수술도 그래서 하신 건가요?
          다른 분들과 형평성을 맞추려고, 같이 갉아먹으려고.
태상   예진우, 예선생.. 10년 20년 후에 너한테도 오늘이 올 거야.

환자는 밀려들고 수익은 악화되고 감당 못할 예약을 받고 이리저리
정신없이 뛴 날 새파란 후배가 그럴 거야.
왜 한 명 한 명한테 충실하지 않냐고. 왜 외국처럼 길고 친절하게
못하냐고. 왜 시스템 안에서 뱅뱅 돌기만 하냐고.

진우　저희 모두 그렇게 삽니다. 하지만 자격 정지는 교수님 한 분뿐이세요.

태상　.. 상국대는 나 못 버려. 구사장도 이원장 망령도 그건 못해.
내가 버려. 다 이루고서 이제 내가 내 발로 나가.

진우　(똑바로 본 상태로) 안녕히 가십시오.

태상　(꿈틀하지만..)

태상, 더 이상의 오욕이 없으려면 이제 떠나는 것뿐이다.
발소리 울리며 무대 떠나는데,

경문　지금 가셔도 오늘 제기된 의혹들은 여기 그대롭니다.
평가금 명세, 이보훈 원장의 마지막, 제대로 연구해서 내역 말씀드리죠.

태상　(잠깐 멈추지만 돌아보지 않는. 그대로 간다)

수십 번은 드나들었을 출입구를 마지막으로 천천히 향해 가는 태상.

Insert4〉- 30년 전. 의대생 시절의 태상. 젊은 어느 날(자료화면)

턱을 괴고 앉았던 산부인과장, 눈앞을 스치는 나이 든 태상을 눈만 들어서 본다.

Insert5〉- 30년 전. 한때는 싱그럽고 빛나는 선배였던 태상(자료화면)

문 여는 태상, 돌아보지 않고 문밖의 세상으로 들어간다. 문 닫히는 소리, 쿵...
산부인과장, 문득 본인 손이 눈에 들어온다. 눈앞에 대고 보면 주름졌다.
가슴께 늘어진 ID 카드의 사진도 보는. 그녀도 더 이상 소녀가 아니다.

산부인과장　(어쩔 수 없는 미소, 에잇!) 뭐라도 합시다, 젠장!

그 말에 꽉 눌렸던 강당, 뒤척이는 소리, 기침소리, 사람의 소리로 다시 채워진다.

경문 직면 과제부터 하죠, 또 따로 모일 필요 없이 (뒤에 스크린 가리키는)
      찬성하십니까, 총괄사장 파면? 3분의 2 교수협의회? (먼저 손드는데)
진우 부원장 임명도 같이요.

즉각은 아니지만 센터장급, 교수급, 손들이 올라간다. 하나 둘..
일정 연령 이상의 사람들 손은 거의 다 올라간다.
투표권은 없어도 바짝 지켜보던 젊은 의사들, 격려의 우우 소리와 작은 박수도 치고.
경문, 결과 확인하고 손 내리는데,

암센터장 (손들었다 내리지만) 구사장 노조 파괴자였어. 절대 쉽지 않을 거야.

진우, 경문을 보고 경문, 진우 본다. 두 사람, 각오해야 한다.

S#2. 동/사장실 - 낮

승효, 생각에 골몰한 채 움직임 없다... 핸드폰 문자는 연이어 울리고. 액정 C.U.
〈해외투자 열풍에 2분기 해외주식 결제 약 163% 증가〉- 발신자: 이코워크,
〈건보 적용대상 확대 예정〉- 발신자: 데일리 메디컬.
혼자 울리는 핸드폰. 쳐다보지 않는 승효.

S#3. 동/강당 - 낮

사람들 다 빠져나갔다. 텅 빈 자리에 혼자 남은 노을.

강팀장E **쌤이 술 마실 때 자꾸 우리 사장님 반응을 걱정하는 거라,**
       어떻게 보였을지 그 걱정을 하잖아요.
노을   (긴 숨. 그러나 승효 파면의 주사위는 이미 던져졌다. 일어난다)

S#4. 동/복도 - 낮

암센터장 (무의식중에 벽을 손끝으로 톡톡 치며 간다...) 될까...

S#5. 화정그룹 본사/회장실 - 낮

조회장 (전화) 그게 가능해?.. 건방진 놈들, 누가 임명했는데 지들 맘대로.
(듣는) .. 놔둬, 구사장 아직 녹 안 슬었는지 보자고.

S#6. 대학병원/구조실 - 낮

구조실장, 통화 중인데 구조실 직원, '사장실에서 찾으십니다' 적힌 메모를 놓고 간다.

S#7. 동/복도 - 낮

전화 중인 창, 사람들 없는 구석진 복도지만 입 가리고 누가 오는지 살피는 눈.

창 그러지 말고 해고 안 시킨다고 해. 지금이라도 없던 일로 하면 되잖아.
뭐하러 사서 원망을 들어?

S#8. 동/사장실 - 낮

창F 왜 이렇게까지 하는 건데?
승효 (전화 중. 앞에 선 강팀장을 흘끗 보면)
강팀장 (승효 책상 앞에 섰는데 입이 나오고 화도 났다. 중얼) 얻다 대고 쪄..

승효   … 일해, 끊는다. (끊는. 강팀장 보는)

강팀장   (척, 받아 적을 준비)

승효   의약품 공급 관련해서 실정법 찾아주세요.

강팀장   판례 위주로 드릴까요?

승효   네. 비영리 법인 소유의 부동산을 신탁이든 기부든,
         공동체 명의로 변경할 수 있는지도. 소유 부동산 전체 말고 일부만요.

강팀장   네.

승효   지금 오원장 집으로 가세요.

강팀장   네? (하다) 예.

승효   (됐다, 끄덕인다)

강팀장   (빠르게 책상으로 가 가방 등 챙기는 손길) 도착 즉시 보고드릴게요.

강팀장, 사장실을 나가는데 아직 나간 문이 닫히기도 전 밖에서 들리는 목소리.

구조실장E   외근 가세요?

강팀장E   예, 드가세요.

구조실장   (들어와 목례한다) 강당에서 진행된 일, 내용 들으셨습니까?

승효   실장님은 어떻게 벌써 알았습니까?

구조실장   그보단 대비하셔야 합니다. 송탄 부지를 시세보다 높게 사들인 걸
         저들이 지적하고 나설 수 있습니다.

승효   입증하기 어려운 걸 먼저 걱정하시네요?

구조실장   저쪽에서 해명을 요구해 오면 본사와 환경부 장관 모두가 귀찮아질
         겁니다, 사장님.

승효   그보단 총괄 해임에 결정타를 찾으려고 할 텐데 말씀하신, 저쪽은.
         부검에 참여한 사람들 먼저 컨택하려고 하지 않겠어요?

구조실장   그건 제가 차단하겠습니다.

승효   물론 그러겠지, 하지만 이 병원 사장이 시켰다, 사인 왜곡을 강요했다,
         이거 하나면 끝나는데. 부검에 들어간 사람들, 내가 만납시다.

구조실장   그쪽은 정말 사장님께서 신경 안 쓰셔도 됩니다.

승효   (평범한 어조로) 본사에서 케어하고 있습니까?

구조실장   (짧게만) 예.

승효	오세화 원장은? 까다로운 사람인데 원장도 입단속이 되려나?
구조실장	지금, 보시다시피요.
승효	(끄덕..) 알았어요. 실장이 잘하겠지, 하던 일이니까, 아 자기들끼리
	새로 부원장을 뽑았다는데 우리 병원 직원이 아닌 사람이라면서요?
구조실장	조처하겠습니다. 그런데 의료기관은 일반 사업장하곤 확실히 다르네요,
	해직자도 출입 통제가 굉장히 어렵습니다.
승효	그렇지, 외부인이 종사자보다 많이 드나드니..
구조실장	사람들 다 보라고 문 앞에서 막을 수도 없고요.
승효	음...

S#9. 동/복도 - 낮

경문과 동수, 진우, 나란히 간다.

동수	이거 파업할랑 말랑 때처럼 즈그들 밥그릇 싸움으로 프레임
	씨야버리면 구사장헌티 또 우리가 말릴 거인디.
경문	그래도 수습 간호사 임금은 돌려놔야죠, 40만 원이 뭡니까.
동수	기왕지사 그럼 비급여 항목 강제허는 거랑 성과급. 것도 읎샙시다?
경문	그것도 있어요. (끄덕이지만) 성과급은 혜택 보는 사람들 때문에...
진우	(발 맞춰서 가지만)
태상E	**나랑 원장, 30년이야.**

Flashback〉- 8회 S#23. 진우의 회상에서 정신과 진료실에 앉은 11살 진우에게 괜찮다고 차분히 말해주던 보훈. 그때의 젊은 보훈의 모습.

| **태상E** | **30년을 곁을 지켰어, 친구로 후배로.** |

동수와 경문, 원장님 죽은 날에 부원장이랑 싸웠다고 경찰에 가서 다시 얘기할 거냐, 등 대책 논의에 바쁜데 그 옆에서 감감히 가기만 하는 진우.

Flashback〉- 1회 S#35. 평가금 횡령을 의심해서 원장실로 달려온 진우가 보훈에게 '언제까지 숨기려고 했어요?' 하며 추궁하던 장면.
눈에 보일 정도로 당황하면서 누, 누가 그래? 되묻던 보훈.

태상E   이 중에 이보훈 피 안 빨아먹은 인간이 어딨는데!

진우, 발은 가면서도 머릿속은 지난 시간에 사로잡혀 있다.
그 옆에는 이젠 대화를 멈춘 경문과 동수, 유난히 말 없는 진우를 곁눈질한다.
그들이 보는 줄도 모르고 시선을 좀 떨군 채 가는 진우.

경문   (갈림길이 나오자) 나중에 봅시다.

진우, 목례만 하고 계속 간다.
동수, 경문과 가볍게 인사하면서 진우가 왜 저러지? 하는 눈길로 서로 쳐다본다.
경문도 진우 쳐다보지만 따로 묻지 않고 가고,
진우, 먼저 가는데 갑자기 뒤에서 점프해서 진우 어깨를 푹 누르듯 잡는 동수.

동수   이눔아 니 직속이 누구여? 생각헐수록 섭헐라고 허네?
진우   네?
동수   얌마 원장이든 부원장이든 니는 밀라문 직속인 날 밀었시야지.
**   주갱문이가 뭐야 주갱문이가 쯧, 실컷 남에 다리나 긁어주는 눔.**
진우   (피식하는)
동수   쪼개지 마 이눔아, 내가 아주 두 눈 똥그라게 뜨고 볼 거여.
**   주갱문이 나보다 을마나 잘허는지.**
진우   과장님 눈 어떻게 떠도 안 똥그란데.
동수   ! (흘기는)

진우, 아까 동수가 했듯이 그의 어깨를 양손으로 뒤에서 잡으며 간다.
손 치우라, 동수가 몸을 털면서 가지만 안 놔주고 뒤에서 쫓아가는 진우.

소리E)   삐익 하는 컴퓨터 경고음.

S#10. 동/응급실 - 낮

스테이션 모니터 앞에 선 진우. 그 주위에 둘러선 은하, 안선생, 방선생.
모니터에 팝업창이 떴는데, '사용할 수 없는 코드입니다'라는 메시지가 커다랗다.
팝업창 끄는 진우, 의무기록 화면에 처음부터 다시 ID와 비밀번호 치고 엔터 키 치는데,
바로 울리는 경고음, 똑같은 팝업창.
같이 보던 간호선생들, 말은 안 해도 어떡해.. 하는 무언의 눈길들.

S#11. 동/흉부외과 스테이션 - 낮

마찬가지로 모니터 보던 양선생과 흉부 전문의1, 2. 민망함에 서로 눈치만 본다.
경문 역시 '사용할 수 없는 코드입니다'라는 팝업창을 마주했다.
경문, 후배들 앞에서 창피하다. 목에 붉은 기가 올라온다.

S#12. 동/응급실 - 낮

안선생과 방선생은 바쁜 척 딴 데로 가고 은하, 좀 쭈뼛대며 본인 아이디로 입력하면,
언제 그랬냐는 듯 정상적으로 넘어가는 의무기록.
정상으로 진행되는 걸 말없이 확인하던 진우, 응급실을 나간다.
그가 나가자 모른 척하고 있던 주변 의료진들, 어떡하나 싶은 표정들로 돌아본다.

S#13. 동/복도 - 낮

굳은 얼굴의 진우, 응급실에서 내부로 통한 복도를 뚜벅뚜벅 간다.
그 걸음걸음마다 묻어나는 분노.
그의 머릿속엔 지금까지 승효가 내뱉은 말들이 울린다.

보훈의 이름으로 매출표를 올린 게 진우임을 알게 된 때 승효가 한 말,
'지 살 궁리는 한 거지. 어떻게 하면 내 모가지는 지키면서 서울엔 붙어 있을까'를
시작으로 강당에 모두 모였을 때 승효가 의사들을 향해 던졌던 일갈,
'여러분 의사잖아요? 간호사잖아요? 여러분이 가면 그 사람들이 안 죽는 거잖아요?'
암센터장에게 한 '부끄러운 줄 아세요' 등등,
그간 승효가 쏴붙인 말들이 분간할 수도 없이 모두 한데 엉겨 진우 머릿속에서 울린다.
큰 걸음으로 승강기까지 온 진우, 버튼을 옆 주먹으로 쳐서 누른다.
승강기 열리면 타는 진우. 문 닫히고 1층에서 2층 3층... 계속 올라가는 층수 표시등.

S#14. 동/사장실 – 낮

승효 책상 인터폰 화면에 진우가 떴다. 일하던 상태로 인터폰 쳐다보는 승효.

S#15. 동/사장실 밖 복도 – 낮

굳게 닫힌 사장실 문 앞에 진우, 벨 다시 안 누르고 열리든 아니든 문 앞에 버텨 섰다.
1초, 2초... 지잉, 풀리는 자동문.
진우, 들어간다.

S#16. 동/사장실 – 낮

진우가 들어서면서 보면 강팀장 책상은 비었다. 승효 책상 앞으로 가는 진우.
천천히 노트북 닫는 승효, 의자에 완전히 기댄다. 고개만 들어 진우 본다.
잠시 허공에서 부딪치는 두 사람의 시선.

진우 파견, 해고, 통째로 뜯어내든 하나하나 목을 치든,
    할 줄 아는 게 이것뿐이시죠, 딴 방법은 생각할 필요도 없었을 거고.
    그걸로 여기까지 오셨습니까? 남에 일터를 본인 놀이터 삼아서?

승효   누구나 전공분야란 게 있는 법이니까. 그쪽도 잘하는 게 있는 거처럼.
        .. 밀고. 죽은 사람 이름 뒤에 숨든 익명으로 투서를 하든.
진우   마음에 안 드셨나 봐요? 이제부터 다른 전공을 보여드리죠.
        숨지 않고 가리지 않고 직접 대면해드리죠.
승효   미안하네요? 나는 내 직원만 상대해서. 그만 좀 질. 척. 대지.
진우   ... (고개 돌리는. 승효 너머 커다란 창으로 돌리는 시선)
승효   ...
진우   (창가를 바라본 채 손을 그쪽으로 조금 든다) 봐도 됩니까?

승효, 대답해줄 마음 없고 진우도 묻긴 했으나 딱히 대답 필요 없다.
진우, 발걸음 뗀다. 승효 책상을 빗겨 창가로 가 서면,
발아래엔 늘 승효가 보던 상국대병원이 펼쳐져 있다.

진우   (여기서 보는 병원 중정은 처음이다) 이걸 보여드리려던 사람이 있었죠.
승효   (무슨)
진우   우리 병원을 보여드리면 구사장님도 달라질 거라는 사람이,
        아직 모르는 것뿐이지 알면 품어줄 거라고, 우리하고 다르지 않다고.
승효   (이제 무슨 말인지 누굴 말하는 건지 알지만...)
진우   그런데 이미 보고 계셨네요, 매일매일 이 풍경을 보면서도 달라지지
        못했던 거네요, 사장님을 바꾸려던 쪽도 맞서려던 쪽도 실패입니다.
        그래서 (승효 보는) 이 자리에 앉는 분 자체를 바꾸기로 했습니다.
승효   그거는 성공할 거 같은가 보네? 그런데, 뭐 본인 자유지만 지금 이럴
        정신이 있나? 나 같으면 이참에 몇 달 쉬면서 온 시간을 동생한테
        쏟을 거 같은데.
진우   걔가 무슨 상관입니까! (순식간에 가장 분노한 눈빛으로 돌변했다)
        그딴 충고 없어도 우리 형제 잘 먹고 잘 삽니다, 신경 끄십쇼!
승효   잘 먹고.. 잘 산다..? (이 반응은?)
진우   할 말 있어도 날 갖고 하세요, 빈정댈 때 갖다 쓰라고 있는 애 아닙니다.
        식구는 들먹이지 맙시다.

갸웃하는 승효, 언급 자체가 싫어서 이러나, 무슨 뜻인지 정말 모르나?..

승효, 표정에 그런 의문과 생각을 그대로 담고 진우 보는데,
승효가 선우의 장애를 빗대었다는 생각에 화가 난 진우, 의문을 눈치챈 기색은 없다.

승효 .. 예선생, 오늘이 마지막이거나 환자들 앞에서 개처럼 끌려 나가거나.
(손가락 뻗어 뒤에 문 가리킨다)
진우 (인사 따위 생략하고 문으로 곧장 간다) 이런 식으로 살면 좋습니까?
가는 데마다 망가뜨리니까 좋아요? 만나는 사람마다 해치고 아프게
하려면 (문 앞에 멈춰) 여긴 왜 왔습니까, 여긴 살리는 덴데.
승효 만들고 지키고 넓히면서 삽니다.
진우 본인 생각이죠. (나간다)
승효 ... 정말로 망가지고 아프게 되고 싶어..? ..

S#17. 동/사장실 앞 복도 - 낮

사장실에서 나와 큰 걸음으로 마구 가는 진우의 뒷모습. 그러다 멈춘다.
고개를 약간 한쪽으로 기울이고 그대로 선... 뒷모습이라 어떤 표정인지는 알 수 없다.

S#18. 동/경문의 연구실 - 낮

경문, 탁자에 여러 인쇄물을 펴놓고 이것저것 고르고 추린다.
그사이에도 프린터는 계속 종이를 뱉어내고. 좀 강한 노크소리 울린다.

경문 (인쇄물 챙기느라 문 보지 않고 대충) 네.
진우 (들어온다) 교수님
경문 (여전히 보지 않고 프린터 가리키는) 저 프린트 좀.
진우 (프린터에서 인쇄물 걷으면서 내용 살피면)

〈춘계대학병원 자회사 인베스트 행정조사 진행〉
〈동생이 대표인 의료기관에 납품한 의약도매상 조사〉 등, 의약품 법 관련 기사들이다.

탁자로 가져오는 진우, 복잡한 테이블에 놓지 않고 경문이 볼 수 있게 펼쳐서 보인다.

진우	의약품 도매상은 특수 관계의 의료기관에 의약품을 공급할 수 없다,
경문	(진우가 가져온 것 포함 인쇄물들을 클립으로 집는다)
	일단 구사장을 걸고 넘어뜨릴 건 다 찾긴 했는데 슷.. (의구심..)
진우	뭐가 걸리세요?
경문	너무 대놓고 우리한테 자회사라고 하지 않았어? 구사장 같은 사람이
	관련 법 하나 안 찾아봤을 리 없는데 내가 자회사 만들었다,
	니들은 여기 약품만 처방해라, 너무 거리낌 없이 나선 게 좀...
진우	자회사면 특수 관계 정도가 아니니까 의약품 법 위반은 확실한데.
경문	그치, 근데 너무 나 위법행위 했소, 광고를 한 거지,
진우	그래도 이것만 갖고도 구사장 사실 완전 아웃인데요.
	해임 조항에 전부 걸리잖아요, 부정행위, 강령 위반, 위법 부당한 사례.
경문	그치.. 밀어보자고!
진우	(전에 없이 강경한 경문 보는) 교수님 코드도 안 먹히는 거죠?
경문	.. 외래, 수술, 다 날라갔어. 내가 아예 지워졌어. 쌔끼 주깨뿔라 씨.
진우	교수님도 그런 말 할 줄 아세요?
경문	머라 처씨부리쌌는데?
진우	!
경문	나 원 참 (하다 문득) 근데 말야. ... 이보훈 원장님 평가금 있잖아,
	그것도 혹시 구사장이...?
진우	(무슨 소린지 알지만) 원장님 통장에 평가금이 들어온 게 올 1월이에요.
경문	아아.. 구사장 오기 한참 전이네.
진우	발령도 나기 전이에요, 물론 그룹 내부에선 1월에 벌써 구사장이 여기
	오기로 결정 난 건진 모르겠지만, 우리야 뭐 알 길이 없으니 어쨌든
	구승효란 사람이 병원 사장으로 온다, 이 기사 난 게 3월..? 이었으니까.
경문	하긴 구사장이 이원장님이랑 뱃속부터 웬수진 사이도 아니고 부임
	전부터 헷짓을 해놨을 린 없지. 그럼 (손에 든 인쇄물) 이걸로.
진우	... 교수님. ... ...
경문	음? (인쇄물 순서대로 놓는데 불러만 놓고 대답이 없어서 본다) 왜?
진우	... .. (쳐다만 보다가 불쑥) 우리 선우 아파요?

경문	!
진우	(당황하는 경문 반응이 더 당황스럽다)
경문	.. 동생한테 직접 듣지?
진우	(이건 더 불길한..)
경문	(차마 진우 못 보고 인쇄물에만 집중하는 척...)

잠시 그대로 있던 진우, 스르르 일어난다. 경문에게 혼 없이 자동 목례하고 나가는데.

진우	(문을 열려다) 구사장은.. 구사장도 당연히 모르겠죠..?
경문	(돌아보면 문을 대하고 선 뒷모습의 진우) 뭘?
진우	(자기 자신에게 혼잣말하듯) .. 선우요. (나간다)
경문	(진우가 나가자 자료 쥔 손에 힘이 풀린다. 착잡한..)

S#19. 동/경문의 연구실 – 낮(1년 전. 경문의 회상)

경문과 보훈 마주 섰고, 보훈 옆엔 휠체어 탄 선우가 있다.

경문	친구분 데려오신다더니?
보훈	데려왔잖아 여기. (선우 어깨에 손 얹는)
선우	처음 뵙겠습니다, 예선우라고 합니다.
경문	(악수 권하면서) 주경문이에요. (하다) 예선우? 우리 응급에도 예씨 있는데 가만, 예진우, 예선우.
선우	(웃는) 맞습니다.
경문	맞아요??
보훈	응 진우 동생. 닮았지 둘이? 뽀오야니.

경문, 어색한 미소. 어쩔 수 없이 휠체어가 의식된다. 탁자에 걸터앉아 눈높이 맞춘다.

보훈	주교수 지금 병원장 30년 절친 맏은 거야, 완전 VVIP. 잘 모셔?
경문	거 누가 봐도 아들뻘을 갖고 친구는 무슨. 어딜 묻어 가려고 해요?

웃으며 서로 보는 선우와 보훈, 서로를 대하는 진심이 미소에 고스란히 드러난다.
그렇게 예쁜 막내아들 보는 듯한 보훈의 환한 얼굴이 클로즈업되는데.

S#20. 동/원장실 - 낮(1년 전. 경문의 회상)

클로즈업된 보훈 얼굴에서 빛이 사라졌다. 흐려진 눈빛, 절망에 스러진 얼굴.
그 앞엔 파일 하나를 만지막대면서 건네주지 못하는 경문이 섰다.
뭐라 입을 열지 못하는 경문. 선우의 검사 결과를 듣고서 더 이상 묻지 못하는 보훈.

S#21. 동/경문의 연구실 - 낮(현재)

긴 숨 내쉬는 경문, 피곤한 눈 문지른다.

S#22. 동/사장실 - 낮

승효, 컴퓨터에 '스마트 체중계 앱'을 입력한다. 검색 결과 훑는데,

승효   (유선전화 울린다. 발신자 강팀장. 바로 받는) 네. (하다) 오원장님?
        (모니터를 향했던 의자가 좀 더 전화 쪽으로 틀어진다) 괜찮아요?
        (듣는데.. 잠깐 눈 감았다 뜬다) 무슨 일이었는데요.
        (듣다가) 옆에 강팀장 때문이면 강팀장 이런 일 처음 아네요.
        말하세요, 오세화 원장. (듣는) 네, 네..

이제 듣기만 하는 승효, 앉은 자리에서 네, 네 하는 게 전부지만,
표정, 목소리, 온 신경 기울여 세화에게 집중하고 있다.

S#23. 진우의 집/아파트 마당 - 낮

급히 주차시키고 내리는 진우, 공동현관으로 뛰어 들어간다.

S#24. 동/안방 - 낮

선우, 이불 밖으로 얼굴을 반쯤 내민 채 잠들었다.
열기로 홍조 띤 볼과 땀에 젖은 이마. 숨소리가 다소 불규칙적이다.
땀으로 머리가 달라붙은 선우 이마 위로 스치듯 올라오는 하얀 손.
선우 뒤에 나타난 진우가 이불을 조금 내리고 선우의 이마를 짚어본다.
형이 왔는지도 모르고 비몽사몽인 지금의 선우 상태처럼, 화면 전체가 진우 쪽으로
움직이지 않고 침대에 누운 선우 쪽에 고정돼 약간 위를 비춘 각도다.
때문에 화면에는 선우가 커다랗고 그 뒤에 진우는 약간 꿈결처럼 배경처럼 느껴진다.
일어나는 진우. 그가 방 밖으로 나가는 게 선우 뒤로 아웃포커스 되어 보인다.

열린 문 사이로 주방 쪽에서 들리는 물소리, 손 씻는 소리,
그리고 서랍에서 뭔가 꺼내 다가오는 발소리까지.
뭔가를 양손에 든 진우가 다시 나타나 침대 가로 오더니 선우 귀에 체온계를 꽂는다.
... 체온 확인하는 진우. 화면에 수치는 안 보이지만 진우 표정이 다소 안심인 듯하다.
선우를 건너 카메라 쪽에 손을 뻗는 진우. 덕분에 진우 손이 커다래 보이는데,
부스럭 소리 내며 거두는 진우 손에 약국 봉투가 들렸다.
선우와 카메라 사이에 놓였던 약봉투를 집어간 진우, 약을 꺼내 가까이 들여다본다.
약봉투 내려놓고는 물에 적신 수건으로 선우 얼굴을 닦아준다.
미약한 소리 내는 선우, 진우 쪽으로 고개를 조금 돌리지만 여전히 잠들었다.

S#25. 동/거실 - 낮

현관 입구에 선우의 전동 휠체어가 비스듬히 놓였는데 충전 플러그가 빠져 있다.
마룻바닥에 충전 줄이 죽은 뱀처럼 있는데, 줄이 움직인다. 진우가 집어 든 것.

진우, 아픈 몸으로 집에 돌아온 선우가 미처 꽂지 못한 충전 플러그를 연결시킨다.
그러고서도 웅크린 자세로 그대로인 진우.
진우마저 움직임 없는 형제의 집은 서글플 정도로 고요하다.

S#26. 대학병원/외경 - 밤

S#27. 동/사장실 - 밤

낮은 조명. 업무가 끝나 깨끗이 치워진 책상.
그와 반대로 여러 생각이 얽힌 승효의 머릿속, 고민에 잠겼다.

강팀장E **다른 건 상관없다는데 아이 때문에요.**

Insert1〉- 사장실/몇 시간 전. 오늘 낮
세화를 만나고 와서 승효에게 보고 중인 강팀장.

강팀장 자기 집을 다 아는 거니까 자긴 괜찮은데 애를 어떻게 할까 봐 그걸
        걱정하더라고요. 오원장이 그러는 거예요, 애도 건드린 적 있냐고.
승효   (정말지..) 뭐라고 했습니까.
강팀장 것다 대고 제가 뭐라겠어요, 우리 회장님이 설마 그런 분까진 아닐
        거라고 할 수도 없고.. 사장님이 잘 정리 중이시니까 좀만 믿고
        기다려달라고 했어요.

승효   (마음을 어지럽히는 장면이 실은 하나 더 있다...)

Insert2〉- 화정그룹 본사/회장실 - 낮(몇 년 전. 멀지 않은 과거)
조회장, 통화 중이고 승효, 그 옆에 정자세로 섰다.

조회장   .. 그래. (승효 어깨에 손 올리는. 격려가 아닌 팔걸이 같은 느낌이다)

잡음 없게. (어깨 잡은 손에 힘 들어간다. 움켜쥔다) .. 그걸로.

조회장, 돌연 미소 짓는데 어깨의 손에 힘을 느끼던 승효, 조회장 보면,
통화 중인 조회장의 옆선, 분명 웃고 있는데 싸하다. 잔인한 미소다.

생각을 거두는 승효, 털고 일어난다. 재킷 입고 가방 챙겨 나간다. 불 꺼지는 사장실.
그러나 나간 지 몇 초도 안 돼 전화하면서 다시 들어오는 승효.

승효　　(가방은 소파에 던지고 상대가 받는 소리 나자 바로) 지금 1층이죠?

S#28. 길/노을의 차 안 - 밤

조수석 사이드 미러로 보이는 경문, 뒤에 보이는 검은 차량을 보며 갸웃. 신경 쓰인다.

노을E　　교수님 내일도 나오실 거죠?
경문　　그러엄. (사이드 미러에서 시선 돌리면 노을이 운전 중이다) 내일뿐인가.
노을　　아참 인제 부원장님이신데.
경문　　(피식하면서 차 뒤 유리창을 돌아보다) 근데 이선생은 왜.. 물어봐도
　　　　되나, 이거? 이선생은 무슨 사정으로 내몰렸는지 도통 모르겠어서.
노을　　.. (가볍게) 누가 구사장 속을 알겠어요. 여기 상가에 내려드리면 되죠?
경문　　어 여기, 여기. 자꾸 신셀 지네?
노을　　(비상등 켜고 멈춘다) 코앞인데요 뭐.
경문　　고마워. (내리며) 조심히 가요.

S#29. 경문의 아파트 입구 - 밤

경문, 차 문 닫으면 노을, '들어가세요!' 인사하고 출발하는데,
손 인사하던 경문, 검은 차가 좀 떨어진 곳에 똑같이 정차한 게 눈에 들어온다.
노을이 출발하자 따라가는 검은 차.

경문, 운전자를 보려 하면,
다른 창은 틴팅이 진하지만 전면 유리로는 그래도 운전자가 얼핏 보이는데,
운전자가 마치 초보운전처럼 핸들에 바짝 붙은 데다 이미 경문 앞을 스칠 때라
얼굴은 확인이 안 된다.
경문, 아무래도 이상하다. 전화 꺼낸다.

S#30. 노을의 차 - 밤

노을　　(이어폰으로 전화받는 중) 아까부터요? 설마,
　　　　(사이드 미러 보는데, 검은 차가 뒤에 정말 붙어서 온다)
　　　　… 아녜요, 걱정 마세요, 교수님.
　　　　(이어폰 확 빼고 바깥 살피더니 네비게이터 켠다)

S#31. 찻길 - 밤

네비　　80m 앞에서 좌회전입니다.

안내에 따라 노을 차가 레인을 바꾼다. 뒤에 차도 따라서 바꾸는 게 보인다.

S#32. 노을의 차 안 - 밤

노을　　(다른 길로 접어들었는데)
네비　　목적지에 곧 도착합니다.

노을, 앞을 보면 과연 파출소 불빛이 보인다. 너 죽었어, 표정으로 말하는 노을.

S#33. 파출소 앞 길 - 밤

잘 가던 노을 차, 파출소 앞에 이르자 갑자기 브레이크 꽉 밟고 급정거!
따라오던 뒤차 운전자도 급브레이크!
뒤차, 노을 차에 부딪히기 전 겨우 멈추는데,
차에서 튀어나오는 노을, 곧바로 뒤차로 간다.
뒤차 운전자, 얼굴은 들키기 싫은지 운전대에 두 팔 올리고 얼굴 꽉 박았다.

노을   (뒤차 전면 유리를 주먹으로 두드린다) 내려요!
          (파출소 쪽에 대고, 목소리도 크게) 여기요! 여기 도와주세요!

파출소 앞에 순찰차에 있다가 느릿 내리는 파출소 경찰, 무슨 일인가 해서 온다.

파출소경찰   무슨 일이세요?
노을   이 차가 아까부터 절 쫓아왔어요. (운전자에게) 내리라고!
파출소경찰   아이고 쬐만한 아가씨가 목소리도 우렁차네?
노을   여기서 내 목소리 큰 게 왜 나옵니까!
          파출소까지 끌고 왔는데도 이러면 어떻게 믿고 살라고요!
파출소경찰   (뚱... 의욕 없이 차 두드린다) 저기요 문 열어봐요, 에? 아자씨?

까맣게 턴팅 된 운전석 창문이 조금 내려지는데 그 안에 애처롭게 앉은 이, 승효 기사다.

기사   .. 그게 아니고요..
파출소경찰   멀쩡하게 생긴 양반이, 면허증 줘보세요.
기사   (곤란곤란, 노을에게) 선생님 저 생각 안 나세요?..
노을   내가 댁을 (하는데)

Flashback〉 - 13회 S#39. 술 취한 노을을 기사가 잡아줄 때 노을 시각으로 본 기사.
주변 배경은 어질질한 가운데 쑥 다가오는 기사의 얼굴.

노을   ?!
파출소경찰   아는 사람이에요? 아는 사람을 왜 쫓아와, 더 이상하네? 내리세요.

기사   (아아아)

S#34. 대학병원 / 사장실 – 밤

기사F   죄송합니다...
승효   (전화받은. 그것도 못하냐, 열받았지만) 알았어요, 가세요 그냥.
기사F   저기 근데요 사장님 제가 지금..
노을F   구사장님.
승효   !
노을F   여기 정릉 파출소 근처 잔디공원이에요.
승효   그래서요.
노을F   기사님 다시 보고 싶으면 지금 오세요. 아님 정말 신고할 거예요.

띠링 끊기는 소리. 승효, 뭐야 정말 끊었어? 액정 보면 진짜로 끊긴 전화.

S#35. 공원 입구 – 밤

노을의 차와 그 뒤로 승효 차가 공원 입구 인도에 붙여 정차되어 있고,
밖에 나와 선 노을과 기사.
노을은 팔짱 끼고 딱 섰고 기사, 선생님한테 혼난 아이처럼 섰다.
그들 앞으로 오는 모범택시. 승효가 내린다.

승효   (택시 문을 잡고서 할 말 많지만 내가 않겠다, 표정으로 기사 본다)
기사   죄송합니다...
승효   (말 대신 타라, 기사에게 택시로 눈짓)
노을   (일단 꾹 참고 지켜보는)
기사   (얼른 와서 두 손으로 차 키 주면서 꾸벅 인사하고 택시에 오른다)
승효   (지갑에서 만 원권 몇 개 꺼내 기사에게 주는데)
기사   괜찮

승효   (택시 문 닫아버린다)

택시는 출발하고 승효, 노을 앞으로 오는데,
다가오는 승효를 보던 노을 표정이 돌연 흔들린다.

Insert1〉- 오늘 낮. 병원 옥상.

강팀장   **나는 이쌤이 우리 사장님 좋아하는 줄 알고..**
노을   **아녜요!**
강팀장   **진짜 아녜요?**
노을   **말도 안 되죠!**

승효   (노을 앞에 와 서는데 미행 지시를 들키고도 미안한 기색 하나 없다)
노을   (내가 이런 사람을, 말도 안 돼) 왜 그랬어요.
승효   필요해서요.
노을   민간인 사찰이 왜 필요한데요?
승효   그걸 내가 왜 설명해줘야 합니까?
노을   (기가 막혀서 처다보는)

Insert2〉- 오늘 낮. 병원 옥상.

강팀장   **아니 쌤이 술 취해선 자꾸 우리 사장님 반응을 걱정하는 거라,**
         얼마나 싫었을까, 내가 자꾸 찾아가고 귀찮게 해서, 그러면서.
         나 같으면 벌써 소 새끼 말 새끼 열 번도 더 찾았지, 난데없이 잘렸는데.
         근데 이쌤은 사장님이 자길 어떻게 봤을지 그 걱정을 하잖아요..

노을   사장님은 대체 끝이 어디에요? 어쩌면 그렇게 매번 바닥을 보여줘요?
승효   바닥 보기 싫으면 관둬요, 나가라면 나가야지 왜 남에 병원 계속
         기웃대서 시간 들여 사람까지 붙이게 합니까?
노을   남에 병원이라뇨, 사장님 오기 훨씬 전부터 우리 병원 우리 학교였어요!
승효   정신 승리도 정도껏들 합시다, 누가 우립니까, 우리가 어딨어요?

엄연히 재단 소유, 재단 거라고! 그렇게 인정 못하겠으면 병원을
통째로 사들이든가 능력 없으면 시키는 대로 하든가!

노을   사립대라고 전부 재단 맘대론 줄 아세요? 정부 지원받고 학생들
           등록금 받아서 컸어요! 이제 와서 그건 나 몰라라 하면 안 되는 겁니다,
           아무리 장사하던 사람이라도!

승효   ... 장사하던 사람? 아무리? .. 이선생도 똑같네요?

노을   내가 뭐가 달라야 하는데요? 도대체 왜 날 (하는데 중간에 말 멈추는)

노을, 머리끝까지 화가 난 건 맞는데 질문을 끝맺지 않고 승효를 쏘아보기만 한다.
그런 노을을 같이 쏘아보던 승효, 돌연 제 차로 간다.
기사가 주고 간 키 신경질적으로 누르고 차에 오르는 승효.
노을, 잡지도 나무라지도 않는다. 고개 돌려버린다.
승효 차는 떠나고 노을도 누가 신경이나 쓰냐는 듯 제 차로 간다.

S#36. 노을의 차 안 - 밤

노을   (운전하며 가는데)

노을E   병원 때문이에요, 병원을 알게 해드리려고 제가 사장님께 가끔,
           그니까 전 그 얘기 한 건데 누구, 기분이 문제가 아니라..

강팀장E   으응 그랬구나.. 근데요 알려주는 거고 뭐고 진짜 싫은 남자 옆엔
           여자들은 가지도 않지 않아요? 목소리 듣기도 싫은데?

노을   .. .. (혼자 소리 지르는) 진짜 싫어!

Insert3〉- 오늘 낮. 병원 옥상.

강팀장   죄송해요, 난 또 이쌤이랑 사장님이랑 얘기를 좀 하고 그럼 좋을 거 같아서.
           많이 곤란했어요? 사장님이 뿅 나타나서?

Insert4〉- 13회 S#48. 노을이 승효 차에서 눈 떴을 때 유리창에 비치던 승효 모습.

노을   ... 싫어..

S#37. 승효의 차 안 - 밤

음악을 아주 크게 틀어놓고 운전하는 승효, 소태 씹은 표정.

노을E   **어쩌면 그렇게 매번 바닥을 보여줘요?**
승효   (바다, 빌어먹을)

쿵쾅대며 가는 승효의 차.

S#38. 대학병원/로비 + 카페 - 낮

바삐 로비로 들어오는 서현. 꽤 먼 거리인데도 저 앞 카페에 앉은 진우부터 눈에 띈다.
자기도 모르게 미소 띠는 서현, 발걸음은 자연스레 더 서둘러지는데.
한 여자(노을)가 진우한테 가더니 옆에 서는 게 보인다.
뒷모습의 여자, 진우가 앉은 의자에 손 올리는 폼이 보통 막역한 사이가 아닌 듯싶다.
서현, 어쩔 수 없이 유심히 보게 되는데,

cut to. 카페 안 진우가 앉은 테이블.

노을   (진우 옆에 선) 너도 일 못 들어가? 그래서 여기?
진우   (혹시 올지 모를 서현 때문에 주변 훑지만 정작 노을에 가려 못 보는)
          .. 너 혹시.. 너한텐 얘기했어, 걔가? 그래서 니가 .. 구사장한테
노을   (구사장 소리가 나오자 당황한다) 내가 뭘? 걔가 누군데?
진우   ... .. (말 바꿔버리는) 잘됐다, 응급실로 와라.
          이 기회에 고급인력 좀 실컷 부려먹자.
노을   (진우 살피지만 지금 구사장 얘긴 피하고 싶다) .. 너넨 코드 안 막혔어?
진우   우리야 외래 구분이 따로 있는 것도 아니고 그거 막아 놓는다고 뭐.

노을	근데 왜 안 뛰고 농땡이?
진우	아냐.
노을	뭐가 아냐?
진우	선생님, 관심 끄세요 네?
노을	그래. (가는 척하다 홱 도는) 끄라니까 더 생기네?
진우	(참 나.....) 기사 내리려고. 우리 지금 상황.
노을	아아, (하다 어?) 기사 낼 거면 그 기자분이랑? 그때 그 주차장?
진우	(쓸데없이 눈치는 빨라서..)
노을	맞지? (콕 찌르며) 오? 예진우, (찌르는) 오?
진우	(몸 비틀며) 아냐, 그런 거.
노을	어므나 우리 진우 님도 보고 뿅도 따겠네?

cut to. 서현, 진우와 노을 뒤에서 다가온다. 둘이 찌르고 피하고 하는 게 다 보인다.
당황스럽기도 하고 마음이 이상한 서현, 이젠 둘의 대화가 들릴 거리까지 왔는데,

진우	너 진짜 이번엔 선우한테 말하지 마!
노을	형제끼리 비밀도 많아?
서현	(그 말에 멈춘다)

cut to. 카페 안 진우가 앉은 테이블.

노을	지난번도 내가 말한 거 아냐. 그리고 여자친구가 생겼음 선우한테
	인사도 시켜주고 그럼 좋지, 그래야 개도.. 너한테 지 속 얘길 하지.
진우	여자친군 무슨, (확신이 없어 혼자 들릴 듯 말 듯 중얼) 아직은..
	너 암튼 선우한텐 절대 (하다 어! 벌떡 일어나는)
서현	(바로 뒤에 와 있는. 밝게 웃으며) 안녕하세요?
진우	(자기도 모르게 미소가 지어지는) 왔어요? (하는데)
노을	(가뜩이나 똥그란 눈에 호기심 200% 담고 둘을 번갈아 본다)
진우	(웃음 지우는. 서현 안 보이게 노을에게 가라는 눈짓, 고갯짓)
노을	안녕하세욧! 이노을입니다, 진우 동기에요.
서현	최서현입니다. (명함 주는) 만나서 반갑습니다. (앉는)

노을	어 난 명함 안 갖고 왔는데. (앉으려는데)
진우	(노을 의자 빼고) 선생님 되게 바쁘시죠?
노을	왜에? 나도 당사자야. (서현에게) 저도 같이 잘렸거든요. 인터뷰 저랑도
진우	안 하신답니다. (눈 부라리고)
노을	(진우 째리더니 서현 보고 웃는) 다음에 정식으로 인사드릴게요.
서현	네. 또 봬요.

노을, 진우에게만 보이게 엄지 척을 해 보이더니 간다.
서현, 둘의 모습이 남녀 사이 같지 않단 생각도 들지만 참 허물없이 친하구나.. 생각도..

진우	미안해요. 맨날 제 쪽으로 오시라 해서.
서현	(칼같이 핸드폰 녹음 켜고 비즈니스용 미소 띤다) 시작할까요?
진우	(서현이 오늘따라 뭔가 다르다 싶으면서) 예.. 우선 부검 소견서가..

S#39. 동/복도 - 낮

성형외과장이 오고 있다. 산부인과장과 경문이 나란히 서서, 그가 오는 것을 본다.

성형외과장	(인사하다) 다 온 거예요, 이게?
산부인과장	(기대도 없었단 얼굴)
경문	.. 갑시다.
센터장들	(함께 가는데)
서현E	**부검의는 전혀 컨택이 안 돼요. 연수 갔단 소리만 하고.**
진우E	**이 중요한 때 소견서도 안 쓰고요? 그런 연수는 없어요.**

S#40. 동/사장실 - 낮

상석에 승효, 바로 그 옆자리엔 강팀장이 앉았고,
경문, 산부인과장, 성형외과장이 나란히 앉았다.

경문   현행법은 의료기관과 의약품 도매상이 지배 구조를 이루고 있는 경우
거래를 금하고 있습니다. 따라서 사장님께서 만드신 저희 병원의
의약품 자회사는 약사법 47조 4항 위반입니다.

산부인과장   납품권 몰아주기, 독점공급, 전부 공정거래위원회 처벌 대상입니다.

승효   …

S#41. 동/로비 카페 - 낮

서현   엄연한 약사법 위반이라면서요? 근데 다른 병원들도 다 한다고요?

진우   다 하니까 하지 말란 법도 만들었겠죠. 그래도 위법은 위법이에요.
총괄사장이 불법으로 도매상하고 유착관계를 만들었어요.

S#42. 동/사장실 - 낮

강팀장   현행 약사법 제47조 제4항 제1호에, 저촉되지 않습니다.

센터장들   ?

강팀장   유통업체 지분이 50%를 넘지 않으면 47조 4항 제1호에 저촉되지
않는다. 상국대병원의 도매상 지분율은 49%입니다.

산부인과장   자회사 지분율 70%, 우리도 다 확인하고 왔어요, 왜 이러세요?

강팀장   최근 매각했습니다. 49%입니다.

산부인과장   언제 했는데요!

승효   누가, (가만 듣고만 있다 치고 들어오는) 처방을 내리셨더라?
최소 20년 이상 의료계에 몸담으신 교수님들께서 법적으로 문제 될
소지가 있단 걸 시작부터 아셨을 텐데. 왜 알고도 처방했습니까.

성형외과장   시스템상으로 안 할 수 없게 만드셨잖아요, 사장님이.

승효   그럼 그때 말씀하셨어야지?

성형외과장   49%든 70이든 의료인은 거기서 나오는 경제적 이득을 취득해선
안 됩니다.

승효	이분들 옛날 지분율만 보고 기부금 내역은 안 뒤져보고 오셨네.
	누가 경제 이득으로 취득했는데요? 아 있네, 성형외과장님?
	도매상 의약품 처방하고 과별 인센티브 받으셨죠?
성형외과장	!
서현E	**상국대병원에서 부검에 관여한 사람을 일괄적으로 해고한 건,**

S#43. 동/로비 카페 - 낮

서현	구승효란 사람이 지금까지 한 거에 비하면 별거 아닐 수도 있어요.
	화정로지스에 있었다고 해서 알아봤더니 그 로지스란 회사,
	사고사나 자살자가 많았어요.
진우	!.. 구사장이 그 회사에 있을 때도요?
서현	(끄덕인다) 몇 년 전까지 1년에 한 명은 꾸준히 나왔어요. 본인이
	직접 뭘 하진 않았다 해도 작업환경을 최악으로 몰고 갔단 거겠죠.

S#44. 동/사상실 - 낮

승효	정당한 사유가 없는 해고요? 이유는 본인이 더 잘 아실 텐데.
	줄 세운 매출표 올렸잖아요? 나한테 직접 고백까지 하고선.

산부인과장과 성형외과장, 처음 듣는 얘기다.
상황에 말리기 싫어 태연한 척하지만 눈 끝으론 경문을 본다.

승효	일반기업은 재무제표 공개가 의무니까 난 그때만 해도 이게 별문제
	아닌가 했더니 병원에서 매출표 공개는 무게가 다르더라고요?
	국회에서 달라고 해도 거절하는 게 병원 기초 자론데.
	.. 그걸 까셨어, 용감하신 주교수님.
경문	왜 이제 와서
승효	(O.L) 해고가 늦었다고 항의하는 겁니까? 더 빨리 안 돼서 억울해요?

경문	다른 사람은 뭡니까!
승효	예진우, 내부고발. 그건 (센터장들 손짓) 더 잘 아실 테고.
	오원장, 검시 착오로 상국대병원의 전국적 신임도 하락 야기.
산부인과장	이노을 선생은
승효	(돌연 박차고 일어나며 산부인과장 향해) 질문이 많아서!
센터장들	!
승효	총괄책임 직위 해지, 요건이 뭡니까.
강팀장	(센터장들 똑바로 보고) 직위 해지에 관한 조항은 총 3개로 부정행위,
	정관 위반, 재정회계 분야에 있어 3개 조항 모두 공통 요건으로,
	총괄책임자가 의료기관에 손해를 끼쳤을 때, 입니다.
승효	(센터장들 보는)
강팀장	구승효 총괄사장의 취임 후 매출액은 전 분기 대비 176% 증가,
	영업이익률 305% 증가, 송탄센터 신축용 투자금 700억을 포함해
	기부금과 투자금 유치는 취임 전 대비 4.7배로 증폭됐습니다.
경문	손해란 건 돈만 기준이 아닙니다!
승효	손해란 건 말이죠. 주경문 교수님, 본인이 올린 빨간 매출표 그게,
	손햅니다. 적자 매출은 사업장에 있어 배임행위입니다.
	그런데 여기, 두 분이나 계시네. 나머지 한 분은 (성형외과장 주시)
	빅5 성형센터 중, 수익률, 5위.

승효, 이제 허리를 완전히 펴고 위에서 아래로 센터장들을 겨눠 본다.
센터장들, 이대론 승산이 없다는 게 직감된다. 말을 잃었다...

S#45. 동/사장실 앞 복도 - 낮

사장실 문 열린다. 센터장들이 나와서 간다. 모두 심란한 마음에 입 열기가 쉽지 않다.

성형외과장	(그렇게 가다가...) 부원장님이셨군요, 그때 매출표.
경문	(아니라고 하기도 그렇고...)
산부인과장	근데 이상하네.. 어떻게 알았지.

성형외과장　　(보는)

산부인과장　　응급에 예진우가 부원장 대리 수술 찌른 거요.

경문　　..!

성형외과장　　강당에서 다 보는 데서 말했잖아요.

산부인과장　　우리만 있었죠, 의료진만. 구사장은 어떻게 알았지.

경문　　...

성형외과장　　.. 다른 수가 있어야겠는데요, 꿈쩍도 안 하니.

경문　　무슨 수든.

세 사람 가는데, 복도에 나타나 다가오는 구조실장과 구조실 직원.

다른 센터장들은 관심 없이 경문만 딱 막아서는 구조실장, 뭘 달라는 듯 손 내민다.

그 손 보는 경문, 뭐지?

S#46. 동/로비 카페 - 낮

진우　　우리도 경영진 불신임으로 한국의사위원회랑 전국병원협회에 같이
　　　　성명 제출을 내달라고 한 상탭니다.

서현　　그러니까 대외적으로 보도할 거를 정리하면, 부검의 소견서 제출 요구,
　　　　보복성 인사 조치에 대한 교수회 사장 불신임,
　　　　전병협이랑 한국의사위에 성명 발표..

진우　　교수협의회 3분의 2 이상 찬성으로 사장 파면도요.

서현　　파면은 처음부터 너무 강성으로 보일 수 있는데... 해임으로 할게요.

진우　　예.

서현　　(인터뷰가 마무리됐다 싶자 노트며 녹음기 넣고 벌써 나갈 채비인데)

진우　　우리가 필요할 때마다 서현씨를 이용하는 거 같네요.

서현　　내가 먼저 진우씨 이용했잖아요.

진우　　?

서현　　이정선씨 영수증이요. 벌써 잊었어요?

진우　　그거 (살짝 아래 봤다가 눈을 들며) 이용 아닌데.

서현　　(그 동작에 진우의 긴 속눈썹이 그림자를 만들며 움직이는 것 보지만..

먼저 일어나는. 목례) 연락드리겠습니다.

진우   (따라 일어나는) 많이 바빠요?

서현   네. (간다)

서현, 진우가 신경 쓰이지만 그래도 돌아보지 않고 계속 간다.
그녀 뒤로 진우가 이쪽을 보는 게 보인다.

서현   유치하게.. (이런 자신이 싫다)

카페테리아에서 나오며 서현 쪽을 아쉽게 돌아보던 진우, 승강기로 가는데,
진우 앞을 턱 막는 남자 둘. 장례식장에서 봤던 구조실 직원들이다.
구조실 직원, 진우에게 손 내민다. 진우, 뭐?..

cut to. 중앙 로비가 내려다보이는 3층 복도 난간.
이곳에 서서 난간 너머 아래를 보는 암센터장.
그의 시선대로 1층 로비 보면,
ID 카드를 목에서 푸는 진우, 구조실 직원이 내민 손에 카드를 반납하고 있다.
구조실 직원들, 진우를 붙잡지는 않지만 양옆에서 호위하듯 감시하듯 데려간다.
암센터장, 구조실 직원들이 진우를 1층 출입문 밖까지 데려 나가는 걸 지켜본다.
여기서만 봐도 무슨 상황인지 알겠는 암센터장, 찌푸린....

S#47. 상국대학캠퍼스/기념도서관 앞 – 낮

도서관 쪽으로 오는 진우, 그의 뒤 나무 사이로 병원 건물이 보인다.
도서관 계단에 걸터앉아 이리 오라, 손짓하는 경문.
진우, 경문 옆으로 와 털썩 앉는다.
눈앞에 우뚝 선, 방금까지 그 안에서 활개 쳤던 병원 건물을 바라보는 두 사람.

경문   캐비넷 안에 속옷이 한가득인데. (쓴웃음) 간호선생들이 보면 어쩌지?

진우   (경문 보는....) 사장실 갔다 오셨잖아요.

경문	갔다 왔지.
진우	그런데요..
경문	구사장 기만 잔뜩 살려주고 왔어.
진우	(이런) 약사법 위반,
경문	그걸로 이익 취득한 건 우리라서 계속 걸면 우리가 처벌 대상.
진우	부당해고는요.
경문	그때 매출표, 예선생이 올린 거, 내가 올린 걸로 소문날 거야.
	본인이 용기 낸 건데 내가 가져가서 억울하면 밝혀도 되지만.
진우	(대충 뭔 말이 오갔는지 짐작하겠는) 부검 결과 은폐한 건.
경문	그게 무슨 증거가 있어? 확실한 걸로도 못 뚫었는데.
진우	(들을수록 열받는데)
경문	.. 어제 말이야, 난생처음 정시 퇴근이란 걸 해보니까 그대로 집에
	들어가면 와이프가 놀랄 것 같아서 아무 햄버거 가게나 들어갔는데..
	구석에 혼자 앉은 남자가 혼자 양복 차림이어서 그랬나, 내 맘이 그래서
	그랬나, 유난히 눈에 밟히더라고. 딱 내 또래로 보였는데..
	햄버거가 아니라 모래를 씹나 했어. 하도 그, 얼굴이...
진우	부원장님은 그렇게 안 되세요.
경문	우리야 어디든 갈 데는 있지. 그치만 내가 만약 회사원이라면
	가뜩이나 이 나이에.. 진짜 막막할 거 같아, 어디로 가야 되나..
진우	... (벌떡 일어난다) 오원장님한테 가요.
경문	왜 거길루 가?
진우	남은 건 오원장뿐이에요. 최초 검시 때 구사장 쪽에서 압력이 있었다,
	본인이 직접 발표해야 돼요.
경문	안 돼.
진우	왜요?
경문	내가 너무 얕게 생각했어. 원장님한테 부검 발표를 권하는 게 아녔어.
	기회를 드린다고 믿었는데 독이 돼버렸으니.
진우	원장이니까요, 이 병원 전체를 책임지고 이끄는 원장, 사람들 인사
	받으라고가 아니라 그 자리에서 그 무게 짊어지라고 앉혀준 거니까.
경문	그렇게 칼 같은 양반이 며칠째 연락도 안 되는 거 보면 분명히
	무슨 사정이 있는 거야.

진우   사정은 구사장도 있겠죠, 온 동네 사정 다 봐주면 뭐가 됩니까?

진우 입을 막듯 울리는 경문의 핸드폰 소리.
내키지 않게 수신인 확인하던 경문, 예상치 못한 사람인 듯 의아한 얼굴로 진우 본다.

경문   (받는) 예 이교수님. .. 예.. 어떻게요?.. (얘기 듣다 진우 올려다보는)
         제제면, 무슨 징계 같은 거요? 그런 게 있었나요?..
진우   (옆에 앉는. 또 뭘까?...)

S#48. 대학병원/사장실 – 낮

승효, 생각에 잠겨 서성이는 얼굴이 꽤 심각하다.
자리에서 일하던 강팀장, 걱정스런 얼굴로 승효 보는데,

승효   (갑작스레) 화정어패럴 사장실 연결해주세요.
강팀장   어패럴이요? (물으면서도 계열사 번호 찾는 동시에 전화 든다)
승효   (이젠 책상 옆에 멈춰서 생각하고)
강팀장   (전화) 예 여기 상국대병원 구승효 사장님 사장실인데요, 진영희 사장님
         계십니까? .. 네. (승효에게) 연결됐습니다. (승효의 유선전화로 돌리고)
승효   (유선전화 든다) 안녕하십니까 진사장님. 구승효입니다. .. 예, 감사합니다.
강팀장   (일에 다시 매진하지만 신경은 승효를 향해 있다)
승효   죄송하지만 제가 어패럴 쪽에 문의드리고 싶은 게 있는데 만나서
         말씀드려도 될까요? .. 제가 그쪽으로 가야죠. .. 아 지금 되십니까?
         그럼 (시계 보는) 한 시간 안에 가 뵙겠습니다. 감사합니다.
         (끊고 바로 재킷 입는)
강팀장   (지금 되십니까, 때 벌써 유선전화 들고 있다 뵙겠습니다, 에 바로 전화)
         최기사님, 사장님 지금 내려가십니다. (끊고 같이 나갈 준비)
승효   (전화 등 챙기며) 어패럴에서 만드는 거 그거 브랜드가 뭐죠?
강팀장   신발이요?
승효   아니 신발 말고 그거 속옷, 최근에 합작한 거.

강팀장   (가방 들고 문으로 가며) 속옷, (생각) 비안트요?

승효   비안트. (나간다)

강팀장   (바로 이어 나가는)

S#49. 동/암센터장 진료실 - 낮(조금 전 과거)

암센터장   (전화 중) 신축센터 기공식 할 때요, 그때 화정 사람들이 좀 많이 왔게,
다 막 계열사 사장이고 그랬는데 그 사람들이 그러는 거야.

S#50. 상국대학캠퍼스 - 낮(현재)

도서관에서 병원 쪽으로 오며 애기하느라 머리 모은 경문과 진우.

경문   암센터 새로 짓는 송탄 땅이 원래 환경부 장관 땅이라고.
화정그룹이 우리 병원 이름으로 장관한테서 샀다고.

진우   장관한테서 땅을 산 거 자체는 문제가 아니잖아요.

경문   이상엽 교수 처가에 공무원이 많아?

진우   그냥 공무원 아닐걸요? 그 교수님 처가 되게 빵빵하다고 하던데.

S#51. 대학병원/암센터장 진료실 - 낮(조금 전 과거)

암센터장   내가 이건 나중에 우리 처가 어른한테서 들은 건데,
우리 처가가 공무원이 많거든요, 동서들도 그렇고 암튼,
그 땅을 사들인 시기가 환경부하고 화정하고 되게 애매할 때였다고.

경문F   어떻게요?

암센터장   화정그룹이 (밖에서 소리 나자 경계한다. 멈추고 문을 보다가 더 낮게)
화정그룹이 환경부한테서 무슨 제재를 받을 때였나 봐요.

경문F   제재면, 무슨 징계 같은 거요? 그런 게 있었나요?

S#52. 상국대학캠퍼스 - 낮(현재)

진우　　그런 게 있었나요? 못 들은 거 같은데.

경문　　못 듣게 만들었겠지. 트러블이 생긴 정부 부처 제일 꼭대기 사람이랑
　　　　돈 거랠 했으니까.

암센터장E　내가 재판을 받는데 내 재판해주는 판사 집을 산 거지, 내가.
**　　　　　　그렇게 판사랑 돈 거래가 있고 나서**

진우　　재판에선 무혐의 받은 거네요. 화정에 아무 제재 없이 넘어갔단 건.

경문　　음.

두 사람, 이제 상국대병원 1층 출입구가 멀리 보이는 곳으로 꺾어든다.

경문　　근데 이교수 말마따나 이게..

진우　　(보는)

S#53. 대학병원/암센터장 진료실 - 낮(조금 전 과거)

암센터장　반드시 구린 목적으로만 사들였다기엔 그 땅이 나쁜 땅은 아녜요, 또.
　　　　　위치가 괜찮아, 부지도 좋고. 까마귀 날자 배 떨어진 걸 수도 있다고.

진우E　　겸사겸사일 수도 있잖아요, 그렇다고 합법은 아니죠.

암센터장　그렇게 쉽게 생각할 게 아니라니까. 이건 구사장만 걸린 게 아녜요,
　　　　　생각해봐, 현직 장관 걸렸지, 화정그룹 걸렸지,
　　　　　수도권에 그 정도 땅이면 몇백억일 텐데 구사장이 고용사장 주제에
　　　　　무슨 돈으로 샀겠어요, 보나마나 그룹 회장이 대줬지.
　　　　　이거 조남형 회장까지 끼어들면 더 골치 아파져.

S#54. 동/주차장 인근 - 낮(현재)

진우   구사장은 압박하되 조회장은 안 끼어들게 할 방법이...

경문   그렇지만 뇌물인데, 우리한테 승산 따지느라 불법을 뻔히 보고도..
          그래야 되는 걸까?

진우   ... (작은 한숨과 함께 고개 들다가 멈추는) 저기요. (앞만 보는)

경문   (진우 따라서 앞을 보면)

1층 출입구 앞에 대 놓은 차에 승효와 강팀장이 막 타고 있다.

진우   (차가 멀어지는 걸 보며) 이상엽 교수님, 더 캐면 더 나올지도 몰라요.

경문   (진우 보는)

진우   화정하고 장관 사이에 구체적으로 뭐가 오갔는지. (경문 보는)
          이교수님 처가, 그냥 공무원 아니고 높은 사람 되게 많아요.
          근데 이걸 던진 거 보면 자기도 뭔가 더 들은 게 있으니까,
          되겠다 싶으니까 던진 거예요, 그렇다고 본인이 나설 순 없고.

경문   .. (전화 꺼내서 방금 전 통화기록에 이상엽 교수 찾는데)

진우   저 죄송한데 (시계 보는) 전 예약해둔 게 좀 있어서..

경문   그래, 어차피 저쪽은 (승효 차 간 쪽 가리키는) 갔고
          이쪽은 (전화 들어 보이는) 듣는 귀 많은 거 꺼릴 거고.

진우   (목례하고 방향 틀며) 전화드릴게요! (먼저 가는데)

경문   예선생!.. 동생이랑은 얘기해봤나?

진우   (제자리에 멈춘.. 하지만 그냥 목례만 하고 자리 뜬다)

그런 진우 모습 보던 경문, 폰에서 이상엽 교수 누르려다 주변 보더니 일단 자리 뜬다.

S#55. 심평원/외부주차장 - 저녁

건물 밖으로 나오는 선우. 차 세워놓고 기다리는 진우,

선우   웬일이야, 진짜 왔네?

진우   그럼 가짜로 와? (선우 차에 태우고 휠체어 접어 넣고. 익숙하다)

S#56. 진우의 차 안 – 저녁

선우   어디 가는데?
진우   있어.
선우   있겠지 그럼 쳇... .. 어제 우리 회사에 전화했었어?
진우   응?
선우   내가 폰 안 받는다고 형이 내 책상 전화로 했다며,
        내 앞자리 사람이 오늘 그러던데?
진우   으응. (그뿐, 운전만 하는)
선우   ... 형이었구나, 어제 낮에...
진우   우렁각시 줄 알았냐?
선우   (피, 웃고 말지만 창밖 보면서) 형이었구나... ..

S#57. 골목/주차장 – 밤

삼청동 같은 분위기의 동네 유료주차장에서 선우 휠체어를 밀며 나오는 진우.
선우, 이 동네에 왜 왔나, 주변 본다.

S#58. 갤러리 안 – 밤

그리 넓지 않은 공간, 전시 작품 없이 사방 벽이 희기만 한 방이다.
이곳으로 들어오는 선우와 진우.

선우   전시 보려고?
진우   (선우 휠체어를 밀어 방 가운데까지 온다) ....

선우 어깨에 올려지는 진우 손. 그 손길에 선우가 위를 보는데 이때,
조명이 전부 꺼진다. 상당히 어두운데 발소리. 진우가 선우만 두고 나가고 있다.

선우　　형, 어디가? 형!...

어디선가 음악이 들려온다. 이어 벽이 밝아지고 흰 벽에 영상이 흐르기 시작하는데,
청명하고 푸른 바닷속이 사방 모든 벽에 펼쳐진다.
겹겹이 다른 톤의 아름다운 바다 빛깔과 현란한 물고기 떼들.
선우, 그 움직임에 맞춰 천천히 휠체어를 돌려보면.. 사방은 이미 하나의 커다란 바다.
반사된 빛이 선우의 온몸에 흐른다. 손을 들어보면 손에도 다리에도 바다가 흐르고..
선우, 그런 자기 손을 보다가 문득 작게 놀란다.
한쪽 벽에 여자가 나타났다. 마치 춤을 추듯 자유롭게 바닷속을 부유하는 여자,
지상의 옷을 입고 유영하는 그녀, 놀랍게도 선우처럼 휠체어에 몸을 의지했다.
다른 이들 도움 없이 혼자서 바닷속을 떠다닌다.
선우, 처음엔 이게 뭔가 해서 보다... 점차 두 눈에 눈물이 차오른다.
그의 맑은 눈에 고인 눈물과 그 눈물에 비친 푸른 물과 여인.
선우, 결국 눈물이 터진다. 듣는 이 아무도 없는 이곳에서 소리 내어 통곡한다.
처음엔 속을 다 쏟아낼 듯 울지만 선우, 슬픔과 한탄의 울음만은 아니다.
점차 입가에 미소가 번진다. 눈은 젖었지만 이제 미소를 띠며 마치 태어나 처음으로
영화를 접한 소년처럼 바다와 여인에게서 눈을 떼지 못한다.
어느새 울음은 멎었고 선우의 젖은 눈은 웃고 있는...

S#59. 갤러리 밖/골목 - 밤

나무 사이 빛을 내는 가로등 밑에 뒷모습만 보인 채 선 진우...
천천히 굴러오는 휠체어 바퀴. 갤러리에서 나온 선우가 진우 뒤에 와 조용히 선다.
선우, 운 자국은 남았지만 얼굴이 말개졌다.

선우　　(진우가 돌아보지 않자 휠체어를 돌려 진우 등지고) 밀어줘.

선우 휠체어가 움직인다. 뒤에서 진우가 미는 것인데,
화면엔 선우 얼굴만 보여서 그보다 좀 더 위에 있는 진우 얼굴은 보이지 않고
휠체어를 잡은 손 정도만 보인다.

진우E   (.. 잠긴 목소리) 넌.. 널 보면서 꿈을 키우는 사람들이 있어.
        너처럼 포기 않고 끝까지 공부하고 직장도 가진 사람, 몇이나 되겠어.
        너가 그 사람들한텐 희망이야.
선우   .. 내가 왜 그래야 되는데.. 내 삶이 왜 누군가한테 용기를 줘야 하는데.
        난 그냥.. 사는 거야.
진우   ...
선우   난 이 삶이, 그렇게 기쁘거나 좋지가 않아.
진우E   너만 그런 거 아니야, 다 그렇게 살아.
선우   난 그냥 끝나면 끝나는 대로.. 그렇게 하고 싶어. 더 뭘, (고개 젓는)
진우   ...
선우   형.. 고마워.

화면, 선우에게서 올라간다. 이제 진우의 얼굴이 보인다.
진우, 울고 있다. 너무나너무나 속상하다. 하지만 아무 소리 내지 않는다.
선우, 돌아보지 않고 손을 뒤로 해 손잡이에 얹힌 진우 손을 잡는다.
진우도 그 손을 얽혀 잡는다.
낮은 조도의 가로등 아래를 이제는 말없이 지나는 형제.

S#60. 대학병원/외경 - 낮

S#61. 동/기계실 문 앞 + 복도 - 낮

'기계실' 표시가 붙은 문 앞에 선 동수, 문 안을 들여다보더니 어서 오라 손짓한다.
그 손짓에 들어오는 이, 경문과 진우다. 함께 가는 세 사람, 감시하는 눈 있나 살핀다.

동수   우라질 놈들 우리가 개구멍 짬밥이 몇 년인디, 어디 우리 홈그라운드를.

S#62. 동/복도 - 낮

외진 복도 끝까지 온 세 사람. 그 끝은 자동문으로 막혀 있다.
동수, ID 카드로 문 열어준다. 하지만 안으로 들어가진 않는다.

경문   고마워요. (들어가고)
진우   죄송해요 과장님, 이런 거까지..
동수   시끄러. (어서 들어가 손짓)

두 사람 들어가고 동수, 이산가족 보듯 보다 나도 따라갈까? 문 안으로 발을 디뎠다가
아냐, 돌아 나온다. 두 사람 가는 것 넘겨보기만...

S#63. 동/사장실 복도 - 낮

승효와 강팀장 오고 있다. 그러다 멈추는. 사장실 문 앞에서 기다리고 있는 경문, 진우.

경문   송탄 부지에 대해 드릴 말씀이 있어서 왔습니다.
승효   ... ... (자동문에 홍채 인식한다)

강팀장이 잡아주는 문으로 들어가는 승효, 강팀장과 스치면서 미세하게 끄덕여 보인다.
강팀장, 문을 잡고 경문과 진우 본다.
들어오라는 신호에 안으로 들어가는 경문, 진우, 마지막으로 강팀장. 닫히는 문.

S#64. 동/사장실 - 낮

승효, 가방 놓고 핸드폰 놓고 재킷 벗고 할 거 다 한다.

강팀장도 제 책상으로 가고 경문과 진우는 승효 책상 인근 정도에 선다.

승효   (이제 책상 옆으로 온다. 두 사람 쳐다보면)
경문   사장님 눈엔 오합지졸로 보일지 몰라도 교수협의회는 괜히 있는 게
       아닙니다. 모두 합의해서 퇴임을 요청할 땐 그만한 이유가 있습니다.
       구승효 사장님의 해임을 발의했으니 받아들이시죠.
승효   ...
강팀장   (여차하면 끼어들 기세로 제 책상 쪽에 서서 주시하는)
진우   환경부하고는 잘 풀리셨나요? 징계 대신 토지를 매입하셨죠?
승효   관심도 병이네, 이제 남 일인데.
진우   뇌물로 쓰셨습니다.
승효   .. 나
진우   사장님한테 남에 일이죠 이제. 자리를 놓지 않으시면 송탄 부지와,
       환경부 장관과 화정그룹, 이 셋이 한꺼번에 묶여서 구설에 오를 거니까.
승효   ...

지금까지 흔들림 없던 승효, 처음으로 경문 봤다가 진우에게 옮겨지는 시선이 흔들린다.
승효의 작은 변화도 알아차리는 강팀장, 역시 불안감이 올라오는데 이때 돌연,

소리E)   자동문 벨소리.

예상치 못한 벨소리에 모두 저절로 문을 보게 된다.

강팀장   (인터폰 보더니 작게) 어? (승효 보는)
승효   (강팀장 반응에 자기 책상 인터폰 흘깃 보는)

인터폰이 안 보이는 경문과 진우는 무슨 상황인지 누가 왔는지 알 수 없는데,
승효, 강팀장에게 열어주라, 눈짓.
강팀장, 열림 버튼 누른다. 지잉, 자동걸쇠 풀리며 틈이 벌어지는 나무문.
아주 조금만 열린 그 문을 쳐다보게 되는 경문, 진우.
승효와 강팀장도 문으로 시선 돌린다.

S#65. 동/사장실 문밖 - 낮

방금 벨을 누르고 문 바로 밖에 선 사람 시선에서 보이는 사장실.
벌어진 문틈으로 보이는, 모두 이쪽으로 고개 돌린 경문과 진우, 그리고 승효에서 엔딩.

15

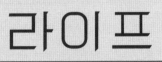

라이프

LIFE

S#1. 상국대학병원/사장실 – 낮

나무문을 밀어젖히고 들어오는 사람의 시선을 따라서 본 사무실 풍경은.
어! 하며 들어오는 사람 쪽으로 발을 디뎌 서는 경문,
그대로 몸만 조금 돌려 목례하는 진우,
그 둘에서 옮겨진 시선이 승효 보면 승효, 눈으로만 인사, 가볍게 목례하는 강남상.

경문   원장님!

시선의 주인공, 세화다. 가운도 안 입고 가방 움켜쥔 모습이 병원에 지금 막 도착한 듯.

세화   (승효에게) 업무 복귀 말씀드리려고요. 갑자기 휴가 쓴 건 죄송했어요.
          (바로 경문과 진우에게) 두 분도 있었네요? 무슨 일?
경문   .. 교수협의회 발의 내용을 사장님께 전달 중이었습니다.
세화   뭐, 사장님 교수들한테 단체로 까인 거요?
승효   본인 얘길 남 얘기처럼 하시네, 모인 김에 송별회나 할까요,
          까인 사람들끼리?
세화   업무 복귀한단 사람한테 무슨 송별회요? 저 밀린 게 많아서 갑니다.
          (돌아서는데)

승효	오원장님
진우	(동시에) 원장님
승효	(진우 잠깐 보지만) 오세화 원장, ID 반납하고 원장실 비우세요.
진우	원장님께서 돈세탁에 동원됐던 건 아십니까?
세화	(그 말에 잠깐 진우 보지만) 여기 아무도 안 그만둬요, 사장님도 나도
	두 사람도. 쓸데없는 걸로 힘 빼지 말고 가서 일합시다. 나와요, 두 분.
승효	(크게) 오원장!
세화	(더 크게 빽!) 왜요!!
모두	(깜짝!)
세화	셋이 그러고 붙어 있어봤자 서로 니가 나가라밖에 더 해요?
	흉부 많이 한가해졌나 보네요? 응급은 요새 일 없니?
	사장님이 그러고 있으니까 팀장님도 일을 못하잖아요!
	뭐하고 있어요, 나와! (문을 열어서 잡고 경문과 진우 짝 째린다.)

경문, 진우.... 문으로 간다. 나가는 두 사람.
세화, 마지막으로 승효 한 번 쳐다보고는 강팀장에게 째깍 목례하고 휙 사라진다.

강팀장	(얼결에 같이 목례하고는) 휴우...
승효	(이렇게 끝날 일이 아니다. 답답한) 트럭으로 막아버릴 수도 없고..

S#2. 동/복도 – 낮

먼저 나오는 진우와 경문, 약간 뒤에 나오는 세화.

경문	(세화 나오길 기다렸다가) 원장님.
세화	(승효 대신 나한테 해대려나, 해서 도전적으로) 왜요? 뭐요?
경문	괜찮으세요?
세화	(응?)
경문	어디 불편하셨던 건 (진심 걱정 어린 눈으로 잠시 보는) 아니고요?
세화	.. (새치름) 아녜요. (빠르게 가며 가방에서 ID 카드 꺼내는데)

경문/진우 (서로 쳐다보더니 약속이나 한 듯 세화 뒤를 바싹 따라붙는다)

세화 나 갈 데 있으니까 따라오지 마요. (빠른 걸음으로 간다)

경문/진우 (세화가 빨리 하는 발걸음만큼 속도 올려 따라간다)

세화 (뒤를 힐끔 보더니 더 빨리 가는데)

경문/진우 (여전히 따라붙는)

세화 따로 갈 데 있다니까요? 왜 따라와요?

경문 그게 아니라..

진우 저희도 따로 갈 수 있음 좋은데.. (세화 손에 들린 ID 카드 보는 눈길)

세화 ? (그러고 보니 두 사람 목에 ID가 없다. 제 것 들어 보이며) 어딨어요?

진우 구조실에서 뺏어갔어요.

경문 사람들 다 보는 데서요.

세화 잇 새끼들이!!

S#3. 동/구조실 - 낮

구조실 직원들, 평상적으로 일하고 있는데 꽝! 발로 문을 박차는 소리.
직원들, 동시에 돌아보면 세화가 들어선다. 그 뒤로 나타나는 경문과 진우.

구조실장 (일어서는) 무슨 일입니까?

세화 내놔.

구조실장 (매끌매끌한 눈빛으로 빤히 응시) 퇴직금이요?

세화 우리 선생들 ID! 내놔!

구조실장 (시답지 않은 투) 버렸는데요?

세화 (이 새끼가...)

세화 뒤의 진우, 그 말에 실장 너머에서 이쪽 보는
구조실 직원(진우 ID를 가져간 인물)에게 시선 옮기더니 발걸음 뗀다.
진우가 움직이자 세화도 반쯤 돌아보고, 구조실 전부가 진우를 보는데,
진우, 구조실 직원 자리로 가더니 직원 앞에 쓰레기통을 발로 차 단번에 엎어버린다.
파지, 컵 정도만 있다. 진우, 이번엔 직원 뒤의 쓰레기통을 완전히 들어서 쏟으면,

ID 카드 나온다. 진우와 경문 것뿐 아니라 노을 것도 있다.

진우, 구조실 직원 노려보며 ID 줍는다.

구조실장, 진우 주시하는데 바로 옆으로 오는 세화의 기척.

실장이 세화를 보는 순간 경고처럼, 쥐고 있던 가방을 실장 배에 탁 갖다 대는 세화.

세화 (거의 귀엣말로) 너지, 내 집에 여자들 보낸 거 너지. 나 흔적도 증거도
    없이 사람 보내는 방법 50가지도 더 알아. 니 집에 물건마다 주사기로
    독극물 찔러줘? 식구마다 네발로 기어 다니게 해줘?

구조실장 (씨도 안 먹히는 눈빛으로 빤히 보는데)

세화 니 아들 축구교실 다니더라?

구조실장 !

세화 야, 협박을 하려면 니 새끼 사진은 올리지 말아야지,
    그따위 짓을 하면서 지 새끼는 귀엽고 해시태그는 달아지니?
    내 식구 건드리면 그 즉시 너도 니 꺼 다신 못 봐.
    (할 말 다 했다. 더 이상 볼 필요도 없이 몸 돌리더니 전체를 향해)
    따박따박 월급은 병원에서 타 가면서 아직도 소속 분간이 안 돼?
    여기가 어디야! 화정 본사야? 공장이야? 여기 상국대병원이야!
    자리 차지하고 앉았으면 전부 병원 직원이고 내가 당신들 원장이야!
    내가 상사인 게 마음에 안 들면 댁들이 짐 빼.
    어디서 이따위 되도 않는 월권행위야!!

쩌렁쩌렁 일갈을 남긴 세화, 뒤도 안 돌아보고 문으로 간다.

경문과 진우도 이어서 나가는데,

구조실장, 눈은 세화들 나가는 것 응시하며 직원들에게 일하라, 손짓한다.

본인 자리로 돌아가고 앉는 직원들. 구조실 직원은 주변 쓰레기통도 정리하는데,

구조실장, 눈도 깜빡이지 않고 문을 응시한다. 이미 세화는 사라지고 없는데도..

S#4. 동/복도 - 낮

경문 (세화 쫓아 빨리 걷는다) 저희가 코드도 말소됐는데요,

세화	부원장 됐다면서요?
경문	예.
세화	전산실에다 풀어달라고 하세요, 부원장인데?
경문	아.. 제가 부원장은 처음이라.
세화	(곁눈으로 보지만 계속 가는데)
진우	원장님, 이정선씨 검시 때
세화	(O.L) 구사장 압력 없었어. 그걸로 꼬투리 잡을 생각 마.
진우	그럼 어떻게 아셨는데요, 원장님께서 시신 가져갔을 땐 아직 뉴스도 터지기 전이었어요. 그런데 환자가 누군진 어떻게 아셨고 그 밤에 병원엔 왜 도로 나오셨는데요?
세화	(멈추는) 내가 도로 나오지도 못해? 아니라니까!
진우	이번 한 번이 문제가 아닙니다. 지금 침묵하면 우린 앞으로 영원히 입 닥쳐야 돼요, 아 쟤넨 저렇게 써먹어도 되는구나, 꿈틀도 반발도 않는구나! 아닐 거 같으세요?
세화	...
진우	원장님, 여기서 끊어주세요, 후배들을 위해서라도요, 제발.
경문	(갈등하는 세화 보다가) 뭐든지 다 다이렉트로 밝힐 순 없는 거야. 원장님께서도 말씀 못하시는 이유가 있겠지.
세화	(입 떼려는데)

환자 지나간다. 입 다무는 세화, 두 사람 쳐다보더니 다시 간다. 이번엔 좀 천천히다.

경문	(옆에서 조용히 오며) 따로 갈 데가 있다고 하신 건..
세화	갔다 왔어요.

S#5. 동/원장실 - 낮

세화, 경문, 진우 들어온다.

세화	(가방은 책상에 던지고 가운 걸치며) 현실적으로 따져봅시다.

	어디까지 끌어들일 건데? 화정 회장이랑 싸울 거야? 조남형이랑?
경문	다른 현실도 있죠, 없던 일로 할 수도 없다는 현실.
세화	(잠시 침묵.. 사실 진퇴양난이다) 내가 돈세탁에 이용됐단 건 뭐예요?
경문	전에 참석하신 송탄에 신축부지요. 조회장이 그걸 사면서 뇌물을 바쳤나 봐요, 정치권에.
세화	아니 며칠 비웠다고, (아 골치야) 산부인과장은 또 무슨 이보훈 원장님 통장 얘길 하질 않나.
경문	그건 거래 내역을 조회하기로 원장님 가족분들 동의까진 구했습니다.
세화	넌 다른 건 신고는 잘한다면서 그런 거야말로 째깍째깍 말했어야지? 평가금 문제 언제 알았어?
진우	원장님 돌아가신 날이요.
세화	(그렇게 말하니 더 해댈 순 없다. 흘기며) 하필 돌아가신 날 알아, 쯧.. .. 공을 넘겨야겠어요. 부검 문젠 우리가 끌고 가면 안 돼요, 잘라야 돼.
진우	어떻게요?
세화	(생각하느라 입술을 잘근댄다) 땅 얘긴 당분간 덮어둡시다.
경문	어떻게 하시려고요?
세화	어떻게...
세화E	**제가 정리할게요.**

S#6. 동/사장실 – 낮

승효, 강팀장과 함께 마주 앉은 세화.

세화	내가 정리해요.
승효	어떻게요?
세화	나 아는 기자 많아요, 나는 부검 결과가 나왔길래 정정한 거다, 니들도 소견서를 기다려라, 왜 설레발들이냐, 원래 소견서란 게 한 달도 걸리고 두 달도 걸리는 거지 우리 상국대나 화정이나 별 음모가 있어서가 아니다, 내가 이렇게 내보내면 부검의도 본 대로 발표할밖에요? 그니까 사장님은 조회장을 설득해주세요.

승효	...
강팀장	저희 회장님은 설득을 설득하시는 분이라..
세화	본인도 알 거 아녜요? 이제 와서 또 화정에 유리하게 번복하면 진짜 돌 맞는단 거? 회장 본인한테도 최대한 데미지 없게 가자는 건데?
승효	지금까지 어떤 일이 우리나라 기업 회장한테 데미지를 입혔습니까?
세화	...
승효	그런 거 없어요, 데미지 안 입어요 원래.
세화	(아.. 철벽에 막힌 느낌..) 평가금 얘긴 들으셨죠?
승효	네.
세화	사장님은 언제 아셨어요? 이번이 처음 아니죠?
승효	전에, 이보훈 원장 사망 당일에 김태상 부원장한테서요. 원장이 병원 돈을 꿀꺽한 거 같다고, 자기가 어떻게든 돌려놓을 테니 어차피 가신 분 곱게 보내드리자고요.
세화	무슨 수로 남이 꿀꺽한 걸 돌려놨을까..
강팀장	저희가 거래 경로 추적 확인한 게 있는데 보내드릴까요?
세화	네? .. 여기 사장실에서도 그때 부원장을 의심했단 거네요?
승효	(무슨 당연한 소리야?) 사람 어떻게 믿습니까? 누굴 곱게 보내주고 싶냐니, 그런 사람이 세상에 어딨어요?
세화	두 분 그래도 30년 지기예요?
승효	(헛, 강팀장 보며) 이분 곱게 컸네? (세화에게) 사기 안 당해봤죠?
세화	(좀 살피듯 새삼스레 쳐다보는..)
승효	왜요?
세화	.. (일어난다) 나 더는 안 피해요. 그동안 숨어준 것도 짜증나 죽겠는데. 사장님도 언제까지 사람 자르는 걸로 모면하실래요? (나가는데)
승효	아이는 어떻게 하고 왔어요.
세화	기숙학교요. 원래 애가 버텨서 못 보냈는데 핑계 김에 잘됐죠.
승효	... 기자 만나는 건 보류합시다.
세화	사장님,
승효	내가 먼저 보고드린 다음.
강팀장	(어, 승효 보지만)
세화	회장님 만나신단 소리네? (순간 처음으로 방긋 웃는) 잘하실 거예요.

(나가려다 다시 돌아보고) 나는 사장님 믿습니다?

승효 관둬요.

세화 싫네요. (나간다)

강팀장 (왜 저래 알지도 못하면서, 꿍얼꿍얼)

승효 .. (일어서는) 회장님, 스케줄 알아봐주세요. (대답 없어서 보면)

강팀장 (걱정되는 얼굴로 본다)

승효 (알지만 책상으로 간다)

S#7. 화정그룹 본사/회장실 - 낮

조회장 (소파에 앉아 탁자 전화 받는 중) 내가 통보할 때까지 기다리라고 해.

조회장, 손 내리면 얼른 받아서 전화 놓는 이, 구조실장이다.

조회장 (탐탁지 않아서 곱씹다가 구조실장 쳐다보면)

구조실장 (즉시) 출입 기록에 병원장이 지하주차장에서 곧장 사장실로 간 것으로
찍혔습니다. 그 다음 동선이 저희 구조실이고요. 여러 정황상 그간
오원장이 회장님 지시를 무시하고 안하무인 했던 건 이미 사장실과
모종의 합의가 있었기 때문으로 보입니다.

조회장 구사장 이 새끼 가져가는 월급이 얼만데, 지가 잘나선 줄 알지,
인프라를 그만큼 갖춰줬으면 웬만한 놈 앉혀만 놔도 다 지만큼은 뽑아.
내가 비싼 월급 줘가며 사람 쓰는 이유가 뭔데?
시키는 거나 똑바로 할 것이지.

노크소리. 구조실장, 얼른 문으로 가고 밖의 비서가 서류철 갖고 들어온다.
조회장에게 인사한 비서가 구조실장에게 '포털사이트에서 보고가 올라왔는데요'
말하는 것 작게 들린다.
비서는 목례하고 나가고 구조실장, 비서가 건네준 서류 내용 확인하며 조회장에게 온다.

구조실장 (서류철 내밀고) 방금 포털에 등록된 기사입니다. 메인에 올려도 되는지

포털사이트에서 먼저 회장님께서 승낙을 구하고 싶다고 합니다.
조회장 (짜증나서 일별할 뿐) 뭔데.
구조실장 (서류 보는) 이정선씨 관련해서는
조회장 (이름만 들어도 짜증 치미는) 에이 씨.
구조실장 .. (그 부분 건너뛰고 밑에 줄로 가는 눈동자)
상국대병원 측에서 한국의사위하고 전병협에 성명을 요청했습니다.
현 경영진에 대한 불신임과 화정그룹의 불법적 행위에 대해
조회장 (서류철 낚아챈다. 빠르게 훑더니) .. 새글21이네. (일어난다)
구조실장 (얼른 따라 일어난다. 공손히 손 모은다)
조회장 .... 새글. 21, 대표 불러.
구조실장 예.
조회장 메인 좋아하고 자빠졌네. (서류철 옆으로 획 던진다)

획 날아가 아무 데나 부딪혀서 떨어지는 서류철.

조회장 대표 만나서 그 뭐였지 무슨 기자였지 새글에서 깝죽대다 잡혀간 새끼.
구조실장 권희상 기자입니다.
조회장 기자는 무슨 엿 같은 게 씨, 그 새끼 풀어줄 테니까 앞으로 우리 그룹
기사 쓰지 말라고 해, 아니면 진짜 (말하는 도중 갑자기 화가 치미는)
씨발 그거 하나 시키는 대로 못해? 내가 사람을 죽이랬어 시첼 뺏어
오랬어! 어차피 싸우다 죽은 거 맞아서 죽었다고 하는 게 뭐 어렵다고
사장이란 새끼가 지 병원에서 그거 하날 처리 못해!,,
(빡치지만 그래도 참는..) 새글 대표한테 인생 개박살 나는 게 뭔지 제대로
보여준다고 해. 지금까지 우리 집안, 우리 그룹에 대해서 기사랍시고
갈긴 쓰레긴 내가 (점점 또 화가 올라오는) 용서해줄 테니까..
(다시 폭발) 구승효가 나한테서 얼말 가져가는데? 내 말 들으라고,
내가 시키는 대로 하라는 거지, 내가 모든 자리에 다 있을 수 없으니까
나 대신 움직이라고 사장들 쓰는 거지 지들이 대단해선 줄 알아!

조회장, 자기 말에 자기가 흥분해서 어쩔 줄 모른다.
구조실장에겐 익숙한 광경이다. 시선은 내리깔지만 태연한 얼굴.

조회장　　괘씸하잖아, 쌔끼들이 씨, 지들이 의사면 의사지, 내 병원에서 일하는
　　　　　주제에, 구사장 새끼도 그래, 아버지 돌아가시자마자 등짝을 차서
　　　　　내쫓았어도 나한테 감사하다고 절을 해야 될 새끼가 어딜 감히,
　　　　　의사 것들하고 놀아나더니 지가 뭐 사람 고치는 의사라도 된 줄 알아?
　　　　　나 아니면 지가 어딜 가서 사장입네 고갤 쳐들고 다녀?!...

조회장, 그러다 또 마치 대단한 마인드 컨트롤러나 되는 양 호흡을 티 나게 정리하고
충분히 반듯한 넥타이를 매만지며 진정하려고 한다.

조회장　　(이제 됐다는 듯 길게 호흡하더니 인터폰 누른다)
비서F　　　네 회장님.
조회장　　방금 기사, 홍보실에다 매뉴얼대로 하라고 해. 기사 지워.
　　　　　연예인 사귀는 애들 메인에 올리고 댓글 달라고 해, 당장. (끊는다)
　　　　　(날아간 서류철 쪽 가리키며 구조실장에게)
　　　　　저 포털사이트, 우리 그룹 온라인 광고 상향 조정해줘.
　　　　　(바로 덧붙이는) 5%만. 앞으로도 내 허락받고 기사 올리라고 하고.
구조실장　예 회장님.
조회장　　(불편한 심기를 겨우 누르고 책상 자리에 앉는)
　　　　　새글 대표, 애들 데리고 가. 말 안 들으면 맘대로 해.
구조실장　예 회장님. 바로 보고드리겠습니다. (목례하고 나간다)
조회장　　... .. (인터폰) 구사장, 이따 10시 (아니) 11시에 오라고 해.

S#8. 새글21 사무실 – 낮

컴퓨터에 뭔가 빠르게 입력하고 엔터 치는 서현, 이해가 안 가는 얼굴이다.
모니터 C.U 하면 포털 뉴스 검색 화면이다.
서현, 마우스 움직여 기간을 '오늘'로 정하고 '상국대병원 불법행위'를 입력하지만
'검색 결과 없음'만 뜬 화면.
결과에 당황한 서현, 다시 '상국대병원 교수협의회 결의', '상국대병원 사장 불신임' 등

다른 키워드를 검색해도 여전히 오늘 기사는 뜨지 않고.

서현, 더 이상 키보드 두들기지 않는다. 이게 무슨 뜻일까... 주변 보게 되는.

S#9. 대학병원 / 응급실 복도 - 밤

진우 (병원 내부와 통하는 응급실 문에서 빠른 걸음으로 나온다)

노을 (복도에서 기다리다 진우가 오기도 전에 두 손 내미는) 주세요 주세요.

진우 (구조실에서 가져온 노을의 ID 카드 건네준다)

노을 아, (카드 쓰다듬고 양손 사이에 품는) 땡큐.

진우 땡큐는 원장님한테. (웃지만 바삐 가려는데)

노을 아참 원장님은? 별일 없으셨대?

진우 무슨 별일.

노을 아니.. 갑자기 휴가 내신 이유가 혹시 뭐 미행을 당하셨다거나..

진우 미행? 첩보영화야?

노을 어 그치? 가!

진우 (마음이 급해 가긴 가지만 '그치는 뭐야' 흘리는 말 들리는데)

노을 .. (발걸음 떼는)

Flashback〉- 14회 S#35. 공원 입구 - 밤

미행하다 들킨 운전기사와 화가 난 노을 앞에, 모범택시에서 내리던 승효.

노을 왜 나만.. (나만 미행한 걸까...)

S#10. 서현의 아파트 / 1층 현관 안 - 밤

서현, 머리를 묶었다 풀었다 급히 매만지며 거울도 아닌 승강기 패널에 모습 비춰본다.

문 쪽 보는 동작이 마음은 이미 저 밖에 나가 있어 뵈고.

결국 머리는 자연스레 묶고 편한 셔츠나마 잡아당겨 단정히 하고 나간다.

S#11. 동/아파트 앞마당 - 밤

아파트 동을 끼고 서현이 돌아 나오면 저 앞에 진우 보인다.
정원식으로 꾸며진 밤의 아파트 마당에 홀로 선 진우.
벤치를 앞에 두고도 앉지 않고 가만 서성이는 그를 외등 빛이 부드럽게 감싸고 있다.
잠시 그 모습 바라보는 서현, 저도 모르게 미소가 감돌지만 흠, 미소 지우고 다가간다.

cut to. 진우, 다가오는 서현을 이제 본다. 조금 웃는다.
손만 들어 인사도 하는데 어색하다. 손 내린다.
서현도 이렇게 보자니 왠지 어색하다. 서먹한 목례.
좀 머뭇하던 진우, 등받이 없는 벤치에 앉으며 서현 자리를 손으로 훌훌 닦는다.
미소 짓는 서현, 진우 옆에 앉는다.

서현	무슨 일로 여기까지..
진우	아, 기사요, 계속 검색해봤는데 안 올라와서 혹시 무슨 일 있으신가..
서현	아아 기사.. 킬 당한 것 같아요. (목 치는 동작하지만)
	다시 올릴 거예요. 걸어줄 때까지 송고할 거야.
진우	하지 마요.
서현	?
진우	딴 방법이 생겼어요. 진짜 안 해도 돼요, 서현씨는.
서현	무슨 방법이요?
진우	그게, 저희 병원에서 자체적으로요.
서현	어떻게 자체적으로요?
진우	(아...) 있어요.
서현	(풋)
진우	하지 마요 진짜, 약속해요 나랑. 네? 네?

서현, 진우 본다. 진우, 정말 걱정스럽고 미안해하는 얼굴인데..

진우E   **너 진짜 이번엔 선우한테 말하지 마!**

서현	(묻고 싶지만 선뜻 입이 안 떨어진다. 진우와 눈 마주치자 끄덕이기만)
진우	(다행이다, 웃는) 참, 나 이제 백수 아니에요, 복귀했어요.
서현	다행이네요.. 축하해요.
진우	(미지근한 반응에 무슨 말을 해야 할지..)
서현	(발만 들었다 났다 하다 쳐다보지는 않고 불쑥) 동생 이름이 선우죠?
진우	예..?
서현	동생한테, 여러 번 들켰나 봐요? .. 여자들 만날 때마다.
진우	(무슨)
서현	진우씨가 말하는 거 들었어요, 병원에서 이노을 선생님인가 그분한테, 이번엔 선우한테 말하지 마, 그러는 거.
진우	언제 내가 (하다) 아. (생각나서 웃음 나는) 그거, (좀 쑥스러운) 선우랑 노을이가 우릴 봤대요.
서현	우릴 보다뇨?
진우	지난번에 병원 지하주차장에서, 아 그것들 있으면 있는 척을 하지, 몰래 훔쳐보고 우씨,
서현	지하주차장이요? (기억 더듬어 보는데)

Flashback〉 - 11회 S#33. 대학병원 / 지하주차장 - 밤
진우, 서현을 감싸 안고 포옹하는.

서현	어! 그!
진우	예, 그.. 서현씬 신경 쓰지 마요, 내가 나중에 처절히 응징할게요, 진짜.
서현	.. (살짝 진우를 옆으로 보며) 뽀뽀라도 했음 큰일 날 뻔했네?
진우	(에?)
서현	(웃는)
진우	... ... 저기,
서현	(표정으로 네? 답하면)
진우	지금은 걔네들 없는데요.
서현	... (아까부터 어색해서 까딱대던 발동작 멈춘다)
진우	(서현 본다. 팔을 들어 서현의 등을 받치듯 손 대는데)

그때 진우, 서현 뒤에 누군가 다른 사람이 있다는 게 보인다.
서현 뒤의 사람, 서현에게 가려져 얼굴은 안 보이지만,
서현과는 반대 방향으로 벤치에 앉아 있어 무릎께에 놓인 손, 다리와 발은 보이는데,
익숙한 그 형상, 서현 뒤에서 스윽 몸을 기울여 얼굴 드러내면 역시나 선우다.
몸 기울인 선우가 서현 뒤에서 진우를 주시하고 있다,

진우	!
서현	(진우 눈빛이 달라진 게 느껴진다. 뒤를 보는 것도 느껴져 돌아보는)
	왜 그래요? ... 진우씨..?
진우	...
선우	*안 하는 게 좋을걸. 누가 이해해주겠어.*
진우	...
선우	*(천천히 고개 젓는) 그냥 만나, 잡고 싶잖아,*
서현	진우씨 괜찮아요?
진우	.. 동생이 있어요.
서현	알죠, (하다 느낌 묘해서) 그런데요?
진우	.. 둘이에요, (이젠 서현을 본다. 결심했다) 둘이 있어요.
선우	*(이젠 어쩔 수 없다는 듯 작은 한숨으로 시선 돌려 하늘이나 나무 본다)*
서현	동생이, 둘이에요?
진우	선우가 축구를 잘했어요, 축구 신동이라고, .. 지금은 의사가 됐지만.
서현	아 동생분이 공부도 잘하고 운동도 잘하셨구나?
진우	운동은 못해요 이제, 다릴 다쳐서.
서현	얼마나
진우	(O.L) 못 걸어요.
서현	!
선우	*(제 다리를 쭉 펴보기도 하고)*
진우	못 걸어요, 영원히.

진우 바라보는 서현, 서현 바라보는 진우.
그런데 서현 얼굴이 가라앉는 게 보인다. 고개를 돌리는 건지 시선을 피하는 건지..
그 반응이 보이는 진우, 각오는 했지만 슬퍼진다. 서현 뒤를 보면,

어쩔 수 없지 하는 얼굴로 위로하듯 진우 보는 선우.
진우도 선우에게 비슷한 표정 지어 보이지만 눈은 많이 슬프다.

S#12. 길 – 밤

도로를 달리는 진우의 차. 운전석에 보이는 진우.

서현E   다른 동생은요? 동생이 둘이라고 했잖아요.

운전석의 진우, 숨 토한다.

S#13. 서현의 아파트/앞마당 – 밤(방금 전. 진우의 회상)

서현   (진우와 함께 천천히 아파트 쪽으로 가다 뚝 멈춘다. 이게 무슨 소리??)
진우   저 자식만 걸을 수 있다면 엄마가 덜 힘들 텐데, 무리하게 일을 안
　　　　나가도 될 텐데, 그땐 그 생각뿐이었어요, 선우가 너무 미웠어요.
서현   그래서 언제부터..
진우   소풍을 안 가겠단 거예요, 걔가, 전날부터 엄마가 이번엔 꼭 가자,
　　　　가서 친구들이랑 놀자, 선우한테 빌다시피 했는데, 새벽부터 김밥도
　　　　쌌고.. 휠체어에 실려서 가는 소풍이 얼마나 싫었을지 그땐,
　　　　(고개 젓는..) 그냥 엄마가 걔한테 비는 게 너무 싫었어요,
　　　　잘못한 것도 없이 왜, 식구대로 저 땜에 얼마나 고생하는데,
　　　　그래서 내가 선우를 갈겼어요. (자조적인 헛웃음) 엄만 날 갈기고.
서현   (그 심정 알 것 같다)
진우   그런데 그날.. 학교 끝나고 오는데, 애들 틈에 선우가 있는 거예요.
　　　　소풍 갔다 오는 애들 틈에 근데, 그 자식이 날 보더니 뛰어 오더라고요.
　　　　와서 말도 걸고. .. 믿지는 않았어요, 너무 다르니까, .. 믿고 싶었지만.
서현   그 다른.. 동생이 처음 보인 게 진우씨 몇 살 때였어요?
진우   .. 11살이요.

서현	그때부터 쭉?
진우	(끄덕인다)
서현	지금, 여기도?
진우	.. 여기도.

진우 쳐다보던 서현, 저도 모르게 주변으로 돌려지는 눈길.
그러나 곧 시선 내린다. 진우가 눈치챌까, 해서지만 기분 이상한 건 어쩔 수 없다.
서현, 무의식중에 팔로 제 양팔을 감싸고 진우, 이를 알아챈다.
서현... .. 집으로 간다.
진우, 함께 가지 못하고 가는 서현을 바라보기만 한다.

S#14. 진우의 차 안 - 밤(현재)

진우, 마음 누르며 가는데 문자 알람 울린다. 거치대에 놓인 전화 보면 발신자 '서현씨'.
마음 급한 진우, 전화로 손 뻗다 거두고 먼저 차부터 세운다.

S#15. 진우의 집/안방 - 밤

선우, 곤히 자고 있는데 현관 열리는 소리에 이어 곧 안방문 열린다.
진우가 들어와 잘 자고 있는 선우를 위에서 퐁! 깔아뭉갠다.

선우	(자다가 갑자기 공격당한) 어 뭐야? 저리 가! 앗씨!

선우 머리끝까지 이불을 씌워놓고 안방에서 나가는 진우가,
들어올 때 이미 가방 던져놓은 소파에 붕 뛰어서 앉는 게 문밖으로 보인다.
그사이 선우, 푸드덕대며 이불 걷는다.

S#16. 동/거실 - 밤

선우   (안방에서 들리는) 죽고 싶냐?

진우   죽고 싶은 사람이 어딨냐? (천장 보는데 웃는다)

소파에 길게 기대앉아 전화 꺼내는 진우, 벌써 여러 번 읽었을 문자 다시 들여다본다.

서현E   동생분한테 인사드릴 수 있을까요?

서현 문자 밑에 진우가 보낸 감격 이모티콘, 그 밑에 '네네네네!' 하고 보낸 답문,
'※ 주의: 꽃미남 절대 아님'이라고 바로 이어서 진우가 또 보낸 답문,
서현이 '그걸 아직도... @.@;'라고 보낸 답문이 줄줄이 보인다.

진우   (흐뭇. 문자 보낸다)

진우E   고마워요, (쓸까 말까 하다가 쓰는) 이 얘기, 이젠 서현씨밖에 몰라요.

진우   (가슴에 전화 얹고 잠시 있는데 문자 온다. 얼른 보면)

서현E   이젠?

진우   (혼잣말) 네, 이젠.. (답장하려는데)

선우   무운!

진우   아 (바로 안방 문으로 가는) 미안미안. (문 잡고) 잘 자라.

선우   (눈 감은. 짜증) 잘 자고 있었다고.

진우   (문 닫아준다. 웃는다. 그런데)

미소 사라지는 진우, 안방 쪽 본다. 현실이 자각된다. 나만 행복해도 되는 걸까..

S#17. 화정그룹 본사 건물/외경 – 밤

하늘을 찌를 듯 솟은 본사, 번쩍인다.

S#18. 동/회장실 – 밤

다리 꼬고 비스듬히 앉아 홍차 홀짝이는 조회장, 눈으론 앞에 선 승효 본다.
승효, 종이 한 장 들고 섰는데 거기에 꽂힌 눈은 당혹해하고 있다.

조회장   (전혀 화내는 투가 아닌. 흡사 다정하게도 들린다) 뭐해?
승효   (.. 읽는) 합리성과 효율성이 기본인 기업인의 토대에서 바라본 바,
        상국대학병원이 일으킨 저간의 물의에 대해 실망이 매우 크다.
        상국대병원은 사학 재단임에도 종사자인 의료진의 특권의식이 너무나
        팽배하여 경영지침이 제대로 전달되지 않거나 실행되지 않는다.
        이러한 특권의식을 타파하고 일원된 경쟁력을 갖추기 위해 (멈추는)
조회장   (멈춘 것 개의치 않는 듯 시계 등 매만진다)
승효   비영리 의료법인인 상국대병원은 영리법인으로 전환될 것이다. 회장님,
조회장   음?
승효   일반 종합병원도 비영리만 허용되는데 저희 병원은 병상 수 2천 개 이상의
        초대형입니다. 법적으로 영리법인 전환 자체가 허용되지 않습니다.
조회장   되게 하면 되잖아? 구사장이랑 내가 언제 법 때문에 뭐 못했어?
        (차 마시며 계속 읽어라, 턱짓)
승효   .. 미래 먹거리를 책임질 글로벌 메디컬 비즈니즈의 선두주자로서 외국
        자본 유치와 외국인 의사 채용을 확대할 것이며, 현재 조성 중인 송탄
        캠퍼스를 중심으로 의료 클러스터를 구축, 경제특구 지정을 추진한다.
        시민의 품으로 돌아온 민영화된 상국대병원은 회원제로 운영되는 종합
        메디컬 쇼핑몰로 승격, 투자 개방형 병원에 걸맞는 고급 시설을 갖춰
        해외 VIP를 끌어오는 환승의료관광의 중심이 될 것이며, 이로써 일자리를
        창출하고 기업과 기관이 교류하는 산학 연계의 모델로서 우뚝 설
        것을 국민 여러분께 약속드린다. (종이 내린다)
조회장   역시 구사장이 읽으니까 폼 나네. 그대로 가도 되겠어.
승효   민영화 추진은 고려 중인 방안이 있으십니까?
조회장   우리나라 법이 큰 병원은 무조건 돈 벌지 말라고 틀어막아 놨으니
        치외법권으로 가야지. 해외 펀드에서 상국대에 투자할 거야.
승효   투자할 펀드도 정해졌나 보네요, 업체명이..?
조회장   길드 트리플.

승효	(떠올리려 해도..) 죄송하지만 전 들어본 적이 없는 데라
조회장	당연히 없지! 인제 만들 거니까.
승효	회장님께서 설립하시게요?
조회장	진짜 해외 투자를 받았다가 무슨 뒤통수 맞으라고? 무늬만 해외면 되지.
승효	그렇죠. (웃는 낯을 해 보이려 하지만 지금 눈빛이 복잡하다)
조회장	송탄 클러스터에 스포츠 재활센터, 스파, 피트니스 건립도 같이 발표해.
	우리 센터에 발을 들이는 순간 모든 헬스케어가 포괄적으로 한 방에
	된단 걸 각인시키라고. 쌔끼 홍성찬이 죽었다 깨나도 이런 건 못하지.
승효	예 회장님. 그런데 너무 모든 패를 한 번에 다 보여주시는 건 아닐까요.
조회장	치고 나가기로 했으니까. (표정 진지해진다) 우리 경제인들은 정치인한테
	배신만 당했어, (일어선다) 전 정권에서도 민영화해주겠다, 그 전 정권에서도
	규제 풀어준다, 말만 몇 년이야? 의료 서비스업이야말로
	부가가치를 얼마든지 늘릴 수 있어, 빈부격차가 걱정되면 공공병원에
	투잘 해야지, 왜 정부가 민간사업을 규제해? 왜 경쟁력을 떨어뜨려?
	정치인들 말만 믿다 이미 늦었어, 나하고 구사장이 바꿔보자고.
승효	여기 언급된 사업은 전부 병원 민영화가 기본전제입니다.
	의료법 자체를 뒤집어야 하는데 어떻게 뚫으시려고요?
조회장	(조금의 주지함도 없이) 찢어야지.
승효	?
조회장	너무 덩어리가 큰 초대형 병원이라 영리법인 설립이 안 되면 단과별로
	찢어서 하나하나 따로 허가를 내야지.
승효	진료 과목별로, 저희 병원이, 쪼개지겠네요..
조회장	(물론, 끄덕인다) 그래야 서로 경쟁시키지. 다스리기도 쉽고.
승효	...
조회장	(듣건 말건) 아 핸드폰이랑 연동만 됐으면 더 이상 완벽할 수가 없는데.
승효	죄송합니다, 회장님.
조회장	내일 출근하자마자 (승효 손에 종이 가리키는) 첫 번째로 발표해요.
승효	예.

S#19. 동/1층 출입구 앞 - 밤

회전문에서 나오는 승효. 이미 시동 걸어놓고 대기하던 기사, 뒷문 여는데,
승효, 차에 타지 않고 아무 말도 없이 그대로 멈췄다.

기사	사장님?..
승효	.. .. 퇴근해요.
기사	네? (선뜻 가지 못하지만 말 붙일 분위기 아니다. 목례하고 간다)
승효	... .. (천천히 운전석으로 간다)

S#20. 승효의 차 안 + 화정그룹 본사 건물 - 밤

이미 시동 걸려 있는데 운전석에 앉아서도 출발하지 않는 승효,
주머니로 손을 가져가 회장실에서 읽었던 종이를 1/3쯤 꺼내는데.. 도로 넣는다.
안전벨트 매고 바로 출발하면 떠나는 차 뒤로 우뚝 선 사옥이 아래에서 위로 보여진다.
마천루처럼 높게 뻗은 위용, 층수가 끝도 없다.

S#21. 화정그룹 본사/회장실 - 낮

얼룩 하나 없는 큰 창에서 쏟아지는 햇볕 가득 찬 회장실.
조회장, 재킷 벗어 비서에게 주고 자리에 앉는 동시에 컴퓨터부터 확인하는데,
〈모니터 속 뉴스 기사 제목〉 – '상국대병원 종합 메디컬 쇼핑몰로 변신 선언'
그 밑에는 기사 자료로 쓰이는 승효 사진과 어젯밤 승효가 읽은 전문이 실렸는데,
그렇지 하는 얼굴의 조회장, 기사는 건너뛰고 곧장 댓글로 가면,
짧은 의견뿐 아니라 저의가 무엇인지 잘 아는 긴 댓글도 제법 보인다.

〈모니터 속 댓글 목록〉
- 완전 병원판 막장 드라마네
- 무슨 깡으로 저러는지 국민들을 호구로 보나!
- 글로벌 메디컬 비즈니스 같은 소리 하네. 한번 허용해주면 차례대로 규제 없앨

놈들인데. 그러면 외국인이 아니라 우리나라 부자들만 넘쳐날 게 뻔한데 이거 허용해주면
진짜 내가 나라 버리고 이민 간다.
- 민영화가 결국엔 지들 돈 벌겠단 건데, 저건 진료비로 뽕을 뽑겠단 것도 모자라서
부대사업으로 환자 주머니 다 털어먹겠단 선언을 대놓고 한 건데? 여기서 지네 회사 갖고
지들이 돈 버는데 뭔 상관이란 것들은 생각 좀 해봐라. 병원 갔더니 의사들이
지네 회사 화장품 사고 의료기기 사야 한다고 하면 안 살 수 있나?
- 말이 글로벌이고 메디칼이 어쩌고 환승의료 어쩌고지 완전히 병원을 백화점으로
만들겠단 거잖아? 상국에서 저러면 다른 병원들도 줄줄이 따라 할 텐데.

비난 일색의 댓글 휘릭 훑는 조회장, 묘하게 만족스런 얼굴이다. 설핏 미소까지...

S#22. 심평원 / 심사위원회 운영실 - 낮

정위원은 제 자리에서 승효 발표가 뜬 모니터 보고, 고위원은 열받아서 일어나 있다.

고위원   아주 제정신이 아냐, 내가 폭탄을 맞았어.
정위원   욕먹고 싶어서 환장한 게 아니면 어떻게, 여기 이런 투자 개방형
        병원이나 환승관광 이런 용어는 일반인은 잘 모른다 처도
        종합 메디컬 쇼핑몰은, 어떻게 이렇게 대놓고 돈타령을 할까요?
고위원   하필 내가 맡은 연도에 구승혼지 뭐시기가 와서 아! 나만 일복 터졌어..
정위원   이 정도면 거의 엑스맨인데.. (마우스 스크롤 내리며) 반응이 지금,
        어우야, 댓글만 보면 여기 병원 사장은 완전 백 번도 더 죽었어요.
고위원   (그 말에 제 모니터 들여다본다) 젠장 일자리를 창출하려면 간호사나
        더 뽑지, 지금도 인건비 땜에 안 뽑아줘서 난린데 이왕 있는 일자리는
        나 몰라라 하고 왜 엄한 데서 창출을 하겠대?

선우도 승효가 발표한 상국대병원 변신 기사를 심각하게 읽고 있다.

선우   .. 빅5 중에 하나가 영리화되면 거의 쓰나미일 텐데요, 다른 데도..
고위원   다 들고 일어나겠지, 왜 우린 안 해주냐, 역차별이라고.

정위원	것도 웃겨요, 그러면 안 된다고 해야지 왜 쟤네만 해주냐가 뭐야?
고위원	걔네 유치한 거 한두 번 봐? (모니터 볼수록 짜증나서 관둬버린다)
	경제특구는 무슨 벌써 8개나 되는데 뭘 또, 하여튼 특 자 되게 좋아해.
정위원	그러게요, 그 땅덩어리 넓은 중국도 딸랑 두 갠데, 특구는.
고위원	나는 국민 여러분께 약속이 더 꼴값이야, 누가 지들한테 해달랬니?
	아유, (털썩 앉는) 사람 하나 잘못 들어와서 그 큰 데가 아주 망가지네.
선우	...

Flashback〉 - 13회 S#43. 진우의 집/거실 - 밤
수동 휠체어 위의 선우, 지금 막 퇴근한 기색으로 전화 중인데,

승효F	이노을 선생 집에 가는 길인데 이선생이 좀 취해서 지금 잠들었거든요.
선우	?!

선우, 모니터에 뜬 승효 기사 사진 본다. 마음 착잡한..

S#23. 대학병원/사장실 - 낮

승효	(전화) 성분 분석 기능을 추가하면 사이즈가 커질까요? (듣다가)
	땀이요, 땀 성분을 분석할 수 있는지. (듣다) 테스터는 언제쯤입니까?
	.. 예, .. 예, 수고하세요. (끊는데)

승효, 전화 끝날 때쯤 울리는 강팀장 자리의 유선전화.

강팀장	어머 안녕하세요, 예선생님. (승효 전화 끊는 것 확인하고) 잠시만요.
	사장님, 심평원 예선우 선생인데요?
승효	.. (책상 유선전화 가리키는)
강팀장	(선우 전화를 돌려준다)
승효	(받은) 예. (생체 칩 개발 관련 서류 보며)
선우F	안녕하셨어요, 구승효 사장님.

승효	잘 있었어요? 무슨 일입니까?
선우F	김태상 부원장 조사 결과, 곧 발표입니다. 알려드려야 할 거 같아서.
승효	아 고마워요 엠바고 지켜줘서.
선우F	상국대도 실명으로 거론될 거고요.
승효	김태상 이제 여기 사람 아니고 부원장도 아니고 대리 수술 발각 이후에 한 건의 진료도 수술도 없었단 것도 같이 언급해줍시다.
선우F	그건 해명기사로 상국대 쪽에서 내보낼 내용인데요.
승효	그러든가, 알았어요. (대답했는데 상대가 조용한) ... 여보세요?

S#24. 심평원 / 복도 - 낮

인적 없는 복도로 나온 선우, 가만히 전화를 귀에 대고 창밖을 향해 있다.

승효F	예선우 선생?
선우	.. 제가 전에 사장님을 뵀을 때요, 그때 제 앞에서 자리에서 일어나시려다 도로 앉았어요.
승효F	내가요? 그게 뭐요?
선우	그런 분이세요, 구사장님, 스스로를 어떻게 여기시든.

S#25. 대학병원 / 사장실 - 낮

승효	(전화하면서도 일하던 손 멈춘다. 무슨..)
선우F	또 연락드릴 일이 있을지 모르겠네요. 안녕히 계세요, 구승효 사장님.
승효	... 예선생도, 건강하세요.

평소와 달리 좀 느리게 전화 내려놓는 승효, 잠시 내려놓은 채로 있다가..
다시 서류 끌어당기는데 이번엔 휴대전화 울린다. 전화 보면 오세화 원장이다.
절로 찡그려지는 승효, 또 얼마나 떽떽댈까, 벌써 골치가 아프다.
이미 따가워진 귀를 청소하듯 손가락을 귀에 넣었다 빼는.

승효	(전화받는데, 정작 받는 귀는 건드리지 않은 반대쪽 귀다) 네.
	(상대방 대답 없다. 액정 보는) 뭐야 또? (다시 귀에 대고) 오원장님?
세화F	.. 사장님, 우리 밥 먹을래요?
승효	에?

S#26. 심평원 / 복도 - 낮

아직 복도에 홀로 있는 선우, 물끄러미 창밖 어딘가를 향한 시선.

S#27. 진우의 차 안 - 저녁(14회 S#56 이후의 상황. 선우의 회상)

선우	형.
진우	(운전 중) 응?
선우	노을이 누나.. 아무하고나 술 마시고 막 취하고, 그런 거 본 적 있어?
진우	(정면만 보며 대수롭지 않게) 걔가 그랬대?
선우	아니.. 누나도 일만 하지 말고 사람도 만나고 살아야지.
진우	(흘깃 보는) 누가 할 소릴 누가.
선우	(덤덤한) 없지? 누나가 아무나하곤, 안 그러잖아?
진우	.. 누구랑 있는 걸 본 거야?
선우	아니라고. 그냥 누나한테 그런 사람이 있다면,
	좋아하는 사람이 생긴다면 그 사람이, 좋은 사람이었음 좋겠어.
	(오히려 편안해 보이는 얼굴로 진우에게 조금 웃어 보인다)
	형을 위해서도.
진우	뭔 소리야, 걔가 누굴 만나든 나랑 무슨 상관이라고 뭘 날 위해.
선우	막상 누나한테 누구 생기면 신경 되게 많이 쓸 거면서.
	막 감 놔라 배 놔라 누나 쪼을 거면서.
진우	시간이 썩어나냐? 나도 바빠 죽겠는데?
선우	왜에? 뭐하느라 바쁜데? 형도 누구 있어?

| 진우 | (갑자기 어색한 벙어리가 되는) |
| 선우 | (쿠쿠 웃는) |

S#28. 심평원/복도 – 낮(현재)

| 선우 | (쓸쓸한 미소가 뜨는) .. 좋은 사람이어야지, |

선우, 전동 휠체어 방향 틀어 천천히 사무실로 돌아가는 뒷모습.

S#29. 식당 – 낮

홀과 룸으로 구분돼 있긴 하지만 소박한 밥집이다.

S#30. 동/룸 안 – 낮

경문과 세화, 승효, 밥상에 둘러앉아 식사 중이다.

| 세화 | 비서요? |

스스럼없는 분위기의 세화, 승효와 달리 굳은 얼굴로 젓가락만 놀리던 경문이지만 이 말에는 자기도 모르게 고개 들어 승효 본다. 경문에게도 상당히 의외다.

세화	화정에서, 비서였다고요 사장님이?
승효	네. 회장 비서실이 내 첫 사회생활이었습니다.
세화	어어? 그럼 그 소문은 (떠보듯 고개 흔드는) 아녜요?
	사장님이 먼저 그 화정 회장님 숨겨놓은 아들이란 거, 돌아가신
승효	(젓가락 탁 놓는)
세화	아니 구승효란 사람이 워낙 잘나가니까 화정에 그런 얘기가

	있었다더라, 나도 건너건너 들은 거지 그걸 갖고 뭘 뽀족하긴?
승효	우리 엄말 보고 그런 말씀을 하세요.
	그 앞에선 떡 하나도 못 숨겨, 무슨 아들을 숨겨놔?
세화	난 또, 완전 모태 금수저라고, 흥!
승효	뭐가 흥이에요? 내가 그 입방아들 깨부수려고 얼마나 어금니 꽉
	물었는데. 그리고 나 금수저 맞아요? .. IMF 때 쫄딱 망해서 그렇지.
경문	(반찬 집으려던 젓가락을 허공에 뚝 멈추고 다시 승효 보는)
승효	왜요? IMF 때 망한 사람 첨 봐요?
경문	.. 저희 고향집을 몰래 사찰하셨나 해서요. 그때 쫄딱 망한 거.
승효	(너도?) 헛.
세화	사람들이 왜 이래?
경문	원장님은 그때 잘 모르시죠? 양친께서 다 의사에 대학 교수시니.
세화	왜 이래요? IMF를 누가 모른다고?
승효	들어서 아는 거랑 몸으로 겪은 건 천지 차이죠?
세화	좋으시겠네요, 대한민국 흑역사 몸소 겪어서.
경문	흑역사죠, 그래도 합심해서 금방 이겨냈잖아요.
	우리 병원 흑역사도 떨쳐내야죠, 하루빨리.
승효	(시작하자는 건가, 허리 펴며 숟가락 놓으려는데)
세화	이런 자리도 마지막일 텐데 밥그릇은 비우고 합시다.

승효와 경문, 잠시 서로 보지만 남은 밥 마저 먹는다.

세화	(밥 먹으며) 옛날엔 사람들이 참 순진했어요?
	진짜 말아먹은 인간들은 따로 있는데 거기다 돌을 던져야지,
	왜 애기 돌반지를 나라 빚 갚겠다고 들고 나와.
경문	그때만 그랬나요, 그것도 있었는데 그, 뭐였지? 그 댐.
세화	평화의 댐?
경문	아 맞다, 진짜 그거야말로 지금 생각하면 진짜 말도 안 돼요 그건.
승효	(뭐?)
세화	아으 그거 안 하면 서울 바닥 다 잠기는 줄 알고
	(하다 승효 표정 보더니) 몰라요? 처음 들어봐요, 평화의 댐?

승효   (속으로만, 뭘까)

세화   사장님 몇 살이었어요 그때?

승효   남자 나이 함부로 묻는 거 아닙니다?

세화   (아닙니다가 끝나기도 전에 경문에게) 그때가 언제였죠? 80..

경문   6년? 87년?

세화   (승효에게) 유치원?

승효   1학년! 이요.

세화   어머어머 나 그때 6학년이었는데 내가 지금 그때 1학년짜리를 사장님이라고
         겸상을 하고 있는 거야? 세상 참 좋아졌어요? (경문 보는데)

경문   (그러나 세화를 곁눈으로 보고 있는) 전 고딩이었는데요.

세화   ! .. (새침. 수저 놓고 물 마신다)

승효   다 드셨네요.

세화   ...

승효   나한테 쏟아부을 게 한 트럭이잖아요.

세화   ... 혹 떼러 갔다가 혹 붙이고 왔죠? 조회장한테.

승효   (대답 않는)

세화   (경문에게) 거봐요. 사장님 아이디어 아니라고 했잖아요,
         오늘 발표된, 쓰레기가.

경문   달라질 건 없죠.

세화   달라질 거 없죠. 우리 싸울 겁니다.

승효   나도 싸울 겁니다.

세화   .. (담담하지만) 같은 편이면 좋았을걸.

승효   (세화 본다. 역시 큰 표정 변화는 없지만..)

경문   .. 상대는 어쩌라고요. 이렇게(세화와 승효 가리키는) 같은 편이면.

승효   (경문 본다. 그냥 피식, 옅게 웃고 만다)

경문   그쪽 회장님이 너무 막나가는 통에 저희한테 힘이 되고 있습니다.
         의사 가운 입고 이렇게 지지받아보기도 처음이네요.

세화   너무 아무 말 대잔치를 벌이신 거지, 아무리 의료계를 모른다 해도
         아무리 사업만 안다고 해도. 덕분에 우리 쪽 호응이 좋아요.

승효   옛날 사람들만 순진한 거, 아니네요.

경문   무슨 뜻입니까?

승효 곧 알게 되겠죠.

경문 (.. 뭔가 예감 안 좋은)

승효 (물잔 드는) 후회 없이, 해봅시다 서로.

기꺼이 건배하는 세 사람. 마치 출정 전에 마시는 술처럼 물잔 비운다.

S#31. 세화의 차 안 - 낮

운전석의 세화, 조수석의 경문, 앞 유리창 너머 승효 보고 있다.
승효, 전화받으면서 차에 타고 있다.

경문 옛날 사람들만 순진한 거 아니다..

세화 (경문 보는)

경문 뭘까요?

세화 (같은 생각에 얼굴이 편치 않은)

승효 차가 출발하면, 그 뒤로 출발하는 세화 차.

S#32. 승효의 차 안 - 낮

승효 (전화받는 중)

강팀장F 회장님 아까 아까 복지부 가셨대요. 비서실에서 인제 알려준 거 있죠!

승효 (조회장 의도가 뻔히 보인다. 복잡한 심경이다)

S#33. 대학병원/흉부외과 스테이션 내실 - 낮

박선생, 문을 벌컥 열고 들어온다. 자리에 앉지도 않고 컴퓨터를 빠르게 조작한다.
화면 C.U. 박선생이 찾아서 화면에 띄우는 것은 방금 전 업데이트된 뉴스 영상인데,

〈모니터 영상1〉 자막 - '화정 조남형 회장, 상국대학병원 비난 여론에 사죄'
가득 모여진 마이크와 조회장 얼굴 C.U 된 화면. 방금 전 복지부에서 나온 상황이다.
어눌하지도 않고 달변도 아닌 평범한 말투의 조회장, 미리 준비한 티도 안 난다.
노타이 차림도 머리 모양도 수수한데 무엇보다 본인이야말로 당황한 표정이다.

조회장   .. 오전에 발표된 내용이 지나친 수익 추구라는 어, 국민 여러분의
          비판을 겸허히 수용하고 사죄드립니다.

은하   (들어오는) 빡쌤!
박선생   쉿!
은하   (화면 보더니 얼른 옆으로 오는) 벌써 나왔어요?

〈모니터 영상2〉 자막 - '조회장 방금 전 복지부 내방, 민의 겸허히 수용'

조회장   어.. 저희도 지금 병원 총괄책임자의 발표가 어떤 경로로 나오게
          됐는지 보고받지 못해서요, 상국대 재단 측을 통해서 확인 중입니다.

자막 - '비판 당연한 것, 발표된 수익사업 모두 철회'

조회장   국민 여러분과 정부 부처의 의견을 겸허히 수용해서, 종합 메디컬 쇼핑몰
          또, 병원의 회원제 운영 그리고.. 피트니스 센터 같은 그, 일체의 병원
          제반 사업을 철회하겠습니다. 심려 끼쳐드렸습니다.

조회장이 어느 정도만 숙여서 목례하는 장면 나오더니 화면, 날씨 예보로 바뀐다.
집중해서 보던 박선생과 은하, 황당하다.

박선생   뭐야 이게 다야? 이렇게 끝나면 어떡하라고?
은하   영리법인 소린 왜 안 해? 그걸 안 한다고 해야지! 그게 제일 중요한데!
박선생   그니까 딴 건 어차피 다 부대사업인데 영리화만 되면 결국 할 거면서,
          핵심은 쏙 빼놓고, (기가 막힌)

은하	저게 무슨 겸허히 수용이야? 눈 가리고 아웅이지?
박선생	.. 처음부터 이러려고, (은하 보는) 니네가 싫다니까 우리 안 할게,
	다 수용하는 척하면서 정작 제일 큰일 난 건 쏙 빠져나갔잖아요.
은하	.. 그러네. 어그로 끌어서 물타기 한 거네. 병원 민영화시키겠단
	소리만 내놓으면 안 된다고 난리 칠 게 뻔하니까.
박선생	구사장이 어그로 끌고 회장이 수습하는 척하면서..
	모르는 사람들은 정말 이걸로 다 해결된 줄 알 거 아녜요.
은하	... 빡쌤, 쉬프트 금방 끝나죠?
박선생	예, 왜요?

S#34. 동/대기 코너 복도 - 낮

은하, 복도를 빠르게 오는데 저 앞에 진우 보인다.
뒷모습의 진우가 향해 선 방향엔 대기실용 TV가 매달렸다.
TV엔 S#33의 날씨 예보 영상이 흘러나오는 중.
진우도 봤구나 짐작하는 은하, 진우 옆으로 오면,
고개 돌리는 진우, 은하와 눈 마주친다. 서로 말하지 않아도 안다.

은하	(계속 가며) 저희 간호사 노조에서 집회 시위하기로 했어요.
진우	(함께 가며) 언제요?
은하	지금 신고 중이에요, 48시간 전에만 하면 된다니까 허가 나면 바로.
진우	여기서 하겠네요?
은하	그래야 하는 의미가 있죠, 근무조 아닌 사람 다 나와서 삥삥 둘러줄
	거예요, 병원 건물 전체. 가만있어주는 게 아녔어, (생각할수록 열받는)
	구사장은 왜 안 나간대요? 나가랬음 나가야지, 지가!

S#35. 동/부원장실 - 밤

경문	구사장이 문제가 아니니까.

경문, 창턱에 걸쳐 섰고 진우는 소파 팔걸이쯤에 걸터앉았다.

경문   옛날 사람만 순진한 게 아니다.. 회장이 어떻게 나올지 구사장은 미리
       알긴 한 거 같아. 근데 알았어도 지금 혼자 원흉 된 거 보면 사장이라도
       안 되는 게 있는 거 아닐까.
진우   둘이 연극을 하는 거라면요, 회장이랑 구사장이랑.
경문   둘이 한통속이라면 (생각해보지만) 구사장이 왜 그런 말을 했을까?
진우   어떤..?
경문   나도, 싸울 겁니다. 우리한테 선전포고를 할 게 아니라 모르는 척을
       했어야지.
진우   .. .. 원장님은 어디 가셨어요?
경문   복지부. 원랜 성명을 발표할 거였는데 방금 뉴스 한 방에 다 깨졌어.
진우   전에 제주도에요, 외국 돈 끌어다가 부자들 상대하는 병원 지으려던 거.
       그것도 문제없었음 지금쯤 완공됐겠죠?
경문   그치, 복지부는 승인해주려고 했으니까,
       해외 투자자란 놈들이 무자격자에 사기꾼인 것도 모르고.
진우   무자격자한테도 승인해주려고 했으니.. 화정그룹이면 무사통과겠죠?..
경문   (입맛이 쓰다. 답답한 마음에 돌아서서 창밖 너머 보는데)
       .. 뭐야? 저건 또 뭐하는 사람들이야?
진우   ?

창문 아래 보여주면, 병원 건물 밖에 웬 사람들이 일정한 간격으로 띄엄띄엄 섰다.
그중 몇몇과 실랑이를 벌이는 사람들은 위에서 보기에 간호선생들 같다.
이들이 유리창 너머 보이는 그 위로, 창가로 와 경문과 함께 내려다보는 진우 모습도
반사돼 겹쳐진다.

S#36. 동/1층 로비 - 밤

로비 밖으로 빠르게 빠져나가는 노을, 1층 출입구로 나간다.

S#37. 동/1층 출입구 밖 – 밤

평범한 셔츠에 양복바지 차림 남자들, 3~4m 간격으로 병원 건물을 둘러섰다.
박선생, 소아 간호사3, 은하, 당신들 도대체 누구냐, 누군데 남에 병원에서 이러냐,
남자들에게 항의하지만 남자들, 바로 앞에 간호사 선생들과는 눈도 안 마주친다.
세상 지루한 얼굴로 짝다리 짚고 서서 핸드폰이나 들여다보는 중.

노을   (나와서 다가오는) 뭐예요?
소아간호사3   이 사람들이 여기 다 차지했잖아요! 이거 보세요 이거, 여기 우리 껀데!
노을   (아직 무슨 말인지 모르겠는데)
박선생   저희가 집회 신고를 했거든요. 경찰서에서 근데 다음 주까지 우리 병원은
           접수가 끝나서 안 된단 거예요. 그러더니 이 사람들이 왔어요.
노을   이 사람들이 시위를 하는 거란 말이에요 지금? (남자 중 하나에게)
           저기요, 시위를 하려면 구호를 외치든가, 피켓이라도 들어야 될 거
           아닙니까? 지금 뭐를 주장하자고 여길 와 있는 건데요?
남자   (본인도 피곤한 얼굴이다. 딴 데나 본다)
은하   화정 사람들이에요. 우리 꼼짝 못하게 자리 선점한 거예요, 알박기.

간호사 선생들, 기가 차는 상황이지만 본인들 힘으로 끌어낼 수도 없고.
남자들 쏘아보던 노을, 전화 꺼내며 안으로 들어간다.

S#38. 동/로비 – 밤

노을, 로비에 들어서면서 강팀장에게 전화 건다. 통화음만 계속 갈 뿐 받지 않는데,

진우   (에스컬레이터를 성큼 내려서 오는) 밖에 뭐야?
노을   (전화 내리며) 화정 사람들, 유령 집회.
진우   유령?

노을	우리가 어떻게 나올지 예상하고 집회 신고를 미리 해놨나 봐.
	그냥 아무나 동원된 거 같아, 직원 중에서.
진우	(어이가 없는데)
은하	(박선생과 소아 간호사3을 말리며 등 떼밀어 들어온다)
	구사장이 깔아 놓은 사람들이야, 까딱하면 우리가 잡혀간다니까?
박선생	그렇다고 냅둬요?
은하	안 냅두면? (두 선생 몰고 가다가 진우랑 눈 마주친다)

은하, 속상함을 감추지 못하고 박차듯 자리 뜬다.
소아 간호사3과 박선생은 미련이 남아 밖을 흘기는데, 그러다 갑자기 목례한다.
1층 출입구로 세화가 들어오고 있다.
진우와 노을도 목례하는 사이 간호사 선생 둘, 얼른 자리 뜨고.

진우	(세화에게 성큼 오는) 어떻게 되셨어요?
세화	(진우 쳐다보는데 표정이 모든 걸 답해준다) 하..

세화, 걸음 옮기고 진우, 그 뒤를 따른다.
노을, 다시 강팀장에게 전화한다. 사장실이 있는 위를 본다.

S#39. 동/사장실 - 밤

발신자 '노을쌤' 켜진 강팀장 폰. 강팀장, 곤란한 얼굴이지만 진동마저 꺼버린다.
승효는 제 자리에서 모니터 보는데 C.U 하면, 13회 S#6에서 본 해외 병원 사이트다.
그런데 췌장암 분야 의사들 사진과 이름이 똑같은 사이트에서,
전에 있던 외국 이름 의사 세 명만 뜨고 맨 오른쪽 아래는 아예 비었다.

**Flashback〉- 13회 S#6. 승효가 똑같은 페이지를 열자 나타나던 4명의 의사들.
당시, 오른쪽 아래를 차지하고 있던 'Chung Cho., MD'라는 이름과 프로필.**

승효	... (노트북 덮는다. 올 게 왔구나..) ... 강팀장님,

　　　　　(일어나 강팀장 쪽으로 가며) 송탄 임대는 정리 끝났습니까.

강팀장　예. (마우스 조작, 컴퓨터와 연결된 벽면 모니터에 내용 띄운다)
　　　　　임대차 계약 진행하고 기간은 영구적으로 설정했습니다.
　　　　　(*해당 계약서 첨부했습니다. 〈첨부1, 2〉)

승효　　차후 계약 파기 가능성은.

강팀장　말씀대로 특약사항에 포함시켜서요, 일방적 해지를 시행하는 경우,
　　　　　건축물 무상 사용 승낙서 효력이 발생하도록요.

승효　　공증 받아놓으시고 음.. 상반기 빅5 매출 통계 좀 보죠.

강팀장　잠시만요. (찾아서 역시 벽면 모니터에 띄운다)
　　　　　여기 성장률을 보시면 (붉은 그래프 가리키며) 상국대병원이
　　　　　작년 하반기 빅5 중 매출 4위에서 올해는 2위로 뛰어올랐습니다.
　　　　　(*상반기 빅5 매출 자료 첨부했습니다. 〈첨부3〉)

승효　　(보다가) 그룹 전체 계열사별 매출 비교요.

강팀장　예? 예. (다시 자료 찾아 올리는데)

벽면 모니터에 갑자기 강팀장이 강아지랑 같이 찍은 사진이 뜬다.

강팀장　어머 이게 왜, (강아지 사진 내리고 얼른 다시 찾는) 죄송합니다.
　　　　　제가 이걸 이미지 파일로 저장했더니, (혼자 중얼) 여기 가서 붙었네.

승효　　강팀장님,

강팀장　죄송합니다, 사장님.

승효　　6년이죠, 강팀장이 나랑 같이 한 게, 그동안 큰 실수 한 번이 없었네요.

강팀장　(지금은 자료 찾느라 정신이 없어서) 에, 아, (화정그룹 매출 띄운다)
　　　　　여깄습니다. (*매출 그래프 첨부했습니다. 〈첨부4〉)
　　　　　매출 비중을 보시면.. 뭐라고 하셨어요, 사장님?

승효　　...

강팀장　왜 갑자기 그런 말씀을 하세요? .. 이건 왜 지금 다 보려고 하시는데요?

승효　　(대답 없이 모니터만 보는)

강팀장　.. ......

S#40. 동/부원장실 - 밤

암센터장과 동수까지 와 경문과 마주 앉았다.

암센터장 뇌물 증거가 어딨어요, 나도 동서한테 지나가다 들은 소린데.
동수 왜 지나가다 들어? 캐물었시야지?
소리E) (노크소리)
경문 (두 사람에게) 예선생이요. (문 쪽에 대고) 들어와.

세화가 들어온다. 진우는 그 뒤에 따르고.
경문을 비롯해 동수와 암센터장, 자리에서 일어나려고 하면,

세화 (하던 얘기나 계속하란 손짓, 책상에 기대서 사람들 본다)
진우 (앉지 않고 사람들 앉은 소파 뒤 정도에 서는)
경문 내가 볼 수 있는 서류들은 전부 훑어봤는데 송탄 땅 매입할 때
　　　　우리 쪽에서 나간 게 580억이에요. 고유목적 준비금에서 빠진 게.
암센터장 매입가가 무슨 의미라고요. 원래 시세보다 더 얹어줬다 처도
　　　　땅값이야 땅주인이 부르는 게 값이지? 거기다 뭐라고 할 건데?
경문 ... (세화에게) 복지부 일은 어떻게?..
세화 애초에 자기들끼리 다 입 맞춰놨어요. 그게 아니고선 이럴 수가 없어.
　　　　무리수 먼저 던지고 총수가 나서서 미안하다 사과한다, 거까지 다.
동수 우리를 구사장헌테 정신 팔리게 허고 뒤서는 다 맹글고 있었나 보네..
경문 원장님, 송탄에 건물 계약서들 가장 최근 거 혹시 보셨어요?
　　　　딱 한 군데만 무상 영구임대 방식으로 바뀌었던데요.
세화 누구한테 임대요? 뭘?
경문 그게 임차인 명의가 이상한 게 서산에 있는 무슨 화평리 마을협동조합?
암센터장 마을협동조합이요? 왜? 거기가 뭔데?
동수 어 화평리면 우리 저기 본가 근천디?
경문 나는 진짜 있는 덴가 싶어서 알아봤더니 조합원이 한 스무 가구 되나,
　　　　캠퍼스 맨 끝에 있는 건물을 조합 단체에 주는 걸로 해놨더라고요.
암센터장 아 그건가 보다, 그때 (떠올리는) 기공식 갔을 때 설계돈가 조감도에서

본 거. 약간 공동주택처럼 생겼더라고요, 택지도 따로 구분됐고.

세화 (그거 말하는구나, 떠오르는 게 있는)

동수 이거 이거 구사장이 즈그 부모나 친척들 따로 챙겨준 거 아녀?
아니지, 회장이 그랬나? 암튼 이거 되는 얘긴디? 횡령 아녀 일종에!

다들 동수와 같은 생각이다. 암센터장도 혹하는 표정이고, 진우도 그런 건가 싶은데.

세화 .. 별거 아닐 수도 있고.

암센터장 왜요?

세화 구사장이 나한테 직접 말해준다고 했어요. 무슨 용도로 쓰일 건지.

동수 말만 그래 헌 거 아니고요?

세화 없는 소릴 하거나 거짓말한 적은 없잖아요, 구사장이?
그게 우리들한테 좋은 말들이 아니어서 그렇지.
내가 알아야 된다고 한 거 보면 병원 자체랑 관련된 걸 수도 있고.

암센터장 나 원, 막을 카드가 없네. (경문에게) 뭐 쫌 쥔 거 없어요?
저번에 왜 매출표 올렸을 때처럼, 좀 뭐 없어요 다들? 답답해 죽겠네?

누구한테든 시원한 답이 나올 리 없는데 진우, 잠시 사람들 보다 입을 뗀다.

진우 매출표, 제가 올렸습니다. 부원장께선 절 막아주려고 하신 거 같습니다.

세화 또 너야?

동수 (저 자식! 얼른 딴소리) 지금 그거이 중혀? 앞으로 어쩔 거냐고,
(창문 가리키면서) 저 보세요, 저, 원장님도 들어오다 보셨죠?
나 겉음 화정 직원을 보낼라도 어디 저기 시위꾼처럼 옷이라두
바까 입혀서 보내겄어, 알아보면 어떠냐, 막나가기로 한 거여 인제.

진우 복지부하고 입을 맞췄으면 뭐든 불법적인 거래가 있을 텐데요.

암센터장 있겠지. .. 근데 우리가 그걸 어떻게 알아내..?..

동수 .. 우라질 손발 다 묶였네.

다들 같은 마음이다. 타개할 방도가 떠오르지 않는데.. 정적을 깨고 울리는 경문의 폰.

경문   실례합니다. (받고) 응. (듣다) 아 그렇지, 괜찮아, 지금 갈게. (끊고)
     죄송합니다, 제가 수술이 있어서. (일어나는)

앉아 있던 사람들, 다 같이 일어나서 나갈 채비하고 진우가 마지막으로 나가는데,
뒤에서 한숨 토하는 소리 들린다. 돌아보면 이것저것 챙기는 경문이 지쳐 보인다.

진우   부원장님. (일부러 밝게) 어떻게든 방법이 있겠죠.
경문   .. 그래.

S#41. 동/원장실 비서실 공간 - 밤

세화, 동수, 암센터장, 진우, 부원장실에서 나오는데.

세화   (원장실로 가다가) 아참, 이보훈 원장님 계좌요.
진우   (제일 뒤에 나오다 듣고 바로) 평가 지원금 받은 계좌요?
세화   응, 통장 내역을 봤더니 이교수님 이름도 있던데요?
동수   (나가려다 날벼락) 뭔 소리예요 지금? 아니 내가 언제요?
세화   그게 오래전이긴 한데, 97년도쯤에 그 통장으로 무슨 거래했어요?
동수   에? 97년이면 뭐냐, 20년도 넘었네?
세화   그 계좌가 김태상 부원장부터 은퇴한 선배들까지 입출금 내역이
     화려하던데, 짚이는 데 없어요?
동수   (괜히 불안해진) 생각해볼게요.. 97년?.. (그러면서 나가는)
진우   (세화에게 목례하고 암센터장과 동수 따라 나간다)

S#42. 동/복도 - 밤

암센터장 (천천히 가며) 어렵겠어.. (동수 보는) 이번엔 도리가 없겠어요.
동수   .. 우리가 암만 지랄을 혀도 허가만 나면 끝이께.
암센터장 (갈림길 나오자 손만 들어서 인사하고 다른 방향으로 간다)

동수	가서요. (암센터장 멀어진 것 확인하고는 팔꿈치로 진우 친다)
	이눔아, 니는 거서 니가 올렸단 소리가 왜 나와. 가뜩이나 홀랑
	뒤비진 마당에 진짜 딴 디루 웸겨야 되면 누가 널 받아준다고?
진우	..
동수	감싸준 사람 성의를 생각혀서 입 딱 다무야지.
	때린 놈은 떡허니 붙어 있고 맞은 놈이 쫓겨나는 거 한두 번 봤어?
진우	그것도 안 하면 전 뭘 해야 할까요?
동수	(보는)
진우	정말 어떻게 해야 될지 이젠 모르겠어요.
동수	왜 니가 그려, 나야말로.. 원장님은 어떻게 방법이 없을라나?

S#43. 동/원장실 - 밤

세화, 고민에 휩싸였다. 그녀도 길이 보이지 않는다.

S#44. 동/갤러리 복도 - 밤

빠른 걸음으로 가던 경문, 갤러리 복도에 이르러 속도가 더뎌진다. 좁고 긴 복도..
그 한쪽 벽에 저마다의 조명이 은은히 비치는 아래, 역대 병원장의 초상화가 걸렸다.
첫 초상화는 고전적 느낌의 서양 여성이다. 그 밑에 붙은 소박한 종이 패널의 설명은,
〈K. 바우어 MD(1대, 2대, 3대, 4대 병원장) 1955. 03. ~ 1975. 06.〉
경문, 인자한 미소를 띤 초상화 올려다보며 첫 번째 그림을 지나면,
두 번째 그림, 역시 여성인데 처음 여성과 분위기가 비슷하다.
〈H. 바우어 MD(5대, 6대, 7대 병원장) 1975. 06. ~ 1988. 06.〉
패널 설명에 시선 주며 경문, 다음 초상화까지 나아가면,
〈이홍주 MD(8대, 9대 병원장) 1988. 06. ~ 1995. 06.〉
이제 한국인 남성으로 바뀌었다.
경문, 벽에 손을 뻗는다. 긴 손가락으로 벽을 매만지듯 훑듯 천천히 지나,
〈박시준 MD(10대, 11대 병원장) 1995. 06. ~ 2003. 06.〉

네 번째 초상화를 지나 마침내,

〈이보훈 MD(12대, 13대, 14대, 15대 병원장) 2003. 06. ~ 2018. 04.〉

경문, 멈춘다.

경문　.. (2018, 마지막 임기가 적힌 패널 위를 만져본다) 이게 뭡니까..

그럼 올려다보던 경문, 반대쪽 벽에 가 등을 댄다. 이제 한눈에 들어오는 사진.
보훈의 인자한, 동시에 호랑이의 안광이 경문을 내려다보고 있다. 생생하다.

경문　아셨죠? 이렇게 될 걸 아셨죠? 그래서..
　　　　(마음의 소리) 같이 하자 하셨잖아요?

S#45. 어느 강의실 – 낮(2013년. 경문의 회상)

소수의 나이 지긋한 의사들 앞에서 발제 중인 경문.
뒤에 PPT 화면에는 〈김해의료원 폐쇄 시 문제점〉이란 제목 아래 공공의료 현황에
대한 그래프가 보인다. (＊마지막 장에 공공의료 그래프 첨부했습니다. 〈첨부5〉
2016년까지 자료이니 2013년으로 **조정**하여 사용 부탁드립니다)
경문, 그래프 보면서 설명 중이다.
'이 그래프를 보셔도 아시겠지만 불과 6년 만에 공공의료 비중이 급격히 떨어졌습니다.
경상남도도 전체 통틀어 지역의료원은 딱 2개 남았습니다 그중 하날 없앤단 건'까지
하는데 작은 노크소리.
늦게 도착한 보훈이 몸 낮춰 들어와 가장 가까운 자리에 앉는다.
그 바람에 말 끊긴 경문. 보훈, 경문에게 미안하단 눈인사.

경문E　**다 헛일이고 시간 낭비다, 절망뿐이었습니다.**
　　　　떠들어봐야 내 입만 아프다, 원망이 부글대던 때였습니다.

말 이어가는 경문, '김해의료원이 결점뿐이라면 왜 100년 넘게 이어져왔겠습니까?'
다음 자료 켜면 진료비 비교표 뜬다. (＊진료비 비교표 첨부했습니다. 〈첨부6〉)

보훈, 비록 늦었지만 안경 바꿔가며 비교표 들여다보고 누구보다 열심히 듣는다.

**경문E   차라리 천지개벽이 일어나서 나를 포함한 인간들이 밤새
전부 휩쓸려갔으면, 그게 낫겠다고 바라던 때였습니다.**

S#46. 강의실 복도 - 낮(2013년. 경문의 회상)

강의실 열린 문으로 발제 끝난 뒤 혼자 남아 자료 챙기는 경문 보인다.
경문, 가방 들고 나오는데 모두 가버린 줄 알았던 복도에 남은 보훈, 싱긋 웃는다.
아직 그가 누군지 잘 모르는 경문, 보훈이 내민 손에 악수한다.

경문E   아셨잖아요, 제가 어떤 놈인지. 제가 어떤 마음으로 서울에 왔는지.

S#47. 대학병원/흉부 스테이션 - 밤(현재)

흉부 스테이션이 보이는 복도. 스테이션 쪽으로 가는 경문의 흔들리는 어깨.
스테이션에는 양선생, 흉부 전문의1, 2가 경문을 기다리다 그가 오자 인사한다.

**경문E   더 큰 곳, 더 유명한 곳, 거기서도 더 높은 자리, 인정받는 자리,
그래서 내 목소리가 들리는 곳, 내가 말하면.. 이루어지는 곳.**

S#48. 동/수술실 복도 - 밤(현재)

선두에 오는 경문, 그 뒤를 따르는 양선생과 전문의1, 2. 모두 수술복으로 갈아입었다.

경문E   .. 나날이 일만 늘어갔어요.

S#49. 동/옥상 – 밤(4~5년 전. 경문의 회상)

어린아이들처럼 나무막대 하드 깨물며 옥상 끝에서 잔뜩 아래를 보는 보훈과 경문.

경문   (아래 보며) 침 뱉을까?

보훈   으이그!

경문   (웃지만) 우짜라고 이래 많이 몰려? 설 사람은 맨 여만 오나?

보훈   침 뱉으면 니가 맞아. (아래 가리키는) 저거 저거, 다 너야.
　　　　얼마나 귀해. .. 가엾고.

경문   (아래만 보며, 툭) 귀하긴 뭘.

보훈   왜 꼬였어, 안 그런 사람이. (대답 없자) 애들이 따돌려서?

경문   ...

보훈   전초전이다, 생각해. .. 앞으로 오는 건 더할 거야.

경문   (보면)

보훈   의사가 환자만 볼 수 있는 시절도 얼마 안 남았어.

경문   그 시절은 이미 끝났어요.

보훈   그래, 그러니까 니가 싸워, 니가 지켜 여기.
　　　　잘 지켜서 후배한테 물려줘, 너처럼 잘할 거 같은 놈한테.
　　　　우리 병원을 시작한 사람은 있어도 끝내는 사람은 없게 해.

경문   .. 같이 지켜요?

보훈   내 시대는 이제 거의 끝이야. 다 됐어.
　　　　(하늘 본다. 옥상 조명에 반짝이는 은빛 머리가 바람에 흔들린다)
　　　　그러자, 다 할 때까지 같이 싸우자.

경문   (보훈을 보는...)

S#50. 동/수술실 복도 – 밤(현재)

경문E   **원장님의 젊은 후배들이 이제 저를 바라봅니다.**
　　　　그런데 원장님, 형님..! .. 저는 방법을 모르겠습니다.

경문과 후배 흉부 외과의들, 수술실 안으로 들어간다.

S#51. 동 / 갤러리 복도 - 밤

이제 100년 후에도 변함없을 미소로 세상을 바라보는 보훈의 초상화.

경문E   그때는 몰랐지만 형님과 함께했던 나날은 호시절이었습니다.
        다시 올까요?..

화면, 보훈 초상화에서 점점 멀어진다.

경문E   이편이 나을지도요. 너무 많은 걸 보기 전에, 잘 떠나셨어요.
        영원히 원장님의 빛나는, 자랑스러운 상국대병원으로 기억하세요.

S#52. 동 / 응급실 밖 주차장 - 밤

퇴근하는 진우, 응급실 쪽에서 1층 로비 출입구가 보이는 곳으로 오자,
아까부터 병원을 둘러싸고 선 시위자들이 다시 보인다. 인상 험해지는 진우.
그때 1층 로비 출입구에서 승효가 나온다.
그러고 보니 아까부터 승효 차가 이미 대기 중이었는데,
그런데 승효, 잔뜩 언짢은 얼굴로 시위자들을 본다.
진우, 시위자들과 승효를 번갈아 보는데 그 위로 들리는 목소리.

은하E   구사장이 깔아 놓은 사람들이야,

시위자 중에 몇몇은 승효를 알아보고는 민망한 표정으로 고개 못 든다.

진우   ... (승효 다시 보는데)

Insert〉- 대기 코너 TV에 시선이 꽂힌 진우. 그의 얼굴 위로 들리는 조회장 목소리.

조회장E 저희도 지금 병원 총괄책임자의 발표가 어떤 경로로 나오게 됐는지
보고받지 못했어요, 상국대 재단 측을 통해서 확인 중입니다.

그 보도를 듣는 진우, 보고 못 받았단 부분에서 의혹이 번지는 얼굴.

경문E **구사장이 왜 그런 말을 했을까? ... 나도, 싸울 겁니다.**

진우, 생각에서 빠져나와서 보면 승효는 이미 차에 올랐고 차는 이제 막 출발했는데,
그걸 보던 진우, 갑자기 그쪽으로 뛰기 시작한다.

S#53. 동/승효의 차 안 – 밤

기사 (서행하면서 입구로 가려고 코너를 도는데)
승효 ... .. 본사로 가요.
기사 네? 아까 댁으로
승효 본사.
기사 아 예. (앞을 보는데)

갑작스런 급정거!
기사도 승효도 놀라 앞을 보면, 진우가 차를 가로막듯이 섰다.
기사, 급히 승효부터 돌아보는데,
승효, 당장 차에서 내린다.

S#54. 동/병원 길 – 밤

승효 죽고 싶으면 딴 차에 뛰어들어!
진우 누구하고 싸울 겁니까?

승효	뭐하자는 거야 지금!
진우	방법을 알고 있죠?
승효	…… …
진우	…… …

느닷없는 질문을 던지고 받은, 길 한복판에 서서 대치한 두 사람에서 엔딩.

부동산임대차계약서

[　]전세 [　]월세

임대인과 임차인 쌍방은 아래 표시 부동산에 관하여 다음 계약내용과 같이 임대차 계약을 체결한다.

1. 부동산의 표시

소재지	경기도 평택시 평남로 578-87				
토지	지목			면적	99,504.13 m²
건물	구조·용도	사무 · 주거 용도		면적	2,770.22 m²
임대할부분	지상 5층 건물			면적	2,770.22 m²

2. 계약내용

제1조 (목적) 위 부동산의 임대차에 한하여 임대인과 임차인은 합의에 의하여 임차보증금 및 차임을 아래와 같이 지불하기로 한다.

보증금	금 　-　 원정 (₩)				
계약금	금 　-　 원정은 계약시에 지불하고 영수함. 영수자 (㉑)				
중도금	금 　-　 원정은 　년　 　월　 일에 지불하며				
잔금	금 　-　 원정은 　년　 　월　 일에 지불한다.				
차임(월세)	금 　-　 원정은 (선불로 · 후불로) 매월 　일에 지불한다.				

제2조 (존속기간) 임대인은 위 부동산을 임대차 목적대로 사용·수익할 수 있는 상태로 **　년　 　월　 　일**까지 임차인에게 인도하며, 임대차 기간은 인도일로부터 **　년　 　월　 　일**까지로 한다. (영구임대)

제3조 (용도변경 및 전대 등) 임차인은 임대인의 동의 없이 위 부동산의 용도나 구조를 변경하거나 전대·임차권 양도 또는 담보제공을 하지 못하며 임대차 목적 이외의 용도로 사용할 수 없다.

제4조 (계약의 해지) 임차인의 차임연체액이 2기의 차임액에 달하거나 제3조를 위반하였을 때 임대인은 즉시 본 계약을 해지 할 수 있다.

제5조 (계약의 종료) 임대차계약이 종료된 경우에 임차인은 위 부동산을 원상으로 회복하여 임대인에게 반환한다. 이러한 경우 임대인은 보증금을 임차인에게 반환하고, 연체 임대료 또는 손해배상금이 있을 때는 이들을 제하고 그 잔액을 반환한다.

제6조 (계약의 해제) 임차인이 임대인에게 중도금(중도금이 없을 때는 잔금)을 지불하기 전까지, 임대인은 계약금의 배액을 상환하고, 임차인은 계약금을 포기하고 본 계약을 해제할 수 있다.

제7조 (채무불이행과 손해배상) 임대인 또는 임차인이 본 계약상의 내용에 대하여 불이행이 있을 경우 그 상대방은 불이행한 자에 대하여 서면으로 최고하고 계약을 해제할 수 있다. 그리고 계약 당사자는 계약해제에 따른 손해배상을 각각 상대방에 대하여 청구할 수 있다.

특약사항

- 보증금 포함 임대료 일체는 무상으로 한다.
- 임대차 계약의 존속기간은 영구적이다.
- 임대인이 일방적으로 임차 철회를 시행할 수 없다.
- 향후, 임대인의 일방적인 매매 해제 시, 계약 시 교부한 <건축물 무상사용 승낙서>의 효력이 발생한다.

본 계약을 증명하기 위하여 계약 당사자가 이의 없음을 확인하고 각각 서명·날인 후 임대인 및 임차인은 매장마다 간인하여야 하며, 각각 1통씩 보관한다.

2018 년 　월 　일

임대인	주소	서울시 한성구 상국로 30 (법인명 : 상국의료재단)						
	주민등록번호 (사업자번호)	123-81-98701	전화	070-800-5005	성명	상국의료재단		㉑
	대리인 주소	서울시 강남구 연태로 50길 107동 3401호	주민등록번호	801224-1089561	성명	구승효		
임차인	주소	충남 서산시 월지면 화평리 298-9번지 (조합명 : 화평리 협동조합)						
	주민등록번호 (사업자번호)	840-83-00521	전화	041-569-8965	성명	화평리 협동조합		㉑
	대리인 주소	충남 서산시 월지면 화평리 298-9번지	주민등록번호		성명	김병수		

<첨부2. 건축물 무상사용 승낙서>

건축물 무상 사용 승낙서

"갑" 소유자	주소	서울시 한성구 상국로 30 　　(전화 : 070-800-5005)		
	성명	상국의료재단	주민등록번호 (사업자 번호)	123-82-98701
"을" 사용자	주소	충남 서산시 월지면 화평리 298-9 (전화 : 041-569-8965)		
	성명	화평리 협동 조합	주민등록번호 (사업자 번호)	840-83-00521
사 용 내 역	건물소재지	경기도 평택시 평남로 578-87		
	사용 면적	5층 (면적 : 2,770.22m²)		
	사용 기간	20 　.　 .　 . ~ 20 　.　 .　 . (무기한 임대함)		
	사용 목적	주거 목적 용도 사용		

위와 같이 소유자 "갑"은 본인 소유의 건물을 "을"이
무상사용하는 것을 승낙합니다.

2018 . 　 . 　 .

승낙자 : 상국대학병원 의료재단　　(인)

■ 첨부 : 소유자, 사용인, 신분증 사본(신분증 지참) 각 1부

＊ 건물의 소유자가 다수인 경우에는 소유자 란에 모두 기재하고, 하단의 승락자에 날인.

<첨부3. 상반기 빅5 매출 자료>

2018년 상반기 빅5 상급종합병원 매출 현황

(단위: 백만 원)

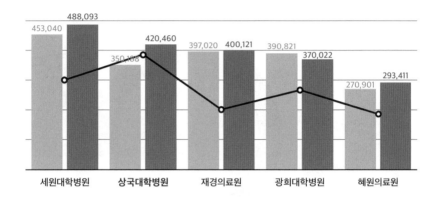

2018년 상반기 상국대학병원 환자 통계

(단위: 천 명)

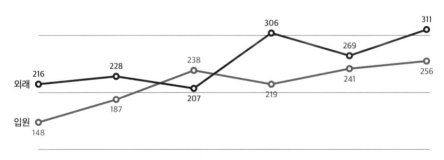

<첨부4. 화정그룹 전체 계열사 매출 비교표>

2018년 상반기 화정그룹 內 계열사별 매출 비중

(단위: 조 원)

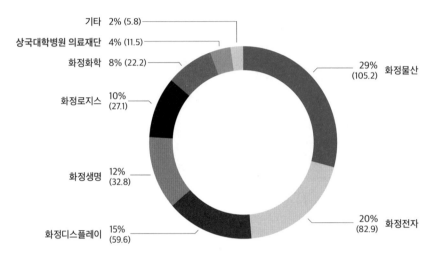

기타 2% (5.8)
상국대학병원 의료재단 4% (11.5)
화정화학 8% (22.2)
화정로지스 10% (27.1)
화정생명 12% (32.8)
화정디스플레이 15% (59.6)
29% (105.2) 화정물산
20% (82.9) 화정전자

상국대학병원 의료재단 점유율 추이

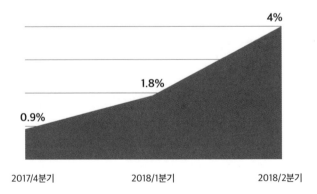

0.9%
1.8%
4%

2017/4분기　　　2018/1분기　　　2018/2분기

〈첨부5. 공공의료 현황 그래프〉 * 2013년까지로 수정 후 사용해주세요

2007~2016년 공공의료 비중 변화

자료: 보건복지부

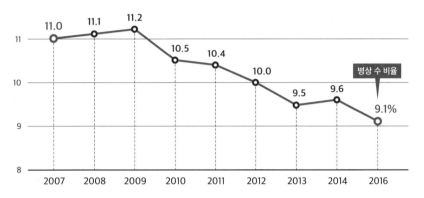

〈첨부6. 김해의료원 진료비 비교표〉

인근 민간병원과의 진료비 비교

구분	MRI				수면내시경 후 관리료		
	척추	무릎	뇌	뇌혈관	위	대장	동시
A 병원	40만원	40만원	40만원	50만원	5만원	7만원	11만원
B 병원	35만원	35만원	20만원	50만원	5만원	7만원	11만원
김해의료원	28만원	30만원	27만원	30만원	3.5만원	5.5만원	8만원

16

 라이프

LIFE

S#1. 상국대학병원/병원 길 – 밤

승효 죽고 싶으면 딴 차에 뛰어들어!

진우 방법을 알고 있죠? … .. ……

cut to. 차가 길게 늘어선 길.

입구로 나가는 병원 길이 막혔다. 경적 울리는 차들.

이들의 맨 앞으로 빠르게 가면, 길 중간에 멈춘 승효 차.

그 옆 인도에는 거리를 떨어뜨린 채 마주 선 승효와 진우.

차들이 경적 울리지만 진우도 승효도 아랑곳 않는다.

승효가 내리자 즉시 따라 내렸던 기사, 승효를 보지만 일단 차에 오른다.

자리를 옮기려 움직이는 차.

진우 싸우겠다면서요, 누굴 상대로 싸울 겁니까?

승효 (답답하고 화가 나 제 넥타이라도 잡아당긴다) 별 말 같잖은 소릴 진짜,

진우 우리? 아니면 조남형 회장?

승효 눈이 어떻게 됐나? 내가 누군지도 까먹었어? 방법은 무슨 방법?
　　　　내가 그딴 걸 알면 어쩌고 모르면 어쩔 건데!

진우 사람으로서 말해보라는 겁니다, 인간 구승효로서, 직장인 구승효가

아니라 (병원 건물 가리키는) 정말로 지금 저 안에서 벌어지는 일이
아무렇지도 않은지, 거리낄 게 하나도 없는지!

승효   저 안이 뭐? 의사들 돈 좋아하잖아, 지들은 개업하자마자 바득바득
돈 벌려고 난리면서 왜 여긴 안 되는데? 규모가 커서? 헛,
지금 니들이 반대하는 건 성가셔서야, 변하는 게 귀찮아서.

진우   그렇게 모든 걸 돈으로만 보니까 조회장이 하겠단 게 얼마나
무서운 건지 안 보이는 겁니다!

승효   뭐가 무서운데?

진우   외국 놀이공원 가본 적 있습니까?

승효   이건 또 무슨 헛소리. (지긋지긋하다)

진우   VIP 티켓이란 게 있답니다, 외국 놀이공원엔. 그것만 쥐면 아무리 줄이
길어도, 1시간이고 2시간이고 딴 사람들은 아무리 기다려도 웃돈 주고
산 VIP 티켓만 있으면! 단숨에 맨 앞에 가서 가장 먼저 탈 수 있답니다.
병원, 학교, 길거리! 최소한 이런 건 같이 써야 돼요, 사람이 아무리
제각각 태어났어도 같이 부대끼고 섞일 곳이 있어야 합니다, 그래야
같이 살아요. 병원은 몇 억짜리 스포츠카도 아니고 보통사람은 꿈도
못 꿀 궁전도 아녜요, 조회장은 이 문을 VIP 티켓을 가진 사람한테만
열어주겠다는 겁니다. 정말로 그런 세상을 원하세요?
이 다음에 사장님 아이가 살아갈 세상이 정말 그랬으면 좋겠어요?

승효   ... 딴 데서 같이 살라고 해. (외면하고 자리 떠버리는데)

진우   제 동생보다도 자유가 없는 분이었네요, 구사장님,

승효   (그 말 들리지만 돌아보지 않고 간다)

진우   사장님 영혼은 누구 겁니까? 그것까지 재벌회장이 쥐고 있나요?!

차를 갓길에 주차시키고 금방 다시 두 사람 근처에 와 있던 기사, 얼른 차로 간다.
차가 세워진 곳으로 성큼성큼 가버리는 승효를 바라보는 진우.

진우   .. 뭘 기대했을까 내가. (돌아서버린다)

S#2. 화정그룹 본사/대회의실 - 밤

아무도 앉지 않은 기다란 테이블에 떨어지는 낮은 조명.
그 뒤로 통유리 창 앞에 선 조회장, 그 옆에 조회장을 바라보고 선 승효.

조회장　(창밖을 향해 선. 등을 보이며 말이 없다가..) 그렇게 걱정돼?

승효　　병원이 걱정돼서가 아니라 그룹을 위해서, 회장님을 위해서 드리는
　　　　말씀입니다.

조회장　(재듯이 보는)

승효　　부대사업 철수는 연막이고 핵심은 돈벌이란 말이 벌써 돌고 있습니다.
　　　　무리하게 의료법에 손댔다간 저희만 철퇴를 맞을 겁니다.

조회장　의료법 손대기가 무리면 병원 등급을 낮춰야겠네.
　　　　요즘 맨날 뉴스 나오는 거 보니까 병원이 지위를 박탈당하기도 하던데?

승효　　그건 그 병원이 너무 큰 의료사고를 내서 최종 3차에서 탈락한 거고

조회장　아 의료사고, 그거네. 상국대도 그걸로 떨어뜨리면 되겠네.
　　　　종합병원급 아래로만 떨어지면 법인 바꾸는 건 내 맘대로잖아?

승효　　저희는 그렇게까지 떨어질 순 없습니다. 그건 가능하지가 않아요.

조회장　구사장.

승효　　예 회장님.

조회장　니가 계속 말하는 저희가 누구야, 너랑 나야, 너랑 상국대야?

승효　　당연히

조회장　(O.L) 변했어, 너.

승효　　아닙니다.

조회장　나한테 손 떼라, 지금 이 말 돌려 까는 거잖아. 걱정해주는 척하면서.

승효　　회장님께서 굳이 총알받이가 되실 이유가 없다고 드리는 말씀입니다.
　　　　병원 가진 기업들은 이제 회장님 핑계 대면서 다 따라 할 텐데요,
　　　　누구 좋으라고요.

조회장　지금 니가 내 핑계 대고 있는 거처럼? 내 뜻 꺾으려고?
　　　　(바로 고개 돌리는) 됐어. 내가 결정할 테니까.. 기다려.

승효　　(더 이상은 소용없다는 게 느껴지는..)

조회장　(쳐다보지 않는)

S#3. 동/대회의실 앞 복도 - 밤

회의실 문을 닫고 돌아서는 승효, 천천히 가다가 고개 든다.
보는 눈 없어도 평소의 꼿꼿한 자세와 빠른 걸음으로 돌아와 복도의 나머지 반을 간다.

S#4. 대학병원/사장실 - 낮

출근한 강팀장, 곧장 컴퓨터 켜고 재킷 벗어 거는 일상적 아침인데,
부팅 끝난 컴퓨터에서 울리는 새로운 알림 소리.
'화정그룹 게시판에 새로운 공지 1건이 있습니다'란 대화창 보인다.
클릭해서 읽던 강팀장, 아연실색한다. 책상에 펼치던 일감 팽개치고 나간다.

S#5. 동/사장실 앞 복도 - 낮

강팀장, 사장실에서 뛰쳐나오는데 몇 발짝도 못 떼고 멈춘다.

승효　　(맞은편에서 오고 있는) 어딜 가요, 아침부터?
강팀장　　(인사하는데 시선 피하는..)

그 반응에 쳐다보는 승효, 그러나 캐묻지 않고 사장실로 들어간다.
강팀장도 따른다.

S#6. 동/사장실 - 낮

승효 모니터 C.U. - **〈직위 변경에 관한 인사발령〉**
소속 : 상국대학교병원 의료재단
직위 : 총괄사장직

성명 : 구 승 효

인사발령 내용 : 해고에 따른 직위 해제

사유 : 사회적 물의 야기 및 소속기관의 위상 실추

*임원 직위 해제에 관한 내부조례 1항 및 2항에 의함

수신 : 상국대학병원 총괄사장실

발신 : 상국대학병원 구조조정실

(株)화정 대표이사 조남형 인

승효   (묵묵히 모니터 보다 덮고 일어난다) 병원 전체 공지로 올리세요.

강팀장   ... 사장님,

승효   (반쯤 돌아보면)

강팀장   사장님한테 발표시키고 회장님이 수습하는 걸로 할 때부터 정해져
        있었나 봐요..

잠시 강팀장 쳐다보던 승효, 시선 거두고 생각에 몰두하는..

강팀장, 병원 게시판에 인사발령 내용을 복사하고 이제 등록 버튼만 누르면 되는데,

잠시 망설인 강팀장, 위상 실추라 적힌 사유와 아랫줄에 임원 직위 해제란을 삭제한다.

생각에 잠겼던 승효, 돌연 사장실을 나간다.

승효 나가는 걸 돌아보던 강팀장, 주저하지만 등록 버튼 누른다.

S#7. 동/1층 로비 카페 인근 - 낮

직원1   (방금 산 커피 들고 카메라 바로 앞을 지나는) 사장이 잘렸어요?

직원2   응! 그렇게 남들 못 잘라 안달이더니.

직원1, 2, 앵글 밖으로 빠져나가면,

두 사람에 가려져 안 보이던 뒷모습이 나타나는데, 노을이다,

커피 사들고 가던 노을, 중간에 멈췄다.

카메라 빙 돌아 얼굴 보여주면, 뭔가로 가격당한 듯 그대로 선...

노을, 갑자기 손에 든 커피를 맥주처럼 벌컥벌컥 들이켠다.

S#8. 동/응급실 내 보급실 - 낮

동수 (양손에 빵과 음료수 번갈아 먹으며) 사램 맴이란 거시 참,
내가 사장입네, 천지사방 쑤셔댈 띤 웬수두 그런 웬수가 읎드니만.

진우 (약을 가져가며) 섭섭하세요?

동수 사장 모가지가 닭 모가지니께 허는 소리지.
(남은 빵 털어 넣고 음료수 삼키고 나가며) 위에다 뭘 밉보였을까나?..

진우 ...

Flashcut1〉- 16회 S#1. 병원 길 - 밤

승효 **지금 니들이 반대하는 건 성가셔서야, 변하는 게 귀찮아서.**

Flashcut2〉- 16회 S#1. 병원 길 - 밤
성큼성큼 가버리던 승효. 그를 바라보던 진우.

진우 아닌데.. (밉보일 분위기가 아니었는데.. 웰까...)

S#9. 동/원장실 - 낮

세화 (심각한 얼굴로 모니터에 뜬 승효 해고 공지 보는데)

승효E **부원장 있습니까?**

세화 (문을 보는)

승효E **오세요.** (이어서 노크소리 난다)

세화 (일어나 문으로 가려다 얼른 노트북부터 닫으며) 네!

승효, 곧장 들어온다. 경문도 그 뒤에 같이 들어온다.
세화, 승효 보는데 무슨 말을 꺼내야 할까 싶다.

승효	의료사고 전수 검사 들어갑시다. 이 사람들 말야, 처음에만 좀 빤짝이지 투약사고가 슬슬 늘고 있어요? 처방이랑 조제도 대상이니까 책임자 실명 까이고 감봉되기 전에 원장 부원장이 직접 마킹을 하든, 철저히 관리하고 직접 단속하세요.
세화	알겠습니다, 알겠는데
승효	뭐요?
세화	공지 봤어요.
승효	그렇게 됐습니다.
경문	이유도 없이요?
승효	개인 기업은 회사 내에 공기방울까지 주인 겁니다. 주인이 그러겠다는데. 내 발령은 전수 검사랑 무관합니다. 준비시키세요. (목례만 짧게 하고 나간다)

단호한 태도에 세화와 경문, 승효 뒷모습만 보다가..

경문	포커페이스인지 조회장이랑 무슨 꿍짝이 돼 있는 건지..
세화	다음은 우리겠죠?
경문	... 병원 전체가 다음이겠죠.

서로 보는 세화와 경문. 기우로 그칠 일이 아니란 걸 알아서 더 문제다.

S#10. 동/승강기 앞 복도 - 낮

강팀장	(승강기 앞에서 서성이면)
기사	(승강기에서 내린다) 팀장님 무슨 일
강팀장	(O.L) 어제 밤에 혹시 무슨 일 있었어요? 나 퇴근한 다음에?
기사	왜요?
강팀장	.. 사장님 직위 해제되셨어요.
기사	에? 이번에 어디로 가세요?

강팀장	해고라고요, 이임이 아니라.
기사	에에? .. 왜요?
강팀장	일단은 그냥 모른 척하시고, 어제 사장님 그냥 퇴근하셨어요?
기사	저기 실은 댁으로 가신다고 했다가 본사에 가셨는데..
강팀장	그 밤에? 회장님 호출?
기사	아뇨, 호출은 아닌 거 같았고 근데 그 전에 어떤 남자랑 얘기하셨어요. 얘기라기엔 좀 그렇지만.
강팀장	남자 누구요, 뭐가 그런데?
기사	여기 의사 같았어요 말하는 게, 키 되게 크고 얼굴 되게 하얬는데,
강팀장	(아..) 혹시 예선생이라고 안 하던가요?
기사	그건 모르겠어요. 그런데 암튼 그 남자랑도 좀 싸웠는데 본사에서도 얘기가 잘 안 되신 거 같더라고요, 사장님이.
강팀장	왜?
기사	되게 금방 나오셨거든요, 그 뒤로 가는 내내 말씀도 없으시고.
강팀장	(거기서 틀어졌나. 절로 나오는 한숨) 하이고..
기사	저는 계속 구사장님 모셨음 좋겠는데요, 사장님도 여기가 좋으실 텐데.
강팀장	사장님이야 뭐 어디서든, 쯧.
기사	그래도 여기서 처음으로 사장님.. 마음 쓰이는 여선생님도 생겼고,
강팀장	사장님이요?! 혹시 그 땡글땡글하고 예쁘장한 소아과?
기사	(말 잘못했나? 손 내젓는) 사장님이 직접 말씀하신 건 아니고요.
강팀장	아 당연히 그 입으론 안 했겠지, 근데 왜 그렇게 생각했는데요?
기사	그.. 그때 왜 한창 시끄러울 때요, 부검이 막 어떻고 막 그럴 때, 그 선생님 무슨 일 없게 하라고 하셔서 제가 퇴근길을 따라가
강팀장	(말 끊고) 사장님이 시켰다고요? 이노을 선생 보호해주라고?
기사	아 맞아요 그 이름이에요.
강팀장	(호기심이 더 강하다가) 오오... (안타까워지는) 아아..

S#11. 동/사장실 - 낮

강팀장, 좀 처져서 들어오는데 뜻밖에 구조실장이 소파에 아예 자리 잡고 앉았다.

강팀장　　아무도 없는데 왜 들어와 있으세요?

구조실장　그러니까 왜 비웁니까?

강팀장　　(뭐야 이 인간?) 실장님도 자기 자리 비우고 여기 와 있네요?

구조실장　나야

문 열리는 소리. 승효 들어온다.
구조실장 일어나고 승효, 구조실장 보지만 책상으로 간다.

구조실장　(승효 앞으로 와) 회장님께서 몇 가지 지시사항을 내리셨습니다.
　　　　　　먼저 이번 발표에 책임을 지고 물러나는 그림으로 가자십니다.
　　　　　　더 이상 구사장님께 사업체를 믿고 맡기기 어려우시다고요.

승효　　　(짧게 눈길만 주는, 휴대전화 내려놓기도 하고)

구조실장　개인 인터뷰, 퇴임사, 모두 거부하시고 정리 빠를수록 좋다 하셨습니다.
　　　　　　(사장실 공간 쓰윽 둘러보며) 언제 될까요?

강팀장　　(실장 뒤통수를 갈기고 싶어지고)

승효　　　(가만 보기만)

구조실장　(빤히 같이 보는)

승효 휴대전화에 문자 온다. 구조실장, 본능적으로 휴대전화 화면에 시선 주는데,
그 시선 닿기 전에 전화 거둬가는 승효, 눈은 실장 보는.

구조실장　그럼, 회장님 지시에 따르시는 걸로 말씀 올리겠습니다. (목례. 나간다)

승효　　　.. (문자 확인하는데)

강팀장　　(승효 일별하더니 바로 나간다)

승효, 문자 보면 발신자 먹깨비다. '좀 봅시다?'라는 내용.

S#12. 동/사장실 앞 복도 – 낮

구조실장 (가는데)

강팀장 실장님! (부르고 오는) 사장님 해임 통보 발신지가 왜 구조실이에요?

구조실장 내가 썼겠어요? 본사 인사팀에서 하라니 한 거지? 그리고 강팀장,

강팀장 강팀자앙?

구조실장 나는 강팀장이 참 아깝네, 이런 직원 찾기도 힘든데.

강팀장 나 같은 직원을 왜 댁이 찾는데요?!

구조실장 사람 일, 모르잖아요?

강팀장 어머 무슨 지금,

승효E 강경아 팀장!

어느새 사장실에서 나와 선 승효, 이쪽으로 온다. 강팀장님에게 들어가라 눈짓.
강팀장, 분이 덜 풀려 구조실장 째려보지만 들어간다.

승효 (강팀장이 사장실로 들어가길 기다렸다가) 이현균 구조조정실 실장님.

구조실장 예.

승효 비서실에서 일반 사업팀, 다시 구조조정실.. 실장이 입사 후에 거친
코스가 나랑 똑같아요? 향후도 똑같을진 본인 능력에 달렸지만.
그런데 말이죠 이실장, 아직 잡히지도 않은 걸 이 손에 쥔 듯이 굴면,
잡을 것도 놓치는 법입니다.

승효, 구조실장 지나쳐 그대로 간다.

S#13. 동/옥상 - 낮

쪽문을 거쳐 옥상으로 나오는 창, 저 앞 난간에 승효 보인다.
창, 다가가 옆에 서는데 난간에 걸쳐진 승효 손에 다 태운 담배꽁초 2개가 들려 있다.

창 아이 여기 담배 안 된다니깐.

승효 돼, 내가 바꿨어.

창 쳇, 몸 잘 챙겨. 그딴 거 피우다 여기 실려 오면 의사들이 얼마나

앞다투겠어, 서로 형 배는 지가 간다고 할걸.

승효　(웃어준다)

잠시 하늘 봤다 앞을 봤다가 하는 두 사람.

창　언제까지야?

승효　정리하는 대로.

창　(승효 옆선을 보다가) 정리할 게 많은 얼굴이네.

승효　…

창　여긴 어떻게 될까, 형 가고 나면.

승효　아픈 사람 오고 치료하고 다는 못 살리고, 그러겠지.

창　.. 구승효 사장 전으론 못 돌아갈 거야, 좋은 쪽이든 나쁜 쪽이든.

승효　…

두 사람 더 이상 말 없다. 그렇게 한동안 서서 바람을 맞이한다.

S#14. 동/복도 - 낮

복도 끝에서 암센터장, 동수, 산부인과장 나란히 나타난다.
세 사람, 건조한 얼굴로 신속하게 걸을 뿐 대화라곤 없다.
승강기에서 내린 장기이식센터장과 서교수, 세 사람 뒤에 자연스럽게 꼬리 물고,
다른 길목에서 오던 성형과장과 소아과장 역시 짧은 목례만 나누고 서둘러 합류한다.
속속 모여든 센터장들, 서로 거리 두지 않고 촘촘하게 같은 방향으로 나아간다.

S#15. 동/소회의실 - 낮

암센터장　이 상황에서 사장이 나가는 게 우리한테 어떻게 작용할지를 모르겠어.

서교수　난 여기서 무슨 꼴을 더 보게 될까도 모르겠어요.

경문　조회장이 본격적으로 병원에 손대기 시작하면 큰일인 건 알겠는데,

세화　　　막을 방법이 없을까요?

정식 발언이라기보단 두런두런 얘기하는 분위기인 데다, 뾰족한 방법이 나올 리 없다.

이식센터장　　이게 중국하고 홍콩처럼 1국 2체제 그러듯이, 화정그룹에 상국대가
　　　　　　　속해는 있되 병원만의 독립성을 보장한다, 이런 게 있어야 되는데,
소아과장　　그럴 리가 없잖아요? 보장을 해줄 리가.
산부인과장　　민영화시키겠단 게 제일 큰 문젠데 이걸 어떡해야 되나?
　　　　　　　우리가 하지 말란다고 먹힐 리도 없고.
서교수　　차라리 구사장을 이용할까요?
모두　　(보는)
서교수　　구사장 딴 데 좋은 데 가는 거 아니라며요? 해임 반대해줍시다?
　　　　본인도 억울할 거 아냐, 솔직히 일 열심히 한 건 우리도 아는데,
　　　　조회장이 TV 나와서 미안하다 사과한다 한 거, 그거 다 쇼다,
　　　　구사장이 자기 입으로 뒤집어주면 효과 직빵이지 않겠어요?
동수　　사장 해임안 올린 게 우린디 꼴이 웃기지 그게.
세화　　웃고 말고 절대 안 해요, 구사장. 사람을 너무 모르네.
산부인과장　　모르죠 우리가 어떻게 알아요 그 사람을, 맨날 싸우고 눈 흘기고
　　　　　　　그러기만 한 걸, .. 참, 진짜 그러다만 가네.
세화　　(그 말에 생각...)
경문　　단체로 기자회견이라도 할까요?
서교수　　여론이야.. 우리한테 동조하겠죠? 시민단체 정도랑?
성형외과장　　그게 현실적으로 힘이 될까요?
　　　　　　　맨날 병원 적자라고 우는소리 했잖아요, 대외적으로다가.
세화　　우는소리가 아니라 사실이죠.
성형외과장　　그러니까 화정에서 적자투성이 병원에 해외 투자를 대거 받겠다 하면,
　　　　　　　대기업이 외자 유치 성공한 걸로 포장될 거고 계속 외국 돈 끌어오면
　　　　　　　영리기관으로 바뀌는 거야 정책위에서 심의해주면 끝인데요.
이식센터장　　경제특구로 바꾸는 것도 우리가 막을 수 있는 게 아니지 않나?
암센터장　　음.. 지경부에 의료 신사업 계획서 넣고 송탄지역 재평가 들어가면..
소아과장　　그렇게 간단해요? 지방자치단체 같은 덴?

암센터장　어느 자치단체가 반댈 하겠어? 자기네 특별나게 만들어준다는데.

서교수　밑져야 본전인데 구사장한테 말이라도 넣죠?

다시 할 말 없어진 센터장들.

이식센터장　.. 우리 회의가 언제부터 이런 얘기만 나오게 됐나..?
　　　　　　　환자 건강 얘기는 1초도 안 하네...

세화, 골치 아프다. 경문도 방법이 없고 다들 답보 상태다.

S#16. 동/로비 - 밤

노을과 창, 함께 퇴근 중인데 발걸음 가볍지 않다.

노을　우리 과장님도 아직 안 나왔어요.

창　맨날 그놈에 회의, 뾰족한 수나 나오면 말을 안 해요.

노을　어, (갑자기 창의 팔을 잡고 앞쪽으로 끌고 간다)

창　왜요? (앞을 보면 은하가 가고 있다)

노을　김쌤 같이 가요! (창에게 작게) 빨리 와요.

창　아니 난 저기, 나는 (못 이기는 척 끌려가고)

노을, 창을 끌고 가서는 자연스레 옆으로 빠진다.
덕분에 창과 은하가 붙어서 가게 되는데, 데면데면 목례 나누는 두 사람.

창　.. 은하씨 차 가져왔어요?

은하　아뇨.

창　태워드

은하　(창의 말 다 듣기도 전에) 아직도 저러고 있네 진짜!

그 말에 모두 앞을 보면, 로비 출입문 밖에 늘어선 시위자들 보인다.

S#17. 동/1층 로비 출입구 밖 + 주차장 - 밤

시위자들 늘어선 1층 출입구 앞을 지나 주차장 쪽으로 가는 세 사람.

은하   사장이라고 저 난리를 쳐놓고 자기만 쏙 빠지고. 처음부터 오질 말지.
창   (뭐라 할 기세로 은하한테 고개 확 돌리는데)
은하   (창과 눈 마주치는데 그의 표정에 뭐지? 싶은)
창   (에라, 삼키고 마는)
노을   (자기 생각에 잠겨 시선 떨군) 그러게요, 처음부터 오질 말지..
창   소원대로 가주잖아요 그래서? (앞질러 가버리는)

은하, 왜 저러지 해서 보는데 창이 순간적으로 멈칫하다 아닌 척하는 것도 보인다.
은하, 창을 건너보면 앞에 강팀장이 가고 있었다. 강팀장을 왜? 다시 창을 보는 은하.

노을   강팀장님..?

기운 없는 강팀장, 노을에게 인사하는. 그러나 창하고는 일부러 시선 피한다.
창도 강팀장을 모르는 척, 자연스러운 척 딴 데 보고,
강팀장, 얼른 목례하고 가버린다.

노을   먼저 갈게요. (강팀장님 쫓아가는)
창   (은하에게) 내일 봐요. (자리 떠버리는)
은하   .. (돌아서지만 멈추는. 창을 본다)

강팀장, 차에 타려는데 노을이 온다. 그녀들 뒤론 창을 쫓아가는 은하가 작게 보인다.

노을   괜찮으세요? 안색이 좀..
강팀장   저야 뭐.
노을   강팀장님은, .. 저희랑 계속 계실 거죠..?..

강팀장	글쎄요.
노을	강팀장도 확실치 않으시면 진짜.. 바뀌나 보네요?..
강팀장	.. 이쌤한텐, 저희 사장님이 처음부터 안 온 게 진짜 훨씬 나아요?
노을	네? 아.. 저보다는 그분한테 좋은 게 하나도 없었잖아요,
	사장님한텐 저희가 악몽이었을 거예요.
강팀장	근데.. (관둔다) 갈게요. (차에 오른다)

노을, 무슨 말을 하려 했는지 묻고 싶지만,
강팀장, 이미 차에 올랐다. 시동도 켰고. 밖에 보지 않고 안전벨트도 맨다.
노을.... 자리 뜬다.

cut to. 창, 차 키 누르는데 그 팔을 잡아 내리는 손.
놀란 창이 보면, 은하가 따라왔다.

창	왜요?
은하	내가 묻고 싶은 말인데요. 왜 그래요?
창	뭐가요?
은하	그때 옥상에서 두 사람, 우연이었죠? 구사장하고 선우쌤. 그죠?
창	.. 그때가 언젠지, 도통
은하	(O.L) 모르는 사이죠? 선우쌤이 구사장을 알 리가 없지, 그죠?
창	... .. 왜 내가 꼭 몰라야 되는데요, 그쪽이 사장이라서?
은하	선우쌤!..
창	(차로 돌아선다. 넘어가려다, 갑자기 쌓아둔 게 솟구치듯)
	예 압니다. 구사장 잘 알아요, 둘 다 화정그룹 장학금 덕에 졸업장
	땄습니다. 뭐 잘못됐어요?
은하	설마!.. 혹시 우리 얘기, 병원 얘기, 구사장한테 하고 그랬어요?
창	무슨 얘기요, 의사들은 하나같이 재수 없고 비린내 나고 간호사들은
	서로 갈구고 태우고 그 얘기요? 내가 안 해도 속속들이 알던데?
은하	왜 이래요 정말? 그게 우리 탓이에요?
창	아니 본인이 갈구고 본인 탓이 아니면 누구 탓인데요?
은하	힘들어서 그러잖아요 너무 힘들어서! 간호사 한 명한테 달린 환자만

수십인데 충원은 안 되고 교대는 계속 돌아오고 이게 곪아 터진 거지,
일 편하고 널널하면 누가 괴롭혀요? 왜!

창   말 똑바로 합시다, 군대는 밖이 빡셀수록 안이 편해요, 전방 부댈수록
너나 나나 다 뭣 같은 처지란 거 서로 제일 잘 아니까 더 안 건드린다고!

은하   그래서, 우리가 싫어서 구사장한테 붙었어요?

창   아뇨, 나 사는 게 그지 같아서요, 개판이라서요.
처다보기도 싫은 데로 매일매일 출근하고 퇴근하는 게 끔찍해서요!

은하   ... .. (천천히 돌아서는. 다시는 돌아보지 않고 간다)

창, 불러 세우거나 더 해대기엔 너무 지쳤다. 차 키를 늘어뜨린 채 마냥 섰다.

S#18. 길/강팀장 차 안 - 밤

운전 중인 강팀장, 담담히 가지만 여러모로 마음 누르는 일들이 스친다. 그중에서도...

승효기사E   그래도 여기서 처음으로 사장님이 마음 쓰이는 여선생님도 생겼고.

노을E   사장님한텐 저희가 악몽이었을 거예요.

승효기사E   그 선생님 무슨 일 없게 하라고 하셔서

노을E   처음부터 오질 말지..

강팀장   ... ..

Flashback〉- 16회 S#11. 대학병원/사장실 - 낮

구조실장   더 이상 구사장님께 사업체를 믿고 맡기기 어려우시다고요.
개인 기자회견, 인터뷰, 퇴임사, 모두 거부하시라고요.

강팀장, 옆을 짧게 보면 조수석에 놓인 가방, 그 위에 핸드폰.
폰에 다시 한 번 시선 주는 강팀장의 굳은 얼굴..

S#19. 동/원장 비서실 공간 - 낮

빠르게 들어온 진우가 원장실 노크하면 세화가 네, 하는 소리.
진우, 문 열면 안에 세화, 경문, 노을이 모두 쳐다본다.

S#20. 동/원장실 - 낮

노을　　기록이나 자룐 없어요. 우리한테 안 주는 게 아니라 본사에서 처리한
　　　　거라 강팀장님도 물적으론 안 갖고 있대요. 그렇지만 화정제철
　　　　환경부담금 때문에 송탄으로 결정된 건 사실이라고 했어요.

진우까지 함께 머리 모으고 앉은 네 사람.

경문　　정황만으로 화정에 타격을 주려면 어떡해야 하나..
세화　　...

Flashback〉- 15회 S#6. 동/사장실 - 낮

승효　　**지금까지 어떤 일이 우리나라 기업 회장한테 데미지를 입혔습니까?
　　　　그런 거 없어요.**

세화　　(되뇌는, 중얼) 데미지 안 입어요...
경문　　(그 말에 세화 일별)
세화　　이런 건 한 방에 날려야 되는데. (생각해봐도..)

네 사람, 잠시 말 없는. 고개 들던 진우, 원장 책상을 잠시 바라보는데..

진우　　(책상 바라본 채) 조회장을.. 누를 수 있는 사람한테 가져가죠?
경문　　누가 조회장을 누를 수 있는데?
진우　　(교수들 보는)

S#21. 동/정문 - 낮

상국대병원 팻말 세워진 정문으로 들어오는 조회장의 차.

S#22. 동/1층 로비 출입구 - 낮

승효와 구조실장이 빠르게 나온다. 조회장 차가 진입 중이다.
승효가 옷깃을 여미고 대기하는 사이 와 서는 차. 조회장 내린다.

승효 오셨습니까. (인사하는데)
조회장 (이 꽉 다문 게 상당히 화났다) 원장 불러, 부원장 새끼도. (들어간다)
승효 (바로 따라 들어가는)

S#23. 동/1층 로비 - 낮

화난 걸음으로 거침없이 가는 조회장,
승효가 따르고 구조실장은 전화하느라 좀 떨어져 온다.

승효 (구조실장이 전화하는 것 넘겨다보고) 무슨 일이십니까.
조회장 죽여버릴 거야.
구조실장 (와서) 죄송하지만 둘 다 부재중이라는데요, 지금 외부에
조회장 (확! 보는)
구조실장 부르겠습니다. (좀 뒤로 빠지며 다시 전화 걸고)

승효와 조회장, 투명 승강기에 오른다.

S#24. 동/사장실 - 낮

조회장, 문을 박차고 들어온다. 따르는 승효.

조회장 (들어와서도 앉질 못하고 왔다 갔다 하며) 너야? 니가 했어?

승효 아닙니다.

조회장 뭔 줄 알고? 알아들었단 건 알고 있었단 거네?

승효 무엇을 말씀하시는지는 모르겠습니다만 저는 회장님께 누가 될 일을
하지 않았습니다.

조회장 김석현이 숨넘어가게 나한테 전활 했어. 니네 병원에서 사람이 왔다고.
환경부담금 대신 땅값 얹어준 거 터뜨리겠다고 찾아왔대.
구체적인 액수, 방법, 날짜, 전부 꿰고서.

승효 저희 원장 부원장이 환경부 장관을 직접 찾아갔다고요?

조회장 나한테 오든가 차라리 밖에다 떠벌리든가, 그럼 벌써 정리 끝났어.
근데 장관이란 게 지 어떻게 될까 봐 지금 눈이 뒤집혔다고!

승효 찾아온 목적이 뭐랍니까, 폭로가 목적이면 장관한테 갈 필요가 없으니
원장 쪽에서 내건 조건이 있을 텐데요.

조회장 날 병원 행정에서 손 떼게 해달라고.

승효 .. 불가능한 걸 걸었네요.

조회장 할 말이 겨우 그거야? 누가 흘렸을까, 그것들이 어떻게 알았을까,
너 아니면 액수까지 아는 사람이 (하다 한 곳을 본다. 강팀장 책상이다)

승효 (그 시선의 의미 알아차렸다. 막아야 하지만 티 나지 않아야 한다)
장관이 어떻게 나올까요? 회장님께서 자기 부탁을 안 들어주면.

조회장 몰라서 물어? 과징금 다시 들먹이겠지, 장장 1600억이야!

승효 회장님께선 어떻게 하실 겁니까.

조회장 .. 우리가 뇌물 줬단 걸 먼저 밝힐 수도 없고, (답답하고 짜증나는데)

승효 병원 쪽 요구를 들어주시죠.

조회장 (그걸 말이라고, 한 대 칠 기세로 보면)

승효 병원 주인한테 병원에서 손 떼란 건 불가능한 요구입니다.
일단은 들어주겠다 하셔도 회장님 위상엔 변할 게 전혀 없습니다.

조회장 난 아직 여기 진짜 주인이 아냐, 의사놈들도 내가 소유만 했지 지배하지

	못한단 걸 아니까 덤빈 거야! 관련된 놈들 전부 끌고 와, 당장.
승효	회장님, 환경부하고 병원 일은 제가 정리하게 해주십쇼,
	마지막으로 제 일로 남겨주십쇼, 부탁드립니다.
조회장	마지막으로 날 실망시키게? 여태까지로 모자라서?
승효	(.. 책상에 준비해둔 서류 한 장을 준다)
조회장	(받아보면 서산협동조합과 맺은 영구임대계약서다. 뭐지? 해서 보는)
승효	화정그룹이 국유지에서 쫓겨나게 된 사람들한테 삶의 터전을 마련해줬다고
	발표하시면 됩니다. 토지계약 문제가 터져도 스캔들이 아니라
	인도적 기업체의 사회공헌으로 충분히 바꾸실 수 있습니다.
조회장	이걸론 안 돼. 땅 문젠 막아도 장관은 못 막아. 송탄 얘기가 새 나갔단
	거 자체로 눈이 뻘건데 어떻게든 우릴 쥐고 흔들려고 들 거야.
승효	환경부 장관은 부모가 왜 국유지에 살게 됐는지 밝혀지는 걸 죽기보다
	싫어합니다. 회장님께서 이걸 쥐고 계시면 장관도 경거망동 못합니다.
조회장	(계약서를 다시 보는. 그러다 한참 승효 보더니 마침내 입을 여는데)
	니 조건은 뭔데, (손에 쥔 서류 흔드는)
	원장 조건은 날 손 떼란 거고 이거 대신 넌.
승효	병원을 조각내지 말아주십시오, 찢는 것만은 말아주십쇼, 회장님.
조회장	(코웃음 치는) 이런다고 뭐가 달라질까? 나는 돈을 본 사람들이 물러서는
	걸 본 적이 없어, 그 길로 안 가는 걸 단 한 번도 본 적 없어.
	어차피 미래엔 둘 중 하나야, 헬스케어에 돈을 물 쓰듯 쓰는 사람들을
	위한 곳, 그 시스템에 낄 수 없는 사람들이 가는 곳. (서류를 접어 품에
	넣는) 상국대병원 10년, 아니 5년만 두고 봐. 어느 쪽으로 변해 있을지.

돌연 문으로 몸 돌린 조회장, 나가버린다. 승효, 인사도 배웅도 없이 그 뒤를 본다.
닫히는 문.

S#25. 동/외경 - 밤

밤이 되어 빛나는 병원 건물. 건물 뒤 초고층 주상복합의 조명까지 더해져 찬란하다.

소리E)　　사장실 자동문 열리는 소리.

S#26. 동/사장실 – 밤

입구와 책상 옆 스탠드 불만 켜놓은 실내. 소파에 깊숙이 앉은 승효.
세화가 들어온다. 승효, 그대로 앉았다.

세화　　(와서 앉는) .. 조회장 왔었단 얘기 들었어요.
승효　　...
세화　　저희가 환경부에 가는 걸 사장님이 먼저 아셔선 안 된다고 판단했어요.
　　　　그래도 미리 말씀은 드리고 싶었단 얘긴 소용이 없겠죠.
승효　　효과 있었습니다.
세화　　! 조회장이 법인 바꾸는 거 관둔대요?
승효　　(눈을 감았다 뜨는 걸로 대답)
세화　　장관이란 인간 우리 앞에선 딱 잡아떼더니, 조회장하고 장관하고 둘이
　　　　짠 거 맞네요, 그럼? 애초에 환경부담금 대신 땅값 얹어주기로 했죠?
승효　　(몸을 세워 앉는다) 오세화 원장님.
세화　　(네, 하는 표정으로 보는)
승효　　상국대와 화정은 서로 뇌관을 쥔 겁니다. 상국대가 쥔 뇌관은 장관이
　　　　현직일 때까지만 유효합니다. 물러나고 나면 전직 정치인이 화정에
　　　　할 수 있는 일은 많지 않아요, 신중하게 움직이세요.
세화　　왜 남한테 당부하듯이 말해요? 이제 사장님 일 아녜요? 진짜 관둬요?
승효　　원장은 원장 할 일이 있고 난 내 일이 있으니까.
세화　　설마 다 뒤집어쓰기로 한 거예요? 사장님 혼자?
승효　　내가 왜요? (일어선다) 송탄 캠퍼스에 관리인 숙소 있죠?
세화　　서산 마을협동조합에 준 거?
승효　　(아네? 하는 눈길) 오늘 오원장이 만난 사람 부모가 살 곳입니다.
세화　　내가 오늘, .. 환경부 장관이요? 그 사람 부모가 왜 우리 병원 건물예요?
승효　　강팀장이 영구임대계약서 카피를 드릴 거예요. 이유는 거기서 보시고
　　　　그분들 외 마을 사람들도 같이 올 거니까 오원장님이 신경 써 주세요.

평생을 몸 써서 일하신 분들 무료하지 않게 관리 일을 맡기시든가.

세화　그래서 관리인 숙소라고 한 거예요? 진짜 관리 일을 하라고?

승효　그분들이 원한다면.

세화　... 그러죠. 다른 건요? 다른 당부할 건?

승효　(고개 젓는다)

세화　.. (일어난다)

세화, 잠깐 승효 보다가 깍듯이 목례. 문으로 간다. 문고리에 손을 얹지만 돌아보는데,
어두운 조명 속에 홀로 선 승효를 잠시 보는 세화, 그러다 사장실을 좀 둘러본다.
무슨 말인가 할 기색으로 입을 열려다.. 획 나간다.

승효　....

S#27. 동/사장실 밖 복도 - 밤

세화, 사장실에서 나와 가는데 문득 서운한 건지 뭔지, 속이 울렁한다.

세화　흥, 왜 이래 쓸데없이? (고개 쳐들고 간다)

S#28. 동/사장실 - 밤

승효... .. 기댔던 책상에서 몸을 떼고 창가로 간다.

S#29. 동/사장실 창 밖 + 병원 중정 - 밤에서 낮까지

창가에서 묵묵히 선 승효 얼굴에 일순, 이렇게 돼버렸네, 하는 자조적인 미소가 스친다.
그가 보는 중정을 보여주면 깊은 밤의 병원. 낮보단 덜 복잡한 그러나 여전히 불 밝은.
화면, 다시 꼭대기 층 창문으로 돌아가는 순간 시간은 이미 밤에서 낮으로 변해 있는데,

이젠 낮이 된 사장실 창문 보여주면, 승효가 없다.

S#30. 동/사장실 - 낮

모든 게 그대로인 것 같은데 딱 하나, 깨끗하게 비워진 책상에 승효 명패가 사라졌다.
강팀장 책상 옆 모니터도 까맣게 꺼졌고.
큰 창으로 들어오는 햇볕만 가득하다.

S#31. 동/외경 - 낮

한 차례 폭풍이 지나간 후 개인 것처럼 티 없이 맑은 하늘.

S#32. 동/장기이식센터 - 낮

창, 자기 자리에 앉아 정리하고 있는데 다가오는 그림자, 이식센터장이다.

이식센터장 (손에 든 봉투를 창의 자리에 내려놓는데, 사직서다) 뭐야?
창   사직섭니다.
이식센터장 누가 몰라?.. 휴가 써. 쉬고 와.
창   (정리 다 하고 일어난다)
이식센터장 야 그래도 그렇지, 이렇게 갑자기 인수인계도 안 하고,
창   (파일 하나와 USB 꺼내는데, '업무 인수인계서'라는 파일명이 선명하다.
             그 위에 이식센터장이 내려놓은 사직서도 다시 올린다) 감사했습니다.

깍듯하게 인사하고 나가는 창. 쳐다볼 수밖에 없는 이식센터장.

S#33. 동/응급실 - 낮

침상에 반쯤 걸터앉은 환자, 가쁜 숨 몰아쉬며 고통을 호소한다.

환자   심, 장마빈가 봐요. 가슴이 답답하고 숨이 안 쉬어져요.

재혁   지금 숨은 어떻게 쉬세요??

환자   (입 가리키며 겨우 한 마디) 입.

치프   언제부터 이러셨어요?

동수   (다른 환자 보다가 이쪽으로 온다)

환자   (말은 못하고 손에 쥐었던 약통 내미는데)

치프   (받아보지만 일단 재혁에게) 심전도 검사.

재혁   네. (얼른 가는)

그때 치프 뒤에서 나타나 약통 가져가는 진우.

진우   (약통 보다가 평이한 어투로) 비염 있으세요?

환자   (끄덕끄덕)

진우   이 약 드시고 코에 스프레이 뿌리셨죠?

환자   (다 죽어가는 목소리로) 알레르기,

동수   (와서 진우가 쥔 약통 보더니) 으응.
        (EKG 끌고 온 재혁과 방선생에게 도로 가라는 손짓)

진우   이 완화제 드시고 바로 스프레이 뿌리면 코 막힙니다.
        (약통 치프에게 주고) 비염약 다른 걸로 처방해드려. (자리 뜨는)

치프   어, 넵.

동수   (환자에게) 괜찮네요, 입으루 숨 시도, 조갈이 좀 나 그르지.

안선생   과장님, 지금 전체 회의실로 오시라는데요?

동수   또? 재미 들렸나, 빽하면 불러싸, 예진우!

S#34. 동/대회의실 - 낮

세화   (단조롭게) 평가 인증식에 기념사진 찍을 사람 각 과마다 보내시고..

센터장들 전부, 노을과 진우 같은 고참급 전문의들도 다 모였는데 경문 자리만 비었다.
회의 안건도 그 밥에 그 나물 같아서 다들 들으나 마나 하는 기색.

서교수   웬만한 건 공지로 돌리시죠? 지금 제일 몰리는 시간인데?
세화   (무시하고) 그리고오.. (전화 슬쩍 보는)

S#35. 동/3층 로비 - 낮

1층 로비에서 3층까지 뚫린 병원 중앙 공간. 3층 난간에 경문이 나타난다.
좀 서두르는 기색의 경문, 난간 아래 1층 로비도 훑고 중앙 에스컬레이터도 살핀다.
그러다 맞은편 1, 2, 3층 난간도 보는데, 2층 난간에 승효와 강팀장이 가는 것 보인다.
경문, 얼른 자리 뜬다.

잠시 후, 2층에서 나온 승효와 강팀장이 에스컬레이터를 타려는데,
경문이 구사장님! 부르며 그리로 뛰어가는 것 보인다.
멈추는 승효, 강팀장.

S#36. 동/대회의실 - 낮

세화   토요일 진료 시간 변경하는 거

대회의실 문 열린다. 세화, 얼른 보면 경문이 먼저 들어오고.

승효   (이어 들어서며) 무슨 말을 하겠다고 (하다 의사들 전부 모인 것 보는)
노을   !!
진우   (노을이 순간 숨 들이켜며 멈추는 게 느껴져서 쳐다본다)

세화, 일어난다. 그녀가 일어나자 의사들도 어.. 하나둘 일어나 전부 선다.

승효	... (안으로 들어서는)
강팀장	(뒤에 들어오다 사람들이 전부 이쪽만 보자 좀 긴장해서 문가에 선다)
세화	오셨어요? 오늘이 마지막 날이시라면서요, 아무리 눈 흘기고 싸우기만
	한 사이였어도 인사는 하고 갈 생각이셨죠, 사장님?
산부인과장	(그 말에 하지 마, 하는 눈초리를 세화에게 보낸다)
승효	(간단하게) 안녕히들 계세요.
세화	(흘기는)
승효	(미소. 다들 앉으라 손짓)
의사들	(앉는다)
승효	(대회의실을 좀 둘러보는) 이런 데서들 하셨구나. (하다 노을 발견) ...

노을, 피하지 않고 승효 보는데 승효, 고개 돌린다.
승효, 자리마다 놓인 마이크 중 하나를 톡톡 치는데 켜진 마이크에서 나는 울림소리.
이 행동을 가장 가까이에서 보고 울림소리 들은 세화와 경문, 어? 하는 반응.

승효	(마이크하고 상관없이...) 근래에 들은 말로 마지막 인사를 대신하죠,
	저는 최근에 이런 얘길 들었습니다. 상국의 5년 후를 보라, 10년도
	필요 없다. 미래의 의료기관은 병을 치료하는 곳이 아닌, 가진 자들의
	건강을 유지시켜주는 곳이 될 것이다. .. 솔직히 말씀드리죠, 나도 그
	말이 과히 틀렸다 생각하지 않습니다. .. 얼마나 버틸 수 있을 것인가.

승효의 눈길, 의사들을 한 명 한 명 본다기보다는 그들 사이를 좀 흐르듯 스치다가,

승효	기본이 변질되는 걸 (노을에게 닿는 시선) 얼마나 저지시킬 것인가.
노을	..
승효	여기 계신 분들 손에 달렸습니다. (이제 시선 옮기는) 무너질 사람,
	버텨낼 사람, 거슬러 (돌연 진우에게 꽂히는 시선) 오를 사람.
진우	....
승효	완벽하지도 않고 예상 외로 우월하지도 않으며, 심지어 우왕좌왕하는
	듯 보여도 끝내는 실천에 이를 사람이 여기에도 있겠죠.

진우	...
승효	(진우에서 이제 전체에게) 나는 내가 잠시나마 몸담았던 상국대학병원을 지켜볼 겁니다. 여러분의 10년 20년 후를 지켜보겠습니다.
	.. 건승하십쇼.

승효, 목례한다. 의사들이 답례하지만 승효, 이미 돌아섰다. 거리낌 없이 나간다.

세화	... . (일어서며) 회의 끝났습니다.

의사들, 좀 둘레둘레 쳐다보다 일어선다. 조용히들 나가는데,

노을	(멍하니 섰다가 떨궈지는 고개. 입술 깨무는데)
진우	가.
노을	! (진우 보는. 그러다.. 자리를 박차고 나간다)
진우	(그 뒤를 보는, 작은 한숨) 미안하다, 동생. (나가는)
경문	(일어나다가 문득 승효가 했듯 마이크 쳐본다. 여전한 울림소리)
세화	(반 혼잣말) 이게 왜 켜졌지? (경문 보는)

S#37. 동/로비 - 낮

승효	(강팀장과 나란히 가며) 강팀장이 말해줬죠? 오늘이 나 마지막인 거.
강팀장	네? 제가요?
승효	(옆으로 쓱 보는데)
강팀장	(특유의 뚱함으로) 사장님하고 오늘 이렇게 여기도, 마지막이네요.
승효	(앞만 보며 가지만) 고마웠어요.

강팀장, 걸으며 곁눈으로 승효 보면 승효도 옆으로 보며 웃는다.
그렇게 나가는 둘.

S#38. 동/1층 중앙 출입구 앞 - 낮

승효와 강팀장이 나오면 승효의 기사, 이미 차를 대 놓고 대기 중이다.

기사	(차 뒷문 여는데)
승효	(됐다는 손짓) 난 이제 화정 직원이 아니니까 회사 차는 됐습니다.
기사	오늘까진 모시게 해주십쇼. (좀 머뭇, 손 내미는) 늘 두시는 데죠?
	사장님 차, 지하 1층이요.
승효	... (본인 차 키 건네준다)
기사	바로 오겠습니다! (얼른 차에 올라 지하주차장으로 몰고 간다)
강팀장	(기다려야 되겠네? 별생각 없이 뒤를 보다가 어! 하더니 승효 보는)
승효	(앞의 병원 전경을 보느라 뒤는 모르는데)
강팀장	(조용히 출입구 안으로 들어간다)

승효, 그 기척에 돌아보는데 문으로 급히 나오는 노을, 여기까지 뛰어오느라 숨차다.

승효	(잠시 숨 고르는 노을 보는..)
노을	왜 절 자르려고 (숨 토하는) 하셨는지,
승효	?... 이제 와서 그거 때문에.. (이렇게 뛰어왔느냐는 손길로 가리키는)
노을	묻고 싶었어요, 나한테 왜 그랬는지, 근데 .. 못 물었어요.
승효	왜요.
노을	저도 내가 왜 그 말이 안 나오는지 몰랐어요, .. 이제 알아요.
승효	(보는)
노을	싫어서라고 할까 봐, 내가 자꾸 보이는 게 귀찮아서라고 할까 봐.
	사장님한테서 그 말을 들을까 봐요.
승효	....

노을을 한참 쳐다보는 승효, 그러다 마침내 입을 열려는데,
그때 미끄러져 들어오는 승효의 차(흰색 계열), 바로 앞에 와 선다.
기사, 운전석에서 내리려다 노을을 보더니 주춤, 도로 차에 타는데,

승효　　.. 잘 있어요, 이노을 선생.

승효, 차에 오른다.
노을을 두고 닫히는 차 문. 바로 출발하는 차.
노을, 차가 미끄러져 나가자 한 발 나가지만 거기까지...
뒤에서 강팀장이 나와 노을 어깨를 감싸고 함께 승효의 차가 멀어지는 걸 본다.

Flashcut1〉 - 8회 S#17. 대학병원/실습실 복도 - 밤
세화가 후배들 가르치는 걸 창문에 붙어서 함께 보던 노을과 승효.
그때 노을 눈에 들어왔던 실습실에 집중한 승효의 옆모습, 입이 오리처럼 나왔던.

Flashcut2〉 - 10회 S#40. 대학병원/앞마당 - 밤
병원 건물을 앞에 두고 나란히 차에 기대 잠시 말이 없던 승효와 노을.

Flashcut3〉 - 12회 S#9. 대학병원캠퍼스/장례식장 2층/계단 - 밤
고개를 들어 위에 있는 노을을 바라보던 승효의 모습.

Flashcut4〉 - 14회 S#35. 공원 입구 - 밤
택시에서 내려, 노을 앞으로 다가오던 승효.

병원 앞마당을 찬찬히 돌아 나가는 승효의 차.

S#39. 승효의 차 안 - 낮

승효가 흔들리는 차 안에서 고개를 틀어 노을 쪽을 바라본 시각이다.
그의 눈으로 본 것이기에 화면에 승효는 안 보이고 창가를 짚은 손끝과 창밖만 보인다.
차가 방향을 틀면 잠시 가려지는 노을과 강팀장.
승효가 고개를 더 틀었는지 각도가 바뀌면서 다시 두 사람이 보인다.
그러나 이젠 멀어져 아득해지는 모습들.
마침내 커다란 병원 건물만 보이고 그것마저 차창 밖으로 하얗게 지워져간다...

S#40. 진우의 집/안방 - 낮

열린 옷장. 선우, 옷장 안 손잡이를 잡아당겨 걸린 옷들을 가까이 본다. 뭘 입을까?..

S#41. 동/작은방 - 낮

진우, 선우 못지않게 이 옷 저 옷 걸쳐보는 중. 정장도 입어봤다가 캐주얼도 꺼냈다가.

S#42. 동/화장실 - 낮

옷 갖춰 입은 선우, 세면대에서 머리 만진다.
깔끔하고 예쁘지만 문득 거울 속 선우 얼굴, 웃어봐도 쓸쓸함이 배어난다.

S#43. 카페 건물/외경 - 낮

커다란 카페 건물. 그 앞은 비교적 앉을 자리가 넓다.

S#44. 동/지하주차장 - 낮

선우   (차에서 내려 휠체어로 갈아타는) 너무 사람 많고 복잡하면 좀 그런데..
진우   예약을 내가 한 게 아니라서 나도 어떤지 모르겠네..

진우, 주변 보는데 주차장도 크고.. 복잡할 것 같아 걱정은 걱정이다.

S#45. 동/카페 - 낮

화분과 테이블이 놓인 너머 승강기가 보인다. 카페 실내와 바로 연결됐다.
승강기에서 선우 진우 나오는데, 실내가 넓은 데다 승강기 바로 앞이라서인지
여긴 사람이 하나도 없다. 형제의 걱정과 달리 넓고 쾌적하다.
진우, 서현이 어딨나 보는데 저 앞, 지붕과 벽이 둘러진 캐노피형 테이블에서 나와
'진우씨' 부르며 오는 서현.
서현과 선우, 먼저 알아서 서로 인사한다. 어색한데 어색해서 더 웃음 나는 두 사람.

cut to. 캐노피형 좌석 안.
밖과는 분리됐으며 좌석 맞은편은 커다란 유리벽이라 이 자릴 들여다볼 사람도 없는,
상당히 독립된 테이블 자리다.

선우	딱 한 번 봤는데 자세히 기억하시네요, 노을 누나를?
서현	이쁘고 (일부러 진우 살짝 흘기는) 둘이 어엄청 친해 보이더라고요.
진우	아니 그게
선우	(O.L) 둘이 얼마나 싸우는데요. 형이 생긴 건 저런데 되게 욱하거든요.
진우	야, 나 생긴 게 뭐.
선우	물어보자, 어때요? 우리 형 생긴 거?
서현	(대놓고 말할 수 없어 웃음 터지는)
선우	쯧쯧, 별로네 까였어, 어떡하나?
진우	괜찮아, 서현씨 눈 낮아, 너보고 꽃미남이라고 했으니 끝이지 뭐.
선우	네? (얼굴까지 빨개지며 고개 못 들고 진심 부끄러워한다)
진우	야 뭘 진심으로 받아들여? 어 이 자식 오바야?
서현	진짠데? 그리고 두 분 닮았어요.
진우/선우	(동시에) 에에!/에이!
서현	닮았는데? 자꾸 보니까 느낌이 비슷해요.
선우	영광인 줄 아슈.
진우	모욕이다. (일어나는) 나 화장실 좀. (나가려다) 내 얘기 하지 마요!
서현	진우씨 얘길 안 하면 무슨 얘길 해요?
진우	날씨 얘기! (가는)

캐노피 아래에서 나와 카운터 쪽으로 가는 진우, 돌아본다.

그가 없어도 선우와 서현, 얘기꽃 피운다.

서현 맞은편의 선우는 진우 쪽에선 옆모습만 얼핏 보이지만 역시 괜찮아 보인다.

두 사람이 얘기가 잘 통하는 것 같아 고마운 진우, 미소가 스친다.

이제 안심하고 카운터 앞을 스치는데,

진우 뒤로, 카운터 맞은편 테이블에 *선우가 앉아 있다.*

진우도 느꼈다. 멈춰서 카운터 맞은편 자리를 돌아보면,

카페 공간을 나누는 인테리어용 유리벽을 등지고 앉은 선우, 부루퉁하다.

진우, 서현부터 살피면 _선우_ 등 뒤 유리벽 때문에 서현 쪽에선 _선우_ 가 안 보일 듯.

진우, _선우_ 앞에 앉는다.

아이처럼 입이 나온 선우, 고개를 빼 유리벽 너머 서현과 진짜 선우를 건너본다.

진우	... 다행이지? 서로 마음에 드나 봐.
선우	*(원망인지 서운함을 담고) 나는?*
진우	...
선우	*나는 지겨워?*
진우	.. 고마워.
선우	*그럼 계속 고마워해. 그럼 되잖아.*
진우	고마워, 니 덕분에 견뎠어. 많이 의지했어.
	내가 말하지 않아도 넌 내 말을 들어주고 대신 울어줬어.
선우	*25년.*
진우	그래, 25년을 늘 내 곁에서.
선우	*그런데?*
진우	...
선우	*나도 형 동생이야.*
진우	(고개 젓는다) 아냐.
선우	*나도 선우야! 형 동생!*
진우	넌 선우가 아냐, 넌 나야. 내가 널 만들었어,
선우	*(가만... 이제 아이 같은 표정이 아니라 진우처럼 차분한 얼굴이 된다)*
진우	아빠는 죽고 선우가 불구가 된 게 싫어서. 죽은 아빠는 못 살리고

널 살렸어, 내 머릿속에서 내 마음속에서. 근데.. 난 인제 선우가
못 걷는 게 하나도 싫지 않아. (커다란 눈망울에 눈물이 끓어오른다)
내가 평생 업어도 돼, 그래도 되니까.. 내 동생이 오래 살았음 좋겠어.
나보다 너무 빨리.. 가지 않았으면 좋겠어.

선우   ...

cut to. 캐노피 자리. 서현, 선우와 얘기하다 잠깐 눈을 든다.
화장실을 간다던 진우가 카운터 맞은편에 앉은 게 보이는데, 표정이 슬퍼 보인다.
진우 앞자리는 유리벽에 가려져 서현에겐 안 보이지만 진우 표정에 혹시.. 싶은 서현.
전에 말했던 또 다른 동생이 보이는 걸까.. 그러나 서현 곧, 선우 말에 웃음으로 답한다.

cut to. *진우를 물끄러미 바라보는 선우.*
진우도 그를 바라본다.

진우   .. 다행이지? 서로 마음에 드나 봐.
선우   ....

진우, 일어선다. *가만 앉은 선우*를 뒤로하고 간다.

cut to. 캐노피 테이블.

서현   진우씨가 정말요?
진우   내가 뭐가요? (들어와 앉으며) 너 또 무슨 방언 터졌어.
선우   형 옛날에 가출했을 때
진우   !!

cut to. 캐노피 자리 밖으로 울리는 일성.

진우E   야!!!!

S#46. 동/카페 밖 공원 - 밤

어느새 해가 졌다. 서현, 선우, 진우, 카페 건물에서 천천히 나온다.

서현	권기자는 풀려났는데 이제 화정 기산 아예 쓰지 말래요.
선우	(두 사람 얘기하라고 스르르 멈춘다)
진우	(눈치 못 채고 가며) 역시 오가는 게 있었네요.
서현	나 방송국 재도전하려고요.
진우	새글 그만두고 다시 방송국 들어가려고요?
서현	넵! 재입사!
진우	(웃는) 필승!
서현	(웃다가) 어 선우씨는? (돌아보더니 뒤에 선우에게 온다.)
선우	(주변 보는) 여기 꼭 어디 놀러 온 거 같다.
서현	여기가요? (이 정도가? 해서 주변 보는데)
진우	(선우가 안됐다. 그 표정 드러나고)
서현	(진우 표정 보더니.. 에휴, 다리 아픈 척 바닥에 철퍼덕 앉는다)
선우	(서현을 내려다보게 되는데, 서현이 눈높이 맞추려 일부러 앉은 건지 본인이 편해서 앉은 건지 알 수 없다)
서현	진짜 나도 올여름엔 바다 한 번을 못 갔네. 하도 뭐가 빵빵 터져서. 두 분은 휴가 안 가요?
진우	(대답 않는)
선우	(좀 민망해서 변명하듯) 제가 가면 민폐라..
서현	힝, 나도 콜라병인데 나도 민폐네, 가면 안 되겠다.
선우	가세요. 왜 못 가요?
서현	진짜요? 그럼 민폐 아니네? 가고 싶으면 가는 거죠? 그죠?
선우	... (웃는) 네에.

서현, 다시 아무렇지 않게 턱을 괴지만 진우, 그녀의 마음 씀이 느껴진다.
이제 세 사람에게만 시간을 주려는 듯 그들에게서 카메라 점점 멀어지고,
그 멀어지는 뷰에서 진우도 서현 옆 바닥에 내려앉는 것 보인다.
선우 목소리도 들려온다. '이 시간에 바깥도 괜찮구나' 하는 선우..

S#47. 대학병원 / 응급실 - 낮

데스크 앞에 진우, 차트 보는 중인데 옆에 사람 기척 느껴져서 보면 동수 바짝 선.

동수	(눈 가늘게 뜨고 응시) 니 휴가 냈드라? 그럴라고 낸 거여?
진우	뭘 그러려고요?
동수	시커먼 눔, 맨날 아니라고 딱 잡아떼더니 인자 한 명 아주 관뒀으니께 옳다구나 커밍아웃?
진우	(반응도 제대로 안 한다, 차트에만 집중) 누가 뭘 관둬요.
동수	잡아뗄 생각 말어. 소아과 쌤이랑 딱 붙어 갈라고 휴가 냈지?
진우	(아, 이노을?) 제가 개랑 휴가를 왜 (하다가) 관둬요?
동수	아녀?
진우	이노을 사표 냈어요?!

S#48. 동 / 구내식당 복도 - 낮

노을, 구내식당으로 가는데 뒤에서 뛰는 소리 들려 돌아보면 진우가 뛰어온다.

노을	뭐야, 병원에서 뛰는 거 아니에요 예진우 어린이?
진우	너 뭐야, 나가랄 땐 기를 쓰더니 왜 관둬?
노을	내 발로 나가려고 버텼지? 뭐 꼭 서울만 장땡인가?
진우	지방엘 가게? (잡는) 야 너 갑자기 이게 무슨 바람이야?
노을	나 오래 고민했어. 근데도 아직 좀 헷갈려. 그니까 너는 나 흔들지 마.
진우	…
노을	(진우 소매 잡아 식당으로 끌고 들어가는) 밥 먹자!
진우	야아! (딸려 들어가는)

S#49. 동/구내식당 - 낮

노을   (배식 줄에서 식판, 수저 등 진우에게 챙겨주며) 누나 없어도 울지 마.
세화E   이노을 선생!

노을과 진우, 동시에 돌아보면 몇몇의 센터장들, 긴 테이블에서 함께 식사 중인데,
세화, 노을에게 여기 와서 앉으라고 옆자리 가리켜 보인다.

노을   에에. (목례인지 목 움츠러드는 건지 비슷하게 인사하고 진우에게)
          왜 오래, 불편하게? 단체로 앉아선.
진우   (배식 줄에서 슬쩍 빠지려는데)
노을   야아, (잡는) 같이 가줘..

cut to. 센터장들 테이블.
세화, 경문, 암센터장, 이식센터장과 서교수가 앉았다.
그런데 암센터장, 먹는 둥 마는 둥..

경문   속 불편하세요?
암센터장   (아니.. 고개 젓고)
서교수   앓던 이 구사장도 빠졌는데 왜 그러세요? 밥맛이 늘어야 정상이지?
암센터장   ... 화정 회장한테 막냇동생 있는 거 알죠? (수저 놓는다) 조남정이라고.
세화   아 조회장 동생, 가만.. 걔도 의사 아녜요?
암센터장   미국에서 췌장암 권위자에요. 나이는 어린데.
경문   그 집안에 캔서 쪽이 있었구나..
암센터장   처음에야 CEO를 보냈지만 어차피 족벌체제니까 조회장이
          지 동생을 사장으로 보내지 않을까요, 이번엔?
이식센터장   암 전공이 오면 이교수님 나쁠 거 없잖아요? 암센터 많이 키워주겠네.
암센터장   지가 행정도 하고 진료도 하겠다고 하면? 한창 나이에 틀어박힐 생각
          없다 그러면서 조남정이가 사장실, 센터, 둘 다 뛰겠다고 하면 난?
서교수   낙동강 오리알
모두   (일시에 서교수 강하게 일별)

서교수 　도 알이지만 회장 동생?

세화 　.. 어 앉아.

노을과 진우, 식판 들고 왔다. 테이블 끝에 불편하게 앉는데,

서교수 　조회장 동생이 사장으로 온다.. 아 이거 구관이 명관 되는 거 아냐?!

노을/진우 　(무슨 소린가 쳐다보는)

경문 　미국에 있다면서요?

암센터장 　있었는데 며칠 전에 보니까 병원 홈페이지에서 프로필이 사라졌어요.

이식센터장 　타이밍이 왜 그래? 진짜 여기 오려고 관뒀나??

센터장들, 회장 동생을 모셔야 할지도 모른다는 생각에 얼굴에 빗금들이 쫙 가고,
노을과 진우는 괜히 합석했다가 눈치 보이는데.

세화 　.. 지방병원 간다며?

노을 　예.

세화 　생각은 가상한데 뜯어 먹힐 건 각오해.
　　　 가면 소아과라고 너밖에 없을 텐데 별의별 거 다 시킬 거야.

경문 　워낙 서울서 오는 사람들이 쉽게 관두니까 현지에서도 정을 안 줘서
　　　 그렇지, 이선생 진심이야 금방 알아주지 않겠어요?

세화 　그니까 더 억울하죠! 고생은 고생대로 하고 돈 보고 왔단 소리나 듣고.

경문 　(괜히 말 붙였다가 머쓱)

서교수 　(쿡! 웃음 나는. 좀 작게) 맨날 혼나 우리.

세화 　누가 혼냈다고 그래요?!

서교수 　(딴 데 보는..)

진우 　.. 조회장 동생이 사장으로 온대요?

암센터장 　글쎄, (거의 한숨처럼 말하는) 자기 병원에 자기가 오는 거니까..

이식센터장 　좋겠다, 자기 병원.

노을 　우리도 만들면 되죠, 자기 병원.

모두 　(쳐다보는)

진우 　(역시 무슨 소린가 해서) 응?

노을　　　조회장한테서 벗어날 길을 생각해봤는데요, 독립재단밖에 길이 없어요.

암센터장　독립재단 말이 쉽지, 우리가 병원만도 아니고 대학도 있는데

　　　　　일단 재단을 사들여야 독립이 될 거 아냐? 몇천억이야? 그게.

서교수　　화정이 팔지도 않아요, 근본적으로.

진우　　　... 그 과정이 중요한 거 아닐까요? 펀딩을 하면서 동문들한테 일일이

　　　　　호소해서라도 우리가 왜 그러는지 끊임없이 알리면 되죠,

　　　　　돈 모으는 데 수십 년이 걸리면 수십 년만큼에 저항이잖아요?

서교수　　그렇게 되믄.. 우리 문제점을 우리가 스스로 광고하는 건데?

　　　　　화정그룹 치부 들추려다가 우리 병원 입지는? 같이 고꾸라지라고?

이식센터장　실력 저하도 문제겠네.. 의대가 텅텅 비진 않겠지만 경쟁력 있는 애들은

　　　　　안 오지, 야 상국대병원 문제 있다고 거기 의사들이 먼저 그러더라,

　　　　　그럴 거 아냐? 그런 데 가지 말라고. 학교 골라서 가는 애들은 다 뺏겨.

노을　　　저지시키고 버틸 수 있는 힘이 어디서 나오나요, 그럼?

센터장들　(이 질문엔 할 말 없는)

경문　　　독립재단... (땡기긴 하는데 참 쉽진 않겠고..)

노을, 세화 보지만 역시 반신반의. 노을과 진우, 서로 본다. 서로는 같은 생각이지만...

선우E　　(혀 살짝 꼬인) 어떻게 그런 생각을 했어?

S#50. 진우의 집/거실 - 밤

식탁엔 먹던 안주거리, 많이도 비어진 맥주 캔, 술병들. 이미 많이들 마셨다.
선우, 노을은 소파에 거의 눕다시피 앉았고 진우는 식탁 의자에 아무렇게나 앉았다.

선우　　　재단을 통째로 살 생각을 다 하고, 통 완전 크다.

노을　　　그럼 뭐해, 교수들이 영, (허공에 손 휘적휘적)

진우　　　교수는 언젠간 바뀌어. (소파로 오는) 다음 사람들이 하면 돼.

3남매처럼 소파에 나란히 앉은 세 사람.

노을	다음 사람 너네, 난 인제 없고. .. 근데 진우야, 넌 교수까지만 해라.
진우	교순 누가 시켜주냐? (하다) 왜 난 더 올라가면 안 돼?
노을	...
선우	안 되는 게 아니라 안 했음 좋겠나 보지. 형이 원장님처럼 될까 봐.
진우	? 그렇게 되는 게 뭔데.
선우	형 혼자, 구사장한테서 병원 혼자 지켜내는 사람처럼 애쓰는 거.
진우	내가 뭘 지켜, (하다 좀 부루퉁해서)
	야 그럼 그 인간 밑에서 해마다 사람이 죽어 나갔다는데 가만있냐?
선우	원장님도 그 마음 아니셨을까? 그렇게 혼자 애쓰다...
진우	...
노을	... (더 안 듣고 화장실로 가며) 사람들을 미리 잘라서 막았다고 했어.
	자살하고 사고 나는 데까지 안 가게 모아서 잘랐다고.
진우/선우	?
노을	(화장실로 들어가는) 최소한 자기 직원들이 죽진 않게.
진우	구사장이 그랬단 거야? 자기 입으로 그래?
노을	남에 입. (화장실 문 닫는)
진우	(.. 생각하는데)
선우	.. 원장님이 아무리 좋은 분이셨어도 우리 아빠 아냐.
진우	너 취했냐?
선우	구사장도 시커먼 아저씨가 아니고.
진우	.. (무슨 말인지 안다. 실은 속내를 찔린) 주사도 있네, 이게.
선우	우리 어렸을 때 항상 그 걱정했잖아, 아빠 대신 우리 집을 시커먼
	아저씨가 차지할까 봐, 아침에 눈뜨면 엄마까지 없어졌을까 봐.
진우	...
선우	형 난 다 기억나. 엄마 지키겠다고 나 지켜주겠다고 형한테
	10대 시절이란 게 없었어. 더 커선 또 공부하고 돈 버느라..
	예진우 참 열심히 살았어. 이젠 좀 편해져.
진우	(동생 보는데.. 고개 돌린다) 이름 막 부르지?
	(아무렇지 않은 척하지만 얼굴 부비는)

S#51. 동/화장실 - 밤

손 씻는 노을. 물 잠그고 고개 드는데 문득 눈물이 왈칵 날 것 같다.
왜 그러는지 떠올리고 싶지 않은 노을, 다부지게 눈가를 닦는데 세면대에 달랑
칫솔 두 개, 아무렇게나 놓인 면도기가 눈에 들어온다. 수십 년을 이렇게 살아온,
앞으로도 얼마나 더 이렇게 살지 모를 형제의 모습을 대변해주는 듯하다.
노을, 그걸 가만 본다..

S#52. 동/거실 - 밤

노을	(화장실에서 나와 소파에 털썩 앉는다) 우리 이럴 날도 얼마 안 남았네.
선우	(서운하고 속상한....)
진우	우냐?
선우	에이씨. (쿠션 집어 진우 얼굴 강타)
진우	이 짜식이, (다른 쿠션으로 칠 기세)
노을	먼지 나게 그걸로 그래? 멀쩡한 주먹 놔두고 (하다) 윽!

진우가 한 손으론 노을 뒤통수를 잡고 다른 손으론 쿠션으로 노을 얼굴을 푹 눌렀다.
노을이 반격하기 전에 떼는데,

진우	어 얼굴 생겼다! (화장 묻은 쿠션을 또 선우한테 보여주는)
선우	와 그거 같다, 예수님 얼굴 찍혔단 거.

노을이 유치한 것들, 노려봐도 '이거 코!' '이렇게 보니까 무섭다' 떠드는 형제.
쿠션 집고 아예 일어나서 형제를 차례로 가격하는 노을, 얻어맞고 버둥대는 형제..

S#53. 주택가 골목 - 낮

돌담이 이어지는 인적 없는 골목, 옛 서울의 정취가 남은 곳이다.
집 앞에 나온 편안한 차림의 창, 비닐봉투에 방금 산 간식거리 들고 설렁설렁 간다.
그렇게 걷고 걷는 창. 동네가 한눈에 보이는 성곽에 닿았다.
창, 성곽에 올라앉아 사들고 온 초코바 먹으면서 발도 툭툭 흔들어본다.

창   어떻게 하고 싶은 게 하나도 없냐..

하늘 보면 뜨거운 햇빛에 자연스레 손이 올라간다. 손가락 사이로 쏟아지는 빛.
창, 순간 찌푸리지만 이내 그윽이 눈 감는다. 평온하게 그 빛을 받는다.

S#54. 화정 본사/회장실 밖 복도 – 낮

비서, 두꺼운 서류철을 품고 회장실로 오는데, 회장실에서 조회장 나온다.

비서   (인사하는데)
조회장   (가면서) 미팅 전까지 와.
비서   네. (들었던 서류철 보지만 내리고 조회장 따라오는)
조회장   (가면서 흘낏) 뭐야?
비서   구승효 사장이 방금 전 보낸 메일입니다. 책상에 올려둘까요?
조회장   구승효?

S#55. 동/1층 정문 앞 – 낮

차에 오르는 조회장. 비서가 인사하고 수행비서가 문 닫으려는데,

조회장   (잠깐, 하는 손짓에 이어 비서가 끌어안은 서류철 달라는 손짓)

비서, 서류철 주고 수행비서, 차 문 닫고 앞에 타면 차 출발한다.

S#56. 조회장의 차 안 - 낮

조회장, 서류 넘기는데 생체 활동을 분석하는 초소형 웨어러블 디바이스 개발 서류다.

조회장　(서너 장 넘겨보다) .. 어패럴 진사장 나한테 전화하라고 해.
수행비서　예. (전화 꺼내는)
조회장　...

S#57. 길 - 낮

조회장의 차가 달리는 위로 들리는 전화 목소리.

진사장(女)E　구사장이 저희 어패럴에서 만드는 신발 속옷 안에 전부 바이오 칩을
　　　　　넣자고 했습니다. 그 칩으로 심장박동이나 맥박, 땀 성분을 분석해서
　　　　　상국대병원으로 전송하는 앱도 개발 중이었습니다.

S#58. 조회장의 차 안 - 낮

진사장F　(전화에서 들리는) 핸드폰이랑 연계하는 것보다 훨씬 정교한 웨어러블
　　　　　디바이스로 승부해야 된다고요.
조회장　알았어요. (끊는) ... 허!.. (당했네, 와 못 당하겠네, 중간쯤의 묘한 표정)

S#59. 대학병원/방송실 - 낮

구조실장　(전화하며 들어와) 회의가 어디서라고?..
　　　　　(상대 말 듣고 해당 회의실 마이크 수신 버튼 누르고 전화 끊으면)
경문E　**(좀 멀리서 들리는 느낌) 안식년 신청이 너무 몰려서 순차적으로**

구조실장 (더 잘 들리게 헤드폰 연결해서 끼고 의자에 편히 앉아 듣는데)

치프 (문 벌컥!) 진짜 있네!

구조실장이 놀랄 틈도 없이 치프와 재혁, 양선생, 신경외과 전문의가 몰려 들어온다.
어어?! 하는 구조실장을 재혁 등이 양옆에서 팔짱 껴서 들다시피 데려 나가고,
치프는 실장이 듣던 헤드폰을 귀에 대더니 들리는 내용에 실장을 째린다.

S#60. 동/부원장실 – 낮

책상을 사이에 두고 마주 선 경문과 구조실장.

구조실장 저 해고 못 시킵니다. 해도 회장님께서 다시 발령 내세요.

경문 그러세요, 내가 또 잘라드릴게.

구조실장 (... 확 발길 돌리는데)

경문 어이.

구조실장 어이?!

경문 (구조실장 가슴에 달린 ID 카드 가리키며) ID. (내놔, 손짓하는)

구조실장 (화가 나지만 이까짓 것, 풀어서 던지듯 내주면)

경문 (책상 밑 쓰레기통에 그대로 쓸어서 버리는)

구조실장 (쏘아보고 나가는)

S#61. 동/원장실 복도 – 낮

가운 걸친 동수와 사복 차림의 진우, 함께 온다.

동수 암만 생각혀도 내가 돌아가신 원장님이랑 얽힐 통장은 그거밖이 없는
거라, 20년도 훨씬 전에 산악회에서 돌려가며 쓰던 건디.
그땐 우리가 막내 축이었응께 첨에 총무가 원장님이었을 거여.

잔뜩 분통이 터져서 오는 구조실장, 인사할 필요도 없이 떫게 보는 진우와 동수.

동수   (실장 넘겨보며 가면서) 그때 경조사비도 쓰고 그럴라고 회비 받는
        통장을 원장님이 자기 이름으로 만들었지..?..

S#62. 동/부원장실 – 낮

동수   그담에 총무는 바까도 통장은 그걸 계속 썼던 거 같아요.

경문   총무가 받아서 통장 관리를 했겠네요? 김태상 교수도 총무를 했고?

동수   했죠, 원장님 다음인가? 근디 그 산악회가 금방 좋났는디?
        .. 말여요, 쯧, 그 케케묵은 통장으루 김교수가 농간을 부렸어도 진짜
        원장님이 그렇게까지 될 줄은 모르지 않았을까? 아님 너무 도가잖여?

경문   그건 몰랐을지 모르지만 발각돼도 처벌 안 된단 건 알았겠죠.

동수   안 된대요?

경문   현실적으로 범죄가 아니래요, 돈을 떼먹은 것도 아니고
        그 통장으로 돈 받은 게 김태상이라 해도 증명할 방법도 없고.

진우   그럼 원장님은요? 이게 그분 끝이에요? 아무것도 못 밝히고?

경문   ...

동수   고약시럽게 됐네..

유선전화 울린다. 경문, 책상에 가서 받는다.

경문   네. 예 .. 아 (시계 보는).. 원장님은요? 곧장 내려가신대요?

진우   (경문 쪽으로 고개 돌리는..)

Insert) – 같은 부원장실이지만 태상이 방 주인이던 시절로 바뀌더니, (진우의 상상)

보훈   **그 통장 니가 마지막으로 가졌어,**
        너밖에 없어, 내 이름으로 거기에다 돈 받을 사람.

태상   **어디서 개수작이야? 누구 인생 망치려고!**

보훈	나 모함해서 뭐하려고? 원장 되려고?
태상	**뒤집어씌우기만 해봐, 내가 너 가만 안 둬!**

**분노와 동시에 믿기지 않는 눈으로 태상 바라보던 보훈, 더 이상 보지 않고 나간다.
화내던 태상, 보훈이 나가자 표정 바뀐다. 아닌 척해도 당황한...**

... 진우, 스르르 일어나 나간다. 동수와 경문, 진우 보지만 잡지 않는다.

경문	.. 지금 내려가요. (끊는) 아이고 진짜 오네.
동수	새 사장이요? 지금 온대요?
경문	예, 같이
동수	(벌써 눈치채고) 아이고 바빠라! (같이 가잘까 봐 얼른 나가는)
경문	(쓥...)

S#63. 동/원장 비서실 공간 – 낮

동수, 부원장실에서 나오는데 몸은 입구를 향한 진우가 눈으론 원장실을 보며 섰다.

동수	원장님도 그만허면 디았다 그러실 거여. 넌 헐 만큼 혔어.
진우	답이 필요했어요.
동수	?
진우	원장님이 혼자만 알고 계셨던 게, 저더러 어떻게 알았냐고 한 게 돈 얘기가 아니라 오해라고. 제가 원장님을 오해한 죽일 놈이어도 되니까 잘못 안 거라고.
동수	어떻게 알았냐고 허셨어? (일단 나가는) 왜 그렸을까?

S#64. 동/원장실 복도 – 낮

동수	(원장실 유리문에서 나와 가는)

진우   (혼 없이 몸만 따라가는데)

동수   숫.. 그때면 구사장이 우리랑 저기 산부인과랑, 이렇게 다 싸서
          보낼라고 모냥 떨던 땐가? (잠깐 서는) 그 말씀이셨나?

진우   ? (보는)

동수   원장님 성격에 일단 혼자 해결헐러고 혔겠지, 구사장이랑 맞장을 뜨든.

진우   !

동수   (갸웃하며 다시 가는) 나라도 저 뭐냐, 니들 식겁헐깨비 일단 혼자
          어치케 혀볼라는디 니나 이소정이가 와선 왜 혼자만 숨겼냐 따져싸면
          당황시럽겠지? (모퉁이 도는)

S#65. 동/승강기 복도 - 낮

동수   (모퉁이 돌아 나타나는) 이러서 죽은 사람만 억울한 거여.
          똥칠을 허고라도 살아야 디야, 어떻게든.

진우   ... 어떻게든 살려야 되겠네요.

동수   그치, 위에서 뭔 지랄을 떨어싸도 뭐니뭐니 우린 사램만 살리면 되는
          거지. (승강기 버튼 누르는) 가베운 맴으로 쉬다 와. 안고 가지 말고.
          갔다 와서 또 살리면 되지.

진우, 새삼 동수 보는데 승강기 열린다. 타는 두 사람.

진우   (층수 버튼 누르는. 마음의 소리) .. 다녀오겠습니다, 원장님,
          다녀와서 또 살릴게요.

Flashback〉- 1회. S#43. 승강기에 올라타며 진우에게 윙크를 찡긋하던 보훈의 모습.

진우, 순간 여린 미소가 스친다. 윙크 보내준 보훈에게 보내는 미소 같다.
승강기 문 닫힌다.

S#66. 동/병원 밖 - 낮

응급실 문으로 나온 진우, 야외주차장 쪽으로 가려는데,
검은색 세단이 미끄러지듯 진우 앞을 스쳐간다.
틴팅 진하지만 차 안에 탄 사람의 형태 정도는 보이는데.
그런데 차가 향하는 1층 출입구로 세화, 경문, 암센터장이 급히 나와 서는 게 보인다.
진우, 멈춰서 지켜보면,
1층 중앙 출입구에 멈추는 차. 정복 수위가 차 문 열면,
... 차 밖으로 내미는 긴 다리.

cut to. 1층 출입구 앞.
차에서 내리는 신임사장. 세련된 정장. 선글라스.
세화를 필두로 경문, 암센터장 인사하는데,
짧은 목례하는 신임사장, 선글라스 벗으며 병원을 한 번 본다.
주변 쭉 둘러보다 응급실 방향에서 이쪽을 보는 진우와 시선이 엉킨다.

cut to. 신임사장을 보는 진우. 그때,

은하   (지나가다) 이제 가세요? 다음 주에 봬요!
진우   예. (다시 신임사장 보면)

신임사장, 이제 병원 안으로 들어간다. 따르는 센터장들.

진우   .. 또 봅시다. (가는)

S#67. 도로 + 진우의 차 안 - 낮

운전하는 진우, 옆에 선우. 둘 다 가볍게 놀러 가는 차림새다. 음악도 신나게 울리는데,
신호에 걸리는 진우 차. 진우, 앞만 보는데,

선우	형.
진우	음? (보면)

선우가 가리키는 차창 밖은 버스정류장인데, 거기에 붙은 배너 광고.
'척추·관절수술 전문 올바른 본 병원' 글씨만큼 당당한 포즈의 광고 속 의사, 태상이다.
선우와 진우, 기가 막혀서 서로 쳐다봤다가 다시 밖을 보는.

cut to. 신호 바뀌었는데도 출발하지 않자 경적 울리는 뒤차.
진우 차, 다시 출발한다.

S#68. 태상의 정형외과 / 진찰실 – 낮

좁고 작고 창문도 없이 책상 하나뿐인 매우 단출한 동네 개인병원 진찰실.

태상	관절이란 건 놔두면 나아질 때도 있는데요.
어르신 환자	아파서 앉지도 못하는데요?
태상	(잠시 보지만) 수술해야죠 그럼, 아프신데. (손님 대하는 미소 짓는데..)

S#69. 대학병원 / 계단 – 낮(태상의 회상. 6~7년 전)

머리도 검고 비교적 젊은 모습의 보훈인데, 계단 오르다 중간에 난간 짚고 멈췄다.

태상	(역시 지금보다 젊은) 벌써 이럼 어떡해? (보훈 허리 눌러주며) 아파요?
보훈	나도 수술할까?
태상	에잇! 아는 사람이. (보훈 허리 좀 더 만져보는) 여긴가?
보훈	나까지 이 손 빌리면 안 되지?
	(몸 돌려 태상 팔을 거둬서 잡는다. 태상 손 보는) 참 좋은 손이야,
태상	에?
보훈	좋은 손.. 아껴 써, 김태상 교수, 우리 오래 가자.

(태상을 깊게 보는 눈, 호소하는 듯도 하고 안타까운 듯도 하다)

태상   (보훈 보다가.. 부드럽게 웃는. 끄덕인다) 오래 가야지.

보훈, 그 말이 좋아 아이처럼 웃는다. 그 미소에 태상도 웃는다. 그런 태상의 얼굴에서..

S#70. 태상의 정형외과 / 진찰실 – 낮(현재)

과거에서 현재 얼굴로 돌아오는데 이젠 머리 희끗해진 태상, 눈 감고 고개 좀 떨궜다.
살짝 잠든 건가? 하지만 가물가물 눈 뜨는. 고개는 그대로 떨군 채 먹먹한..
하지만 밖에서 환자 이름 부르며 들어가세요, 하더니 바로 문 열리는 소리 나자 태상,
반사적으로 고개 든다. 피곤한, 업무용 미소를 장착한다.

S#71. 해안도로 – 낮

바다를 따라 달리는 한 대의 차를 위에서 잡은 모습. (진우 차와 비슷한 모양과 색깔)
검푸른 바다를 따라 굽이 난 해안도로를 타고 부드럽게 달린다.

S#72. 지방병원 / 복도 – 낮

천장도 낮고 단출한 실내의 지방병원 복도를 노을이 바쁜 걸음으로 지나는데,

뉴스E   하반기 주요 계열사 사장단 교체를 단행한 화정그룹은
노을   (화정 소리에 돌아보게 되는)

〈TV 화면〉 – 화정 본사 외경이 귀퉁이에 작게 있고 중앙을 차지한 그래픽 글씨 내용은,
〈김기범 前 산업통상자원부 차관 → 화정생명 사장〉
〈보스턴 대학 MD 조남정 → 상국대학병원 총괄사장〉

노을, 상국대 소식에 눈 커진다. 입으로만 '조남정' 하는데 화면 바뀌고 다음 내용 뜬다.

〈TV 화면〉 - 〈구승효 상국대학병원 총괄사장 → 해외플랜트 엔지니어링 사장〉
〈박종상 화정생활과학 상무이사 → 화정생활과학 부사장〉

뉴스E 지난해 부진한 실적을 보였던 화정생명보험에 산업통상자원부 출신의
　　　　김기범 전 차관을 영입하는 등 총 4명의 보직인사를 발표했습니다.
노을 ! (승효 이름 보는) 해외플랜트.. (전화 온다. 발신자 보더니 어머!)

S#73. 동/병원 밖 - 낮

병원에서 뛰어나오는 노을. 야외 쉼터 쪽에 진우 선우 보인다.
선우야! 외치며 노을이 뛰어가면, 환히 웃는 형제.

S#74. 동/원내 편의점 - 낮

진우, 냉장고에서 음료 세 병 꺼낸다. 품에는 간식거리도 들었다.

S#75. 동/야외 쉼터 - 낮

노을 엄마가 지난주에 반찬을 산더미로 갖고 와서 냉장고가 터져, 지금.
선우 어머님 화 풀리셨나 보네? 여기 혼자 온 거 인제 이해해주신대?
노을 딸, 화는 화고 반찬은 반찬이야, 나 아직 서운해, 그러시던데?
선우 누나 어머님은 참 누나랑 달라, 아직 소녀 같으셔.
노을 나랑 다른데 소녀 같으면 나는?
선우 (순하게 웃기만)
진우 (다가온다. 음료수 꺼내서 주는)
노을 편의점 터는 줄 알았네, 뭐 이렇게 오래 걸렸어?

진우	여기 좀 보느라고. 괜찮네 여기.
노을	일은 힘드냐 이런 거 안 물어봐?
진우	얘가 안 물어봤어?
노을	.. 예선생님 참 오래 사실 거예요, 어쩜 사람이 그렇게 앞뒤가 똑같애?
진우	수다 다 떨었냐? 우리 배 시간 예약해놨는데.
노을	아, (일어나는) 갈 때 또 와.
선우	웅!.
진우	(편의점 봉투 통째로 노을에게 준다) 살 좀 쪄라. 그러다 없어지겠다.
	(그걸로 인사 끝. 차로 간다)
선우	쫌만 놀고 금방 올게.
노을	많이 놀아. 신나게 놀아!

선우, 진우 따라가고 노을, 잠시 지켜보는.
선우가 휠체어에서 차로 몸을 옮기고 진우가 휠체어를 접어 넣고 하는 것 다 본다.
두 사람 차에 오르면, 손 흔드는 노을.
형제도 손 흔들고 차는 출발한다.

노을	... ... (돌아서 간다)

그녀가 건물로 가는 모습을 선우, 고개 돌려 끝까지 본다.
병원을 빠져나가는 진우 차 위로 들리는 목소리.

진우E	괜찮아?
선우E	.. .. 빨리 바다 가자!!

S#76. 바닷가 / 배 위 - 낮

배 갑판 끝에 다리를 내려 이미 발은 바닷물에 닿은 진우 선우.
둘 다 야무지게 래쉬가드 갖춰 입고 서로 얼굴에 선크림 치덕치덕 발라준다.

진우 (다 바르면 스노클링 마스크 챙겨주며, 아무렇지 않게) 오리발 줄까?
선우 왜 이래, 아마추어같이. (후, 심호흡하고 마스크 쓰는)

진우, 선우 마스크 꼼꼼히 체크하고 나서야 자기 오리발과 마스크 착용한다.
이미 바닷속에 떠 있던 스노클링 강사, 오케이 사인 보내고.
진우, 선우, 서로 쳐다본다. 그리곤 첨벙!
선우가 바닷속에 들어가면 몸이 앞으로 고꾸라지지 않게 조심히 떠받드는 강사.
그러다 살살 놓으면 선우, 드디어 입수한다.
이에 질세라 진우도 신난 아이마냥 바닷속으로 잠수한다.

S#77. 수면 아래 바다 - 낮

선우 잡고 부유하는 진우.
선우, 발을 쓸 수 없어 빨리 갈 순 없지만 속력은 관건이 아니다.
중력의 영향에서 벗어나 천진난만하게 팔을 휘젓고 주변을 본다.
진우에게 괜찮단 사인 보내더니 서서히 진우 손을 놓고 천천히 유영한다.
진우, 이 모습을 지켜보는데,
<u>누군가 옆을 훅, 빠르게 지나간다.</u>
진우, 돌아보면 <u>선우다.</u>
<u>오리발까지 착용한 선우, 진우 앞에서 보란 듯이 빙글 돌았다가 솟구쳤다 내려갔다가..</u>
<u>한동안 그렇게 재주를 부리느라 진우에게서 좀 멀어진 선우, 제자리에 멈춰 진우 본다.</u>

<u>선우</u> ...
진우 ....
<u>선우</u> (한 손을 드는. 안녕.. 손 흔들어 인사한다)
진우 (손을 천천히 든다. 안녕...)
<u>선우</u> (진우에게서 몸을 돌려 멀리 헤엄쳐 간다. 그렇게 시야에서 사라진다)

진우, 한참을 쳐다보는데 뒤에서 건드리는 손길, 돌아보면 선우다.
선우를 잡는 진우. 형제, 함께 유영한다.

S#78. 바다 위 - 낮

진우와 선우, 수면 위로 올라옴과 동시에 바닷물 뱉어낸다.
익숙지 않아 기침 나도 둘 다 기분 최고다.

진우   죽이지?!
선우   죽이네!

목만 내민 채 떠 있는 두 형제. 뜨겁게 내리쬐는 햇빛보다 더 시원하게 웃고 있다.

선장E   여기요!
진우/선우   (배를 보면)
선장   (찰칵! 사진 찍는)

배를 보며 활짝 웃는 형제의 사진, 스틸 컷이 되고.

S#79. 지방병원 / 앞마당 - 낮

액정 속에 담긴 형제의 사진. 그걸 들여다보며 자기 일처럼 웃는 노을.
사진이 여러 장이다. 모두 행복해 보이고 그걸 보는 노을도 행복하다.
그런 그녀 저 뒤로, 차 한 대가 와 선다. (16회 S#71의 해안도로를 달리던 차)
운전석은 반대쪽이라 내리는 사람은 안 보이고, 노을도 사진 보느라 뒤를 모르는데,
차에서 내려 범퍼를 돌아 보조석 쪽으로 서는 사람의 형체. 아웃포커스 된 상태지만.

노을   (다음 사진 넘기자 코믹스런 사진이 나와 웃는데)
승효E   이노을씨.
노을   (처음엔 금방 와 닿지 않은. 그러나) !...

노을, 돌아선다.
승효가 차 앞에 섰다.... 한 걸음 한 걸음 다가온다.
웃음이 번지는 노을, 승효가 노을 앞까지 다 온다.

승효　　(싱긋) 잘 있었어요?
노을　　(쉽게 나오는 네, 대신에 작게 끄덕이며 웃는..) 아직 안 가셨네요?
승효　　어딜요?

웃는 노을, 웃는 승효. 그렇게 잠시 보다가 함께 천천히 발걸음 떼는 두 사람.
멀어져가는 그 뒷모습에 두 사람의 대화가 아스라이 들린다.

노을　　아! 나 묻고 싶은 게 있는데요,
승효　　사람을 보자마자, .. 뭔데요? ... .

승효와 노을 멀어지며 하늘 비추면 파란 하늘, 진우 형제가 있는 바다의 하늘로 변한다.
이제 한가로이 보트에 올라 파란 하늘과 파란 바다를 바라보는 형제.
바람을 맞는 모습. 아무 말 하지 않아도 처음으로 여유롭고 평화로워 보인다.
그리고 다시, 지방병원의 하얀 건물로 옮겨가면, 뭔가 얘기하며 웃는 승효와 노을.

웃는 노을 얼굴, 웃는 승효 얼굴,
웃는 진우 얼굴, 웃는 선우 얼굴,
네 청년의 얼굴 모이며,

〈라이프 끝. 감사합니다〉

작가 인터뷰

라이프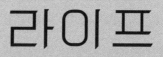

LIFE

Q 이 작품을 집필하게 된 계기가 궁금합니다. 왜 병원을 배경으로, 의사를 주인공으로
택하게 되었는지요?

제게는 드라마 등장인물의 직업이 매우 중요합니다.
무슨 일을 하느냐가 내용의 대부분을 차지하기 때문입니다.
그런 의미에서 전문직에 종사하는 인물들이 필요했고
전문직의 대표격인 의료업 종사자를 택하게 됐습니다.

Q <라이프>라는 제목에 숨겨둔 여러 의미가 있을 것 같은데요.

생명, 목숨, 삶, 이 모든 것에 해당하는 라이프,
이 단어에서 연상되는 의미 그대로 생각해주시면 될 듯합니다.
환자의 목숨을 의미하기도 하며 그들을 치료하는 의료진의 인생도 해당될 것이며,
더 넓게는 상국대병원의 생명력을 의미하기도 합니다.
제가 설정한 이 드라마의 주인공은 '상국대학병원' 자체인데요,
60년을 면면히 이어져 내려오면서 그 안에서 움직이는 사람들, 사건들에 의해
생명력을 부여받기도 하고 말라 죽기 직전까지 갈 수도 있는 유기체로서요.
이 드라마에 등장하는 시간은 그 60년 중에
상국대병원 어느 몇 달의 삶에 해당하겠지요.

Q 삶과 죽음의 경계에 있는 장기이식센터의 모습이 인상적이었습니다. 보호자에게 맞으면서도 장기기증을 부탁하고, 힘들어하는 선우창의 모습도 가슴 아팠고요. 뇌사 환자와 보호자의 입장도 충분히 이해가 갔지만 한편으로는 그 일을 해야 하는 의료인들의 고통, 스트레스, 이런 부분을 생각해보게 되었는데... 선우창을 통해 표현하고 싶었던 것도 연결선상에 있는지요?

드라마에선 인물 수의 한계로 완전히 구분 지어 표현하지 못했지만,
장기이식도 크게 나누면 2가지 분야가 있다고 합니다.
기증 파트와 이식 파트가 그것입니다. 제 짐작엔 아무래도
장기를 떼어서 가져와야 하는 기증 파트의 심적 부담이 더 크지 않을까 합니다.
선우창은 바로 이 기증 파트에 속하기 때문에 더 힘들어 보였을 것 같은데요,
그런데 엄밀히 말하면 그를 통해 표현하고 싶었던 건
장기기증 코디네이터라는 직업적 특수성보다는 '직장인의 피로'였습니다.
회사 책상에 앉아 있든 공장 컨베이어 벨트 앞에 앉아 있든 1년 12달
일터에 나가서 월급을 타야 하는 대다수 사람들의 누적된 피로감 같은 것 말입니다.
그렇다고 확 놔버릴 수도 없고 놔버린다고 엄청 좋은 것도 아니라서
계속 일하러 나가는 생활인의 심드렁함 같은 것이요.

Q 주인공 예진우가 응급의로 나옵니다. 어린 시절 교통사고로 사망한 아버지와 다리를 다친 동생을 마주한 곳이 응급실일 텐데, 진우가 그런 상처를 겪고도 응급의를 택한 배경이 궁금합니다.

이건 말하자면... 아버지가 경찰이었는데 업무 중 순직하셨다,
그래서 그 자식이 경찰이 됐다, 라는 내용과 비슷한 느낌이라서...
이런 배경으로 인물의 전사를 주고 당위성을 부여하면 훨씬 탄탄한 대본이 될 텐데요,
그런데 저는 뭐랄까, 이런 배경을 주는 게 이상하게 부끄러워서,
어린 시절 응급실이란 공간에서 정신적 외상을 입었을 법한 진우가
그럼에도 불구하고 어떠한 결심을 통해 지금 바로 이곳에... 라는 식으론

생각하지 않으려 했습니다. 그래도 왜 굳이 응급실이냐, 하신다면
실은 현실적인 이유가 큽니다.
응급실은 근무시간이 아닐 때는 응급 콜이 없습니다. 생각해보면 당연한 것입니다.
다른 과는 응급상황에 대비해서 당직도 있고 온콜 스탭도 정해놔야 하지만,
응급은 항상 응급이잖아요, 그래서 응급의들이 24시간 상주하는 거고.
내 업무가 끝나면 다음 근무조가 응급상황에 대처하면 되니까,
병원 밖에서도 언제 터질지 모를 비상 때문에 대기를 타야 하는 다른 과와는 달리,
교대가 끝난 응급의들은 콜 걱정 없이 온전히 자기 시간을 가질 수 있다고 합니다.

진우는 어렸을 때부터 동생이라든가 집안일 때문에 만사 제쳐두고
달려가야 했던 때가 많았을 겁니다. 일찍 돌아가신 아버지 대신
엄마가 튼튼하게 두 아들과 가정을 지켰겠지만
점점 성인이 되어가는 큰아들 손이 필요한 일은 어쩔 수 없이 늘어났을 겁니다.
진우는 병원을 벗어나서도 할 일이 참 많은 사람이라서,
그래서 다시 병원에 불려 나갈 걱정 없이
동생과 집안일을 돌볼 길을 찾았다고 생각했습니다.
물론 응급 일이 진우 개인의 이상과도 부합되고 성정에도 맞는 면이 있었겠지요,
하지만 인물을 설정할 때 진우의 모든 중심은 선우다, 라고 생각했기 때문에
현실적인 면이 크게 작용했을 겁니다.

Q <비밀의 숲> 방영 후 꼭 1년 만에 두 번째 작품을 선보였습니다. 16부작을 준비하기엔
넉넉지 않은 시간이었을 것 같은데, 집필하며 가장 어려웠던 점은?

작가의 말에 적은 방향성에 대한 고민, 그리고 주제에 대한 이끌림이었습니다.

Q 병원 매출을 높이기 위한 노력은 과잉 진료와 연결이 됩니다. 과잉 진료의 문제는 결국
의사의 양심에 맡길 수밖에 없는 것일까요? 드라마상에 심평원의 역할이 그려졌는데, 건

강한 의료 시스템을 위해 공적 영역의 의무와 책임을 강조한 것인지도 궁금합니다.

다른 건 몰라도 과잉 진료는 시스템 탓을 하기 전에
직업윤리에 기대는 수밖에 없지 않나, 하는 생각은 듭니다.
그런데 이것도 참 어렵습니다. 예를 들어, 제가 개인병원을 열었는데,
굳이 수술 안 해도 되지만 그래도 하면 300만 원을 벌고
안 하고 비수술 처방만 하면 10만 원 정도의 수가를 받을 수 있다, 할 경우...
과연 나는 어떻게 할까?
이게 환자 한 명당 얘기고 전부 쌓이고 쌓인 액수를 놓고 비교해볼 때
과연 나란 사람은?..

과잉 진료만큼 큰 문제가 진료 회피입니다.
큰길만 나가도 병의원 간판이 차고 넘치지만 길에서 잘못 손가락이 찢어졌다 하여
근처에 보이는 성형외과나 일반외과를 들어갔다간 황당한 일을 당할 수도 있습니다.
직접 겪으신 분도 있을지 모르겠는데 손가락 열상 봉합처럼 돈 안 되는 진료는
아예 취급 자체를 않는 곳이 늘고 있기 때문입니다.

심평원 얘기도 조금 다루긴 했지만 들여다보자면 다 같이 문제없는 곳이 없습니다.
지금의 형국은 건강보험, 의료기관, 심사기관, 이 셋이 균형을 잘 맞춰서
유지된다기보다는 겨우겨우 서로 무너지지 않게 떠받치는 형세이기 때문입니다.

Q 극의 주요 사건과 연결되지는 않지만 미처 알지 못했던 다양한 의료 정보를 알게 되었
습니다. 예를 들면 음압격리병동. 의사, 병원 관계자가 아닌 '우리 모두'에게 적극적으로
'알아야 한다'는 메시지를 던진 거라고 이해해도 될까요?

제가 몰랐다가 취재 과정에서 듣고 아 그럴 수가, 혹은 이런 경우라니? 하는
내용들에 대해 질문해주신 듯하네요. 새삼 새기게 된 것들이라 보시는 분들께도
글쎄 이럴 수도 있대요, 전달한다는 마음으로 쓴 것도 있고요,

더 의미를 두자면, 작은 것 같아도 이런 것들이 계속 쌓이면서
결국 의료 민영화란 피할 수가 없겠구나, 란 생각이 들었기 때문입니다.

Q 극 중 구승효가 유기견 센터 봉사 후 동물의료센터 건립을 추진했는데요, 드라마 내에서 그 이후는 그려지지 않았지만, 작가님께서 동물 의료와 관련하여 전하고 싶은 메시지가 있었나요?

아닙니다. 동물 의료가 초점은 아니었습니다.
자료 조사를 하면서 느낀 건데, 보건 정책에 관련된 것은 어느 하나
국민 복지 증진만을 위해 순수하게 세워지는 게 없구나, 란 걸 느꼈습니다.
구승효가 벌이는 일련의 사업들이 모두 이런 식으로 이뤄지는데요,
관련 기관들끼리 뒤에서 먼저 얘기를 끝내놓고 그 다음 대외적으로
정책을 발표하고(대부분 대중에게 좋은 것으로 포장되어)
그 다음 이익 집단들이 정책에 맞는 행보를 보이는 것입니다.
이미 뒤에서 손발 다 맞춰놨으면서 겉으로는 이런 정책이 발표됐으니
그럼 우리 사업체도 거기에 맞춰서 이렇게.. 라는 식으로요.

Q 만약 구승효가 병원을 떠나지 않고 남아서 계속 경영을 한다면... 상국대병원은 어떻게 될지, 작가의 상상이 궁금합니다.

구승효처럼 능력 있는 개인이 병원에 남아서 의료 민영화를 막을 수 있으면 좋겠지만,
저는 이게 승효 같은 기업인이든 진우 같은 의사든, 누구 한 사람 힘으로
될 것 같지가 않습니다. 심지어 조남형 회장도 못할 것 같습니다. 회장은 얼핏
일을 이 방향으로 몰고 가는 원동력 같지만 실은 그도 한 요인일 뿐입니다.
아마존 정글 한가운데서 어마어마한 금광이 발견된 것과 같은 문제라고 생각합니다.
금광을 개발하면 정글이 훼손되니까 하지 말자, 잠깐 동안은 서로 견제할 수 있겠지만
결국은 파헤쳐지고 파괴되지 않을까요?

저는 구사장이 상국대병원에 잠깐의 유예 기간을 벌어준 거라고 생각합니다.

돌 던지는 사람으로서의 조금의 균열과 함께.

하지만 거기까지가 아닐까... 합니다.

아니라면, 구사장이 한계를 뛰어넘는다면 어떤 해답을 내놨을까요?

그가 정말로 혜안을 가지고 답을 쳤으면 좋겠습니다.

Q 이번 작품에서 가장 좋아하는 장면, 가장 많이 고쳐 쓴 장면을 하나씩 꼽는다면?

좋아하는 장면은, 원래 단체 씬을 쓰는 건 좀 부담스러운 게 사실입니다.

대사를 골고루 분배해야 하고 물론 각자 캐릭터에 맞춰서, 구도도 짜 맞춰야 하고,

너무 길어도 그렇고 너무 짧으면 또 모아 놓은 의의가 없고,

여러 가지로 신경 써야 합니다.

그렇지만 이번엔 강당 씬이라든가 회의 씬같이 경영진과 의료진이

대거 등장하는 씬을 쓸 때 재미있었습니다.

연기 잘하는 분들이 많이 나오셔서 그런가, 결과도 그렇게 나온 것 같고요.

그런데 쓰는 건 그렇다 쳐도 찍는 입장, 연기하는 입장에서도

이런 대규모 씬은 결코 쉬운 것이 아니었습니다. 카메라 몇 대 갖다 놓고 배우1,

배우2, 3, 4 순으로 얼굴 잡을 거니까 자기 앞에 카메라 왔을 때 리액션하면 됩니다,

그렇게 찍는 게 아니니까요. 모든 걸 다 쪼개고 나눠서 찍으시더라고요.

준비에도 오래 걸려서 하루 종일 그 한 씬만 가능한 경우도 있습니다.

한꺼번에 몰려나오는 씬이 너무 많지요? 하고 제가 감독님께 여쭸을 때,

감독님께서 농담처럼 각종 강당 씬 회의 씬 전문이 될 것 같다고 하셨는데

정말 달인처럼 잘 찍어주셨습니다.

아 그리고 마지막에 조회장과 구사장이 병원에서 얘기하는 씬은 좀 고민이

많이 됐지만 그 전에 조회장 등장 씬들은 거의가 좀 술술 풀렸던 기억이 나네요.

회장님은 조심해야 하거나 눈치를 보면서 돌려 말하거나

할 필요가 없어서 그랬나 봅니다.

또 좋아하는 장면은 구사장이랑 세화랑

나는 어떡하라고! 소리 지르는 바로 거기입니다.

어떻게 안 좋아하겠습니까, 거기선 둘 다... ..

그리고 마지막에 예형제의 보트 씬도 정말 예쁩니다.

보는 데 형제가 하도 맑아서 제 눈이 다 환해지는 느낌이었습니다.

Q 등장인물이 무척 많고 각자 가진 사연도 다양합니다. 그중 가장 애착이 가는 인물이
있다면?

이 질문에 이 답을 드리게 될 줄은 몰랐는데, 김태상입니다.

태상은 애착 가라고 쓴 인물이 아니란 말입니다, 구태의 표상이어야 했어요.

그러니 이건 순전히 **문성근** 배우님 탓(?)입니다.

그 깨알 같은, 그러면서도 꽉 찬 표정들이 귀여웠어요. 죄송합니다, 실례입니까?

다른 분들 얘기를 좀 더 해보자면,

이보훈 원장 역의 **천호진** 배우님은 대본 리딩 때부터

아 확실히 다르시구나, 느껴졌습니다.

명불허전, 딱 이 말로 대변되는 울림이었습니다. 실은 눈빛에도 울림이 있으십니다.

가끔 눈이 호랑이 같을 때가 있었거든요. 그럴 때는 약간 딴 데를 보게 됩니다.

배우의 기운 같은 건가 봅니다.

예진우 역의 **이동욱** 배우께선 제가 떠올렸던 진우 그대로 100%였습니다.

분위기, 느낌, 행동 모두 다요. 맨 처음 설정한 진우는

내가 병원에서 부당한 일을 당하게 된다면 내 담당의가 진우였으면 좋겠다, 란 것과

또 하나 나한테도 저런 형이 있었음 좋겠다, 라는 생각을

시청자들이 가지시길 바랐었는데 무심한 듯하면서도 주변에 소홀하지 않고

지키고 감싸는 진우의 모든 면을 전해주셨습니다.

가끔가끔 이것은 화보인가? 하는 장면은 제가 혼자 진우를 설정할 땐
예상 못했던 것이지만.
쉽지 않은 캐릭터인데 고생 많으셨어요.

그리고 구사장님. 이분은 사실, 제가 첨언할 필요가 없어서.
조승우 배우께선 참 좋겠어요.
자기 일을 늘 완벽하게 하는 사람이란 얼마나 좋을까요?
이분은 당근이나 무 역할을 해도 잘하실 것 같지 않습니까?

문소리 배우님에 대해선 꼭 언급하고 싶은 특정 장면이 있습니다.
바이오 시뮬레이터 딜을 성공시킨 세화가 사장실을 나와서 복도를 가던 모습이 하나,
또 하나는 송탄센터 기공식 후에 차 안에서 "빨리 보고 싶다." 할 때의 세화입니다.
모니터 하다가 아흑 귀엽잖아? 소리가 나와버렸어요.
문소리 배우님, 아셨던 겁니까?
사장실을 나와서 세화가 고개를 그렇게 까닥까닥하면서 가면 어떤 효과가 날지?

유재명 배우님, 주경문의 결말을 아는 저까지
왜 주교수님 과로사 처리될까 봐 걱정하게 만드셨어요?
캐릭터 설정에 과하게 힘을 주지 않아도 그 자체로 모든 사연을 풀어내는
이런 배우분을 만나는 건 대본 작업자에겐 흔치 않은 행운입니다.
시청자분들도 느끼셨겠지요.

강경아 팀장은 제가 처음 쓸 때부터 **염혜란** 배우님께서 맡아주시면 좋겠다 했었는데
아니면 큰일 날 뻔했습니다. 실제로 뵈면 귀한 존재라는 생각이 드는 배우이십니다.
이제 씬 스틸러란 말은 안 맞지 않나요, 씬 다 가지세요.

영화든 TV에서든 더 자주 뵈었으면 좋겠다는 생각이 드는 분들도
이번 드라마를 통해 알게 됐습니다.
응급센터 치프 이소정 역의 **박지연** 배우님,

흉부외과 박선생 역의 **박지연** 배우님.
응급센터 김은하 선생 역의 **이상희** 배우님이 그러합니다.
이소정 역의 박지연 배우님은 딕션이 또렷해서
대본 리딩 때부터 한 귀에 확 꽂혔습니다.
무대 쪽에선 이미 잘 알려진 분이라 하니
새삼 딕션을 언급하는 게 실례일 수도 있겠네요.
흉부외과 간호선생 역의 박지연 배우님은 강약이 굉장히 자연스러운 분이셨어요.
어떤 역을 맡으셔도 튀지 않으면서도 다 잘하시겠다 싶었고,
이상희 배우님은 힘을 뺀 포스 같은 것이 느껴졌습니다.
시청자 입장에서 보면 경력이 몇십 년인 분도 연기에 힘 빡 들어간 게 보일 때가 있는데
이상희 배우님은 타고나신 듯했습니다.

예선우 역의 **이규형** 배우님, 감사합니다.
이규형님께는 전작에서도 그렇고 이번에도, 저는 감사만 드리면 될 거 같네요.
다 알아서 다 해주시니까.

우리 센터장님들,
암센터장 이상엽 역의 **엄효섭**님, 응급센터장 이동수 역의 **김원해**님,
산부인과장 김정희 역의 **우미화**님, 소아과장 고영재 역의 **박민관**님,
장기이식센터장 장민기 역의 **최광일**님, 안과 서지용 교수 역의 **정희태**님,
성형외과장 강윤모 역의 **김도현**님,
지금이라도 병원에 가면 진짜 만날 수 있는 의사분들 같아서 한동안 생각날 듯합니다.

사실 센터장들께선 모두 두말하면 잔소리일 연기 고수들이시라
제가 여기서 뭐라 하는 게 예의가 아닌 듯합니다.
진료/수술 샷보다 항상 둘러앉아 회의하는 씬만 있어서
단독 샷이 적은 건 마음에 걸렸지만 다들 모여 계실 때 참 든든했어요.

선우창 역의 **태인호** 배우님,

이 캐릭터도 사실 속내 복잡한 역이었습니다.
그 복잡한 심정이 고스란히 전해지던 때가 기억납니다.
기증 대상자 가족에게 멱살 잡힌 직후에 구사장을 만나고도 방금 전에 대해선
일언반구도 없다가 구사장이 가고 난 옥상에 창이 혼자 있을 때 표정이요.
그 부분 지문을 쓴 저도 태인호 배우님 표정을 보면서
내가 저기서 묘사한 표정이 저거였구나, 깨달은 기억이 납니다.

조남형 회장 역의 **정문성** 배우님은
재벌회장 역에는 저분이다, 란 직감이 왔던 분입니다.
비열한 부티 같은 것이 있었습니다.
타고난 인상이 비열해 보인다는 것은 아니고요,
유대위 형님이신데 그럴 리가 없잖아요.
연기하시는 걸 보니 역시 아나나 다를까, 였습니다.
만만치 않게 얄미운 재벌 티를 뽐내셨던 QL 전자 홍성찬 회장 역은 **김경민** 배우이십니다.

선우의 직장 동료 두 분은 고위원 역의 **이자령** 배우님,
정위원 역의 **오혜원** 배우님이십니다.
이자령 배우님은 진짜 제 직장 선배(후배인가..)인 줄 알았어요,
오혜원 배우님은 그렇게 키 큰 미인이신 줄 미리 알았다면
정위원 당당하게 서 있다, 란 지문을 좀 많이 쓸 걸 그랬습니다.

자연스럽게 잘하시기론 이 두 분도 빼놓을 수가 없죠.
구조실장 역의 **이현균** 배우님과 흉부외과 양준희 역의 **김준원** 배우이십니다.
제가 구력이 짧아서 두 분 연기를 직접 뵌 건 이번이 처음인데
굉장히 잘하셔서 깜짝 놀랐었어요.
이현균 배우님은 올 초 크게 화제가 됐던 영화에서 인상 깊은 역으로 나오셨고,
김준원 배우님은 사실 5부 엔딩 모탈리티 컨퍼런스를 위해 등장한 역할인데
연기가 너무 좋아서 저분은 누구신가, 했던 기억이 납니다. 응원하겠습니다.
구조실 직원으로서 응급센터 자료를 털어가신 분은 **윤여학** 배우이십니다.

그러고 보니 진우 ID 카드도 털어가셨네요, 윤배우님.

아 깜짝 놀랐던 연기자 한 분 더 있네요. 어린 진우 역의 **최로운** 배우.(신氏 아닙니다)
원장님하고 정신과 상담 자리에서 우는데
응? 어린이 연기가 왜 날 울리지, 당황했었습니다.
사고당하는 힘든 장면을 찍어준 어린 선우는 **김연웅** 배우였습니다.

응급실 식구 중에 간호선생 안현이 역은 **손민지** 배우님이 맡아주셨고요,
든든한 방선생 역은 **차래형** 배우님이십니다.
제가 어린 간호사라고 지문에 썼던 분은 정말 볼이 빨갛고 앳돼 보이는
아주 고운 분이 맡아주셨는데 **박소은** 배우님이십니다.
레지던트 1년 차 박재혁 역은 **한민** 배우님이시고,
구승효 사장의 기사 역할을 맡아주신 분은 **신성민** 배우님이십니다.
한민 배우님과 신성민 배우님, 주변에서 누구냐고 물어보시는 분들이 많았습니다.

예진우 예선우 형제 어머니로 나오신 **남기애** 배우님께도 감사드립니다.
계속 짠한 어머니 역할을 부탁드리게 되네요.
짧게 나오셨지만 밭갈이 담당 산부인과 레지던트와 소아과 간호선생도
연기를 잘하셔서 우리 캐스팅 디렉터께선 어디서 이렇게
자연스런 연기자들만 모셔 오시나 했던 기억이 납니다.
산부인과 레지던트는 **김현정** 배우님,
소아청소년과 간호선생은 **마민희** 배우님이십니다.

마지막으로 이노을 역의 **원진아** 배우님과
최서현 기자 역의 **최유화** 배우님께 감사드립니다.
대본을 읽으면 아시겠지만 이 두 분은 제가 설정한 캐릭터 이상을 표현해주셨습니다.
아직 경력이 많이 쌓이지 않았음에도 원진아 배우님은 경력을 훨씬 뛰어넘는 연기를,
최유화 배우님 연기에선 진짜 최서현이 되고자 하는 진심을 보여주셨습니다.

아 그런데 질문에 등장인물이 무척 많다고 하셨는데 등장인물이 많았나요?
저는 원래 드라마는 이 정도 인물은 나오는 줄 알았어요.
아니 이렇게 길게 써놓고 몰랐다는 게 말이 안 되지만.
선택과 집중도 고민해야겠습니다.

제가 위에 적은 분들 외에 정말 많은 분들이 수고해주셨습니다.
빛내주셔서 감사합니다.
시청해주신 분들도요, 많은 관심 감사했습니다.
눈 깜짝할 새에 또 연말이 되겠지요. 남은 2018년 평안하시기 바랍니다.

이수연 드림.